ᵕ ㅇㅓ 그림자들

풍경의 그림자들

1판 1쇄 인쇄 2024년 12월 24일
1판 1쇄 발행 2024년 12월 31일

지은이 오태호

발행처 문학의숲
발행인 고찬규

신고번호 제2005-000308호
신고일자 2005년 10월 14일

주소 (121-896) 서울특별시 마포구 양화로7길 84
전화 02-325-5676
팩스 02-333-5980

값은 표지에 있습니다.
ISBN 979-11-87904-49-6 (93810)

문학의숲 평론선

풍경의
그림자들

오태호 평론집

문학의 언어는 폭력과 망상보다 힘이 세다

－ 한강의 노벨문학상 수상과 '12. 3 내란 사태'의 와중에서

1. 언어의 힘을 보여준 한강의 노벨문학상 수상

2024년 10월 10일 작가 한강의 노벨문학상 수상 소식이 전파를 타고 국내에 전송된 이래로 대한민국은 온 나라가 한 마음이 되어 함께 기뻐하고 있다. 머지않은 미래에 노벨문학상 수상 작가가 탄생할 수 있으리라는 기대를 막연하게 품고 있긴 했지만, 이렇게 이르게 당도하리라고는 전혀 예상치 못했기에 '놀랍다, 대단하다, 경이롭다, 대박 축하' 등의 1차원적 반응이 절로 튀어나왔다. 서로 다른 대학이긴 하지만 1989년에 국어국문학과에 입학한 동년배 작가가 한국 근현대문학 120년 역사에 기념비적 금자탑을 세운 셈이다. 1970년생으로 1980년대 저항의 시대를 거쳐 1990년대 포스트모더니즘의 시대를 관통하고 2000년대 디지털 시대와 2010년대 상상력의 각개약진을 넘어 2020년대 코로나 역병의 시대를 살아내면서 동시대를 살아온 50대 중반의 작가에 대한 수상 호명은 우리 시대의 문학이 거둘 수 있는 최상의 결과를 보여준다. 그리고 그는 이제 '겨우' 50대 중반에 불과하다는 점에서 앞으로의 문학적 행보가 더더

욱 기대된다.

특히 한강 작가가 "역사적 트라우마와 보이지 않는 규칙에 맞서고, 그녀의 모든 작품에서 인간 삶의 취약성을 폭로"하였다며, "육체와 영혼, 산 자와 죽은 자의 연결에 대한 독특한 인식" 속에 "시적이고 실험적인 스타일로 현대 산문의 혁신가가 되었다."는 선정 경위는 1994년 등단 이후 작가가 걸어온 30년의 궤적을 압축한 핵심이라고 할 수 있다. 2024년 노벨문학상 수상의 쾌거를 이룬 한강의 성과가 다른 시인과 소설가들의 문학적 분투에도 긍정적인 영향을 미칠 것으로 기대한다. 이제 우리 문학이 세계문학의 일원이 되어 아시아를 넘어 세계시민과의 보편적 공감대를 구축하게 되었다는 자부심을 가져도 좋을 듯하다.

노벨문학상에 대한 기대는 오래 전부터 있어왔다. 고은, 황석영, 이문열, 김혜순 등이 노벨문학상 후보로 추천되거나 수상권에 근접해 있다는 풍문이 2010년대 이래로 언론을 통해 전파되면서 그리 멀지 않은 근미래에 우리에게도 영어권 문학에 대한 열등감이나 위축 없이도 세계문학의 일원으로 인정받는 날이 올 것이라는 기대를 누구나 품고 있었다. 하지만 그들보다 먼저 한강이 2024년에 노벨문학상을 수상하는 작가로 탄생했으며, 더구나 '아시아 여성 최초'라는 수식어와 함께 현역 중진 작가에게 수여되었다는 점에서 더욱 의미심장한 사건이라고 할 수 있다. 앞으로도 깊은 사유와 이미지의 집적 속에 고요한 성찰과 세상에 대한 응시로 작가의 작품이 더욱 많은 독자와 만나 시너지 효과를 일으킬 수 있기를 기대한다.

노벨문학상을 받기 전까지 그리 대중적인 작가가 아니었다는 점과 더불어 자신만의 문학 세계를 구축하는 이미지스트로서 주류에서 소외된 비주류적 존재들에 대한 따뜻한 위무와 고통스런 묘사를 통해 인간이 지닌 폭력성과 잔혹성, 역사적 상처와 희생, 심리적 통증과 물리적 고통 속에서도 흐릿한 빛으로서의 희망과 아름다움을 이야기하고 있었다는 점에서 한강은 소중한 작가임에 틀림없다. 물론 문학상 수상이 작품의 예술성과 탁월성을 입증하는 유일한 바로미터가 아니라는 사실을 우리는 누구보다 잘 알고 있다. 그럼에도 불구하고 코로나 팬데믹 이래로 더욱더 사회적 단절과 고립이 팽배해지면서 생각하는 힘의 중요성을 간과하던 와중에 우리에게 들려온 한강 작가의 노벨문학상 수상 소식은 상투적일 수도 있겠지만 한국문학에 내려진 예기치 않은(혹은 일찌감치 예견되었을지도 모르는), 그래서 더 뜻깊은 '벼락같은 축복'이자 '기념비적 사건'이 아닐 수 없다. 책을 읽지 않는 풍토가 고착화되던 시기에 한때의 소나기가 될지라도 문학 읽기 열풍이 지속되고 있는 것은 고무적인 현상이라고 생각된다. 이 분위기가 앞으로도 오랫동안 독서 열풍으로 이어져 문학적 고투 속에서 예술적 성취를 높이기 위해 고군분투하는 문학인들에게 응원과 희망의 전언이 되기를 기대한다.

2. '망상적 정신 마비'를 이기는 '민주적 응원의 힘' — 8년 만에 다시 열린 탄핵 광장

2024년 12월 현재 대한민국은 12월 3일 밤 10시 30분경 느닷없이 '비상계엄'을 선포한 윤석열과 그 일당들의 내란 사태로 인해 너나 할 것 없이 모두가 혼란스러운 상황이다. 다행히 3시간 만에 국회의사당에 담을 넘어 입성한 국회의장 등을 포함한 국회의원 190명의 비상한 의결로 계엄이 해제되긴 했지만, 계엄군이 국회로 투입되어 시민들에게 총부리를 겨누는 모습이 한밤중에 고스란히 생중계되면서 '1980년 5월의 광주'를 떠올리는 상황이 '2024년 서울 국회의사당'에서 가공할 만한 공포로 연출되고 있었다. 1979년과

1980년 사이에 저질러진 전두환 군부세력의 쿠데타보다 더 끔찍한 내란이 '현직 대통령'이라는 자에 의해 저질러졌다. 이후에도 뻔뻔한 대국민담화를 빙자한 '대국민 협박'이 지속되고 있는 와중에 국회의 사당 앞 광장은 탄핵과 구속을 원하는 시민들의 목소리가 넘쳐나고 있다.

12월 7일(토) 18시에 국회에서 열린 탄핵소추안 표결이 여당 의원들의 다수 불참으로 재적인원 200명을 채우지 못한 채 195명의 투표 참여만으로 불성립되어 폐기되었다. 다행히 일주일이 지난 12월 14일(토) 16시에 2차 탄핵안이 표결되어 찬성 204표(반대 85표, 무효 8표, 기권 3표)로 가까스로 탄핵안이 가결되었다. 이후 대통령의 직무가 정지되고 국무총리가 권한대행 역할을 수행하고 있으며, 헌법재판소로 탄핵소추안이 전달되면서 일단 '비상계엄으로 인한 12·3 내란 사태'는 숨고르기에 들어간 양상이다. 하지만 내란을 부정하는 정당이 명백히 존재하고 극우들의 선동이 여전히 극악무도한 방식으로 소란스럽게 목청을 높이는 대한민국의 현실은 민주공화국이라는 헌정 질서를 유린하는 괴물들의 아우성으로 인해 그로테스크하게 느껴지기까지 한다. '깨어 있는 시민의 한 사람'으로서 내란 수괴와 동조자들이 처벌을 받을 때까지 두 눈 부릅뜨고 지속적인 관심을 가질 예정이다.

2016년 박근혜 탄핵 사태 이후 8년 만에 펼쳐지는 '탄핵 정국'은 대한민국의 민주주의 시계를 40년 이전으로 되돌리고 말았다. 그나마 다행인 것은 성숙한 민주시민들이 평화적인 목소리를 모아내면서 특히 20~30대 여성들을 중심으로 남녀노소가 어우러져 사회대개조의 방향을 제시하고 있다는 점이다. 하지만 느닷없는 악질 대통령의 친위 쿠데타로 인해 우리는 유례없이 혹독한 12월의 겨울을 맞이하고 있다. 위헌적이고 위법적인 계엄령을 따른다는 미명하에 경찰이 국회의원과 보좌진을 비롯한 시민들의 국회 진입을 가로막고, 더구나 국회로 계엄군이 총을 들고 진입하는 모습이 온 나라에 생중계되었음에도 불구하고 위헌과 위법이 아니라 하나의 통치 행위로서의 '구국의 결단'이라는 망상을 '담화'라고 내놓는 '정신 나간 언어도단과 악행'이 백주대낮에 공중파의 전파 낭비로 생중계되는 일이 벌어지고 있다. 한시바삐 체포와 구속 수사 이후 이 무지몽매한 망상의 늪에 빠진 자를 우리 사회로부터 영원히 격리해야 한다고 생각한다.

정치적 반대 세력을 '반국가 세력'으로 규정하고 처단하겠다며, 과대망상과 후안무치의 정신 세계 속에 극우적 인식과 판단으로 저질러진 '비상계엄이라는 내란 사태'를 '헌정 질서 회복이라는 명분으로 위장하는 자'의 입을 봉쇄해야 한다. 전두환이 정의사회구현이라는 명목하에 만든 '민주정의당'의 후예들이 지금의 여당이라는 사실을 기억해야 한다. 그들이 바로 현재의 대한민국을 어지럽히는 공공의 적이자 민주주의를 위협하는 화근임을 직시해야 한다. 저 정당을 해산시키고 소멸시켜 대한민국의 민주주의와 새로운 미래를 평화롭게 구축해가야 한다.

3. 시인들의 내면 풍경에서 길어낸 그림자들

2016년 『허공의 지도』를 출간한 지 8년 만에 2024년 끝머리에 시 평론집 『풍경의 그림자들』을 출간한다. 그 사이 소설 평론집 『공명하는 마음들』(2020)을 출간하긴 했지만, 2015년 이후 2023년까지 8년 동안 써온 시 평론을 묶어 6번째 평론집이자 『여백의 시학』(2008) 이후 3번째 시 평론집으로 묶어낸다. 그렇게 연결해 보니 필자는 시

평론집들을 통해 동시대 시인들의 시세계를 검토하면서 '여백'에서 '허공'을 지나 '풍경'에 이르는 시인들의 '그림자 지도'를 나름대로 그려본 셈인지도 모르겠다.

'풍경의 그림자들'이라는 제목은 세계의 이면을 주목하는 시인들의 자의식을 들여다보고 '그들이 풀어낸 내면 풍경'을 집적하고 싶은 필자의 욕망이 '그림자들의 스펙트럼'을 독해하는 것으로 이어진 점에서 착안해낸 작명이다. 이때의 풍경은 풍경(諷經)이고, 풍경(風景)이며, 풍경(風磬)이라는 점에서 다중적인 의미를 내포한다. 첫 번째의 풍경은 사전적인 의미로 불교에서 "소리를 내어 경문을 읽는 일"이 풍경(諷經)이듯, 시인이 '세계의 소리'를 내면화하면서 자신의 방식으로 '세계의 비경(祕境)'을 읽어내는 일이라는 점에서 '풍경(諷經)'이다. 두 번째의 풍경은 시인 바깥에 놓인 사람과 자연과 사물의 세계들이 외현하는 감각이나 '내면으로 불러들인 이미지'를 시인들이 새로이 응시하고 있다는 점에서 '외부 세계의 풍경(風景)'을 보여준다. 세 번째의 풍경은 처마 끝에 매달려 바람에 흔들리며 주변 세계로 소리를 퍼뜨리는 '사물로서의 풍경(風磬)'처럼 시인들이 우리 세계의 저변에서 울려오는 다성적인 목소리를 가장 먼저 예민하게 감지하고 의미화하는 존재라는 점을 보여준다.

결국 필자가 말하는 '풍경'이란 우리의 의식과 무의식을 가로지르며 이 세계에서 흐릿하게라도 탐지되는 '소리와 이미지와 사물'을 경유하면서 시인들이 독해하고 사유하고 표현하는 '감각의 결집체'에 해당한다. 시인이 세계와 자신과의 대화에서 빚어낸 '자아의 세계화' 혹은 '세계의 자아화'로서의 다면적 풍경들을 말하는 것이다. 그리고 거기에서 드러나는 '빛과 그림자' 중에서 시인이 놓쳤을지도 모르는 그림자의 형상을 추적하려는 필자의 욕망을 담아낸 작명이 '풍경의 그림자들'에 해당한다.

1부는 〈역설의 풍경〉이라는 소제목으로 시집 해설을 묶었다. '허기와 포만' 사이에서의 운명애(수현), 세계에 미만(彌滿)한 풍경을 응시하는 깊이(김길전), 태양계 지구인으로서 느끼는 중첩된 시간감(지영환), 불법적인 비정상적 국정 운영에 대한 상징적 풍자(정해랑), 타향살이에서 체감하는 짙은 향수(홍신현), 분간할 수 없는 세계의 경계에서 피어나는 역설의 풍경(김은후), 침묵으로 응시하는 실재계적 내면의 그림자(이일림), 깊은 슬픔의 세계를 집적하는 감수성(노미영) 등을 드러내는 시집들의 관통 키워드는 '역설'과 '풍경'이다. 시인들은 안광투지의 안목과 관찰력으로 세계의 표면과 이면을 뫼비우스의 띠처럼 연결하여 감춰진 진실을 끄집어내고 있었다.

2부는 〈찰나적 영겁〉이라는 소제목으로 서평 원고를 모았다. 찰나적 순간에서 포착한 깨달음을 길어내는 감각(이성수의 『눈 한 번 깜빡』), 무채색의 빨강으로 이질적 장면을 연출하는 유령 작가의 그로테스크 증후군(배옥주의 『The 빨강』), 이 세계라는 연옥에서 봄밤의 향기를 맡는 노년의 두근거림(황동규의 『연옥의 봄』), 언어와 소리와 바람으로 빚어낸 자의식의 풍경(신영연의 『안녕이 저만치 걸어가네』), 공동체적 가난의 기억을 곱씹는 회상(성백술의 『복숭아나무를 심다』) 등이 시집에서 포착된 풍경이자 그 그림자들이다. 찰나와 영겁을 뒤섞어 생의 비의를 발견하고 발명하려는 시인들의 속내를 구체적으로 드러내고자 했다.

3부는 〈무허가적 상상력〉이라는 소제목으로 시인들의 '소시집론'들을 엮었다. 5편 내외의 시들을 묶어서 살펴보면서, 프루스트처럼 음식을 통해 무의지적 기억을 환기하는 경험의 외화(김종해), 비어가는 농촌에서 '텅 빈 기표'처럼 마을의 흔적을 추억하는 마음의 풍경(박운식), 유기체적 초록과 반복적인 일상에서 포착되는 역설적 사유(유종인), 폭력적 세계의 비정상성을 넘어 '무허가적 상상력'으로 꿈꾸는 혁명(송경동), 21세기적인 광주의 상상력으로 고요와 추억을 곱씹는 내면(임동확) 등을 포착했다. '소시집론'이지만 가능하면 시인론에 가깝도록 시인들의 시적 내력을 집적하면서 새로운 시편들의 유의미성을 길어내고자 했다.

4부는 〈'홀로 사피엔스'들〉이라는 소제목으로 2023년 『시와 시학』에 연재했던 계간평 원고를 묶었다. 〈'홀로 사피엔스'들의 편린들〉에서는 '이문재, 신미균, 이문희, 이상국, 주창윤, 조온윤, 조용미, 김참, 장석남, 김이듬, 손진옥, 나희덕, 김신용' 등의 13편의 시를 통해 '강철로 된 무지개'(이육사) 같은 감각의 재정의를 주목하였다. 그리하여 '자식의 기원으로서의 부모, 일상의 소소한 풍경들이 재현하는 진실, 낯선 세계의 내면화, 코로나 시대의 거리두기' 등이 '외로운 서정의 편린들'로 빚어지고 있는 모습을 의미화하였다. 〈소수(素數) 11인'의 시선들〉에서는 박소란과 이소연과 김주대의 시를 통해 '가족이라는 통증'을 주목했고, 손택수와 박완호의 시를 통해서는 시적 자의식이 드러나는 '바다 풍경'을 살펴보았으며, 이학성과 김기택과 서효인의 시에서는 '낯설게 보기'의 힘을 포착했고, 마종기와 황동규와 이해원의 시에서는 '노년의 마음'을 추적하면서 '소수(1과 그 수 자신 이외의 자연수로는 나눌 수 없는 자연수)'처럼 자신과 세계와의 관계를 '1과 자연수'의 관계로 치환하여 읽어내는 풍경을 기록했다. 〈자아와 세계의 의미를 포집(捕執)하는 시인의 힘〉에서는 '김선우, 문성해, 손세실리아, 고명재, 함민복, 정영주, 박균수, 정호승' 등의 8편의 시를 통해 '창조적 몽상'의 시인들이 읽어낸 세계의 표정 속에 '정신의 악력'의 깊이를 들여다보았다. 그 깊이의 무늬에는 '관계의 표정, 소소한 것들의 마음, 사물의 진상, 세계의 다면적 풍경' 등이 역설의 감각으로 수놓아지면서 내적 진실을 기록하고 있었다.

계간평을 쓰면서 다독의 힘겨움과 취사선택의 지난한 고통을 맛

볼 수밖에 없었다. 2000년대 중반에 계간평을 썼던 이래로 거의 20년 만에 다시 쓰는 계간평은 동시대의 표정을 점검한다는 점에서 '즐거운 설렘'을 제공했지만, 많은 시를 꼼꼼히 읽어내야 한다는 물리적 부담감 속에서 '힘겨운 통증'을 체감할 수밖에 없었다. 그 계절에 활자화된 수천 편의 신작시를 읽고 그 중에서 수십 편의 시를 선택한 뒤 다시 10편 내외의 시를 고르는 작업은 '김현의 행복한 책읽기'에 해당하지만, 범박한 비평가에게는 쉽지 않은 일이었다. 그럼에도 동시대 시인들이 세계를 읽어내는 현장을 바로바로 확인할 수 있었다는 점에서 현장비평가에게는 반드시 필요한 일이라는 사실을 새삼 확인했다. 가능하면 당시에 필자의 무의식을 건드리는 시편들을 골라 분류와 분석을 수행하며 해석의 가능성을 확장하고자 노력했다.

4. 들썩이는 세계와 고요한 아름다움 사이

'다이나믹 코리아'라는 말이 있다. 1945년 해방 이후 현재에도 지속되고 있는 분단 상황 속에서 역사적 퇴행과 진보를 반복하는 굴곡을 지나면서도 한국 사회가 역동적으로 정치적 민주주의의 회복과 경제적 선진화를 진척시켜 온 현실을 압축하는 표현이라고 생각한다. 2024년 대한민국의 가을과 겨울은 희망과 절망을 동시에 보여주고 있다. 한강의 노벨문학상 수상은 한국의 근대문학 120년 역사상 가장 큰 자부심이 되어 한국인의 기쁨으로 호명되고 있다. 한강은 수상자 기념 강연에서 '빛과 실' 이야기를 통해 8세에 썼던 시를 언급하며 자신의 문학이 '사랑과 질문'에 대한 탐문 속에 인간이 지닌 '폭력과 아름다움'의 역설에 대한 천착으로 이어지고 있음을 피력했다. 수상 연설에서는 비인간적 폭력을 반대하는 언어와 문학의 '연약하지만 연결된 연대의 힘'의 소중함에 대해서도 이야기했다.

노벨문학상 수상의 자부심과 위헌적 내란 사태의 참담함이라는 이질적 조합이 2024년 역동적인 한국의 풍경을 날것으로 보여준다. 이 혼돈의 와중에 나는 또 하나의 흔적을 내밀며, 지난 8년 동안 어떤 시들을 통해 어떤 문학적 관심을 이어왔는지를 되돌아본다. 때로 어설픈 시각으로 시인과 텍스트의 성과를 제대로 읽어내지 못하는 우를 범했을지도 모른다. 다만 나는 시인의 맑은 눈을 통과한 세계에서 길어올려진 '숨겨진 진실'을 읽어내고 싶었다. 부족하거나 미진한 해석은 모두 내 탓이다. 그럼에도 불구하고 앞으로도 나는 새로 쓰여지는 시와 소설을 읽고 생각하며 나 자신과 세계의 누추함을 지속적으로 더듬더듬 비틀비틀 주춤주춤 탐문(探問+探聞)하며 어설프게나마 계속 쓰게 될 것이다.

많이 미흡하고 모자란 방식으로나마 내 언어가 이 세계의 어느 지점을 건드리면서 조금씩 '풍경의 그림자들'을 들추며 더 나은 방향으로 움직이길 기대한다. 현역 시인과 현장 소설가의 곁에서 그들의 의식과 무의식을 응시하며 우리가 이미 알고 있는 세계의 경계를 아직 모르고 있는 세계로 더욱 확장하며 이 세계가 조금 더 들썩이게 할 수 있기를 바란다. 그 들썩이는 세계의 고요한 움직임이 이 세계를 더 아름다운 방향으로 나아가게 만드는 동력일 수도 있기 때문이다. 그때 우리네 무거운 생이 잠시나마 찰나적으로라도 조금은 더 가볍게 들려질 것이다. 들썩이는 세계의 소란스러움과 고요한 아름다움의 움직임을 길항하며 우리는 조금씩 배밀이하듯 앞으로 나아간다. 절망적인 패배감과 잔인하고 참혹한 통증 속에서도 서로의 상처를 아물리며 더 나은 세상을 향한 희망과 빛과 불꽃의 기대를 품고 미력하게나마 조금씩 더 아름다워지기 위해 존재하는 것이 인생이기 때문이다.

　　2024년 탄핵의 광장에서
　　빛나는 아이돌의 응원봉을 응시하며
　　용인 서천마을에서
　　오태호 쓰다

| 차 례 |

■ 머리말 / 005

1부 역설의 풍경

'허기와 포만' 사이에서 '아모르 파티(Amor Fati)'하기
– 수현론 / 020
풍경을 응시하는 깊이 – 김길전론 / 039
태양계 궤도를 도는 중첩의 시간들 – 지영환론 / 056
불법을 자행한 비정상적 국정 운영 풍자
: 감옥에 갇힌 공주와 도둑들 – 정해랑론 / 073
타지(他地)에서 고향(故鄉)을 그리다 – 홍신현론 / 089
경계에서 피어난 역설(逆說)의 풍경 – 김은후론 / 109
침묵하는 달의 그림자 응시하기 – 이일림론 / 125
슬픔의 소리를 보고 듣고 만지다 – 노미영론 / 139

2부 찰나적 영겁

'찰나적 영겁'의 순간 포착, 시(詩)의 지문(指紋) 문지르기
– 이성수의 『눈 한 번 깜빡』론 / 158
그로테스크 증후군, 세계를 잃는 유령작가
– 배옥주의 『The 빨강』론 / 170

두근거리는 생의 서성거림, 연옥에서 꿈꾸는 봄밤의 향기
– 황동규의 『연옥의 봄』론 / 180
자의식의 풍경과 가난의 추억을 곱씹다
– 신영연의 『안녕이 저만치 걸어가네』와 성백술의 『복숭아나무를 심다』론 / 197

3부 무허가적 상상력

무의지적 기억의 환기, 비 오는 날이면 손칼국수 집으로
– 김종해 작품론 / 213
'텅 빈 마을'의 흔적을 추억하는 허허로운 마음 풍경
– 박운식 작품론 / 224
초록과 일상의 역설적 사유 – 유종인 작품론 / 234
'무허가적 상상력'으로 꿈꾸는 혁명 – 송경동 작품론 / 245
고요와 추억에 물들다 – 임동확 작품론 / 258

4부 '홀로 사피엔스'들

'홀로 사피엔스'들의 편린들(2023년 봄·여름호) / 272
'소수(素數) 11인'의 시선들(2023년 가을호) / 293
자아와 세계의 의미를 포집(捕執)하는 시인의 힘(2023년 겨울호) / 319

1부

역설의 풍경

■ '허기와 포만' 사이에서 '아모르 파티(Amor Fati)'하기 – 수현론

■ 풍경을 응시하는 깊이 – 김길전론

■ 태양계 궤도를 도는 중첩의 시간들 – 지영환론

■ 불법을 자행한 비정상적 국정 운영 풍자

: 감옥에 갇힌 공주와 도둑들 – 정해랑론

■ 타지(他地)에서 고향(故郷)을 그리다 – 홍신현론

■ 경계에서 피어난 역설(逆說)의 풍경 – 김은후론

■ 침묵하는 달의 그림자 응시하기 – 이일림론

■ 슬픔의 소리를 보고 듣고 만지다 – 노미영론

'허기와 포만' 사이에서
'아모르 파티(Amor Fati)'하기

— 수현론

1. 포만과 허기 사이

수현의 시는 '포만과 허기' 사이에 놓여 있다. 허기로운 현재에서 포만한 내일을 지향하거나 반대의 경우도 가능하지만, 오늘의 허기는 결코 채워지지 않는다. 그 허기는 물리적 허기가 아니라 심리적 허기이기 때문이다. 심리적 허기는 시적 허기라는 '존재론적 결핍'을 내장하고 있다는 점에서 결코 채워지기 어렵다. 시인의 허기는 결국 라캉식의 '텅 빈 기표'로서의 주체의 욕망이 되어 결핍의 다른 이름으로 존재하는 것이다. 주체는 텅 비어 있고, 기표적 미끄러짐만이 시인의 내적 결핍을 일시적으로 위무할 수 있을 뿐이다. 채울 수 없는 간절함으로 시인의 허기는 평생 지속될 수밖에 없는 운명이다.

수현 시인은 시집의 첫 머리 〈시인의 말〉에 "상을 차린다 / 나에게도 시(詩)라는 성분이 있을까 / 수십 미터 깊어진 목구멍에다 / 나를 밀어 넣었다 / 아무리 퍼먹어도 허기진 / 내일이다"라고 적고 있다. 시인은 시집을 묶어내면서 본인의 시에도 '시의 성분'이 함유되어 있을지를 자문해본다. 그 질문은 시인으로서의 정체성에 대한 진지한 탐색을 보여준다. 그리고 시인은 다시 '시적 분신으로서의 자신'을 수십 미터 이상 "깊어진 목구멍" 속으로 밀어넣는다. 자신의 시가 얼마만큼의 내적 깊이를 내장하고 있는지를 확인하기 위함이다. 그러나 그리스 신화의 에리직톤처럼 시를 "아무리 퍼먹어도" 시인은 오늘의 시적 허기를 채우지 못한다. 내일도 허기진 채 하루를 맞이할 공산이 크다. 아무리 자신을 궁극의 극단으로 밀어붙여도 오늘과 마찬가지로 "허기진 내일"의 시가 시인을 기다리고 있기 때문이다. 이렇듯 시인의 시적 자의식 속에는 '오늘의 허기'라는 부족감과 '내일의 기대'라는 시간감이 역설적으로 팽배하다.

시집의 전체는 '제1부 아모르 파티', '제2부 사이버 스페이스', '제3부 봄을 두드리는 노래', '제4부 포만과 허기' 등으로 구성되어 있다. 니체의 전언인 '자신의 운명을 사랑하라'는 1부의 제목으로부터 가상 공간의 현실과 분분한 봄의 향연을 거쳐 4부의 '허기로운 포만' 사이에 이르기까지 자신의 욕망을 마주하고자 마련된 배치로 보인다. 이제 시인의 운명에 대한 사랑, 가상 공간의 허실, 봄의 노래, 허기로운 내면 등을 구체적으로 만나볼 차례다.

2. '중층적(重層的) 허기'의 표정

〔시인은 '중층적 허기(虛器+虛氣+虛飢)'의 존재다. 그 중첩된 의미의 '허기로움'은 스스로를 '쓸모 없는 그릇〔虛器〕'처럼 도구적 무용성의 존재로 간주한다는 점에서 허기이고, 스스로를 '속이 비어 허전한 기운〔虛氣〕'의 유약한 존재로 의미화한다는 점에서 허기이며, 스스로를 '굶어서 몹시 배고픈 증세〔虛飢〕'의 시적 결핍감으로 파악하고 있다는 점에서 허기이다. 그러므로 시인은 다중적으로 '허기로운

존재'가 된다. 하지만 그 허기는 포만에 대한 기대를 품고 있기에 역설의 감각을 보여준다.

이번 시집에서 시인의 '내적 허기'를 가장 잘 보여주는 시는 「포만과 허기의 변수」다. 시인은 응달진 숲길 사이를 걸으며 "실과 허의 이면에 깔린 깊이를 알 수 없는 통증"에 흔들리면서, '포만한 허기' 혹은 '허기진 포만'의 상태가 된다.

> 응달이 길어진 숲길 사이로 긴 양말을 신은 이끼들이 걷는다 새 두 마리가 햇빛을 모이처럼 쪼고, 비둘기는 떨어진 먹이에 눈알을 굴린다 / 쥐똥나무 울타리를 따라 나는 풍선 같은 배를 안고 발을 구른다 / 허기와 포만감은 채움과 비움을 변론하는 사이, 한 톨의 열매가 필요한 그들은 숲을 흔들어 경작한다 / 넘침이 불안한 내가 이곳을 찾기 전부터 / 실버카를 잡고 가는 할머니와 / 강아지 태운 유모차 밀고 가는 여인이 흘린 이야기 / 초롱이끼가 먹고 자라서 길을 붙잡았다 / 유모차는 아이를 잃어버렸고 그네는 허공을 민다 / 실(實)과 허(虛)의 이면에 깔린 깊이를 알 수 없는 통증이 나를 흔든다 / 허기의 울음은 눈썹이 밀어 올린 배고픔을 벗기며 / 데워진 햇살이 고단한 날개를 다독인다
>
> – 「포만과 허기의 변수」 전문

시인은 응달진 숲길 사이로 난 이끼들을 보며 "긴 양말을 신은" 채 '걸음을 걷는 존재'로 의인화한다. 그리고 그 숲속의 이끼들 속에서 새가 햇빛을 쪼는 풍경과 비둘기가 먹이를 찾기 위해 "눈알을 굴리"는 모습을 바라본다. 시인은 "쥐똥나무 울타리를 따라" 자연의 풍광을 즐기며 "풍선 같은 배를 안고" 발을 구르며 산책을 하고 있는 것이다. 시인의 "허기와 포만감"이 "채움과 비움을 변론하는 사이"에도 "한 톨의 열매가 필요한" 새들은 자신들의 허기를 채우기 위해

"숲을 흔들어 경작"하는 것처럼 인식된다. 배가 부른 시인은 "넘침이 불안한" 채로 숲을 찾아왔지만, 초롱이끼가 '실버카의 할머니'와 '강아지를 태운 유모차 여인'의 이야기를 먹고 자라면서 그들의 "길을 붙잡"고 있었던 것으로 상상한다. 그리고 초롱이끼 위로 '아이가 부재한 유모차'와 '허공을 밀고 있는 그네'의 모습은 시인에게 '무언가 비어 있는 풍경'을 보여준다. 거기에서 시인은 "실과 허의 이면에 깔린 깊이를 알 수 없는 통증"에 흔들린다. 자신은 포만감으로 채워져 있지만, 주변 세계는 허기진 풍경들로 가득하기 때문이다. 그렇게 시인은 새들과 허공을 향해 "허기의 울음"으로 "배고픔을 벗기며" 자신의 "고단한 날개를 다독이"면서 산책을 마무리한다. 결국 포만감을 해소하기 위해 나선 산책길에 시인은 허기진 새들을 보면서 자신의 이기심을 성찰하게 되고, '실버카 할머니'와 '유모차 여인'과 '비어 있는 그네' 등을 통해 다른 허기진 존재들의 풍경까지도 함께 내면화하게 되는 셈이다.

시인의 허기는 '외눈의 결핍감'이 물리적 허기의 또 다른 표정임을 보여주는 내용으로 이어지기도 한다. 즉 「맥립종」에서 시인이 다래끼를 잘라낸 수술 이후 '외눈과 두 눈의 차이'를 실감하면서, "붕대 푼 눈의 바다"로 "샛별을 닦은 아침"을 마주하며 파도를 잠재우는 "눈의 심리학"을 깨닫게 되는 내용으로 이어진다. 뿐만 아니라 '허기와 포만'에 대한 인식은 '채움'에 대한 연상으로 이어진다. 그리하여 시인은 「가을을 훔치다」에서는 은행나무의 은행을 털어가는 남자와 여자의 흔적을 지우고 "쏟아진 가을의 지문을 / 자루마다 채우"면서 "허공을 채우는 냄새"로 가을을 가득 채우고 싶은 바람을 기록하기도 한다. 채움은 다시 '헐거움'에 대한 단상으로 이어진다. 즉 「헐거워지다」에서는 "헐렁거린 신발"과 "힘없는 틀니와 인공관절" 들로 '헐거워진 자신'의 신체를 들여다보면서 "헐렁한 잘못과 /

느슨해진 것들 / 팽팽하게 조여" '흉터와 사랑'에 새살이 돋아나길 기대하기도 하는 것이다.

이렇듯 채움은 헐거움을 예비하고, 헐거워짐은 채워짐을 갈망하게 된다. 그리하여 시인은 자신의 몸을 꽃의 감각으로 채우기도 하고, 만연한 봄의 한가운데에서 봄을 출산하면서 자신을 비우고 싶어하기도 한다. 즉 「봄의 배후」에서 시인은 삼랑진 천태호로 가는 길에 "분분한 꽃눈에 홀려" 꽃이 피고 지는 "계절의 내력"을 앓으며, 자신의 몸에도 "어느새 산벚나무 한 그루 피"어나는 '채움의 진경'을 확인하기도 하고, 「봄을 두드리는 잠의 노래」에서는 봄을 알리는 미나리 빛깔의 "여린 잎들의 고백"을 들으며 겨우내 잠들었던 "꽃대의 꿈"을 밀어올리면서 "꽃씨가 / 배불러 오는 봄"이면 시인 역시 '인생의 봄날'을 출산하면서 마음을 비우는 '비움의 시학'을 실천하고 싶어한다.

결과적으로 시인의 허기는 포만에 대한 기대와 좌절 속에 비움과 채움에 대한 이중적 욕망으로 이어지는 심리적 허기임이 드러난다. '비움과 비워짐, 헐거움과 헐거워짐, 헐렁거림과 헐렁함' 등은 '배고픔이나 허기'와 계통적인 유의어로 활용되면서 시인의 내적 포만감을 반성하려는 존재론적 상황을 보여주고, '채움과 채워짐, 배부름과 조임, 분분함과 피어남' 등은 물리적 충만감을 표방하면서 '포만감'과 유의어로서 시인의 허허로운 내면을 지향하는 역설적 상황을 보여준다. 시인은 포만과 허기를 길항하며 시적 풍경을 집적하고 있는 것이다.

3. 김해에서 이방인을 마주하다

　시인은 김해의 시인이다. 김해는 약 2천년 전 가야 시대로부터 다문화적 정체성이 새겨져 있는 공간으로, 시인에게는 김해 지역에서 마주한 일상이 시적 소재가 되어 내면을 성찰하는 계기로 작용한다. 시인이 유년 시절 이래로 성장해온 김해 지역은 시인의 역사적 인식의 원형을 제공하고 문화적 자산의 토대를 구축하면서 현재적 기억과 유전적 무의식이 활보하는 공간이 된다.

　「아모르 파티」에서는 신라 유리왕 때에 수로왕의 왕후 허황옥(許黃玉)이 인도 아유타(阿踰陀)에서 올 때에 만들어 왔다는 '파사석탑'의 이야기를 바탕에 깔고 찻집에서 일하는 '이주 여성의 내력'을 짐작하는 이야기가 담겨 있고, 「유궁터」에서는 "바다 건너 아유타국에서 가져온 / 신부의 마음"을 심은 유궁터 '응달동'에서 '이국의 사랑'이 싹텄으며, 2천 년이 흐른 지금에도 '다문화 가정'으로 이어지고 있다고 파악하기도 한다. 김해는 삼국시대로부터 이어져온 이방인 문화의 원형을 현재적으로 보여주는 일종의 전통적 디아스포라 공간인 셈이다.

　다문화적 정체성의 현재적 표정은 이방인의 문화를 담아내고 있는 김해 지역의 '동상동 길'과 '봉리단길' 등에서도 확인된다. 「동상동 종로길」에서는 시인의 유년시절에 서울의 동대문시장 같던 '동상시장'이 이제 '다문화 재래시장'이 된 모습을 마주하고, '김해 이태원 거리'를 거닐며 "바닷물에 절인 이주 노동자들"의 고된 삶을 상상하면서 이방인의 언어와 음식 문화가 스며든 "이방인의 동상동 길"을 걸어가기도 한다. 「봉리단길」에서는 "신을 부르는 소리"가 들리는 '김해 봉리단길'을 걸으며 '골목'이 "언제나 안과 바깥의 경계를 허물며 / 이방인의 길을 걷는" 모습을 응시하면서, "사막에서 길을 잃어버리듯 // 가는 길이 보이지 않을 때"면 "수많은 신이 사는 골목"인 봉리 단길을 거닐며 다문화적 상상력으로 문화 혼종성의 행로를 그려보게 된다.

이렇게 이방인 문화가 새겨진 김해 지역에서 시인은 이주민 같은 이웃의 소식을 마주하는 경우가 많다. 「얼음골」에서는 택배 노동을 하던 사내가 과수원에 스며들어 사과나무밭에 세 들어 살면서 사과를 키우는 이야기를 담고 있다.

> 나무가 맨발로 걸어온다 // 선택받지 못한 그는 / 택배 일 그만두고 / 사과나무밭에 세 들었다 // 끊임없이 세상을 / 둥글게 깎고 싶은 사내, // 알전구가 깜박이는 저녁이면 / 지상으로 쏟아진 별을 주워 / 가지마다 꽃등으로 내걸었다 // 사과나무에는 굽은 등이 / 나이테로 자랐다 // 상처가 머물다간 자리 / 바닥에 수북하다 // 막걸리 한잔이면 / 저녁이 발효되는 시간 // 사과나무는 / 그 사내를 신고 / 얼음골을 오르고 있었다
> - 「얼음골」 전문

먼저 시인은 나무를 의인화하면서 "나무가 맨발로 걸어온다"고 기술한다. 하지만 뒤의 내용을 검토하면 '나무가 걸어오는 것'이 아니라 택배 일을 그만둔 뒤, '과수원 노동을 하는 사내'가 걸어오는 풍경임이 드러난다. 노동 시장에서 선택을 받지 못한 채 '맨발로 걸어오는 나무'는 택배 노동을 중지하고 "사과나무밭에 세"든 사내였던 것이다. "세상을 둥글게 깎고 싶은 사내"는 저녁이 되면 "지상으로 쏟아진 별을 주워" 가지에 "꽃등으로 내걸었"지만, 사내의 노력은 사과나무의 나이테로 새겨져, 사내의 "상처가 머물다간 자리" 아래로는 바닥에 수북히 낙과가 떨어지기도 한다. 시인은 "저녁이 발효

되는 시간"이면 사내가 사과나무에 꽃등을 달기 위해 얼음골을 오르는 모습을 마주하게 된다. 결국 얼음골을 오르내리며 사내가 사과나무 과수원에서 나무의 나이테를 늘리며 노동하는 풍경을 형상화하고 있는 셈이다.

이렇듯 이웃의 사연은 시인에게 관심거리가 된다. 그리하여 시인은 「로또」에서 "복권 사는 일이 유일한 희망"이 된 이 씨를 보면서, 퇴근 시간이면 공단에서 들려오는 '꽃잎 펴는 소리'를 들으며 곁눈질로 "목단꽃 피워보"기도 하고, 「새장」에서는 오누이만 남겨진 방이 화마에 휩쓸리게 된 비극을 '9시 뉴스 속보'로 접하기도 하며, 「사이버 스페이스」에서는 현대인이 "스마트폰 속" SNS가 제공하는 "환상의 놀이"에 길들여져 "돌아갈 집을 잃은 노숙자로 떠도"는 가상 공간을 비판적으로 인식하기도 한다.

김해를 살아내는 시인은 김해의 유무형적 자원을 내면화한다. 그리하여 시인은 이방인의 문화가 새겨진 김해 지역에 살면서 디아스포라적 생활을 이어가고 있는 이주 노동자들의 표정을 주목하면서 다문화적 풍경의 의미망을 길어내고 있는 것이다. 거기에는 2천년 전부터 이어져온 다문화적 정체성의 역사적 기원이 있으며, 현재의 문화 혼종적 상황도 함께 포착된다. 한반도는 신화적 의미에서든 현실적 차원에서든 더 이상 '단군의 자손'으로서 '단일민족국가'를 구성하는 순혈 지대가 아니라 대륙과 섬을 잇는 지정학적 혼종 문화의 원형을 보존하고 있는 혼성성의 공간인 것이다.

4. 꽃에서 생을 성찰하다

시인은 봄날의 꽃을 주목하는 일종의 '꽃의 시인'이다. 하지만 시인의 꽃은 통상적인 의미에서 봄을 안내하는 관음증적 대상으로만 존재하는 외부 세계의 아름다운 풍경이 아니다. 그 꽃들에는 시인의 눈물이 더해지기도 하고, 시인의 기도가 포함되기도 하며, 봄날 피어나는 꽃들의 향연에 대한 경탄도 있고, 섬진강에서 보내온 꽃 소식이 담겨 있기도 한다. 이렇듯 꽃은 시인의 내면과 외부, 일상과 자연 등을 연결하면서 생의 다채로운 빛깔을 반추하게 하는 매개물이 된다.

「꽃집에 세 들다」에서는 "꺾을 수 없는 향기로 핀 진달래"를 보며 시인의 "눈물이 더해져 / 더 붉어진 꽃"으로 연상되기도 하고, 「벚꽃」에서는 "하얀 나비 / 수천 마리"가 나풀거리듯 흩날리는 벚꽃잎을 보며 시인의 "기도가 / 종탑에 가 닿아 / 꽃잎으로 흩어지듯" 바닥으로 어지러이 떨어지는 모습으로 상상되기도 한다. 「어떤 결혼식」에서는 "그물 사이로 걷어 올린 햇살 속 꽃마을" 속에서 '복사꽃, 박태기나무꽃, 앵두꽃, 벚꽃, 제비꽃, 유채꽃, 할미꽃' 등이 피어난 "왁자한 꽃 피로연"에서 "꽃술에 취해" 혼절하면서 "이 봄날 어찌할꼬"를 외치며 경탄하기도 하고, 「춘분」에서는 "봄을 데우는 비"가 내리자 섬진강에서 보내오는 꽃 소식을 받고 답신으로 꽃 편지를 보내고 싶은 마음을 기록하기도 한다.

꽃은 봄의 전령사로서뿐만 아니라 때로 비유로 활용되면서 시인에게 생의 진실을 알려주는 매개체가 되기도 한다. 그리하여 '손짓으로 대화하는 수화(手話)'를 보며 시인은 "손 위로 피어난 꽃"처럼 '수화(手花)의 향기'를 내는 하나의 진실을 마주하기도 한다. 소리 없는 묵음의 대화에서 시인은 어떤 생의 비의(秘意)를 깨닫게 되는 것이다. 시인은 「수화」에서 막걸리 잔을 나누는 술집에서 다른 테이블에 앉아 시인의 언어와 다른 "그들의 언어"로 수화를 나누는 사람들의 모습을 보며 '소리와 묵음'이 서로 다른 방식으로 대화하는 풍경을 목격하고 그 의미를 기록한다.

청송 막걸리 주전자에서 아코디언 소리가 난다 / 피워 문 이야기가 연기처럼 떠돌다가 / 담뱃재로 떨어진다 / 질펀한 하루 일상을 손짓으로 털어내는 / 테이블 건너편, 수화가 멈추고 / 푸른 밭을 싹둑 벤 부추전 위로 젓가락이 봄을 캔다 / 누구의 간섭과 모의 없이 발효된 언어, / 알코올 도수만큼 익어가는 소리다 / 나의 언어와 다른 그들의 언어 / 탁자와 탁자 사이가 문처럼 닫혀 있다 / 소리로 뱉어낼 수 없는 / 날선 비명이 굳어버린 퇴적층 / 손 위로 피어난 꽃으로 향기를 낸다 / 공손한 음률을 몸짓으로 알아낸 신통력은 / 서로를 찾아가는 길이 된다 / 목젖 빨갛게 소리치는 사람들 / 손에 걸려 넘어지는 음계가 / 잔 속에서 풀어지고 있었다 / 수화를 끓이는 주전자 뚜껑이 들썩이며 / 아코디언으로 접었다 펼쳐놓은 저녁이 걸어간다.

　- 「수화」 전문

　시인은 '청송 막걸리 주전자'를 기울이면서 어디선가 들려오는 아련한 아코디언 소리를 듣는다. 막걸리집에서는 사람들이 "피워 문 이야기"가 실내를 연기처럼 떠돌다 담뱃재처럼 탁자 위로 떨어지는 것으로 여겨진다. 그때 건너편 테이블에서 "질펀한 하루 일상을 손짓으로 털어내는" '소리 없는 수화'가 멈추면서 부추전 위로 젓가락들이 서로의 봄을 캐내는 모습을 보게 된다. 시인은 그 테이블의 풍경을 보며 "누구의 간섭과 모의 없이"도 "발효된 언어"가 "알코올 도수만큼 익어가는 소리"를 듣는다. 물론 시인의 "언어와 다른 그들의 언어" 사이에서 "탁자와 탁자 사이가 문처럼 닫혀 있"는 것처럼 분리되고 단절되어 보이는 것은 지극히 당연하다. 하지만 "소리로 뱉어낼 수 없는" 내용이 "손으로 피어난 꽃으로 향기를 내"면서 막걸리 집의 온기를 데우는 진풍경이 펼쳐진다. 수화를 하는 사람들은 "공손한 음률을 몸짓으로 알아낸 신통력"으로 서로의 대화의 맥락을 잘 찾아간다. 물론 "목젖 빨갛게 소리치는 사람들"은 그들대로 다양한 음계를 "잔 속에서 풀어"내고 있지만, 다른 테이블에서 "수화를 끓이는 주전자 뚜껑이 들썩이며" 나오는 아코디언 소리를 들으면서 막걸리집의 저녁은 그대로 아름답게 깊어져 간다. 결국 시인은 청송막걸리를 마시는 자리에서 '수런거리는 사람들의 목소리'와 '어디선가 들려오는 아코디언 소리'를 배경으로 수화로 대화를 나누는 '손꽃의 향기로운 풍경'을 마주하면서 하루 일상을 마감하고 있는 것이다.

'수화의 풍경'뿐만 아니라 연꽃 등의 개화된 자연 풍경 속에서 시인은 생의 찰나적 진실을 마주한다. 시인은 「수련」에서 "바람이 흔들어 / 수런수런 피운 꽃"을 보며 "물안개 핀 이야기"와 "젖은 생각이 짚은 물결 사이"에서 환하게 피어난 사랑스런 수련을 '호기심 어린 말간 얼굴'로 응시하기도 하고, 「파계」에서는 "수련이 화르르 / 묵언으로 피고 / 발효된 불심 / 연꽃이 되"는 돌탑 근처에서 공손히 합장을 하며 파계를 거부하기도 한다. 수련(睡蓮)은 시인에게 수화(手話)처럼 소리없이 묵언수행을 하는 비경(祕境)을 선사하는 것이다. 뿐만 아니라 「팬데믹」에서는 동백꽃이 피었다가 떨어지는 모습을 보며, '코로나 19'로 인해 "판도라 상자를 꼬여낸 죗값"을 치르면서 "일상과 비일상의 경계가 허물어진" 삶의 변화를 체감하기도 하고, 「칠면초」에서는 순천만 갯벌에 피어난 '칠면초'를 보며 "몸속 깊이 서식한 단풍" 같은 느낌과 더불어 "아파야 꽃이 핀다"는 진실을 확인하기도 한다.

이렇듯 시인에게 꽃은 생의 진실된 풍경을 마주하게 하는 매개체에 해당한다. 다양한 봄꽃들의 향연에서만이 아니라 '손으로 피워낸 꽃으로서의 수화(手話+手花), 묵언으로 발효된 불심의 수련, 갯벌에 피어난 칠면초' 등에 이르기까지 꽃은 일종의 수행으로 발현된 '불심의 모양'을 표상하면서 깨달음의 매개체가 되는 것이다.

5. 문장에 대한 허기

시인의 심리적 허기는 텍스트에 대한 허기로 이어지면서, 시인이 책 속을 걸으며 자신의 문장을 탐색하게 한다. 책 속에 길이 있고, 책이 사람을 만들며, 책이 도끼가 되어 얼어붙은 고정관념의 바다를 깨뜨리면서(카프카) 유무형의 상상력을 제공하는 보물창고이기 때문이다. 시인은 책이 다양한 가능성의 세계를 입체적으로 구현함으로써 독자에게 진기한 경험을 무한대로 제공하면서 마법의 상상 세계로 안내하는 비밀 열쇠에 해당한다고 파악하고 있는 것이다.

때로 시인은 「시집 속으로 걷는다」에서처럼 『우포늪 왁새』(배한봉) 시집을 읽으며 "비명 같은 왁새 울음"을 체감하기도 하고, 「피서」에서 한여름날 '칠암도서관'에 들러 '생각의 빛'을 경쾌하게 밝히며 "책장의 길"을 걷느라 책 속에서 "길을 잃고" 독서 삼매경에 젖어들기도 한다. 뿐만 아니라 「나무에 길을 묻다」에서는 "가족 모두 만삭인 죽음을 지키지 못했던 / 아홉 살의 여름밤"을 떠올리며 "문자 홍수에서 눈물을 건져내"고 "책의 홍수에 떠밀려 온 문장"을 건져내고 싶어서, "책 속의 길 떠나 / 길 속의 책 찾아" 딱따구리가 쪼는 나무의 소리를 들으며 인생의 길을 묻기도 한다.

특히 「마법의 방」은 언어와 문장에 대한 염결의식을 지닌 시인의 시적 자의식을 보여주는 시편이다. 살균된 문장으로 싱싱한 표현을 낳고 싶은 욕망을 토로하지만, 시든 꽃잎처럼 악취가 나는 주문을 외우고 있는 것은 아닌지 자성하는 시인의 표정이 드러나는 것이다.

흩어진 글자를 모아 소독기에 넣었다 / 읽히지 않은 사람들의 지문은 / 스쳐 간 책갈피에서 방문객을 지운다 / 자외선램프에 살균된 문장은 / 싱싱한 표현으로 알을 품었다 // 더운 바람에 부화한 물까치 /

쪼아 먹다 남은 무화과 열매에 / 개미들이 단맛을 핥고 있다 // 입안의 말들을 소독한 살균기와 / 머리카락이 한 움큼씩 빠진 원형의 기억 / 파란 조명이 켜진 새장에 가뒀다 // 불순했던 청춘은 통증 앓는 날이 많았다 // 내 생각은 어디에 넣어 살균할 수 있을까 // 시든 꽃이 하는 말은 자주 악취가 났다 // 기억하지 못한 허공의 암호로 / 마법을 푸는 주문은 점점 길어진다 // 살균과의 전쟁에서 / 소독기는 균들이 밀봉된 캡슐을 떠뜨린다 / 텃새가 푸드덕, / 불순한 생각들을 훔쳐 가고

　－「마법의 방」 전문

　시인은 "흩어진 글자를 모아 소독기에 넣"고 싶어한다. 글자를 소독하면 오염된 언어가 정제되어 독자에게 정화된 의미가 제대로 전달될 수 있다고 생각되기 때문이다. 가독성이 떨어지는 지문은 텍스트에 대한 "방문객을 지"울 수 있기에 소독된 글자들이 필요한 것이다. 그리고 시인에게는 "자외선램프에 살균된 문장"들이 "싱싱한 표현"으로 변화되어 새로운 의미의 "알을 품"을 수 있을 것으로 기대된다. 물까치와 개미 같은 동물들은 본능적으로 먹이 찾기에 바쁘겠지만, 시인은 '소독된 말들'과 "원형의 기억"을 찾아 "파란 조명이 켜진 새장에 가둬" 두고 필요할 때마다 적재적소에서 활용하고 싶어한다. 그러나 시인의 "불순했던 청춘"의 시절에는 언어로 인해 "통증 앓는 날이 많았"던 것으로 기억된다. 그러므로 시인은 자신의 생각을 살균할 매체를 고민해 본다. "시든 꽃이 하는 말"에서는 악취가 날 뿐이기에 시인은 악취를 제거하고 싱그러운 생기를 부여하고 싶어지는 것이다. 하지만 시인조차 "기억하지 못한 허공의 암호"는 "마법을 푸는 주문"을 점점 길어지게 하고, "살균과의 전쟁"을 치르는 시인은 소독기가 "균들이 밀봉된 캡슐을 떠뜨"려 일종의 '멸균이라는 승리'를 가져오기를 기대한다. 그때 시인의 "불순한 생각들"은 텃새가 훔쳐갈

수 있을 것으로 판단되기 때문이다. 결국 시인은 자신을 둘러싼 언어와 문장과 생각 들이 오염되어 있을지도 모른다는 전제 하에 살균 처리 과정을 거쳐 새로운 감각의 순정한 언어로 정제되어 필요할 때면 언제나 '싱싱하고 향기로운 표현'으로 새로이 활용될 수 있기를 기대하는 것이다.

시인은 머리말에서부터 '시의 성분 함유'를 이야기하면서 언어와 문장, 비유와 상징, 압축과 절제 등 시적 수준에 대한 자의식적 고민을 화두처럼 내비친 바 있다. 그리고 자신만의 언어로 세계를 투명하게 인식하고 표현하고자 하는 욕심은 시인에게 물리적 포만감과 시적 허기의 대비로 표상되고 있다. 이제 시인의 그 시적 허기는 결핍과 잉여 사이를 길항하며 자신만의 시 세계를 구축하기 위해 앞으로도 계속 시적 영혼의 상처와 통증을 앓으며 항해를 지속하게 될 것이다.

6. 엄마로부터 배우다

시인은 엄마로부터 생의 의미를 배운다. 엄마는 '엄마의 손맛과 얼굴'을 통해 기억되기도 하고, 병실에 누워 앓는 존재로 떠오르기도 하며, 비탈밭에서 호미질을 하면서 따뜻한 밥상을 자식에게 안겨준 존재로 표상되기도 한다. 과거로부터 현재에 이르기까지 엄마의 표상이 시인의 생애 곳곳에 깊고 넓게 새겨져 있기 때문이다. 그러므로 봄부터 겨울에 이르기까지 시인의 사계절은 엄마로부터 발원하여 엄마에게로 이르는 시간이 된다.

시인은 「콩밭의 기억은 푸르다」에서 "풋콩 구워 먹었던 콩밭"의 기억을 떠올리며 강 건너 계신 '엄마의 손맛과 얼굴'을 회상하기도 하고, 「어머니의 봄」에서는 "시든 꽃으로 병실에 누워 지내"는 존재가 되어 봄을 잃은 모습에 안타까움이 깊어지기도 한다. 그리고 「호미」에서는 봉하마을 봉화산 정토원에 오르는 길에서 "호미 든 관음상"을 보면서 "비탈밭에 웅크린 엄마"를 연상하기도 하고, "거칠고 묵은 땅"에서 호미질로 자식을 키운 "엄마의 불심"을 읽어내기도 한다. 「친정」에서는 "코로나 걸린 겨울날 / 냄새와 맛을 잃었"다가 '달래와 냉이, 머위 쌈과 두릅, 쑥국' 등속으로 "봄을 차린 엄마 밥상"의 "변하지 않는 손맛"을 느끼기에 "엄마 집"으로 향하면서 겨울을 이겨낸 봄이 '따뜻한 바람의 밥상'으로 차려져 있기를 기대하기도 한다.

이렇듯 시인에게 엄마는 '봄의 대명사'다. 그러므로 시인은 「봄을 데치다」에서는 "새파랗게 데친 봄"에서 "훅, 묻어난" "쌉싸름한 두릅 향기"를 온몸으로 흡입하며 "사랑으로 핀 엄마꽃"을 상상하면서 "소나무 껍질 같은 / 엄마"의 손을 잡고 "초록을 데치"고 싶어한다. 뿐만 아니라 「치자꽃」에서는 부침개 반죽을 하며 "바람개비 닮은 하얀 꽃"이 "달콤, 상큼한 향기와 함께 / 촛불 밝힌 다홍빛 치자 열매"로 변하자 "엄마의 웃음"을 읽어내고, 「호야꽃」에서는 "초록집 담장가에 웅크리고 앉아" "둥근 수레 밥상을 펼친 엄마"가 "별 안에 별을 품은" 호야꽃의 꽃잎을 세는 풍경을 응시한다. 엄마는 시인에게 무의지적 기억의 대상이 되어 가장 중요한 시적 존재로 형상화되고 있는 것이다.

반면에 시인의 아버지는 간소하게 호명된다. 아버지는 「나무에 길을 묻다」에서 시인이 9세였던 여름밤에 "대나무 꽃을 피운 채 자고 있었"던 존재로서 "가족 모두 만삭인 죽음을 지키지 못했던" 현장의 책임자이기도 하고, 「흑백사진」에서는 "신기루 환상을 찾아 사막을 걷는 낙타"가 되어 "모래바람 헤치며, 끊어질 듯 이어지는 기억을 돌리"던 시절, 그때 10세 딸을 앞세워 5일장을 기웃거리던 아버지의

'주름상자 필름'을 떠올리게 만드는 존재이기도 하다.

시인에게 아버지가 간간이 과거의 유년시절 추억을 떠오르게 하는 아련한 존재라면, 시인의 자식(아들과 딸)은 모성의 의미를 확인시켜 주는 존재가 된다. 대표적으로 「소금 집」에서 시인은 아들의 힘겨운 '노동의 흔적'으로 피어난 '신발의 소금꽃'을 주목한다.

신발장 문을 열 때마다 소금꽃이 핀다 // 나뭇잎마저 숨을 멈춘 한낮 / 공사판 철골 짊어진 아들 어깨에 / 보랏빛 수국이 피었고 // 아르바이트로 버석거린 땀, / 마른 꽃잎이 증발시킨 소금을 팔아 / 생일 선물을 했다 // 허리 휜 골목길 / 엉킨 전선을 끊는다 / 제각기 색깔이 다른 신발은 / 지구를 돌아 바닥으로 왔다 / 발들의 족쇄를 푼 안식 // 신의 집을 경배한 시간 / 낡은 구두코와 닳은 밑창을 들여다보면 / 소금꽃은 해초 향을 피운다 // 땀방울이 굴린 / 소금 집을 짓는다 / 단단한 징, 구두 굽을 박는다

  - 「소금 집」 전문

시인은 신발장 문을 열면서 "소금꽃이 핀" 현장을 목격한다. 소금 집 같은 신발장을 보며 시인은 한낮에 "공사판 철골 짊어진 아들 어깨"에 힘겨운 노동의 훈장처럼 "보랏빛 수국이 피었"던 사실을 기억한다. 아들은 "아르바이트로 버석거린 땀"을 흘리고, "마른 꽃잎이 증발시킨 소금을 팔아" 시인 엄마의 생일 선물을 제공한 적도 있을 정도로 애틋한 존재다. 그런 아들의 "제각기 색깔이 다른 신발"이 "지구를 돌아 바닥으로 왔다"는 사실을 이미 알고 있는 시인은 아들이 "발들의 족쇄를 푼 안식"을 가져볼 수 있기를 기대한다. 시인의 아들이 지구촌 곳곳을 누비며 신었을 신발들의 모습에서 아들의 지난했을 족적을 읽어내고 있는 것이다. 그러므로 아들이 신었던 신발

의 "집을 경배"하면서 "낡은 구두코와 닳은 밑창을 들여다보"는 시간이 되면 시인은 '소금꽃'이 "해초 향을 피우"는 것 같은 감각을 내면화하게 된다. 바다를 건너 이곳으로 온 신발들로 짐작되기 때문이다. 그러므로 "땀방울이 굴린 / 소금 집을 짓는" 아들의 노동을 짐작하며 시인은 "단단한 징, 구두 굽을 박"아 아들을 위해 튼튼한 신발을 제공하고 싶어진다. 결국 시인은 아들이 힘겨운 아르바이트 노동을 거치며 단단해지고 있는 모습을 대견해 하면서도 소금꽃 피어난 신발이 제공하는 '노동의 신성성'을 경배하는 전형적인 모성애를 보여준다. 아들에 대한 살가움은 「눈꽃빙수」에서도 아들과 함께 눈꽃빙수를 먹으며 "같이 걸어줘서 고마워"라며 아들의 동행에 대한 고마움을 전하는 것으로 이어지기도 한다.

하지만 아들과 다르게 딸은 시인의 심리적 허기를 자극하는 존재가 된다. 즉 시인은 「허기의 말들」에서 국제전화로 딸과 통화하며 "엄마 보고 싶지 않니"라는 자신의 말에 "아직은 견딜 수 있어요"라고 대답하는 딸의 말을 듣자 서운해진다. 결국 "외로움을 녹여" 밥과 과자와 사탕을 먹어도 여전히 허기진 자신을 "데우는 비"가 내렸다가 그치는 풍경에서 시인은 '생의 허기'를 확인하게 된다. 시인은 이국의 공간에서 생활하는 딸과의 대화에서 '서운함과 외로움'이라는 존재론적 허기를 실감하고 있는 셈이다.

이렇듯 시인에게 엄마와 아버지와 자식은 정도는 다르지만, 시인의 현재적 좌표를 성찰하면서 기억을 환기시켜 주는 존재들이 된다. 특히 시인이 호명하는 엄마는 대타자적 존재감을 피력하면서 시인의 내면과 외부 세계, 자연과 일상, 기억과 무의식에 이르기까지 언제 어디서나 원형질적 존재로 호명되면서 시인의 의미론적 토대가 된다. 물론 아버지는 주로 시인의 유년시절을 추억하게 하고, 아들과 딸은 모성의 애틋함과 아쉬움을 확인하게 하는 존재로서 유의미한 가족이 된다. 이 가족은 존재론적 원근감 속에서도 시인에게 시적 온기를 불어넣어주는 든든한 안전판 역할을 담당하고 있는 셈이다.

7. 시간을 요리하는 시인

시인은 '시간'을 응시한다. 시인이 주목하는 시간은 다양한 수식어를 동반함으로써 '시간의 외연'을 확장하고 변주하면서 다채로운 '시간의 감각'을 집적한다. 주로 오래된 '발효의 시간감'을 지닌 키워드로 '어떤 시간'을 채집하여 인간이 '시간 위의 존재'라는 한계 상황 속에서도 '시간의 의미망'을 펼치고 모아내는 존재임을 기록하는 것이다.

이를테면 「고해성사」에서는 '뜨거운 미역국'으로 "혈을 틔우"는 고백을 하며 "바다의 시간"을 걷어 올리는 해산미역의 소중함을 확인하고, 「입춘」에서는 "오해의 덫을 갉아먹은 우정"이 '겨울잠'에서 깨어나 "발효된 시간"이 되길 기대하며, 「그 바위에는 황새가 살았다」에서는 "비켜난 시간을 당겨" 보며 "금벌의 시간 속에서" 그린 "어린 날들의 황새"를 떠올려보기도 한다.

뿐만 아니라 시인은 「뒷고기와 피아노」에서 "어둠이 빚어낸 지상의 별빛" 아래에서 포장마차에 들러 "술잔 위에 빈혈의 시간"을 채우기도 하고, 「적막이 키운 파도」에서는 광안리 바다에서 "시간의 힘으로 견딘 불빛들이 사그러지지 않"은 채 파도를 토해내며 "바람의 냄새가 / 적막한 바다 위에 스며들고" 있는 풍경을 응시하기도 하며, 「할메리카노」에서는 마을 카페 할머니들이 "압축된 폐휴지가 박제되어 / 일곱 번 죽다 살아난 손"으로 '할메리카노'를 내리면서, "떨려서 못 하면 큰일 아이가" 등의 사투리 섞인 대화를 나누는 "비장한 말들"을 들으며 "얼음의 시간"을 녹이기도 한다.

　이렇듯 시인은 '시적 허기와 물리적 포만'으로부터 '다문화적 공간으로서의 김해'와 '생기로운 봄꽃'과 '봄의 대명사인 엄마'와 '살균으로 정제된 문장'을 거쳐 '오래된 발효의 시간'에 이르기까지 존재론적 결핍을 지속적으로 응시한다. 결핍이 잉여를 지향하며 욕망을 길어내듯 허기가 포만의 상태를 전제로 중층적인 허기의 다면성을 완성하듯이 말이다. 시인은 자신의 운명을 사랑하는 '아모르 파티'를 지속하기 위해 허기로운 결핍감을 유지할 것으로 보인다. 그것이 시적 함량을 충족하려는 시인의 필요불가결한 태도이자 입장이기 때문이다.

(시집 『이방인의 길』 해설, 2023)

풍경을 응시하는 깊이

- 김길전론

1. 저녁을 향한 시선

김길전 시인은 풍경 매니아다. 자신을 둘러싼 풍경을 읽고 그 의미를 길어내는 데에 깊은 관심을 표명하고 있기 때문이다. 관음증적 촉수로 세계를 더듬어 그 의미를 재발견하는 발군의 재주를 선보이며, 시인은 새로운 의미의 채록자임을 자처한다. 특히 아침보다는 저녁을 향한 시인의 시선이 깊고 그윽해 보인다. 그것은 아마도 황혼 무렵의 풍경이 하루의 마감과 함께 사색의 시간대로 시인을 인도하기 때문일 것이다.

시인은 풍경의 의미와 대상의 틈새를 독해하기 위해 일상 생활에서 거의 사라지고 있는 순우리말을 살려쓰는 언어의 파수꾼이다. 기수역(=강물과 바닷물이 섞이는 곳)이나 개웅(=썰물 때 작은 배들이 드나드는 뱃길), 시접(=접혀서 속으로 들어간 옷솔기의 한 부분), 푸서(=피륙을 베어낸 자리에서 풀어지는 올), 숨비(=숨을 참고 물속으로 잠겨 들어가다의 어원), 개개비(=휘파람새) 등이 대표적으로 해당한다. 독자는 낯선 단어의 문맥적 의미를 독해하기 위해 단어의 의미를 검색하고 나서야 맥락을 이해하게 된다. 일종의 '낯설게 하기'처럼 낯선 고유어의 출현은 텍스트에 대한 집중력을 제고하는 효과를 발휘하는 셈이다.

시인의 눈은 바깥을 향해 있지만 실은 더 깊이 시인 자신의 내면을 응시한다. 세계를 투명하게 바라보면서 그 표면과 이면을 관통하는 의미의 본질을 파악하기 위해서는 시인의 호흡을 갈무리하는 내성화 과정이 필수적이기 때문이다. 독자는 세계로부터 발원하여 시인의 내면에서 새로이 발효된 언어가 포착하여 부려놓은 세계의 진상(眞相)으로부터 다시 세계의 풍경을 독해한다. 그리하여 시인의 안목에 의해 일차적으로 걸러진 세계가 독자의 내면에 새롭게 착상되고, 다시 새로운 풍경의 파문을 집적하기 위해 길을 떠난다. 그러므로 김길전의 시는 여러 겹의 내면 풍경이 녹아드는 대화성의 크로노토프(바흐찐)가 된다.

2. 풍경을 향한 관음증

시인은 고즈넉한 사유의 시선으로 세계를 바라본다. 그때 보이는 풍경과 자연을 사랑하는 까닭에 시인은 모름지기 관음증적 시선의 소유자다. 시인은 자신의 주변 세계로부터 천변만화하는 생의 표정을 읽어내는 응시의 달인이다. 먼저 시인의 눈에는 자연 풍경이 포착된다. 이때의 자연은 시인 자신의 모습을 들여다보는 거울 같은 역할을 수행한다.

먼저 「관음증」에서 시인은 '기수역'의 해거름 무렵에 오줌을 누다가 "탁발의 눈길"을 지닌 "갈대들의 관음"에 노출되어 신중하지 못했던 자신의 행동을 반성한다. "갈밭의 저녁 눈길"을 받으며 낯 뜨

거워진 자신의 생애를 부끄럽게 성찰하게 되는 것이다. 이렇듯 풍경
은 시인의 바깥에 존재하면서 시인의 내력을 되짚어보게 만드는 기
제가 된다. 「바람에 달빛이 풀풀 날려서」에서도 시인은 삶이 "풀잎의
흔들림 같은 유희"이거나 "한낱 갈대 숲 다녀가는 저녁 개개비 같은
유희일 수 있"기를 바라면서 자연으로부터 배운다. 사뭇 진지하게만
받아들여질 수 있는 삶을 '일종의 자연의 유희'처럼 읽어낼 때 비로
소 생의 여유를 확보할 수 있는 것이다. 하지만 '미세먼지' 자욱한 세
계에서 시인은 호흡에 대한 불편감 속에 답답해한다. '미세먼지'가
실은 "사람과 사람 사이의 먼지"라서 "어쩌면 난발한 예언"처럼 "마
음을 곁들이지 않은 광물성의 말"(「미세먼지」)로 인식되기 때문이
다. 미세먼지는 마음을 배제한 말의 남발처럼 자연과 인간을 공존과
상생의 관계에 놓는 것이 아니라 배척과 두려움의 관계로 소원(疏遠)
하게 만드는 단절의 매개체인 것이다.

갈대와 바람과 먼지를 거쳐 「거미」에서 시인은 '거미'를 '그녀'로
의인화하여 거미의 생을 유추하면서, 거미가 "적막의 깊이를 곁눈질
하던 눈"을 가진 존재이며, "이승의 낙법을 익히지 않"았기에 "사랑
마저도 허기"진 존재라고 인식한다. 거미가 '적막에의 안목'과 '사랑
의 허기'를 내성화한 여인처럼 연민의 대상으로 인식되는 것이다. 더
구나 '거미'는 "지독한 난시"이기에 "돌 속 자수정 같은" 시선을 "플
래시처럼 들고 다니"면서도 몸 속에 "차디찬 별"을 숨긴 모호한 존재
로 읽혀진다. 시인이 보기에 적막과 허기 속에 아무도 모르는 '별의
내면'을 품은 존재가 '여성화된 거미'인 것이다. 결국 시인은 거미의
눈으로 세상의 적막과 실존의 허기를 겹쳐보고 있는 것이다.

풍경을 바라보는 사유의 정점을 보여주는 「물끄러미」에서 시인은
"물끄러미 보면 더 잘 보이"는 세상을 그야말로 '물끄러미' 바라본다.
저물어가는 오월의 저녁 갈대밭에서는 그런 자세여야 비로소 세계

가 더 맑고 투명하게 보이기 때문이다.

　　물끄러미 보면 더 잘 보인다 / 아직 저녁이 아니어서 마음 밖으로 마
　음을 내보내고 물끄러미 바라보면 산이 좁힌 그 축척까지도 다 보인다
　/ 물끄러미 보이는 것들의 마음에서도 보풀이 인다 / 오월 갈대밭은 저
　물어 갈수록 물러서는 과거형 소묘이다 / 갈대밭에서 물끄러미 보면 /
　물끄러미 아직 제 안에서 개는 술 같이 저녁이 온다 / 나를 일으켜 세
　우면 낮추어 엎드리는 그 저녁의 언저리에 배밀이로 온다 / 마치 기슭
　배어낸 갈대 새움처럼 그렇게 온다 / 삶은 갈대밭에서 두어 길 물러선
　기슭 자리에서 문득 마음 짚이는 경계에 향기로 금줄을 치는 해당화 /
　마침내 저를 들어 면류관 같은 붉은 시선을 벗기듯 / 제게서 저를 거두
　는 법이다 // 혼자 멀리 걸어 나간 강 언덕 위 감나무에서 감꽃이 지듯
　/ 꼬리가 뭉툭한 도마뱀의 시선으로 보다 / 나무 산책로의 틈새처럼 물
　끄러미 저녁을 보다
　　–「물끄러미」전문

　　'물끄러미' "마음 밖으로 마음을 내보내고" '텅 빈 마음'으로 저녁
이 오기 전 세상의 풍경을 바라보면, 시인에게는 '산이 좁힌 축척'까
지도 함께 보인다. 그리고 거기에서는 '마음의 보풀'이 일어나는 모습
도 볼 수 있으며, "과거형 소묘" 속에 '술 같은 저녁'이 배밀이처럼 느
리게 다가오는 모습에서 시인은 삶의 풍경도 함께 읽어낸다. 시인은
물끄러미 저물어가는 저녁의 풍경을 묵묵히 내다보며 일상에서 비
롯된 묵은 때와 마음의 경계를 씻어내고 있는 것이다. 그리고 그것
은 삶이 스스로를 거두는 '삶의 문법'을 보여준다. 시인은 저물녘의
풍경을 "꼬리가 뭉툭한 도마뱀의 시선"으로 바라본다. '꼬리가 잘린
혹은 꼬리를 자른' 파충류의 시선은 일상의 상처를 견뎌낸 존재의

무게감을 보여준다. 결국 '도마뱀의 시선'은 물끄러미 세계를 자연스레 읽어내는 시인의 뭉툭해진 시선을 함유하는 메타포로 기능한다.

시인은 '차'를 "말린 그늘"이라고 명명하면서, 그 그늘처럼 "시고도 서늘해야" 사랑 같은 그늘이 된다고 파악한다. '그늘로서의 차'가 '멀어져야 비로소 발현되는', 항성 진화의 마지막 단계를 보여주는 "백색왜성의 눈빛"(「차 한 잔 하시지요」) 같은 '묵직한 존재감'을 보여준다는 사실을 알고 있기 때문이다. 시인은 돌담을 보면서도 구멍과 돌의 친연성을 상상한다. 어쩌면 시인의 인생이 돌에 구멍을 내며 살아온 궤적을 닮아 있기 때문이다. 그리하여 "봄볕에 마음을 덥히는 아침 돌담"에서 시인은 "아주 큰 구멍 안의 작은 구멍"(「돌담」)이 바로 '돌담'이라고 생각한다. 돌은 구멍으로 유지되는 견고한 물성의 매체인 셈이다. "겁이 많은 영혼"인 시인은 만재도 몽돌 해변에서는 "어떤 시선의 시새움에 뚫린 미망의 돌 하나를 가져와 일상의 뒤쪽 천정에 실을 꿰어 매달아"(「구멍 뚫린 돌을 매달다」) 둔다. 그리고는 밤이면 그 구멍을 거쳐 "어떤 부름"이 오고, "살아 있는 그림자"를 만나면서 "형상을 매달아 허공에 발바닥을 띄운" 채 세상을 "떠도는 이승의 부력"을 읽어낸다. "미망의 돌 하나"를 통해 시인은 자신의 인생이 살아낸 미망한 표정을 반추하고 있는 셈이다.

이렇듯 시인은 차와 돌담과 돌을 통찰하면서 삶의 무게와 생의 비의를 읽어낸다. 차에서 그늘과 사랑을 읽어내고, 돌담과 돌에서 구멍과의 관계를 유추하며, 시인은 이승을 부유하면서 서늘한 그늘처럼 혹은 작은 구멍처럼 대상에 대한 시새움을 품으며 '허공의 마음'을 소유한 채 살아가는 존재인 것이다. 결국 시인은 다양한 자연이 제공하는 풍경으로부터 삶의 진리를 터득하고 있는 셈이다.

3. 꽃으로부터 배우다

풍경과 자연을 향하던 시인의 관음증적 시선은 꽃으로도 이어져 생의 비의를 새로이 깨우치게 한다. 시인의 안목이 나포한 세상에서 무수히 많은 가르침을 보여주는 자연 속에서도 그야말로 대표성을 지닌 존재태가 꽃인 것이다. "꽃의 무한화서(無限花序)"처럼 시인은 무한히 반복되는 꽃의 개화와 낙화로부터 생장소멸의 내공을 읽어낸다.

먼저 「배롱나무」에서 시인은 배롱나무꽃의 개화에서 꽃의 간지러움을 포착한다. 배롱나무꽃이 "꽃을 피우고는 그 꽃으로 간지럼을 타"며 "아무리 해도 제게 닿지 않는" 몸짓을 펼치는 모습을 보면서 "음력 오월이 / 세상에 태우는 간지럼"을 읽어내는 것이다. 시인에 의해 꽃은 세상을 간지럽히기 위해 자기 몸을 피워내는 존재가 된다. 더욱이 배롱나무꽃이 "붉게 칠한 손톱 세우는 제 안의 가려움"을 꽃으로 피워내는 "꽃이 된 파양(爬癢)"(=가려운 데를 긁음)의 시원함을 기록하면서 세상으로부터 얻은 자신의 가려움도 함께 시원하게 긁어내고자 한다. 개화하는 배롱나무꽃이 보여주는 '꽃의 파양'을 읽으면서 시인은 자신이 살아낸 생의 간지러움을 해소하는 대리만족의 진경을 찾아낸 셈이다.

배롱나무꽃에 이어 「꽃의 풍장」에서는 '꽃이 없는 은행나무'를 보면서, 꽃이 지고 나서야 "사랑의 흔적"을 흐릿하게나마 내보이며 소멸하는 꽃 풍경을 관찰한다. 은행나무꽃에게서 "바람의 똥"처럼 희미한 근거를 보기도 하지만 "봄을 보내는 나무"치고는 꽃이 별로 없는 풍경 속에서 꽃을 피운 "바람의 근거"를 사유하며 "꽃의 사망"과 "꽃 이후의 풍장"을 함께 읽어낸다. 시인은 '꽃 없는 은행나무 꽃'에 대한 단상으로부터 바람과 사랑, 삶과 죽음의 흔적을 길어내고 있는 것이다.

'배롱나무꽃의 간지럼'과 '은행나무꽃의 흔적'에 이어 「매화」에서
는 매화꽃에 대한 헌사를 통해 이승의 몸짓을 읽어낸다.

> 그예 가시려는가 / 등으로 담장을 넘다 넝쿨장미의 가시에 걸린 눈
> 빛이 / 끝내 합하지 않는 갈피 같아서 / 밖에 세워둔 그림자 내 안에
> 들이지도 못했는데 아주 가시는가 // 이승은 가도 가도 추임새 같은 몸
> 짓뿐 / 열어젖힌 네 가슴 앞에서 나 모든 사유의 축척을 버렸어도 다시
> 아득하여라 // 빛으로 가고 / 가기 위해 오던 걸음마다 발바닥에 금을
> 보탰으나 / 지금 봄밤이 묽어지는 삼월 / 내 손길 같은 금줄을 걷고 들
> 어와 뒤로 저를 잠가버린 너의 손가락 아직 남은 반지 자국이 슬프다
> // 한때 세한의 바람벽에 너를 그려보려고도 하였으나 / 너는 부석처럼
> 구멍 많은 몸짓이더라 // 누가 거기 후렴 같은 바람의 길섶에 매화를
> 두었는가 추억은 / 접혀 네 밖으로 밀려나던 무늬 / 그 화려한 낙법에
> 시새운 부기 꺼지듯 삶의 색이 진다 // 떠난 자리 그 아뜩한 눈빛이 꼭
> 지를 따는 / 그 이승의 저녁 끝내 은빛이다 / 길 위의 춤이다
>   -「매화」전문

시인은 매화의 낙화에서 생장소멸의 풍경을 읽어낸다. 3월의 어
느 봄날 자신의 그림자를 내면에 수용하지도 못한 채 "추임새 같은
몸짓"에 불과한 이승의 생을 등지고 매화는 떠나간다. 시인은 떠나
가는 매화 앞에서 아득해지면서 "모든 사유의 축척"을 버린다. 자신
의 사유가 아늑한 낙화의 풍경 앞에서 무의미하게 느껴지기 때문이
다. 봄밤이 묽어지는 3월에 시인은 매화가 남긴 "반지 자국"으로부
터 슬픔을 체감한다. 한때 "구멍 많은 몸짓"의 매화를 그려볼 엄두
를 내보기도 하지만 그것은 불가능하다. "후렴 같은 바람의 길섶"에

놓아둔 매화가 이미 추억이 되어 사라졌기 때문이다. 매화의 "화려한 낙법"을 지켜본 이후 시인의 삶의 색 역시 바래지고, 그제서야 이승의 저녁 빛깔이 매화를 닮은 은빛임을 깨닫게 된다. "길 위의 춤"을 선보이며 매화는 시인에게 이승의 빛깔이 일렁이는 은빛임을 알려주고 떠나간 것이다. 매화꽃이 지는 풍경 속에서 시인은 '일생의 그늘진 춤'의 색감을 독해하고 있는 셈이다.

시인은 "한 겹의 가을"에는 어느 절 요사채의 50평쯤 되는 마당을 채운 호박 덩굴을 보며 "삶의 지도"가 구현된 듯한 생각에 젖어든다. "노을빛 호박꽃"의 "수인 같은 암술이 어떤 길의 입구"(「그 절 마당이 법당이었습니다」)로 인식되면서 "산 자의 구도" 행위가 빚어낸 "삶의 대본" 같은 "필사본"으로 호박꽃 암술을 바라보는 것이다. 이렇듯 시인은 꽃의 무늬와 의미와 생장소멸로부터 이승의 참 의미를 발견하고 있는 것이다.

4. 가족과의 상상적 대화

자연 풍경과 무생물, 꽃으로부터 세계의 통찰력을 키우던 시인은 가족과의 일화에서도 생의 진실을 마주한다. 시인에게 혈연으로서의 가족은 찰나적 접촉만으로도 무궁무진한 기억을 소환하면서 생의 오감을 일깨우는 존재들이다. 손자와 어머니를 비롯하여 아내와 아버지와 백부 등이 추억으로서의 생을 환기하면서 가족의 일원으로서의 시인의 삶을 성찰하게 만들어주는 대표적 존재에 해당한다.

먼저 「키스」에서 시인은 40개월 손자로부터 볼에 뽀뽀를 받으며, "오감을 감아드는 더듬이"를 감지하고 구스타프 클림트의 〈키스〉 그림에서 풍기는 절박함을 간접적으로 체감한다. 그리고 "전생과 내세의 병치" 속에 자신의 생애를 지나온 "키스의 무늬"를 반추해 본다. 손자의 볼 뽀뽀가 조부의 키스의 추억을 소환하는 발화점이 되는 것이다. 뿐만 아니라 「내 손자」에서는 전화기로 32개월 된 손자의 웃음소리를 들으며 강변에서 "낙조의 물빛을 가득 채운" 손자의 이미지를 떠올리기도 한다. 이렇듯 4~5세의 손자는 눈에 넣어도 아프지 않은 핏줄의 질긴 인연을 환기시키면서 생을 흐뭇하게 관조하게 만드는 유전자의 힘을 보여준다. 손자뿐만 아니라 「꽃 검색」에서는 외래종 꽃일 "확률이 51%"로 검색된 "잠든 아내의 얼굴"을 보며 "익명 같은 이름"을 가진 아내가 "더는 꽃이지 않은" 현실 속에서도 "꽃술 같은 시선으로 비로소 꽃"임을 인정한다. 수십 년 동안 부부의 연을 맺어온 세월이 새겨놓은 '꽃이 아닌 인상'의 아내를 시인은 '인(人)꽃' 으로 여기고 있는 것이다.

손자와 아내에 이어 「참기름 한 병」에서 시인은 "섣달에 어머니 가시고 다섯 달" 뒤 해거름 무렵에 걸려온 동생의 전화에서 "참기름 한 병"의 사연을 전해들으며, "누이의 설움"과 '어머니의 손길'을 함께 추억한다. 돌아가신 어머니가 남겨놓은 '참기름 한 병'에서 풍겨오는 모정의 향기가 시인에게 사후적으로 깊이 각인되기 때문이다.

'어머니의 참기름'에 대한 추억은 「귀뚜라미」에서 헌 털신 한 켤레의 울음소리로 변주되면서 고향집 뜨락에서의 어머니의 기억을 환기하게 한다.

  홍시 따먹던 달이 내 안에 들어 / 염탐하듯 들른 고향집 뜨락에는 귀뚜라미 소리 가득하다 / 저 울음은 어디에서 비롯되었을까 // 툇마루 아래 선 그림자로 이어진 낡은 신발장을 열어보니 / 거기 울음을 들킨 / 내 어머니 헌 털신 한 켤레
    - 「귀뚜라미」 전문

시인은 홍시를 따먹던 추억의 달을 내면에 품고 있는 존재이다. 과거의 기억을 곱씹으며 "염탐하듯 들른 고향집 뜨락"에서 시인은 기대와 다른 귀뚜라미 소리를 마주한다. 그리고 그 울음소리가 어디에서 비롯되었는지를 탐문해 본다. 그리하여 결국 소리의 진원지를 찾아낸다. 낡은 신발장 안에 놓여진 "어머니 헌 털신 한 켤레"가 내는 존재의 울음이 귀뚜라미의 소리로 변주되고 있었던 것이다. 어머니의 전신을 버텨냈을 '털신의 울림'이 시인을 고향집 뜨락으로 안내해준 '귀뚜라미 울음소리'였던 셈이다. 이렇듯 고향집 뜨락에서 마주한 귀뚜라미 소리로 인해 시인은 어머니와의 기억을 환기하며 가족의 추억이 지닌 힘을 체감한다.

어머니에 이어 「삼인칭」에서는 아버지가 늘 "문밖"인 존재였음이 드러난다. 그러나 '문 밖의 존재감'에도 불구하고 손자에게 흐르고 있을 가족의 DNA를 '석양의 모자 채양의 각도'로 읽어내면서 시인은 "아버지의 삼인칭"으로서의 자신과 함께 '자신의 아들과 손자'까지도 아버지의 3인칭적 존재로 바라본다. 시인에게는 4대에 걸쳐 체감되는 '모자 채양의 각도'가 '아버지의 3인칭들'을 '1인칭의 다른 모습'으로 인식하게 만들기 때문이다. 아버지에 이어 「잊힌 것들은 손을 쫙 펴고 있었다」에서는 "삶의 악력"과 "내세의 시간"을 보여주는 백부의 펼쳐진 손바닥에서 "백골의 손짓"을 읽어낸다. 그리하여 백부의 "낯설고 허약한 손바닥"에서 "잊힌 것들은 다 손을 쫙 펴고 있었다"는 체험적 진실을 깨닫게 된다. 망자의 손바닥으로부터 이승과 내세의 중첩된 시간을 함께 읽어내고 있는 셈이다.

이렇듯 손자와 어머니를 비롯하여 아내와 누이, 아버지와 백부를 소환하면서 가족들의 이야기를 집적하는 것은 시인이 살아온 내력을 통해 자신의 정체성을 확인하기 위함이다. 자신과 가족이 맺어온 관계의 사슬을 들여다봄으로써 묻혀 있던 자신의 과거를 발굴하고 의미 있는 '두터운 현재'로 체현하고 있는 것이다. 풍경과 꽃의 응시로부터 시작된 세계는 시인 바깥에 존재하는 현실적 대상이지만, 가족 이야기는 과거와 현재의 상상적 대화를 기록함으로써 시인 자신을 들여다보는 거울로 기능하게 된다.

5. 계절의 변화

풍경과 꽃, 가족에게서 발원한 표정들은 찰나적이다. 하지만 그 표정들이 모이면 시간성을 내장하게 된다. 그리하여 풍경은 '변화의 지속'으로서의 생명력을 지니게 된다. 시인에게 풍경은 계절의 변화를 알려주면서 변화무쌍하게 전개되는 생의 모호한 진실을 성찰하게 만드는 지표다. 그러므로 시인은 자연 속에서 계절의 변화를 실감하고, 시간의 추이를 읽어낸다. 그 변화의 추이가 모호한 인생의 색다른 표정을 보여주기 때문이다. 봄부터 여름에 이르기까지 혹은 가을에서 겨울을 거쳐 봄에 이르기까지 사계절의 자연스런 흐름은 인생 역시 이승을 넘어 내세로 넘어가는 변화의 한 과정에 불과한 것임을 인지하게 한다.

먼저 「까마귀」에서 시인은 이른 봄에 '까마귀의 울음'을 들으며 "봄이 떠난 뒤"의 여백을 읽는다. 새의 울음이 이른 봄부터 봄이 떠난 이후까지의 계절적 변화를 함축하고 있기 때문이다. 그리고 「만추」에서는 "음력을 숙지하고 있"는 오리를 보며 "가을 저녁에는 시간 속으로 가는 것들이 많다"고 진술하면서 "마침내 임계점을 넘으면" 싸락눈 오는 겨울이 되어 "혼자서 오지 않는" 겨울을 슬프게 맞이하게 된다. 오리의 흔들림에서 시인은 가을과 겨울 사이를 함께 읽어내고 있는 것이다.

이렇듯 시인은 까마귀의 울음에서 봄과 여름을, 오리의 흔들림에서 가을과 겨울을 중첩시키면서 계절의 순환을 감지한다. 「검은머리물떼새」에서도 시인은 늦가을 무렵의 바닷가에서 계절이 다가오는 풍경을 읽어낸다.

> 그 서쪽 간척지 둑에 바람이 불자 / 잿빛 바람의 방향을 튀어주기 위하여 종종걸음 치던 검은머리물떼새들이 마침내 저를 풀어 날개가 된다 / 늦가을 바닷가에는 초승달과 작은 배 한 척과 / 저녁 하늘에 합하려 걸음을 모으는 검은머리물떼새 무리의 몸짓 뿐 / 알 수 없는 곳으로부터 계절이 오고 있다
> – 「검은머리물떼새」 전문

서쪽 간척지 둑에서 바람이 불어오자 검은머리물떼새들이 날아오른다. 그 모습에서 시인은 "잿빛 바람의 방향"을 터주기 위해 새들이 날개를 풀어내는 중이라는 사실을 직시한다. 늦가을 바닷가의 저녁 하늘을 수놓는 새떼의 몸짓에서 시인은 변화하는 계절을 감지하는 것이다. 시인은 그 "알 수 없는 곳"으로 안내하는 바람의 감각을 새들의 움직임으로부터 터득한다. 미지의 세계를 향한 시인의 촉수가 늦가을을 지나 겨울을 길어오는 바람과 새의 관계를 읽어내는 독해력의 기제인 셈이다.

까마귀와 오리, 새에서뿐만 아니라 「단풍이 든다」에서는 사람의 풍경을 통해 가을의 풍치를 만난다. 시인은 지리산 산청에서 오미자와 산수유와 대추를 키우는 팔순의 노인이 늙은 아내를 간호하다 "산에서 털어낸 이승의 가을을 항아리에 안치는" 모습을 보며 자신에게도 단풍이 들고 있음을 고백한다. 노부부가 보여주는 "산골의 생"이 "가을 때까치처럼 그저 한 가지쯤 / 이승의 가시"에 남겨두고

가는 모습을 보면서, 시인은 인생의 단풍을 읊조리며 '내세에 대한 바람'을 노래한다. 봄으로부터 여름, 다시 가을로부터 겨울로의 변화는 까마귀, 오리, 검은머리물떼새, 때까치 같은 동물적 움직임과 함께 감지되고, 그 변화의 흐름을 포착하는 시인의 눈빛은 미래를 현재화하면서 시간의 초월까지를 내면화한다. 결국 새들을 통해 확인되는 계절의 변화는 시인의 인생의 변화를 알려주는 바로미터인 셈이다.

6. 역설의 감각

시인은 풍경을 바라보며 이승의 세계의 원리를 이해하고, 삶과 죽음의 역설적 의미를 질문하고 탐색한다. 그리하여 '이승의 가시'와 '내세의 바람' 사이에서 생을 견디는 시인에게 죽음은 삶을 성찰하는 매개가 된다. 시인에게 생은 죽음을 사유하는 이승의 공간인 것이다. 그러므로 시인은 '죽음의 자세'를 마주하며 이 세계의 그늘진 표정을 독해하면서 삶의 외로움과 그 본질적 의미를 짚어낸다.

먼저 「허구」에서 시인은 미물들을 통해 "죽음의 자세"에 대해 고민한다. '죽음'이 "견고한 자세"에 해당하며, 딱정벌레의 경우 천 년의 시간이 지나야 '죽음의 자세'를 풀 수 있을 것으로 짐작되고, 지렁이나 달팽이, 매미들은 "죽은 자세와 산 자세가 같아서" '지금'이 '영원'처럼 여겨진다. 이렇듯 모든 '죽음의 자세'에는 "펼쳐지지 않는 푸르스름한 날개가 내세처럼 접혀 있"으며, 언젠가 훗날에야 다시 봉인 해제될 수 있을 것이라는 기대가 내재되어 있다. 미물들의 자세로부터 시인은 삶과 죽음이 데칼코마니처럼 쌍생아적 표정으로 동일한 자세의 다른 위치를 점유하고 있음을 읽어내고 있는 것이다.

'죽음의 자세'에 대한 관심은 「눈을 뜨다」에서 오후에 잠이 깨어 "무당벌레 무늬 겉옷이 바닥에 떨어져 있고" 시인 본인이 수의로 덮인 모습을 백일몽처럼 환시(幻視)하며 삶과 죽음, 본질과 현상, 봄과 보임 등에 대해 혼란스러워하기도 하고, 「반포지효(反哺之孝)」에서는 "죽음이야말로 누군가의 예언이 꼭 필요한 것"임을 깨닫기도 한다. 죽음은 '영원히 홀로' 감당하는 '알 수 없는 사태'라는 점에서 불안한 예언이자 환각의 실재에 해당하는 것이다.

죽음에 대한 단상은 인간이 홀로 견뎌내고 감당할 수밖에 없다는 점에서 외로움의 표정과 닮아 있다. 그러므로 「밤의 사막 위에 뜬 별」에서 시인은 "신의 홑눈 같은 별"이 뜬 밤의 사막에서야 외로움의 진실을 진정으로 깨우칠 수 있음을 강조한다.

밤의 사막에 소금 꽃 같은 별이 뜨지 않았다면 / 밤새 사막이 자리를 옮기고 있음을 사막 그 밖에서는 알지 못했을 것이다 // 밤의 사막 위로 뜬 / 신의 홑눈 같은 별을 그대가 미처 바라보지 않았다면 / 바라보는 이를 위하여 사막이 밤새 드러나지 않는 지평선을 끌고 배밀이로 기어가고 있음을 알려하지 않았을 것이다 // 그러므로 사막의 밖에서 혼자인 이여 / 외로움이란 또 외로운 다른 누구의 것과 견주어 보아야만 진실로 그 두께를 알 수 있는 것 그러니 / 그대의 외로움을 위해서 밤의 사막으로 걸어가라 / 이제 낮 동안의 낙타 그 때 발자국들은 홍역의 열꽃 수그러들 듯 아물고 / 해거름을 지고 사구를 건너던 탐험가들도 사막 변두리의 바위 사이에서 제 하늘의 별의 위치를 새기고 있다 // 외롭다 하는 것은 / 상처가 나을 때의 가려움 같은 것 상처는 승자의 가면에 새긴 유대의 별 같은 것 / 그러므로 외로운 이여 진정 별처럼 혼자이려거든 / 색을 가둔 저 사막으로 가라

　 -「밤의 사막 위에 뜬 별」 전문

시인에게 "밤의 사막"은 별과 함께 외로움의 진가를 보여주는 공간이다. 사막의 밤은 "소금 꽃 같은 별"이 뜨기에 사막의 변화를 알게 해주는 시간대이며, "신의 흩눈 같은 별"이 뜨므로 사막의 배밀이를 짐작하게 해주는 공간성을 내포한다. 하지만 사막은 무엇보다 '외로움'의 본질을 일깨운다. 그리고 '타인의 외로움'과의 견줌 속에서 '외로움의 두께'는 그 진정성을 보여준다. 그러므로 '외로운 존재들'은 "밤의 사막"을 향해 걸어가야 한다. 자신의 외로움을 길어올린 "하늘의 별의 위치"를 마주해야 비로소 외로움의 본질을 파악할 수 있기 때문이다. 또한 외로움은 타인의 외로움과의 비교뿐만 아니라 "상처가 나을 때의 가려움" 속에서 획득된다. 상처는 "유대의 별"처럼 새겨진 '승자적 존재감'을 상징하기 때문이다. 시인은 '진정한 외로움'을 위해 "별처럼 혼자"가 되려면 '밤의 사막'으로 가야 한다고 강조한다.

　죽음과 삶을 겹쳐보는 역설의 감각은 시인에게 남쪽의 타자로서의 북쪽의 '화법'에도 관심을 기울이게 한다. 즉 「몰골」에서 시인은 '북쪽식 회화'인 '조선화의 몰골법'을 떠올리며 '인생의 몰골'을 읽어낸다. 시인은 "물상의 뼈대를 묻는 법"인 '몰골'이 "외곽을 죽여 주제를 발현하는 법"임을 알게 되면서 삶의 중심과 가장자리를 함께 읽어내는 '숨기면서 드러냄'이 그 미학의 핵심임을 간파한다. 그리하여 '반구대 암각화, 체 게바라, 동짓달 아흐레 달, 섣달 자정' 등의 소재로부터 "울울한 시간의 갈피"를 지닌 '무저갱처럼 깊은 존재태'들의 의미를 읽어낸다. 그러한 연상은 '어머니 장독대의 간장 항아리'로도 이어지고, '인연의 시접이나 푸서' 같은 '올의 기억'으로도 이어지며, '지문의 파양'이나 바닥 마른 강, 봄날의 몰운대 등으로 이어지면서 "사유의 미필적 고의"를 묻어야 할 공간에 대한 단상으로 이어진다. 그리하여 결국 "숨기는 법을 드러내는 그 법"의 어려움을 감지한다. 결과적으로 '몰골'은 "한사코 네 안에 담고 있던 너를 버리는 법"이자 "묻힌 것에 손을 내밀지 않는 그 법"이어서 존재의 부피감을 부각시키기 위해 존재감을 희석시키는 역설의 감각임을 파악한다. 시인은 역설의 감각을 통해 낯선 인생의 회화적 진실을 발견하는 것이다.

7. 무한화서(無限花序)로서의 생

김길전 시인은 '시인의 말'에서 "꽃의 무한화서 그 부끄러운 꽃이 여기 있다"고 전한다. '무한화서(無限花序)'란 '꽃의 형성과 개화의 순서가 밑에서부터 위로, 가장자리에서 가운데로 차례로 개화하는 꽃차례'를 말한다. 시인은 지금 이승을 넘어 내세로 향해 가면서 위로 가운데로 개화하면서 점점 "부끄러운 꽃"이 되어가고 있다. 그러나 시인의 부끄러움은 사적인 창피가 아니다. 그것은 앎과 모름 사이에 낀 호모 사피엔스의 지극히 당연한 부끄러움이다. 그리고 그 사유의 끝은 알 수 없다. 알 수 없는 미지의 세계로의 나아감 속에 자신의 표정을 조금씩 더 확인해 가는 것이 꽃의 본질이자 인생의 본질인 것이다.

시인의 눈은 세계로 열려 있다. 내면을 알 수 없는 '텅 빈 주체'로서 자신을 둘러싼 세계를 경유해야만 자신의 임시적 좌표나마 인지할 수 있기 때문이다. 그러므로 시인은 미지의 세계를 향해 지속적인 사유와 감각의 더듬이를 내밀 것이다. 그리고 그 촉수에 나포된 세계의 진경이 독자를 향해 손짓을 보낼 것이다. 그때 우리는 그 사유와 감각과 손짓의 의미를 함께 공유하면서 더 나은 미지의 세계를 향해 함께 부끄러워할 것이다.

시인의 혜안은 풍경을 향해 있다. 풍경을 통한 풍경의 찰나적 포착 속에서 영원성의 단면을 읽어낼 수 있기 때문이다. 풍경은 시인 바깥에 자리한 모든 것이지만 유의미한 풍경은 시인의 내면에 잔잔하면서도 깊은 파문을 낳는다. 그리고 그런 풍경만이 시인이 길어낸 '진짜 풍경'으로 포착된다. 풍경은 초기에는 바깥에 존재하지만, 시인의 내면을 한 차례 훑고 가면서 내면 풍경이 되고, 바깥과 내면이 호흡하면서 남긴 무늬가 시 텍스트가 된다. 그러므로 우리는 김길전 시인의 텍스트가 보여주는 내면 풍경 속에서 우리의 풍경과 자의식도 함께 볼 수 있는 것이다. 시인의 안목이 가닿은 풍경, 꽃, 가족, 죽음과 외로움 등의 역설적 표정 속에서 독자도 '무한화서로서의 생'을 감각하게 된다.

(시집 『검은머리물새떼』 해설, 2019)

태양계 궤도를 도는 중첩의 시간들

— 지영환론

1. 태양계의 시간을 추억하다

지영환 시인은 오래된 시간을 추억한다. 그 추억의 시간에는 고향이라는 공간이 구심력으로 작동한다. 실제 시인의 고향인 전라남도 고흥은 산과 강과 바다를 함께 호흡할 수 있는 대자연의 원형으로 자리한다. 따라서 첫 시집 이래로 지속적으로 새로운 의미가 부여되고 부화되는 원체험적 공간이 바로 고향이다. 시인은 그 공간과 시간과 기억을 씨줄 삼아 오래된 가계의 호출과 현재적 도시의 일상을 날줄로 더하면서 독특한 서정의 세계를 직조한다. 그리하여 고향과 일상을 관통하는 오래된 시간의 궤도를 돌면서 새로운 의미망을 길어올리게 된다. 그 새로운 의미망에는 태양계를 구성하는 별들의 시간이 포함되어 있다.

시인의 첫 시집 『날마다 한강을 건너는 이유』(2006)는 "한강 혹은 겨레의 삶과 꿈"(홍용희)에 대한 모색을 드러낸다. 시인은 먼저 할아버지(흰밥, 감나무)와 할머니(콩나물 시루, 김장, 맷돌, 송이버섯, 해창만 갯벌)와 어머니(수제비, 간장게장, 손금)와 아버지(감나무 네 그루, 은단, 투망, 지게)의 이야기를 핵심적인 원체험으로 추억한다. 그리하여 팔영산 자락에서 나고 자란 시인이 조부모님과 부모님의 대를 잇는 후손임을 직시한다. 가계에 대한 천착 속에서 시인은 수도 서울의 심장부를 가로지르는 '한강'을 모티프로 하여 일상과의 교감을 노래한 바 있다. 특히 '한강'은 생명의 무한한 연속성을 상징하는 메타포에 해당한다. 그리하여 한강을 건너는 일상 속에서 시인은 한강이 표상하는 강물의 도도한 흐름을 따라 흘러가는 존재로서의 '자기'를 발견한다.

두 번째 시집인 『태양계 궤도』는 첫 시집 이후 10년 만에 출간된다. 이번 시집은 크게 네 가지 열쇠어로 나누어볼 수 있다. 즉 고향, 생물, 일상, 시간 등이 그것이다. 그것들은 첫 시집의 연장선에 닿아 있으면서도 한층 더 웅숭깊어졌다. 첫 시집으로부터 10년의 물리적 시간감이 내포되어 시인의 안목이 더욱 깊고 넓어졌기 때문이다. 고향은 첫 시집에서와 동일한 기억의 모태로서의 고향이지만 현재적 호흡이 중요하게 대두되며, 첫 시집에서 주목했던 날치, 젓뱅어, 산천어, 갈치 등의 어류에서 새로이 대게와 뱀장어 등이 전유되면서 도 시인의 삶의 무늬가 드러나고, 허기진 도시의 일상 속에서 따뜻한 온기를 포착하고 있으며, 오래된 시간을 들여다보는 고고학적 시선을 의미화하고 있다. 최근에는 지구 바깥으로 시선을 돌려 태양계 행성의 의미를 추적하고 있는 바, 이제 시인이 그려낸 태양계 궤도를 따라 고향과 생물, 일상과 시간을 들여다보면서 그 구체적 숨결을 만나볼 때이다.

2. 시인을 다듬는 고향의 원체험

두 번째 시집인 『태양계 궤도』의 원체험적 중심에는 첫 시집에 이어 '고향'이 자리한다. 특히 '고흥'은 출생지로서 원초적 향수를 제공하는 공간으로 형상화된다. 이를테면 「고흥반도」에서는 팔영산 봉우리에서 "고조할머니 무덤가에 하얀 민들레"가 피어 있는 모습을 응시하면서, "염소가 매여 있는 밭을 홀씨처럼 다녀간 할아버지"를 회상한다. 고흥은 고조할머니의 무덤가에서 할아버지를 추억하며 대대로 삶을 이어온 가계의 원형이 자리하는 공간인 것이다. 시인은 고향의 원체험뿐만 아니라 「발포에서-고흥 발포 만호 시절 이순신 장군을 기리며」를 통해 "더 험한 길을 가더라도 / 누구에게 굽히지 않고 가"는 '바다의 정신'을 팔영산 중턱에서 응시한다. 만호 시절의 이순신 장군을 회상하며 그 정신의 고고함을 배우고자 하는 것이다. 시인의 호연지기적 기상은 고흥의 산과 강과 바다의 정신을 닮아 있는 셈이다.

'고흥'은 선대의 기억과 역사적 흔적을 내포할 뿐만 아니라 아버지와 어머니에 대한 추억이 현존하는 공간이다. 「나로도 은갈치」에서는 아버지가 추억된다. 즉 집어등을 밝히면 "수평선에 점점이 걸려 있는 별처럼" 은백색 갈치들이 '손님'이 되어 줄줄이 올라오자, "빨랫줄에 널어놓은 / 아버지 런닝구처럼 눈이 부시"도록 갈치들을 응시하게 된다. 그때 시인은 "바다로 나갔던 아버지의 눈을 비추던 것"이 "어떤 빛이었을"지를 자문한다. 시인에게 아버지는 갈치떼의 은백색 광채 속에서 눈부신 추억의 빛을 발산하고 있는 것이다.

이렇듯 바다의 갈치가 아버지를 연상케 하는 동물이라면 호박은 어머니를 연상케 하는 식물이다. 「호박이 자란다」에서는 어머니의 보약재로 보아둔 "고흥에서 올라온 늙은 호박"이 화제의 초점이 된다. 하지만 마음만 보약재였을 뿐 보약으로 만들어드리지 못한 채한 해를 넘긴 뒤 "내 마음처럼 썩은 늙은 호박"을 "봄 화단에 몰래 묻"게 된다. 그때 화단 속에 묻힌 늙은 호박을 숙주로 하여 새로운 호박의 싹이 트고 열매가 자라난다. 그리하여 "호박 한 덩이는 외숙모에게 보내"고, "어머니 생각이 썩지 않도록" 또 다른 "한 덩이는 눈에 잘 띄는 / 장독에 올려놓"는다. 결국 부패한 것으로 착각했던 늙은 호박의 땅속 재생을 통해 시인은 한 알의 밀알이 더 많은 밀알을 낳는 모태가 되듯 "눈에서 호박이 자라"는 호사를 누리게 된다. 시인은 늙은 호박의 '부패된 희생'과 '씨앗의 새로운 잉태'라는 경이를 체감하면서 사모곡을 부르는 것이다.

늙은 호박과 어머니에 대한 단상은 이번 시집의 절창 중의 한 편인 「다듬는다는 것」에서는 파와 갈치를 다듬던 어머니의 손길에 대한 연상으로 이어진다.

채소가게에서 나는 파를 살 때면 나는 늘 긴장한다 / 주인 아주머니는 싱싱한 파단 줄기를 / 두 손으로 잡아채 두 동강 내어 비닐봉지에 담는다 / 그럴 때면 왜 그런지 내 허리가 굽어진 듯 하다. // 고향에 계신 어머니는 그 흔한 파를 손님이 오실 때만 곱게 뽑는다. 아기 머리를 깎을 때처럼 / 솔 머리털을 가위질한다. 파는 다듬어진다. / 어머니는 언제나 다듬는 것에 대해 생각하게 한다. // 가락시장에 가서 갈치를 살 때 / 생선가게 아주머니는 목포 먹갈치 날개를 칼끝으로 오려낸다. / 인정사정없이 갈치의 은비늘을 벗긴다 / 그걸 볼 때면 어머니가 손질하신 갈치가 그리워진다. // 고흥에서 갈치가 올라오면 내 얼굴 은빛난다 / 새벽 4시 18분 전화 할 곳은 어머니가 있는 고흥뿐이다 / 어머니가 다듬으신 것 중에는 아마도 나도 포함될 것이다.

– 「다듬는다는 것」 전문

「다듬는다는 것」에서 시인은 채소가게에서 파를 살 때의 긴장감을 토로한다. 싱싱한 파단 줄기가 두동강 난 채 비닐봉지에 담길 때면 자신의 "허리가 굽어진 듯"한 통증을 환각으로 대리체험하기 때문이다. 뿐만 아니라 시인은 어머니께서 "아기 머리를 깎을 때처럼" 조심스레 파를 다듬는 모습에 대한 연상을 이어간다. 그리고 가락시장에 들른 시인은 "인정사정없이 갈치의 은비늘을 벗기"면서 갈치를 손질하는 생선가게 아주머니를 볼 때면 "어머니가 손질하신 갈치가 그리워진다." 가게와 시장에서 찬거리를 살 때면 시인은 고향에서의 기억을 떠올리는 것이다. 그러므로 고흥에서 올라온 갈치를 접하면 시인의 얼굴은 고향 빛깔을 띤 '은빛'으로 빛나게 된다. 고향의 깊은 맛을 추체험할 수 있기 때문이다. 그 생각은 "어머니가 다듬으신 것 중"에 자신도 포함될 것이라는 짐작으로 이어진다. 결국 시인은 어머니가 다듬어 대도시 서울로 올려보낸 '은갈치빛 아들'인 것이다.

아버지와 어머니에 이어 「천도복숭아」에서는 할머니와의 추억을 통해 고향을 환기한다. 이때 할머니와의 추억은 천 년 묵은 천도복숭아의 향기로 피어난다. 시인은 보름달 아래 부엌에서 정화수를 갈아주던 할머니를 떠올린다. 그때 시인이 할머니의 소원을 묻자, 할머니는 손자가 건강하고 씩씩하게 자라 "훌륭한 사람"이 되는 것이라고 답변한다. 뿐만 아니라 모깃불을 피워 모기를 밀어내는 마술을 펼치던 할머니는 손자에게 천도복숭아를 주며 서왕모 "전설을 들려주"고 "동네에 산다는 귀신을 불러오곤" 한다. 할머니는 "구멍 난 양말을 꿰매"면서 동시에 시인을 위해 옛날이야기도 "한 땀 한 땀" 동시에 꿰매 주었던 것이다. 시인은 그때 천도복숭아를 차마 먹지는 못한 채 그저 들여다보면서 천 년의 삶에 대한 아득한 걱정 속에서 할머니께 "천 년 묵었을 천도를 내밀었"던 기억을 떠올린다. 천도복숭아와 할머니의 연상 속에 천 년 묵은 이야기가 현재의 기억으로 그 향기를 퍼뜨리고 있는 것이다.

이렇듯 고향 고흥은 아버지와 어머니, 할아버지와 할머니, 고조할머니 등의 가계 구성원들이 살아서 혹은 돌아가신 모습으로 시인의 생의 모태가 되어 자리하는 공간이다. 그 공간에서는 시인의 원초적 체험으로서의 추억과 이야기가 무궁무진하게 발화된다. 그리고 시인은 친족들로부터 부지불식간에 내면화한 모든 이야기소들을 호출하여 지금 여기에서 아름답고 따뜻했던 고향의 정겨운 풍경으로 환기해내고 있는 것이다. 그러므로 시인은 고향을 추체험함으로써 항상 새로이 다듬어지는 존재인 것이다.

3. 생물로 전유하는 도시인의 삶

시인은 「나로도 은갈치」나 「호박은 자란다」에서 갈치나 호박을 주목했듯, 바다나 대지에서 키워내는 생물을 통해서 자신의 존재감을 토로한다. 현실 세계의 생명체들을 들여다봄으로써 자신의 내면을 보다 투명하게 성찰하기 위해서이다. 「실을 토하는」에서는 침실의 '누에 한 마리'가 되어 "누워서 / 경계가 없는 몸"으로 '침묵'하는 존재가 되어 보기도 하고, 「젓뱅어」에서는 한강의 젓뱅어가 되어 세계를 맑고 투명하게 들여다보기도 한다. 「젓뱅어」는 첫 시집의 「한강에 사는 젓뱅어」와 연결되는데, 맑고 투명하여 "몸 속에 작은 등을 켜 둔 것 같"은 '젓뱅어'를 통해 "등으로 받아내는 하루가 저물 무렵까지" 햇빛을 수용하며 한강을 배회하는 존재의 하루를 요약한다. 누에와 젓뱅어는 침묵으로 한강을 오르내리는 시인의 존재를 대리표상하는 등가물에 해당하는 것이다.

누에와 젓뱅어뿐만 아니라 「민달팽이」에서는 달빛을 만지면 "빛이 미끄러지"는 사실을 알려주는 '민달팽이' 이야기가 등장한다. 민달팽이는 "잎사귀를 갉아 먹"으면서 "밤을 먹어치우는 소리"를 내고, "제 몸의 무늬로" "달빛 위를 기"어가는 모습으로 형상화된다. 이때 시인은 밤에 "민달팽이의 세계를 몰래 만지"면서 "미끄러지는 것에 이슬이 맺히는" 이유와 "빛이 뿔에 맺히는" 이유를 알게 된다. 모든 생명체는 제 몸의 빛깔과 소리와 몸짓으로 존재의 의미를 현현하고 있는 것이다. 결국 민달팽이는 시인에게 '느림의 미학'을 실천하며 달빛과 교감하는 동물의 세계를 압축하여 보여주는 투명한 존재인 것이다.

「희미한 대게」에서 시인은 누에와 젓뱅어, 민달팽이에 이어 도시인들에게 팔려가는 존재로서의 '대게'를 응시한다. 그리하여 '대게'에 대한 연상을 통해 자신의 '희미한 존재감'을 피력한다.

혜화동 포장마차 수족관에 붉은 영덕 대게들이 있다. / 밖으로 나가려는 게들은 여기 바다가 없다는 걸 모른다. / 포장마차의 조명 아래서 길은 잃은지 오래인데도 / 게들은 탈출을 포기하지 않는다 / 게들에게 바다는 바깥이었을까 / 모를 일이다. 전쟁터처럼 황폐한 술상을 살피는 / 게눈들은 어디를 향하는 것일까 / 모래뻘에서 올려다보던 별자리를 찾는 걸까 / 바깥은 보이는 모든 것일지도 모른다 / 대게는 두리번거리며 집게발을 들고 있다 / 아직 위장 중이다. 숨죽여 기다리는 중이다 / 갈 곳이 없다는 것은 아무 문제가 아니라는 듯 / 아직 살아서 살 곳을 찾는다. 그러나 끝내 / 대게는 경계를 넘지 못한다. 주문이 들어오자 / 주인은 주저 없이 대게들을 수족관에서 꺼낸다 / 발 딛지 못한 바깥을 향해 대게는 다리를 움직인다 / 알맞게 익은 대게가 커다란 접시에 담겨 / 플라스틱 상에 올려진다 / 혜화동 포장마차에는 대게 냄새가 식욕을 당기고 있다 / 살이 다 익은 대게의 냄새만이 / 밖으로 뻗

어나가 보지만 거리를 떠나지는 못하고 / 희미해진다. 희미한 대게의
단단한 껍질은 / 포장마차 뒤에 버려지고 있다.
  – 「희미한 대게」 전문

　혜화동 포장마차 수족관에 자리한 "붉은 영덕 대게들"을 보며, 시
인은 한사코 "밖으로 나가려는 게들"이 "바다가 없"는 바깥세계를
알지 못한다고 판단한다. 그럼에도 불구하고 바깥 세계로의 "탈출을
포기하지 않"던 대게들은 "숨죽여 기다리"며 "살아서 살 곳을 찾"아
보지만 끝끝내 "경계를 넘지 못한" 것으로 그려진다. 결국 손님의 주
문이 들어오면 대게들은 수족관에서 꺼내져 조리가 되어 "알맞게
익"어 큰 접시에 올려지게 된다. 결과적으로 "살이 다 익은 대게의
냄새만이 / 밖으로 뻗어나가 보지만 거리를 떠나지는 못"한 채 희미
하게 세상 속으로 퍼져갈 뿐이다. 그리하여 "희미한 대게의 단단한
껍질은 / 포장마차 뒤에 버려"진다. 바다에서 건져진 '대게의 일생'은
희미한 흔적만을 껍데기로 남긴 채 쓸쓸히 버려지며 마무리되는 것
이다. 이 시에는 시인의 일생 역시 대게의 껍질 같을지도 모른다는
자괴감이 깔려 있다.
　대게에 이어 날치에 대한 연상을 이어가는 「농담」에서 시인은 날
치 알이 뿌려진 초밥을 먹으며 날치가 "뱃속을 비행하는 느낌" 속에
서 뱃속이 "적도의 대양처럼 코발트빛"으로 변모되는 듯한 착시 현
상을 체감한다. 그것은 "볼록한 배를 매일 채우"는 일상 속에서 시인
이 자유로운 "날치의 비행"을 부러워하고 있기 때문에 일어나는 현
상이다. 초밥 가게를 나와서도 코발트빛의 세계를 보며 "간판이 불
을 밝히는 밤의 도시"를 시인은 "깊은 심해보다 깊"게 바라본다. 상
상 속에서 "날치처럼 지느러미를 펼쳐보"던 시인은 "수면을 꿈꾸며
날자. 날아보자꾸나"라며 이상의 소설 「날개」의 마지막 부분을 패러

디하며 "툭툭. 농담을 던져" 본다. 바다의 유영이 그리운 도시인의 결
핍이 날치의 자유로운 비행에 대한 부러움으로 드러나는 것이다.

날치알에서 날치를 연상하듯, 실뱀장어를 보면 실뱀장어가 되고
무당벌레를 보면 무당벌레가 되는 시인은 천변만화하는 변신의 욕
망을 내포한 현대인이다. 「실뱀장어」에서 시인은 "강이 바다와 합류
하는 곳에서 / 그물을 드리우고 실뱀장어를 잡"지만, 귀갓길에 실뱀
장어를 길바닥에 쏟으면서 자신 역시 육지라는 "섬에 사는 실뱀장
어"에 불과한 존재임을 자인한다. 「네점가슴무당벌레」에서는 손바닥
에서 떠난 무당벌레에게서 "사는 게 어지러워서 자꾸만 이리저리 비
틀거리"는 자신의 모습을 확인하면서, "이륙하지 못하고 힘겨워 주저
앉은 때가 많"았던 자신의 과거를 떠올린다.

이렇듯 누에, 젓뱅어, 민달팽이, 대게, 날치, 뱀장어, 무당벌레 등
의 생명체 들은 시인의 현재적 결핍이나 대체적 욕망을 표상하는 존
재들이다. 시인은 그 존재태들의 다기다양한 현재를 응시하면서 자신
의 인생을 성찰하는 거울로 활용하고 있는 것이다. 그리하여 고향을
떠나 도시적 일상으로 편입된 채 원초적 상실감 속에서 하루하루를
버텨내는 현대인의 초라한 내면을 토로하게 된다. 이때 시인에게 모
든 생명체들은 '잉여적 결핍'의 타자로 인식되어 자아와 세계의 관계
를 질문하는 매개체가 되는 것이다.

4. 일상의 투명한 순간들

시인은 존재의 의미가 투명하게 드러나는 일상의 순간들을 만난
다. 「투명해진다」에서 시인은 벚꽃 화려한 봄날 투명한 햇빛 아래에
서 잠시 "투명해지는 시간"을 체감하며 봄을 따라나선다. 그때 갑자

기 "꽃잎 갉아먹는 소나기가 내리"자 사람들이 서둘러 귀가하고, 시인은 "비의 시간 속에서 / 봄을 데려가는 것"의 '투명성'을 확인한다. 벚꽃잎을 비추는 햇살의 투명함이 상춘객을 투명해지도록 만들지만, 소나기의 시샘으로 꽃잎이 지면서 '벚꽃의 봄날'이 소멸될 수밖에 없는 진풍경이 드러나는 것이다. 시인은 봄날의 투명한 빛깔을 햇살과 벚꽃잎과 소나기의 결합으로 투명하게 완성하고 있는 것이다.

「회전」에서 시인은 '회전 초밥집'의 풍경을 "접시로 이루어진 순환선 기차"가 정착역 없이 "2분 37초"의 배차 간격으로 회전하는 모습으로 묘사한다. 그리하여 회전초밥의 순환 속에서 "궤도의 중심은 접시처럼 비어 있"지만, "접시에 놓인 것이 이름"이 되면서 초밥은 마치 '라캉의 기표'처럼 사람이라는 기의 위를 미끄러지는 '텅 빈 이름'이 된다. 시인은 초밥이라는 기표를 보면서 "허기가 레일을 따라 회전하는 시간"에 사람들이 마치 '행성들'인 것처럼 "회전을 따라잡느라 앉아 있"는 풍광을 기록한다. 시인은 회전초밥 집에서 태양계 궤도를 따라 도는 행성들에 도시인들을 비유하면서 도시 유목민들의 채울 수 없는 삶의 허기를 읽어내고 있는 것이다.

도시는 삶의 허기를 강제하지만, 시인의 정서는 자연스런 하루와의 따뜻한 포옹을 갈구하는 온정주의적 전통에 닿아 있다. 시인은 쓸쓸한 일과가 끝날 무렵이면 다가오는 저녁의 따뜻한 포옹을 기대하고 있는 것이다.

누가 알까 / 저녁은 별들이 안아준다 / 그렇게 저녁은 / 아무도 모르게 안아주는 것들의 온기로 따뜻하다 // 무르익은 입술을 가진 여인을 안아주는 나무들 / 싸늘해진 노을을 안아주는 단풍들 / 가지와 가지를 안고 핀 꽃들 / 꽃이 피는 동안 바람을 안아주는 새들 / 흐느끼면서 살랑거리는 바람들 / 흘러가는 법만 익힌 냇물을 안아주는 조약

돌들 / 거슬러가야 올라가야 하는 연어를 안아주는 물들 / 산다는 것
은 포옹이다 // 퇴근하고 지친 나와 따뜻한 너의 포옹
　-「저녁의 포옹」 전문

「저녁의 포옹」에서 시인에게 "저녁은 별들이 안아주"는 따뜻한
공간이다. "아무도 모르게 안아주는 것들의 온기"로 인해 저녁은 그
렇게 따듯하게 무르익어간다. 그때 '나무들은 여인을, 단풍들은 노
을을, 꽃들은 가지를, 새들은 바람을, 조약돌들은 냇물을, 물들은 연
어를' 가까이 곁에서 안아주면서 서로의 존재감을 확인한다. 그렇게
서로를 품 안에 들이면서 넉넉히 안고 체감함으로써 "산다는 것은
포옹"임을 따뜻하게 알려주는 것이다. 시인 역시 '너'가 "퇴근하고 지
친 나"를 따뜻하게 안아주기를 고대한다. 곁에 있는 존재들이 서로
를 향해 따뜻한 온정을 나누는 포옹만이 이 사회를 든든하게 버텨
줄 버팀목으로 작동할 수 있기 때문이다.

　「주말농장」에서 시인은 자신을 빼고 "모든 것이 자라는 것 같"은
자괴감을 느끼며, "자라지 않아도 길러낼 수 있는 힘"을 가진 흙의
효능에 경의를 표한다. 시인에게는 땅이 모든 생명체의 생장소멸을
주관하는 조물주 같은 창조적 권능의 현현을 실질적으로 보여주는
것이기 때문이다. 그런 흙에서의 노동은 시인에게 마치 자신을 "여
기서 캐낸 것 같"은 착각을 부여하고, 밭에서 노동하는 '시인의 시간'
은 "밭을 닮아가"면서 시인의 주말을 완성한다. 도시적 감수성에 길
들여져 생활하던 시인은 주말농장에서 일시적으로나마 밭을 매면
서 흙의 생장력과 노동의 신성성을 일시적으로나마 체화하고 있는
것이다. 결국 주말농장 체험은 시인에게 고향에 두고온 원초적 감각
을 회복시켜주는 기능을 담당한다. 뿐만 아니라 「미끼」에서는 '미끼
상품'이라는 말을 듣고 지렁이를 연상하면서 지렁이가 "오물들, 음식

찌꺼기 속에서" "다른 생명을 키우는 땅을 살리"기 위해 기어가는 존재임을 사유한다. 이러한 인식은 대자연을 함께 호흡하던 고향의 원체험이 있었기에 가능한 사유 방식이다.

「중년의 밥상」에서 시인은 어시장에 들러 생태를 사고, 집 근처에서 과자 굽는 아저씨를 만난 뒤 저녁 밥상 머리 앞에 앉아 생태국을 끓여 먹는다. 그때 "까치밥 몇 개를 남겨놓듯 떠났던 고향"을 떠올리며 까치밥 몇 개를 도심의 "하늘 가장자리에 매달아 놓"는다. 이렇듯 시인은 도시의 일상 속에서도 수시로 고향의 원체험을 떠올리며 현대적 삶을 버텨내는 동력을 마련하게 된다.

시인은 피로한 도시의 일상에서 존재의 허기를 채우기 위해 노력한다. 그때 시인의 결핍을 채워주는 것은 일상과 풍경에 대한 관찰력으로 길어낸 온기이다. 삭막한 도시에서 냉기가 흐르는 일상을 넉넉하게 버텨낼 힘은 고향에서 길러진 자연친화적인 감수성에 있다. 그 고향에서의 원형질적 내공이 일상 세계에서 만난 풍경을 의미화하면서 시인에게 생의 추동력으로 작동하는 것이다.

5. 시간에 대한 고고학적 인식

시인은 오래된 시간을 들여다보려는 고고학적 시선을 지니고 있다. 「돌들의 시대」에서 시인은 '시원의 공간'이었을 야생의 시대를 사유한다. 그리하여 시인은 바람과 번개가 치면서 "바위가 제 몸을 허무"는 풍경과 "돌들의 원시"에 대한 상상 속에 "돌들의 비밀을 감춘 시대"를 추억한다. 「광개토의 하늘」에서도 고향인 '능정'의 밤에 찾아 헤맸던 "광개토대왕 별"에 대한 이야기를 통해 광활한 대륙을 호령했던 시절의 "말발굽 소리가 들려오는 듯"한 오늘을 말한다. 시인의 오늘은 선사시대와 역사시대에 연결되어 광개토 시대의 하늘을 닮은 원대하고 광활한 오래된 시간성을 내포하는 것이다.

「고고학적 메모」에서 시인은 익룡과 공룡의 발자국들을 보며 "트라이아스기, 쥐라기, 백악기"라고 불리는 시대를 "발자국의 시대"로 호명한다. 그리고 조수와 파도와 바람에 씻기고 깎여졌을 "발자국의 웅덩이 사진을 / 스마트폰으로 보며" 시인은 무심한 듯 저녁을 먹는다. 고고학자처럼 발자국의 시간을 더듬던 시인은 도심에서 "밤하늘을 향해 절벽처럼 서있는 빌딩들의 불켜진 창문들을 올려"다 보면서 생각에 잠긴다. 그리하여 "시대를 부를 이름"이 "아직 발생하지 않았다"면서 메모를 남긴다. 그리고는 "이 메모만이 발자국을 남기고 시간이 흘러 웅덩이"로 변주될 것이라고 추정한다. 시인의 고고학적 메모로서의 기록이 새로운 '시대적 명명'을 창조하고 싶은 명명에의 욕망을 보여주는 것이다.

오래된 시간을 응시하는 시인은 「소금의 침묵」에서는 소금을 "슬픔의 결정체"로 호명한다. 그리고 소금이 익어가는 시간을 통해 시인은 "삶의 중심에서 세상의 슬픔을 배운다."라고 고백한다. "이글거리는 구릿빛 얼굴"로 숨어 있는 '소금'은 "간장종지보다 작은 슬픔"임에도 불구하고, "똑바로 살"라는 자성의 명령을 전해오기 때문이다. 소금이 시인에게 전하는 '슬픔'은 인고의 시간을 견딘 바위와 소나무의 영원성을 닮아 있다. 염전의 소금은 침묵 속에서 오래된 시간의식을 내포하면서 스스로의 존재를 익혀가기 때문이다.

「타임캡슐」에서 시인은 시간의 흔적에 대해 질문하며 그 유구한 특성을 들여다본다. 추상화된 시간을 사유하면서 천년 이상 누적된 시간의 의미를 추적하는 것이다.

시간이 파이는 쪽으로 장대비가 내렸다. 비는 웅덩이를 파고 웅덩이

를 보면 무언가를 묻고 싶은 사람들은 자신들의 발자국을 남기고 묻는
다. 오래 지나친 흔적일수록 궁금한 것이니 시간아 더 파여라. 또렷한
것을 꺼내고 싶은 욕망은 투명한 용기를 좋아하는데 무엇을 담을까 고
민하는 쪽으로 기우는 시간은 모래시계 속에서 시간을 또렷이 담는다
신기하고 신기한 웅덩이 그러면 이제 무엇을 덮을까 날이 무디어진 구
석기 시대의 돌도끼를 꺼내본 아이에게 물으면 대답해줄까 발굴할 수
있는 것을 미리 준비하는 아이야 너는 또 무언가를 꺼내기 전에 아이
를 낳겠구나 아직 비가 내리고 누가 묻힌 땅인지 모르는 쪽에도 웅덩
이가 있고 비가 고인다 // 이런. 박물관에는 비가 들이치지 않는구나.
유물들의 세계는 고요하다. 여기서 시간은 흔적으로만 남아 있다. 누가
닦아서 깨끗해진 시간은 투명하게 전시물들 곁에 놓여 있다. 아무것도
낳지 않는 것은 아무것도 아닐텐데. 아무것에도 파이지 않는 시간은 점
점 말라서 사라질 텐데. 나는 조금 무섭기도 해서 연도를 소리 내어 읽
어본다. // 연대란 시대가 아니다. 연대를 겨우 추정한 돌도끼를 전시한
박물관 옆. 연못에 연꽃이 피어있고 헤엄치는 오리들이 물살을 인다.
박물관 밖에도 다른 시간들이 나란히 있다. 천 년 전 한시를 읊던 사람
들처럼 황새가 어질고 순하게 서서 나를 돌아본다. 그리고 보니 내가
잊고 지낸 게 있다.

　- 「타임캡슐」 전문

　시인은 "시간이 파이는 쪽으로 장대비가 내리"는 모습을 본다. 장
대비로 생긴 웅덩이를 보며 시인은 자신의 발자국을 남기고 싶어하
는 '인간의 흔적에의 욕망'을 확인한다. 그리고 그 뚜렷한 웅덩이 속
에서 시인은 "구석기 시대의 돌도끼를 꺼내본 아이"를 상상한다. 오
래 전 땅과 비와 웅덩이가 인간의 욕망을 어떻게 담아냈는지가 궁
금하기 때문이다. 이렇게 시인이 오래된 시간을 사유하는 현실 공간

은 '박물관'이다. 박물관에서 시인은 "유물들의 세계"가 "고요하다"는 사실을 확인한다. 고요한 박물관에서는 시간이 "흔적으로만 남아 있"어, "전시물들 곁"에서 투명하게 "깨끗해진 시간"으로 인식될 뿐이다. 그리하여 "낳지 않"고 "파이지 않"은 채 "말라서 사라질" 시간을 '연도'로 환원하여 읽으며, 시간에 대한 무서움과 두려움을 쫓아내려고 시도한다. 하지만 시인에게 "연대란 시대가 아니"어서 숫자에 불과한 의미만을 지닐 뿐이다.

시인은 박물관 안에서 읽어낸 돌도끼의 오래된 연대와 박물관 밖 연못 오리들의 현재적 시간을 대조적으로 바라보면서, 박물관 안팎으로 "다른 시간들이 나란히" 존재하는 모습을 응시한다. 그리하여 오래된 과거와 비 내리는 현재라는 두 시간대의 이질적 병존이 '두터운 현재성'을 구성하는 본질임을 깨닫는다. 이때 시인은 천 년 전의 존재들 같은 황새를 보며 자신이 망각해온 존재의 상실감을 막연하게 떠올려 본다. 그것이 봉인된 타임캡슐을 개봉할 수 있는 열쇠이기 때문이다.

최근 들어 시인은 별에 대한 관심이 높다. 전기뱀장어의 전기와 파동을 보면서 "별의 파동"과 "시간의 흐름"(「별의 파동 전기뱀장어 옆구리에서 멈춘다」)을 연결 지을 정도이다. "강력한 자기장을 품은 엷은 고리"(「목성의 아내들」)를 지닌 '목성'을 통해서는 태양계 행성들의 자전과 공전이 지닌 의미망을 상상하기도 한다. 시인의 우주에 대한 관심은 "바다의 기록지를 읽고 싶"(「고흥나로우주센터」)도록 유도한 '고흥나로우주센터'에서 발원한다. 그리고 천문대에서 "지구의 미래"(「송암 천문대에서」)를 상상하는 것으로 이어진다. 이러한 상상은 "혜성에도 O_2"가 있다면서 "태양계 구름 속 원시 O_2"를 통해 "두려움과 경이"(「혜성의 O_2」)의 수십억 년을 연상하는 것으로도 이어진다. 뿐만 아니라 시인은 "날아다니는 영혼과 비어 있는 몸"(「흰빛이 굴절거릴 때 유체이탈 시작된다」)의 충돌을 예감하고 빛의 파동을 상상하면서, "명왕성 대변인"이 되어 태양계에서 퇴출된 '134340번 소행성'에게 명왕성의 지위를 되돌려 주고자 노력한다.

6. 경계를 넘는 사유

지영환 시인은 현실 세계의 다양한 경계와 구획 들을 넘어서는 사유를 진행하고자 한다. 그 주요 키워드는 고향, 생물, 일상, 시간 등이다. 그리하여 '고향'을 통해서는 과거의 기억과 현재적 회상 사이의 경계를 넘나들며, 생명체들의 세계를 전유하면서는 '생물'과 시인 자신과의 경계를 지우려고 노력한다. '일상'에서는 현실 세계의 순간적 표정들과 재해석된 의미 사이의 경계를 넘어서고자 하며, 과거의 시간들과 현재적 의미의 차이를 대조하면서는 그 경계를 무화함으로써 '두터운 현재'로서의 '오래된 시간성'을 의미화하고자 한다. 이렇게 보면 시인은 '고향, 생물, 일상, 시간'이라는 이름으로 태양계 행성의 궤도를 도는 경계인이자 이방인으로 존재하는 '지구의 유목민'이다.

시인은 「까마귀의 노래」에서 까마귀를 '흉조'라며 불길함의 표상으로 돌팔매질하는 세태에 대해 비판한다. 그리하여 까마귀가 "봄밤을 펼쳐놓으며 털을 세우고 발톱을 세우고 어둠을 움켜쥔" 존재이며, "이승과 저승의 경계를 날아다니"며 노래하는 '오래된 존재'임을 피력한다. 그리고 "경계를 넘는 노래는 불길"할지도 모르지만, 실상 많은 사람들이 "꿈을 꾸"면서 "밤의 경계를 넘는" 것이 통상적인 현실임을 강조한다. 결과적으로 사람들이 자신들이 구획해온 이분법적 경계를 넘나들기 위해 까마귀를 흉조로 몰아세우는 것일지도 모르는 것이다. 시인은 흉조로서의 까마귀라는 편협된 인식의 경계를 넘어 '오래된 존재감'을 사유하려는 존재자인 것이다.

명왕성이 태양계 행성 지위를 박탈당한 21세기에도 여전히 시인은 태양계 궤도를 돌고 있다. 회전초밥집의 텅 빈 접시 같은 익명의 공간에 어떤 이름의 초밥이 담길지를 고대하면서 말이다. 그 텅 빈 접시는 때로는 고향의 부모님과 조부모님 등의 가계 이야기로 채워지며, 때로는 바다의 생물이나 대지의 생명체를 전유하면서 일상의 풍경이 놓이기도 하고, 오래된 시간의 흔적을 추억할 수 있는 누적된 시간감이 놓이기도 한다. 그런 점에서 시인은 고향과 생물과 일상과 시간 들의 궤도를 오래도록 돌고 있는 태양계 행성에 해당한다. 그리고 그 행성은 목성이나 혜성, 명왕성 등으로 변주되면서 소우주의 일부가 되어 우리 시대의 상징계와 상상계를 관통하며 실재계적 진실을 들춰내어 태양계의 비밀을 공개하는 소중한 보물이 된다.

(시집 『태양계 궤도』 해설, 2017)

불법을 자행한 비정상적 국정 운영 풍자 :
감옥에 갇힌 공주와 도둑들

– 정해랑론

1. 문재인 정부 탄생의 필연적 전조

『공주와 도둑들』은 박근혜 정권의 불법과 실정에 대한 풍자를 담고 있는 2017년판 『오적』이다. 2017년 3월 31일 서울구치소에 구속 수감되어 8월 현재 재판을 받고 있는 '전(前) 대통령 박근혜'와 그 정권의 부당한 권력 행사에 부역한 일당들에 대한 풍자시 모음집으로, 「공주의 외출」(2014. 8)에서부터 「공주와 도둑들」(2016. 12)에 이르기까지 총 21편을 통해 박근혜 정권의 말기를 조망한다. 헌법재판소의 박근혜 탄핵 인용 결정(2017. 3. 10) 이후 조기 대선으로 치러진 지난 5월 9일 문재인 정부가 탄생한 이래로 이제 100일이 지나고 있다. 출범 이래로 80%를 오르내리며 고공행진하고 있는 국정지지율은 탄핵 직전 5%에 머물러 있던 박근혜 정부의 지지율과 극적으로 대비된다. 그야말로 2016년과 2017년의 대비 속에 각종 적폐 청산을 통한 '비정상의 정상화'가 더디지만 조금씩 수행되고 있다.

정치 풍자시의 기원에 김지하의 『오적』이 자리한다는 것은 주지의 사실이다. 1970년 5월 『사상계』에 발표된 『오적』은 1960년대 박정희 정권 당시 부정부패로 물든 기득권층의 실상을 일제 강점기의 을사오적에 빗댄 '담시'로 담아낸다. 당시 이 작품을 발표한 『사상계』는 폐간되고, 작가와 편집인 등이 국가보안법 위반으로 구속되는 등 온갖 탄압에 시달리며 유신 독재의 폭압을 증명하는 상징적 필화 사건으로 기록되어 있다. 작품 속에서 오적은 '재벌, 국회의원, 고급공무원, 장성, 장차관'을 일컬으며, 인간의 탈을 쓴 짐승으로 등장한다. 특히 부정부패를 척결해야 할 포도대장이 오히려 오적에게 매수되어 민초 '꾀수'를 무고죄로 몰아 감옥에 집어넣고 도둑촌의 주구로 살아가는 모습은 이명박 정부와 박근혜 정부에서의 사법기관의 행태와 별반 다르지 않다는 점에서 정치적 기시감을 확인하게 된다. 물론 시 속에서 포도대장과 오적의 무리는 어느 날 아침 기지개를 켜다가 갑자기 벼락을 맞아 급살하게 된다는 고대소설적 인과응보로 '담시'는 마무리된다.

2017년판 '오적'에 해당하는 『공주와 도둑들』의 주인공은 그야말로 '공주'와 '도둑들'이지만, 이들의 행태를 바라보는 전지적 화자의 풍자적 시각이 주된 정조를 구성한다. 등장인물들의 지위를 표기하는 방식은 왕조시대인 조선시대의 표현을 활용하여 정치권력의 구시대적인 행태를 풍자한다. 즉 '공주'는 '박근혜 대통령', 늙은 도승지는 '김기춘 비서실장', '부왕'은 '박정희 전 대통령', 오랑캐는 일본, 영의정은 국무총리, 군졸은 경찰, 의금부는 법무부, 포도청은 검찰, 야소교 대장은 교황, 궁궐은 청와대, 재벌은 만석꾼, 예조판서는 문화체육관광부 장관 등으로 명명되어 근대적 공화국인 대한민국이 아직도 '전근대적이고 봉건적인 시스템'에 머물러 있는 행태를 풍자한다.

2. '공주의 ○○' 구조 시편들 – 세월호 참사에 대한 무능력한 대응과 비정상적인 정권 행태 비판

'공주의 ○○' 구조의 시들은 '유약하고 미성숙한 존재'로서의 '공주'의 표상과 함께 공주의 속성을 알려주는 '외출, 분노, 눈물, 코걸이, 한숨, 남자, 정상과 비정상, 거울' 등의 키워드들을 통해 히스테리컬한 공주의 감상적인 어리석음과 무능력한 정치적 실정을 드러낸다. 대표적으로는 세월호 참사 관련 내용들이 주를 이루고, 박근혜 정권의 비정상적 행태가 함께 비판된다.

먼저 「공주의 외출」(2014. 8)은 '공주님의 왕짜증'을 핵심 키워드로 하여 백제 무가인 「서동요」에 빗대어 '세월호 7시간'의 의혹을 풍자하면서, "공주님은 남 몰래 얼어두고 / 아무개를 밤에 몰 안고 가다"라는 식으로 원작을 패러디한다. 하지만 공주는 "공주의 7시간"에 대한 의혹을 분명하게 해명하지 않은 채, "왕은 꾸짖을 권한만 있고 책임은 없"다는 변명으로 일관하는 것으로 그려진다. 「공주의 분노」(2014. 9)에서는 대통령 면담을 요구하는 세월호 유가족들의 청와대 앞(청운동과 효자동 주민센터) 농성에 대한 '공주의 불쾌감'을 키워드로, 부왕(=박정희)처럼 "중단 없는 전진"을 강조하며 시위대에 대한 분노를 터뜨리는 '공주의 히스테리'를 풍자한다.

「공주의 눈물」(2014. 9)은 세월호 참사 관련 기자회견 당시 "모든 것이 백성의 어머니인 자기의 무한 책임"이라며, 유가족들에게 "언제든지 필요하면 문을 열어 두고 있을 테니 오라"고 심각한 표정으로 "악어의 눈물"을 흘렸던 시간을 회상한다. 하지만 "나를 모독하면 가만두지 않겠다는 으름장을 남겨 놓고 / 이 나라 저 나라로 다니면서 / 눈물은커녕 배시시 웃고 다녔다"는 내용을 덧붙여 기록하면서 '공주의 눈물'이 결국 "악어의 눈물"에 그치는 '위장된 눈물'이 아니라 "닭의 눈물"이자 "달구똥 같은 닭새끼 눈물"이라며 장안에 떠도는 비판적 민심의 이야기를 전한다. 「공주의 코걸이」(2015. 4)에서도 "귀에 걸면 귀걸이, 코에 걸면 코걸이"라는 속담을 활용하면서 세월호 참사의 진상규명 요구를 외면한 공주를 향해 '임금님 귀는 당나귀 귀'라는 진실을 외치는 민초들의 목소리를 기록한다.

「공주의 한숨」(2015. 5)에서는 공주의 뜻대로 돌아가지 않는 세상에 대한 원망을 그리며 침상에서 대지진을 감지하는 공주의 모습을 희화화한다. '공주의 한숨'이 개인적이고 이기적인 자조감의 표현에 해당한다면, '백성의 한숨'은 정권의 무능력한 행정과 각종 탄압으로 피해를 입은 당사자들의 절규가 모여 만든 '대지진의 함성'으로 비유된다.

> (전략) 세금 폭탄 맞아서 죽겠노라 하는 백성 / 취직 못해서 차라리 외국 가겠다는 처녀 총각 / 언제 잘릴지 몰라 전전긍긍해야 하는 노동자들 / 비료값도 안 나오는 농사 지어야 하는 농민들 / 바른 말 좀 했다고 잡혀간 사람의 엄마, 아빠들 / 물에 빠져 죽은 사람들의 가족들 / 불에 타서 죽은 사람들의 가족들 / 지붕이 무너져 내려 죽은 사람들의 가족들 / 군대 가서 총 맞아 죽고 맞아 죽은 사람들의 가족들 / 노후대책 없어서 살지 못하겠다는 사람들 / 전국 곳곳의 백성들이 한숨을 터뜨린 것이 / 궁성까지 미쳐 온 것이라고 아뢰오 / 그게 무슨 소리란 말이냐아아아.... / 하다가 공주도 그 바람에 넘어지고 말았다는데 / 그날 이후 공주는 한숨조차 쉬지 못했다지 / 아주 까마득히 먼 옛날 먼 나라의 이야기 / 믿거나 말거나...
> – 「공주의 한숨」 부분

인용문에서 한숨을 터뜨리는 존재들은 '백성'이다. 공주 자신이 국정을 잘못 수행함으로써 초래한 일들로 인해 노동자, 농민, 시민

등 대한민국의 평범한 남녀노소의 국민이 전국 곳곳에서 한숨을 터뜨리고 있는 것이 '대지진'의 실체임이 드러난다. 하지만 공주는 그 한숨의 실체를 오판함으로써 결과적으로 '박근혜–최순실 게이트'라는 국정 농단 사태를 초래하게 된다.

「공주의 남자」(2015. 5)에서는 국무총리와 총리 후보자들의 이야기가 그려지면서, 5명 중 3인이 낙마한 이야기를 통해 박근혜 정부의 고위직 인사 참사를 풍자한다. 부동산 투기, 병역 의무, 전관예우, 친일사관, 논문 표절 등의 문제가 거론되면서 김용준, 안대희, 문창극 등의 후보자 들이 낙마한 이야기와 함께 정홍원, 이완구, 황교안 등의 총리 지명자들의 부적격에 해당하는 이야기를 통해 '공주의 남자'를 풍자하고, "영계로 간 그"(=최태민)가 영의정이었기를 바라는 내용이 그려진다. "공주의 남자들은 문제가 많고 / 쓸 만한 놈들은 공주의 남자가 아니"기 때문에 공주의 고민이 깊어가는 내용이 풍자되는 것이다.

「공주의 정상과 비정상」(2015. 11)에서는 "정상을 좋아하고 비정상을 싫어한다"는 공주가 실상은 정상적인 일들을 비정상으로 만든 잘못된 신념의 소유자였음을 풍자한다. 여론을 외면한 채 역사교과서 국정화 시도를 소재로 "비정상적인 역사교과서"를 '국정교과서'로 정상화시키겠다며 성전을 선포한 이야기가 다뤄진다. '역사의 획일화'를 강제하려는 전근대적 시도라는 비판 속에서도 국론을 분열시킨 교육부는 상식과 합리를 저버리는 대화적 의사소통을 가로막은 채 밀실에서 친일 극우적 역사의 국정화를 시도한다. 하지만 결국 문재인 정부가 들어서면서 2년 동안 논란의 대상이 되었던 국정 역사교과서는 폐기되어 역사속으로 사라진다.

「공주의 거울」(2016. 2)에서는 "부왕에게 초대받아 온 마법사"(=최태민)와 "마법사의 딸"(=최순실), "새끼 마법사=마법사의 사위"(=

정윤회) 등과의 관계를 회상하며 마법사가 가져다준 선물인 '거울'에 기대어, "진실한 사람"을 찾으려는 공주의 노력을 백설공주의 거울 이미지를 빌려 풍자한다. 하지만 "거울아 거울아 이 나라에서 가장 진실하지 못한 인간이 누구냐"는 질문에 "거울 속에서 싸늘하게 웃는" 자신이 드러나면서 '진실로 위장된 거짓의 삶'을 일관한 존재가 공주임이 풍자된다.

이렇듯 '공주의 ○○' 계열 시편들은 세월호 참사에 대한 무기력한 사후 대응을 중심으로 공주의 과거와 현재, 부속물이나 심리 상태, 권력 관계 등을 통해 정당성과 공정성을 잃어버린 채 국정을 사유화한 과거 지향적인 극우 불통 세력의 무능력을 만천하에 드러낸 현실을 비판한다. 결과적으로 백성들의 한숨과 시름이 깊어지면서 대지진의 전조가 드러나 파국을 예견하는 에피소드들을 집적하는 이야기가 다뤄진다.

3. '공주와 ○○' 구조 시편들 – 정부 여당의 실정에 대한 비판

'공주와 ○○' 구조 시편들은 공주와 함께 국정을 농단한 주변인들의 이야기가 주로 다루어지면서 정부 여당의 실정에 대한 비판이 그려진다. '낙하산, 농담, 쌈짓돈, 복면, 지진, 순살, 도둑들'이 공동격조사 '와' 이후에 함께 덧붙여지면서 공주가 세계를 인식하는 왜곡된 방식과 공주를 둘러싼 구시대적 불통의 '인의 장벽', 사유화된 권력의 비정상성 등의 행태가 비판된다.

먼저 「공주와 낙하산」(2014. 10)에서는 "공주를 위해 막말을 서슴지 않던 막말의 여제"(대한적십자사 총재), "오랫동안 공주의 편에서 일해온 고향 선비"(한국방송광고진흥공사 사장), "고을 관리와 사또만 주구장창하면서 충성을 바치다가 / 지난번 관찰사 뽑기에서 물 먹은 인간"(인천공항공사 사장) 등의 낙하산 인사를 비판한다. 이들의 낙점은 직무 수행 능력과 무관한 이들을 공공기관의 수장에 앉힘으로써 낙하산 인사의 폐해를 극명하게 보여준 사례들에 해당한다. 뿐만 아니라 '막말의 여제'에서 여제를 '여제(女帝)'가 아니라 '여제(女弟)'라고 표현하여 말장난을 시도함으로써 이들의 언어 감각이 미숙아 수준에 머물러 있음을 풍자한다.

(전략) 대궐 뜨락에 새까맣게 떨어지는 낙하산 / 그런데 검은 베레가 아니라 가슴에 노란 리본을 달았다 / 배가 침몰해 바다에 빠져 죽은 애들의 애미, 애비들 아닌가 / 대궐 앞 길가에 천막 치고 죽치던 자들 아닌가 / 꿈에 볼까 두려운 그들이 낙하산 타고 대궐로 들어오다니 / 여봐라 게 아무도 없느냐 / 소리쳐도 소리가 나지를 않는데 / 이번에는 또 역마차를 모는 자들, 수리하는 자들이 쏟아진다 / 어디 그뿐인가 하얀 옷을 입은 의원들, 의녀들 / 내시 내시는 어디 갔느냐 / 도승지는 어디 갔소 / 어영대장은 무엇 하는 거요 / 아무리 불러도 목소리는 나오지 않고 / 아무도 대답이 없다. / 이러지도 저러지도 못 하고 창 밖만 바라보며 발만 동동 구르는데 / 이건 또 웬일인가 마침내 용상까지 낙하산 타고 누군가 내려온다. / 이건 아닌데 이건 진짜 아닌데 / 역모다 모반이다 반역이다 안 나오는 목소리로 외치다가 / 다급한 김에 베개를 낙하산 삼아 등에 지고 뛰어내렸는데 / 쿵 하는 소리에 침상 밑으로 떨어지면서 소리를 질렀다지 / 부왕을 불렀다고도 하고 / 또 다른 사내를 불렀다고도 하던데 / 그야 누구도 알 수 없는 일 / 옛날에 옛날에 있었던 일이란다
  - 「공주와 낙하산」 부분

인용문에서 공주가 꿈을 꾸는 대목은 촛불혁명에 의해 공주가 헌법과 법률 위반으로 탄핵되는 과정을 함축한다. 특히 인용문에서처럼 세월호 유가족들이 노란 리본을 달고 낙하산을 탄 채 청와대에 진입하는 꿈을 꾸는 공주의 모습은 '세월호 참사'에 제대로 대응하지 못한 권력자가 지닌 '일종의 트라우마'를 보여준다. 하지만 진심의 속죄와 반성이 담기지 않은 '내상으로서의 트라우마'는 결코 치유되지 않는다. 오히려 세월호 유가족들을 적대시함으로써 정치공학적으로 세월호 참사에 대응한 정권의 무능력을 상징적으로 보여준다. 결국 '역모, 모반, 반역'이라는 키워드로 참사의 진상 규명과 책임자 처벌을 제기하는 반대 의견을 탄압함으로써 공주는 2017년 8월 현재 수인(囚人)이 될 수밖에 없었던 것이다.

「공주와 농담」에서는 공주가 농담을 별로 좋아하지 않지만, 자신의 수첩에 "십상시의 국정 농담"이라고 적으면서 '정윤회 문건'으로 회자되던 '십상시 문건 파동'이 그려진다. 중국 후한 때 어린 황제인 영제를 허수아비로 내세우고 국정을 농단했던 10명의 환관을 말하는 '십상시'처럼 국가 행정을 비선 실세들이 좌우했다는 이야기를 풍자한다. 백성들이 공주가 하는 말 모두를 농담으로 여겨, '국민 행복시대, 노인 연금, 무상보육, 4대 중증환자 치료비 국가부담' 등등의 대선 공약을 농담으로 받아들일 수밖에 없었다면서 결국 "세계 역사상 가장 농담을 잘 하는 왕"으로 남았다고 비판한다.

「공주와 쌈짓돈」(2015. 1)에서는 "쌈짓돈이 주머닛돈"이라는 말을 키워드로 1980년 전두환 정권으로부터 6억원을 지원받은 내용을 필두로 정부 여당의 담뱃값 인상 결정과 청와대 행정관의 여당 대표 비난 등을 풍자한다. 「공주와 돌림병」(2015. 6)에서는 중동호흡기증후군(MERS) 이야기를 통해 정권의 무능력한 사후약방문식 대응을 비판한다. 삼성병원의 무기력한 대응과 서울시장의 신속한 대처 등의 대비를 통해 삼성과 정권의 정경유착 등의 의혹이 불거진 사건을 풍자한다. 「공주와 배신」(2015. 7)에서는 배신을 싫어하는 공주가 여당의 원내대표를 배신자라고 낙인찍어 정부와 여당의 관계가 불편했던 내용을 기록한다. 그리하여 결국 "공주를 누군가가 배신한 것"이 아니라 "공주가 누군가를 배신한 것"임을 기록하면서 사태의 진실을 풍자한다.

「공주와 복면」(2015. 12)에서는 '민중대회'에 대한 거부감 속에 복면을 싫어했던 공주가 일지매, 임꺽정, 홍길동, 장길산, 각시탈 등의 의적 들을 연상하면서 복면에 대한 반감을 각인하게 된 이야기를 풍자한다. 그리고 "간절히 원하면 온 우주가 도와준다", "바른 역사를 잘못 배우면 혼이 비정상이 된다"라고 말하던 '그 분'(=최태민)을 회상하며 '노동 개악'을 강행하려던 박근혜 정부의 시도를 비판한다. 민중총궐기 집회를 불법폭력시위로 예단하며 복면 시위를 금지하라는 지시를 내리고, 이슬람국가의 폭력성을 강조하며 집회와 시위에 대한 공권력의 폭력을 조장한 사실을 풍자한다.

「공주와 지진」(2016. 9)에서는 경주에서 일어난 지진을 소재로, 처음에는 경주 지진을 비유라고 잘못 판단했던 공주가 실제 지진임을 알게 되면서 재난공화국의 대통령임을 기록한다. 특히 정부와 여당 대표단의 오찬에서 값비싼 송로버섯(1g에 18만원, 900g에 1억 6천만원 호가)과 샥스핀 등의 값비싼 요리를 제공한 내용, "백성은 개, 돼지"에 불과하다는 교육부 행정관의 표현, 미르재단과 K스포츠재단을 통해 재벌들로부터 800억원 이상을 기부 받은 사건 등이 다뤄지면서 불법적인 '최순실 사태'가 불거지기 시작하는 내용이 비판된다.

「공주와 순살」(2016. 10)에서는 '순살'을 좋아한 공주 이야기를 시작으로 '순살과 남편'(=최순실과 정윤회)이 궁궐을 수시로 찾아온 이야기, '순살의 딸'(=정유라)의 앞길을 막으려던 문체부 직원들을 "나쁜 사람"이라고 비판하며 경질한 이야기가 다뤄진다. 특히 "권력 서열 1위가 순살, 2위가 새끼 마법사, 3위가 새끼 순살 / 그리고 넷째가 공주"라는 보고서가 언론에 의해 노출되자 공주는 '찌라시'라면서 분노한다. 그리고 공주 등의 기득권 세력이 개, 돼지로 비하했던 시민들이 촛불을 들고 거리로 나와 공주와 순살을 비판하는 이야기가 그려진다.

「공주와 도둑들」(2016. 11)에서는 권좌에서 내려와 의금부에 하옥된 공주의 이야기가 상상으로 그려진다. 공주의 죄목은 각종 도둑질을 통해 10가지가 넘으며, 재벌과 순살 일가도 공범이고, 늙은 도승지와 육조의 벼슬아치들도 공범으로 붙잡히면서, "단군 이래 최대 규모 떼도둑"이 체포된다. 공주는 "한 치의 사심도 없이 사익은 생각하지 않고 / 오직 나라를 위해서 공익을 위해서" 직무를 수행했다고 말하지만, 결과적으로 일종의 경제공동체로서 "순살 일가"의 재산 증식을 위해 사적 일감을 만들어준 셈이 된다.

이렇듯 「공주와 도둑들」에서는 3인의 증인이 나와 '공주와 도둑들'이 국정을 농단한 사태를 비판하는 내용이 그려진다. 첫 번째 증인으로는 아줌마가 나와 공주를 향해 "저 년은 밥그릇 도둑만이 아니라 목숨 도둑 진실 도둑"이라고 외치면서 세월호 참사의 진상규명을 방해하였으므로 천벌을 받을 것이라고 증언한다. 두 번째 증인으로 "부왕과 맞짱 뜨다 감옥에 갔혔던" 백발이 성성한 노인네가 나와서 공주가 대를 이어서 도둑질을 했다고 증언한다. 세 번째 증인으로 죄수복을 입은 증인이 나와 "백성들의 공을 소매치기하는 도둑놈들"이 문제라고 지적하면서 새누리당 일파들을 지적한다. 그러면서 "우리나라는 민주공화국이다 / 우리나라의 모든 권력은 백성으로부터 나온다"라는 대한민국의 헌법 조항으로 만든 노래를 부르고,

"뜨락에 가득찬 개 돼지들이 함성을 지"르며 "백성이 진짜 주인이 되는 사회"를 만들자고 큰소리로 외치는 풍경이 묘사된다.

　　(전략) 그 뒤 공주는 어찌 되었을까 / 멀리 법국의 단두대처럼 망나니가 춤을 췄다고도 하고 / 아직도 의금부 감옥에 들어가 앉아 있다고도 하고 / 너그러운 백성들이 이도인지 저도인지로 보내 / 부모님 추억이나 먹고 살라고 했다고도 하는데 / 아주 먼 옛날 먼 나라의 이야기 믿거나 말거나

　　– 「공주와 도둑들」 부분

　　인용문은 촛불 항쟁 이후의 '공주 이야기'를 상상하는 내용이다. 프랑스 대혁명(1789) 이후 마리 앙투와네트처럼 단두대에서 사라지지는 않았지만, 공주는 의금부 감옥에 들어가서 현재 1심 재판 중이다. 2017년 8월 25일 '세기의 재판'이라고 불리며 이재용 삼성전자 부회장이 1심 재판에서 특검이 제기한 뇌물죄 등을 인정 받으면서 징역 5년형의 실형이 선고되었다. 박근혜의 재판은 10월말이 1심 선고 기일로 알려져 있다. 오래도록 감옥에서 사회와 유리된 삶을 살아야 각종 국정 농단 사태의 책임을 지게 될 것이다. 무엇보다 장기간의 수감 생활이 세월호 참사로 희생된 영령들에 대한 죄갚음을 미력하나마 최소한도로 수행할 수 있을 것으로 판단된다.

4. '공주는 ○○○' 구조 시편들 – 공주의 비정상적 감수성과 불법적 행태 비판

　　'공주는 ○○○' 구조의 시편들은 주술 관계를 통해 공주의 비정상적인 감수성 상태를 비판하는 내용이 그려진다. '외로워, 기가 막

혀, 잠 못 이루고, 외로워 외로워' 등의 부가된 술어들은 공주의 불안정한 심신 상태를 통해 국정 불안과 국정 파탄이 초래되었음을 암시한다. 특히 단순히 실정 차원이 아니라 헌법과 법률에 위반되는 불법을 자행함으로써 탄핵과 구속에 이르는 불행한 대통령이 되었음을 비판한다.

「공주는 외로워」(2015. 4)에서는 시국의 혼란을 자초한 공주가 외로움에 젖어서 이미 이승을 하직한 채 "멀리 멀리 영계로" 떠난 '그 분'(최태민)을 그리워하는 내용이 풍자된다. 「공주가 기가 막혀」(2016. 2)에서는 "기가 막힌다"라는 표현이 "기가 막히도록 억울하고 화난 사람에게나 / 기가 막히도록 화나게 만드는 년놈에게나 / 둘 다 쓸 수 있는 말"로서 '중의성'을 가진 표현임에 주목하여 '기막힌 국정 운영'을 비판한다. 특히 국정원 여직원의 셀프 감금사건을 흐지부지 처리하고, 역사교과서 국정화 등을 서두르면서 오히려 국가의 비상사태를 초래한 당사자들이 테러방지법을 강행하려는 역설을 통해 극우 정권의 폭압적인 공안통치 노림수를 비판한다. 결국 "공주의 기가 막힌 것"인지 "공주가 백성들 기가 막히게 한 것"인지를 대조적으로 언급하면서 대한민국을 '비상공화국'으로 몰고 가는 박근혜 정권의 행태를 풍자한다.

「공주는 잠 못 이루고」(2016. 8)에서는 이석수 특별감찰관과 우병우 민정수석의 대립을 소재로 이야기가 전개된다. 테러방지법을 강행한 이후 여당이 20대 총선에서 과반의석 확보 실패로 여소야대 정국이 조성되면서 불면의 밤을 보내는 공주의 이야기가 풍자된다.

「공주는 외로워 외로워」(2016. 12)에서는 어머니를 여의고 외로운 마음으로 지내던 공주에게 꿈처럼 다가온 마법사(=최태민)를 회상하는 이야기가 그려진다. 공주가 여왕이 될 것이라면서 가까이 했던 마법사가 사망한 뒤로 공주는 '마법사의 딸과 그 남편'과 가까이 지낸다. 하지만 자신의 아바타로 여기던 순살이 "국정 농담"을 저질러 감옥에 가게 된다. 이후 국회에서 박근혜 탄핵안이 상정되어 불참자 1명, 탄핵 찬성인 234명, 반대표 56명, 무효 7명, 탄핵안 보고일 8일, 탄핵안 가결일 9일 등이 언급되는 등 숫자에 의미를 부여하면서 일종의 속신처럼 우주의 기운이 숫자로 모여들었다고 회자된다. 그리고 백성들의 촛불 집회 참여 인원이 늘어나면서 하야와 탄핵의 목소리가 커지자 공주는 더 큰 외로움에 빠져드는 것으로 풍자된다.

> 그런데 전하 요즘 이상한 말이 돌고 있사옵니다 / 이 궁녀는 하도 뜬금없는 소리를 잘해서 / 내명부에서 쫓겨 날 뻔도 했는데 / 공주가 심심풀이로 있으라고 붙잡아 두었던 터 / 마마가 파면되는데 숫자가 그렇게 되었다고 / 공주 아무리 어린 것이지만 말이 좀 괘씸하여 / 레이저를 쏠까 하다가 그래도 한 번 들어보자 했는데 / 일하면 탄핵 표결 불참자가 일명이요 / 이, 삼, 사 하면 탄핵 표결 찬성자가 234명이요 / 오, 륙 하면 탄핵 표결 반대자가 56명이요 / 칠 하면 무효표가 7표이고, / 팔 하면 탄핵안 보고일이 8일이고 / 구 하면 가결된 날이 9일이며 / 이제 선고하는 날이 10일이고 / 선고하는 시간이 11시랍니다 / 12일에는 전하가 순살마마를 만날 것이라 하옵니다. / 내가 순살을 만난다고? / 네 의금부 가셔서 만나신다네요 / 온 우주의 기운이 숫자로 모여서 / 전하가 그리 된다는 것이라네요
>   -「공주는 외로워 외로워」 부분

인용문은 2016년 12월 9일 국회에서 박근혜 탄핵소추안이 표결에 붙여진 날을 기록한다. 국회 재적인원 298명 중 '불참=1, 찬성=234, 반대=56, 무효=7, 탄핵소추안 보고일=8, 가결=9' 등의 숫자

가 지닌 우연적 필연의 공교로움이 민초들 사이에서 회자된다. 이후 2017년 3월 10일 오전 11시 헌법재판소가 "피청구인 대통령 박근혜를 파면한다."라고 최종 주문을 판결하면서 탄핵안이 인용된다. 그날은 대한민국의 법치주의가 촛불혁명으로 만들어낸 주권 재민의 민주주의를 지켜낸 의미 있는 날이다. 이후 2017년 3월 31일 자연인 박근혜는 구속 수감되고, 2017년 8월 30일 현재 '박근혜-최순실 게이트' 재판은 여전히 현재진행형이다.

5. 나라다운 나라로

『공주와 도둑들』이 창작된 시공간은 2014년 8월부터 2016년 12월까지 만 2년 4개월에 해당한다. 이 시기는 국가권력이 '세월호 참사 진상 규명과 책임자 처벌'에 대한 비정상적인 사후 대응으로 유가족들을 비롯한 '대한민국 국민'이 정상적인 애도와 치유를 수행하지 못하도록 가로막은 시기에 해당한다. 이후 '대통령 박근혜의 탄핵 소추안 표결, 탄핵 인용, 19대 대통령 보궐 선거' 등을 거치며 8개월의 시간이 계속 흐르고 있다.

2016년 10월부터 2017년 3월에 이르기까지 광화문 광장을 수놓았던 1650만 여 명의 '촛불혁명'은 평화적 시민권력이 부당한 국가권력을 바로잡을 수 있는 권력의 물적 토대임을 가시화한 바 있다. 2016년 12월 9일 국회에서 표결된 탄핵소추안은 헌법 위배 행위로 '대통령의 헌법 수호 및 준수의무, 기본적 인권 보장 의무, 언론의 자유 등'을 지적하고, 법률 위배 행위로 '뇌물죄, 직권남용권리행사방해죄, 강요죄, 공무상비밀누설죄 등'을 적시한다. 2017년 3월 10일 오전 11시 헌법재판소의 박근혜 탄핵 인용 8:0은 '박근혜-최순실 게

이트'가 국정농단을 감행한 공범임을 헌법에 입각하여 판단한다. 헌재는 '헌법, 국가공무원법, 공직자윤리법' 위배와 함께 '국가공무원법의 비밀엄수의무 위배, 최서원의 사익 추구에 관여하고 지원한 죄, 대의민주제 원리와 법치주의 정신을 훼손한 죄' 등을 위헌과 위법 행위로 적시하면서 "피청구인의 위헌.위법행위는 국민의 신임을 배반한 것으로 헌법수호의 관점에서 용납될 수 없는 중대한 법 위배 행위"라면서 재판관 전원 일치된 의견으로 박근혜의 파면을 주문한다.

박근혜 정권이 지향한 '비정상의 정상화'라는 모토는 정치와 역사의 물줄기를 거스르는 역주행을 낳았다. 독선과 아집, 불통으로 국가권력을 사유화한 박근혜 정권으로 인해 대한민국의 국가 기능은 마비되고, 정상적인 작동이 불가능했던 것이 사실이다. 최순실의 국정 농단으로 표상되는 권력의 사유화는 공공성을 상실하며 불법적인 부당 인사와 왜곡된 행정 집행으로 국가 기강을 스스로 붕괴시킨 것이다. 1960~70년대 박정희 유신독재시절의 국가정체성을 2010년대 대한민국의 정체성으로 바꾸고자 시도했던 박근혜는 현재 구속되어 재판을 받고 있다. 여전히 불성실한 재판으로 일관하면서 무능하고 불의하고 부패했던 자신의 과오를 반성하지 않고 있다. 인면수심의 대표적 표상인 박근혜와 그 일당들은 정권 말기 드러난 사실만으로도 일벌백계의 대상이 되어야 한다.

2016년 가을부터 2017년 봄에 이르기까지 광화문 광장을 수놓았던 노래는 "어둠은 빛을 이길 수 없다 / 거짓은 참을 이길 수 없다 / 진실은 침몰하지 않는다 / 우리는 포기하지 않는다"였다. 문재인 정부는 촛불혁명의 과제를 수행하고 있다. 이명박 정부와 박근혜 정부에서 벌어졌던 국가권력의 불법적이고 비정상적인 집행에 대한 과감한 적폐청산이 필요하다. 그리고 그것은 국내 정치와 함께 한반도를 둘러싼 국제 정치의 정상적 복원을 통해 이루어져야 할 현재진행형 과제이다.

(시집 『공주와 도둑들』 해설, 2017)

타지(他地)에서 고향(故鄕)을 그리다

— 홍신현론

1. 곡성이 그리운 사람

여기 고향이 그리운 사람이 있다. 고향은 태어나서 줄곧 그곳에서 자라온 원주민에게는 삶을 이어가는 생활의 공간이지만, 그곳을 떠나온 이주민에게는 그리움의 대상이 된다. 더구나 돌아갈 수 없는 공간으로서의 고향은 영원한 향수의 대상이 된다. 하지만 고향에 자신의 피붙이가 생존해 있다면 이야기가 달라진다. 그때의 고향은 과거의 기억을 환기하며 현재적으로도 지속적인 의미망을 계기적으로 산출할 수 있기 때문이다. 반복적으로 도달할 수 있는 고향은 자아의 원형을 복기할 수 있는 유효한 공간인 것이다. 어머니의 탯줄을 끊고 나와 어머니에 대한 그리움을 평생 안고 살아가는 존재가 인간이듯, 고향이라는 원체험적 공간은 현재에도 생존하고 있는 혈연의 존재로 인해 더욱 유의미한 공간이 된다.

홍신현은 중학교를 졸업하고 고향 곡성을 떠나 서울로 상경한 뒤 청계천에서 잔뼈가 굵은 노동자다. 1958년생으로 환갑을 코앞에 두고 있으니, 16년 남짓한 곡성에서의 추억이 40여 년 서울 노동자 생활의 밑돌 역할을 하는 셈이다. 홍신현은 등단한 시인이 아니다. 하지만 고향에 대한 절절한 그리움을 담은 연정은 여느 등단 시인 못지 않다. 등단 제도가 문단의 안팎을 양분하는 기준이긴 하지만, 등단 여부와는 상관 없이 제도의 경계를 무화시키는 문학 애호가들이 많아지고 있는 것이 현재 추세다. 고령의 할머니들이 한글을 깨치면서 자신들의 삶을 녹여낸 시집 『시가 뭐고?』(2015)가 새삼 화제를 모으고 있는 것을 볼 때, 홍신현의 시집 역시 출간되어 마땅하다. 물론 기성 문인들에게서 보이는 화려한 미사려구나 비유의 신선함은 찾아보기 어려울 수 있다. 하지만 진솔한 고백의 진정성만큼은 등단한 시인들의 문학성을 상쇄하고도 남는다.

문학사적으로 고향의 이미지를 떠올릴 때면 대표적으로 연상되는 텍스트가 두 편이 있다. 하나는 정지용의 시 「향수」이고, 또 다른 하나는 김승옥의 단편소설 「무진기행」이다. 1930년대에 쓰여진 정지용의 「향수」는 "그곳이 차마 꿈엔들 잊힐리야"를 각 연의 마지막에 반복하면서 고향에 대한 그리움을 강화한다. 1960년대에 쓰여진 김승옥의 「무진기행」은 고향 '무진'을 떠나 서울에 정착한 윤희중이 서울에서의 답답증을 해소하는 무의식적 공간으로 '무진'을 상정한다. 「향수」의 고향과 「무진기행」의 '무진'은 2016년에 이르러 홍신현에게 고향 '곡성'의 이미지로 변주된다. 홍신현의 고향 곡성은 섬진강가에서 물안개를 피워올리며 고요한 침묵으로 자연의 아름다움을 선사한다. '향수'(정지용) 어린 '안개'(김승옥)를 피워내는 공간이 바로 『그리운 내 고향 곡성』인 것이다.

2. 풍경이 살아 있는 곡성

시인이 바라본 '전라남도 곡성'은 '그리운 내 고향'이다. 그 공간은 섬진강을 끼고 있고, 봄이면 철쭉꽃과 함께 물안개가 선연하게 피어난다. 그리고 철마가 달리는 공간이며, 천사공원의 장미가 피어나고, 유년시절을 상상하게 하는 공간이다. 시집을 여는 첫 시 「그리운 내 고향 곡성」은 그렇게 곡성을 수식한다. "섬진강변 철쭉꽃 삼십 리"가 있고, "물안개가 피어 있는" 그 길을 오늘도 달리는 '철마'가 있으며, 백만송이 장미꽃이 수줍게 5월을 준비하는 천사공원이 있는 공간으로 입체화되는 것이다.

> 지금 쯤일까 / 섬진강변 철쭉꽃 삼십리 / 그곳에 가면 / 봄은 노래하고 있을까 // 물안개 피어 있는 / 철쭉 꽃길을 / 오늘도 철마는 저마다에 / 사연을 싣고 달리고 있겠지 // 천사 공원 / 백만송이 장미 꽃봉오리 터질 듯 / 수줍음 안고 / 5월을 준비하고 있겠지 // 어릴적 뛰놀던 / 개구쟁이 내 친구들은 / 어디서 어떤 모습으로 / 살아가고 있을까 // 오늘밤 꿈길에서 / 물안개 피어있는 섬진강 백사장을 / 그리운 추억 찾아 / 보고픈 친구와 / 걸어 볼까나 // 아련히 떠오르는 / 내 고향 곡성 / 보고 싶고 / 그립습니다
> ― 「그리운 내 고향 곡성」 전문

시인은 지금 고향 곡성에 자리하지 않는다. 그래서 '꿈길'에서나마 "어릴적 뛰놀던 개구쟁이" 친구들을 떠올리면서 "물안개 피어있는 섬진강 백사장"을 함께 걸어보고 싶은 생각으로 "아련히 떠오르는 내 고향 곡성"을 "보고 싶고 그리"워한다. 시인의 고향 '곡성'은 현재적으로 섬진강변 철쭉꽃, 물안개 핀 섬진강, 철마, 장미꽃, 천사공

원이 실재하는 공간이지만, 그 공간은 현재적인 풍경과 더불어 개구쟁이 친구들과 놀던 유년시절의 그리움이 포개진 추억의 공간이기 때문에 그리움의 대상으로 호출되는 것이다.

시인에게 곡성을 대표하는 첫 번째 기표는 섬진강이다. 그리고 그 섬진강을 수놓는 것은 물안개와 철쭉꽃이다. 「봄의 향연 섬진강」에서는 봄날 이른 새벽에 섬진강변을 붉게 수놓은 철쭉꽃을 물안개 사이에서 바라본다. 철쭉꽃과 물안개가 섬진강에서 대자연의 일부가 되어 그림처럼 봄의 향연을 아름답게 펼치기 때문이다. 그곳에서 "불타는 연인들"이 모델처럼 사진을 찍는 사랑스런 모습과는 무관하게 "물안개 피어 있는 / 섬진강 푸른 물"은 결코 봄이 와도 들뜬 모습을 보이지 않는다. 김용택의 시 '섬진강 연작'처럼 넉넉하게 사람과 풍경을 품는 어머니 같은 젖줄의 공간이기 때문이다. 그러므로 「저녁이 있는 삶」에서 시인은 섬진강변으로 저녁 산책을 나서 장미나 양귀비 같은 꽃들의 향기와 더불어 삶의 향기를 느끼게 된다. "꽃보다 아름다운 노을진 강변길"로 인해 삶의 행복감을 제공해주는 공간이 섬진강인 것이다.

곡성을 수식하는 두 번째 기표는 '물안개'이다. 고향의 물안개는 "죽어서도 피는 꽃"(「물안개」)으로 비유된다. 일종의 영생불사의 신선들이 살고 있는 천국 같은 이미지의 공간이 바로 "아련한 추억이 서린", "꿈 속에 그리는 내 고향" 곡성이 되는 것이다. 곡성을 대표하는 세 번째 기표는 5월에 열리는 천사공원의 장미꽃 축제(「곡성 세계 장미 축제」)이다. 계절의 여왕인 5월에 1004종으로 피어나는 장미는 '새색시'에 비유된다. 2010년대에 시작되었지만 백만 송이의 장미꽃으로 물들은 화원이 어느덧 '곡성'의 대명사로 자리잡았기 때문이다. 그리고 곡성의 의미를 드러내는 네 번째 기표는 동악산이다. 동악산 산책길에 들려오는 뻐꾸기 소리가 "아름다운 사랑 연가"(「동악산 뻐꾸기」)로 들려오기 때문이다.

시인이 사랑하는 곡성은 자연과 인공이 어우러져 풍경이 살아 있는 공간임을 알 수 있다. 전라도와 경상도를 가로지르는 섬진강이 천혜의 자연이라면, 천사 공원의 장미꽃 축제가 자연의 아름다움을 위해 인공미를 가미하여 문화관광자원 역할을 수행하고 있기 때문이다. 섬진강과 동악산을 배경으로 장미와 철쭉과 물안개와 뻐꾸기가 함께 하는 그 공간은 시인에게 그리운 내 고향 곡성의 핵심적 정조를 제공하고 있는 것이다.

3. 고향 가족에 대한 사랑

곡성은 강과 산과 꽃과 안개만으로 자리하지 않는다. 그 공간에는 고향의 이미지를 각인시키는 시인의 핏줄들이 존재한다. 그들은 할머니와 아버지와 어머니와 형수와 여동생 등으로 호명되어 추억을 환기하는 존재로 그려진다. 과거의 추억에서 발원하여 현재의 삶에 이르기까지 지속적이고 반복적으로 지대한 영향력을 행사하는 강력한 기표가 바로 '가족'인 것이다.

먼저 「울 연동 할매」에서는 돌아가신 지 30여 년이 지난 '연동 할매'를 떠올린다. 쪽진 머리와 모시 적삼을 차려 입고 "훈장 마나님 행차"를 하던 옛날 모습을 "지금도 어제처럼 생생히 떠"올리는 시인은 천상의 선녀가 하강한 것 같은 모습으로 "연동 할배 만나"고 계시냐면서 옛 기억의 이미지로 안부를 전하며 그리움을 토로한다. '연동 할매'는 밭일 나간 며느리를 기다리며 손주를 품에 안고 "빈 젖 물리는 할미"(「할머니」)의 "애타는 마음"으로 변주되면서 고향의 이미지를 그리움으로 착색한다.

할머니가 조손간의 기억을 통해 그리운 고향을 매개하는 존재라면, 직계가족의 대표적 표상으로 아버지와 어머니가 그려진다. 먼저 「망부가」는 제목 그대로 아버지에 대한 그리움을 그린 시이다. 시인은 생전에 "도리구찌 눌러쓰고 / 으스름 서당 앞 돌아 / 비틀거리며 / 검은 그림자"를 이끌고 귀가하시던 아버지를 떠올린다. 그리고는 부친에 대한 미안한 마음을 고백한다. 부친이 "꼬여버린 매듭속에 빠져 / 고삐 풀린 망아지처럼 / 자꾸만 수렁으로 빠져가는" 아들에 대한 실망감을 생전에 가졌을 것으로 짐작되기 때문이다. 그러므로 "블랙홀 속으로 사라져 버린 / 젊은 날들"에 대한 죄송스런 마음이 '망부가'로 표출된다. 결국 부친의 기대를 제대로 충족시켜드리지 못했던 자신에 대한 탄식이 아버지에 대한 미안함과 그리움을 함께 고백하게 하는 것이다.

돌아가신 부친이 미안함과 그리움의 대상이라면, 살아계신 어머니는 애틋한 슬픔이자 사랑의 수원(水源)으로 그려진다. 「삼베 짜는 울 엄니」에서 시인은 날줄과 씨줄을 한 올 한 올 이어가며 삼베를 짜던 어머니의 슬픔과 눈물을 떠올리며, "보이지 않는 희망"과 사랑을 함께 수놓았을 어머니의 고생을 미루어 짐작한다. 그리고 어머니의 과거에 대한 안타까움은 현재 살아계신 어머니에 대한 '아들의 응석'으로 이어져 '사모곡'을 부르게 한다.

저 왔어요 어머니 / 잘 계셨어요 / 괜찮으세요 / 얼굴이 좋아 보이시네요 // 이젠 걸음도 못 걷겄고 / 머리도 아프고 / 어쩐다냐 안 아프고 자는 듯 / 죽어야 헐텐디 / 요래갖고는 빨리 안죽은디 // 뭘요 / 연세가 있는데 그 연세에 / 이만하면 건강 하신거여 / 아파야 정상이여 // 아이구 허리야 / 밭에도 못가겄고 / 목동떡은 지금도 하루 일 가믄 / 멕여주고 칠만원을 번단디 / 암것도 못허겄어 // 어머니 / 아직 설 아

프시구먼 / 지금 연세가 / 내일 모레 구순 돌아와요 // 보성떡은 / 지
금도 아프담서 / 너무 일 가서 돈을 잘 번디 / 썩을 놈에 병이 들어서
/ 똥이나 안싸고 죽어야 헐텐디 / 위쩐댜 울 엄니 돈 / 남들이 다 벌어
가서 / 그냥 지금처럼만 / 오래오래 곁에만 계셔 주세요

　-「장성 댁 84세 생신 날」 전문

　어머니와의 구수한 대화를 구어체로 옮긴 「장성댁 84세 생신날」
은 어머니에 대한 시인의 연정을 대표적으로 드러낸다. 일종의 의례
적인 말일 수도 있지만, "얼굴이 좋아 보이"신다는 말을 던지는 아들
을 앞에 두고, 어머니는 "이젠 걸음도 못 건"겠다면서 머리도 아프다
고 노화의 고통을 피력한다. 심지어는 이제 "안 아프고 자는 듯 / 죽
어야 헐텐디 / 요래갔고는 빨리 안죽은디"라며 다가올 죽음의 방식
에 대해 '앞선 걱정'을 털어놓는다. 하지만 어머니의 84세 생신날을
축하하기 위해 내려온 아들은 "아파야 정상"이라면서 연세에 비해
건강한 편이라며 너스레를 떤다. 그러나 시인에 의하면 "아직 설 아
프"신 어머니는 "암것도 못허겄"다면서 이웃인 목동댁이 밭에 나가
하루 일당 7만원을 버는 이야기를 부러워한다. 더구나 "썩을 놈에 병
이 들어서 / 똥이나 안싸고 죽어야 헐텐디"라며 '죽을 자리' 걱정을
털어놓는 어머니께, 아들은 더도 말고 "그냥 지금처럼만 / 오래오래
곁에만 계셔" 달라고 당부한다. 노화의 고통과 죽을 자리에 대한 고
민을 털어놓는 어머니와, 건강한 연세임을 환기하며 안심을 드리려
는 아들은 그렇게 서로를 향해 모자지간의 정을 두텁게 만들고 있
는 것이다. 이처럼 어머니와 아들의 대화는 겉으로 보면 얼핏 평행
선을 달리는 듯 보이지만, 건강과 장수와 죽음의 방식에 대한 이면
적 교감을 통해 서로에 대해 깊은 애정을 밑바탕에 깔고 있음이 드
러난다.

할머니와 아버지, 어머니를 거쳐 주목하는 네 번째 가족은 형수님이다. 「형수님」은 제목 그대로 곡성에서 고향집을 지키며 살아가는 형수님에 대한 헌정시이다. "큰 서당 은행나무보다 / 훨씬 크고 아름다운" "아름드리 나무"에 비유되는 형수님은 "한결같이 쉬어 갈 그늘"을 내장한 존재로 그려진다. 왜냐하면 "시할매 곱게 모셔 보내드리"셨으며, "시아비 십수년 병간호에 / 사랑으로 보내드리"기까지 했을 뿐만 아니라, "지금도 시어매"를 아낌없이 보살피며 가족을 뒷바라지하는 헌신적인 분이기 때문이다. 그러므로 "못난 시동생"인 시인이 하늘이 보낸 선녀인 양 형수님께 고마움과 감사와 존경을 표하는 것이다.

다섯 번째 가족은 막내여동생이다. 「막둥이 내 동생」에서 여동생은 "가녀린 개미허리"의 소유자여서 겉으로는 여려 보이지만, "소리 없이 강한" 모습으로 과묵하면서도 한결같이 엷은 미소를 지닌 존재로 그려진다. 더구나 때로는 "다정한 친구 같"으면서도 언제나 "길 잃은 오라비 나침반"이자 "사고뭉치 오라비 참고서"이기에, "오라비의 자랑"이자 "작은 영웅"으로 인식되는 것이다. 외유내강의 모습으로 참고서 같은 삶을 살아가는 동생이기에 오라비에게 인생의 나침반 역할을 감당하는 '자랑스런 영웅'으로 표상되는 것이다.

곡성은 섬진강과 동악산과 물안개와 다양한 꽃향기가 어우러진 천혜의 자연을 자랑하는 공간이지만, 시인에게는 할머니와 아버지와 어머니와 형수와 막내 동생이 추억으로 혹은 현재적 삶으로 함께하기에 그리운 고향의 이미지를 간직할 수 있는 것이다. 만약에 이들이 존재하지 않는 곡성이라면 그 공간은 옛 기억 속에서나마 간간이 떠올리는 희미한 고향에 불과할 것이다. 추억과 함께 현재적 일상을 이어가는 가족이 있어서 풍경의 빛깔과 향기가 더욱 짙어지는 고향이 바로 곡성인 것이다.

4. 친구라는 이름의 추억

시인에게 곡성과 가족이 고향을 이루는 짝패라면, '친구'는 추억을 매개하는 기표다. 친구들은 우선 핸드폰 속 사진들로부터 연상되어 추억을 아름답게 수놓는 존재가 된다. 「추억은 아름답」에서 시인은 휴대전화 속 사진들을 살펴보면서 옛 추억에 젖어든다. 구체적으로 인화되지 않아서 특별하지 않고 "별달리 내세울 것 없"는 것처럼 보이지만, 그럼에도 불구하고 한 장 한 장의 사진들은 "아련한 추억들"을 환기하면서 "한 편의 흑백 영화처럼 스쳐"지나간다. 사진 속에서 만나는 장소와 사람에 대한 궁금증과 회상 속에 시인의 가슴이 뜨거워지고 눈이 밝아져 오기 때문이다. 가슴의 뜨거움과 개안(開眼)의 즐거움을 제공하는 디지털 사진이 있기에 친구들과의 "아름다운 추억"을 떠올릴 수 있는 것이다.

그러나 친구가 '오랜 벗'이기는 해도, 항상 함께할 수 있는 존재는 아니다. 그러므로 「친구」에서는 곁에 친구가 없을 때, "우울한 가슴 달래려"고 일부러 "비를 맞으며" 걸으면서 "어려웠던 순간"을 함께 나눌 "우산이 되어줄 친구 한 명"을 기대하기도 한다. 뿐만 아니라 자신의 슬픔을 함께 "아파해 줄 친구 한 명"이나 "미로 속을 헤매일 때" "앞을 인도할 친구 한 명"을 자신이 과연 보유하고 있는지에 대해서도 의문을 던지게 된다. 이렇듯 "친구 한 명"에 대한 갈망은 실상 존재의 외로움에 대한 다른 표현이기도 하다. 그러므로 외로워서 친구가 그립지만, 친구가 곁에 있어도 외로움은 지속될 수밖에 없다. "외로우니까 사람"(정호승, 「수선화에게」)인 것이다. 그리고 그것은 인간의 존재론적 본질에 해당한다.

실제의 친구들은 시인과 함께 서로의 기운을 공유한다. 그리하여 '곡동회'에서 함께 만나 "한양을 접수하러"(「곡동회」) 호기롭게 떠났던 청춘 시절을 회상한다. 뿐만 아니라 그들은 과거의 "아련한 추억" 속에만 존재하는 것이 아니라, "곡동회 깃발 아래" 모여 대관령에서 현재의 추억을 만들며 "고요하고 깊은 밤"을 공유하는 중첩된 시간을 갖기도 한다. 때로는 서울 종로 3가에 모인 다정한 옛 친구들에게서 시인은 숲과 태산의 기운을 체감하고 일시적으로나마 "외롭지 않"(「동우회」)음을 고백한다.

> 보고파 그리움에 / 애타던 / 뜨거운 가슴들을 만났네 // 푸르고 여린 / 다정한 친구들이 / 어느새 / 숲이 되어 돌아왔네 // 무성한 숲은 / 태산이 되어 / 한양에 중심에 서 있네 // 어느샌가 / 태산이 한양을 접수하러 / 종로 3가에 모였네 // 나 이제 외롭지 않네 / 태산이 / 내 앞에 우뚝 서 있네
> 　－「동우회」 전문

　시인에게 친구들은 보고 싶은 그리움의 대상으로 존재한다. 청춘의 뜨거움을 함께 공유했던 존재들이기 때문이다. 과거에는 연약하고 여린 친구들이었지만 지금은 "무성한 숲"처럼 존재감을 드러낸다. 그들이 태산처럼 서울 한복판에서 자신의 존재를 증명하며 중심에 우뚝 선 존재로 자립하고 있기 때문이다. 그러므로 이제 시인은 든든한 배경이 된 태산 같은 친구들을 서울 도심인 종로 3가에서 만나 "외롭지 않"음을 자신할 수 있는 것이다.

　실제의 친구들은 시인에게 고향과 흡사한 반가운 설레임을 상기시켜주는 존재이다. 그러므로 「봄 나들이」에서 소풍을 기다리는 아이처럼 평창의 펜션으로 1박 2일 놀러가는 날을 손꼽아 기다리게 한다. 그리고 '송혜교, 전지현, 송중기' 등의 연예인과 "여심을 울리는 둥이"를 연상하면서 "설레는 그리움"을 안겨주는 친구들이 함께하는

'지금 여기'의 공간이 '고향'일 수 있음을 기록한다.

'고향' 같은 친구는 '지인'의 이미지와 흡사하다. 그리하여 "괜찮아"(「안부」)라는 말로 안부를 물어오는 지인들을 떠올리며 시인은 감사함과 고마움을 느낀다. "흑백 영화처럼 추억 속에 스치는 / 잊고 있었던 지인들" 속에서 삶의 희망과 행복을 새로이 견인할 수 있기 때문이다. '친구'와 '지인'은 '추억 속의 사람'으로 변주되기도 한다. 그리하여 「추억 속에 그 사람」에서는 어느 늦은 밤 걸려온 전화를 받으며 "사라진 추억" 속의 한 사람이 고맙게도 시인을 잊지 않고 걱정해주고 있었음을 뒤늦게 깨닫게 된다. 그러므로 친구나 지인에게처럼 감사함과 미안함을 동시에 느끼고, 시인 역시 '그 사람'처럼 타인에게 행복과 향기를 전해주는 존재로 기억되고 싶은 마음을 기록한다.

시인은 삶에 힘들어 하는 친구를 보면, 포기하지 말고 다시 시작할 것을 권유한다. 하늘이 공평할 뿐만 아니라, 신이 "행복도 불행도 / 평등하게 주는"(「힘 내시게 친구」) 존재이고, 우리 삶에는 '햇살과 그늘'이 항상 함께하기 때문이다. 그러므로 「그리운 친구」에서는 자신이 친구들에게 "화려한 친구"가 아니라 "은근한 매력"을 지닌 "푸근한 친구"로 자리매김되길 바란다. 스스로 다른 친구들에게 "소중한 추억"이 되어, 다른 친구들의 넋두리를 받아줄 멋진 친구로서 "소주 한 잔 달래줄 친구 한 명"이 되고자 하는 것이다.

이렇듯 친구는 '오래된 존재'로서 추억을 향유하게 한다. 하지만 역설적이게도 친구는 '외로움'과 '외롭지 않음' 사이를 길항하면서 인간의 존재론적 숙명을 일깨워준다. 그렇게 친구는 고향의 의미를 환기시켜주고, 설레임과 즐거움과 반가움과 외로움(=외롭지 않음)을 제공하는 존재들이 된다. 시인은 이제 타인이 필요로 하는 "친구 한 명"이 되어 다른 친구들에게 행복한 향기를 전파하는 촉매제가 되고자 한다. 그것이 친구를 사랑하는 시인의 방식이기 때문이다.

5. '당신'과 '그대'라는 이름의 '나'

친구가 '추억'을 함께할 현재적 타자를 표상한다면, '당신'과 '그대'는 나의 외로움을 보충해줄 상상적 타자로 기능한다. 일종의 '도플갱어(doppelganger)'로서 나의 분신 역할을 하는 것이 '당신'과 '그대'인 것이다. 비가 내리는 날 '무거운 마음'이 씻겨지길 기원하면서, '내 안에 숨 쉬고 있는 당신'에 대한 그리움(「비 내린 날」)을 토로하는 것은 '당신'이 상상적 타자로서의 존재임을 보여준다. 「당신의 미소」에서도 "새하얀 도화지 위에" 그린 "어여쁜 당신"을 떠올리며 "부드러운 엷은 미소"를 간직한 당신이 항상 "내 안에" 존재하고 있음을 고백한다.

시인은 반달을 보면서도 '절반의 그대'를 그리워하는 내용 속에 "언젠가는 채워질 / 보름달을 그리며 / 오늘을 살아가"(「반쪽」)겠다는 다짐을 한다. 결국 '그대'는 나에게 지금은 없지만 앞으로는 채워지게 될 미정형의 반쪽에 해당하는 것이다. 「그대가 당신입니다」에서는 '그대'가 곧 '당신'임이 드러난다. "구름 한 점 없는 / 청명한 봄 하늘" 아래 "고요한 중랑천 산책길"에 봄햇살처럼 따뜻한 사랑과 행복이 함께하기를 '그대와 당신'에게 기원하기 때문이다. '그대=당신'의 등식은 '내 안의 당신=내 안의 그대'의 등식으로 변주되어, 결국 자아의 발견을 위해 시인이 '그대와 당신'이라는 타자를 경유하고 있음을 보여준다.

'그대와 당신' 같은 상상적 타자가 '이슬'이라는 구체적 표상으로 드러나는 시 「슬픈 이슬」은 이 시집에서 백미(白眉)에 해당한다.

동트는 새벽 아침 / 수정처럼 반짝이는 / 투명한 이슬 방울 / 소풍
나온다 // 떨어질 듯 / 부서질 듯 / 온몸 작은 풀잎에 / 생명을 걸고 /
곡예를 한다 // 금방이라도 / 사라질 운명 앞에 / 최선을 다해 / 세상
을 담는다 // 감당하지 못하고 / 아쉬움 남기며 / 밝은 햇살 품으로 /
소풍 떠난다
  - 「슬픈 이슬」 전문

　천상병의 「귀천」이 "나 하늘로 돌아가리라"를 반복하면서 인간의
한 생애를 '소풍'으로 압축하고 있듯, 홍신현의 「슬픈 이슬」은 '이슬'
의 일생을 '소풍'으로 요약한다. 그리하여 시인의 관찰력이 빼어난 심
미안으로 연결되는 양상을 보여준다. 시인은 새벽에 만난 투명한 이
슬방울을 "소풍 나온" 존재로 인식한다. 이어 이슬이 "작은 풀잎"에
매달려 "생명을 걸고 / 곡예를 하"는 것처럼 "떨어질 듯 / 부서질 듯"
흔들리고 있는 모습에 안타까움을 감지한다. "금방이라도 / 사라질
운명"을 감내하듯 이슬이 "최선을 다해 / 세상을 담는" 존재로 인식
되기 때문이다. 그리고 끝내 "감당하지 못하"는 운명처럼 아쉬움을
남긴 채 "밝은 햇살 품으로 / 소풍 떠나"는 존재가 바로 '이슬'이 된
다. 결국 '이슬'의 생장소멸을 통해 존재의 기원과 과정과 마무리를
함축적으로 절제된 감각 속에 표현해 내고 있는 시가 「슬픈 이슬」인
것이다.
　시인이 "당신의 미소"와 "부드러운 몸짓"을 그려보고자 하지만 "어
렴풋이 기억에만 맴돌"(「그리움」)뿐 제대로 잡히지가 않아서 아쉬
움을 토로하는 것은 결국 아직 '나'를 찾지 못했기 때문이다. 그러므
로 「동행」에서는 향기롭고 맑은 영혼을 지닌 존재로 '당신'을 상정하
고 "빈 손 잡아준 당신"과 "빈 가슴 채워줄 당신"으로 인해 삶의 가
치와 의미를 회복할 수 있기를 기대한다. 때로 대중가요 노랫말처럼

"당신은 누구시길래"를 반복하면서 향기와 사랑과 외로움과 기다림의 대상을 '당신'으로 호명하고, "어느새 내 마음 깊은 곳에 / 자리 잡고 있"(「커피」)는 존재임을 피력하기도 한다. 시인은 '친구'처럼 '그대'와 '당신'이 "언제나 곁에"서 함께했기에 "외롭지 않"(「외롭지 않네」)았다고 고백한다. '그대'와 '당신'에 대한 그리움과 사랑과 아름다움으로 인해 이 세상이 "따뜻한 세상"(「늘 아름다웠으면」)일 수 있다는 것은 결국 시인이 '상상적 타자'에 대한 기대 속에 스스로의 정체성에 대한 질문과 대답을 진행하고 있음을 보여준다.

이렇게 보면 '당신과 그대'는 결국 '또 다른 나'이다. 그러므로 「추억으로 가는 길」에서도 '당신'과의 기억과 추억을 더듬으며 만남과 인연의 얼굴들을 떠올리고, 자신이 타인에게 "좋은 추억의 귀인"이 되고 싶은 마음을 기록하는 것이다. "당신과 나"를 "보고픔과 그리움"으로 엮어 "그리운 날에"(「님」) 라일락 꽃향기로 존재하고 싶은 마음을 토로하거나, "당신을 향한 마음"을 '바람'에 빗대어 "허락없이 드나들"면서 "이유없이 넘나드는" 것이 "약속없는 메아리"의 "공허함일지라도" 그것이 '바람의 속성'(「바람」)일 수밖에 없음을 고백하거나, 세상이 변하고 사랑이 식더라도 "마음만은 영혼"처럼 "그대와 나로 남"(「남았으면」)기를 바라는 마음은 시인이 '나'의 상상적 타자인 '당신=그대'와 함께 행복한 기쁨과 사랑의 향기를 뿜어내고 싶은 모습을 보여준다.

결국 상상적 타자로서의 '당신=그대'에 대한 시인의 바람은 인생에 대한 성찰 속에 '나의 정체성'을 들여다보기 위한 방법적 장치가 된다. '당신과 그대'는 실체적 타자가 아니라 '나의 본질'에 다가서기 위해 동원된 비유적 레토릭(rhetoric)인 것이다. 그러므로 나를 보다 더 투명하게 응시하기 위해 시인은 '당신과 그대'라는 상상적 타자를 경유하고 있는 것이다. '당신=그대'는 '바람'이나 '이슬', '향기'로 변주되면서 시인의 허전한 마음속을 떠도는 부표처럼 기능하고 있는 것이다.

6. 마음을 비우고 물처럼 흐르는 인생

　환갑이 가까워진 시인은 지금 갱년기다. 그리하여 때로는 "이유가 없"(「갱년기」)이 스스로에 대해 짜증과 미움을 터뜨리기도 한다. 뿐만 아니라 비가 오는 날 유리창에 비친 자신을 보며 "흐르는 세월 앞에 반백이 되어 / 염색을 해야만 하"(「회상」)는 처지를 '헛웃음' 지으며 바라봄으로써 초로의 헛헛함을 토로하기도 한다. 영원히 '젊은 청춘'일 줄 알았지만, 이제 시인은 "신설동 배움의 터 / 진형 중·고교"에 "흰머리 늙수룩한 청춘들"(「젊은 청춘」)이 눈에 밟힐 정도로 초로에 접어들어 있다. 아쉬움과 회한 속에서 "다시 못올 청춘"(「청춘」)을 지나온 것이다. 그러나 그럼에도 불구하고 시인은 꿋꿋하게 자신의 삶을 이어갈 것을 다짐한다. 왜냐하면 어제와 내일이 중첩된 시공간이 바로 '오늘'(「오늘」)임을 알고 있기 때문이다. 오늘의 아름다운 가치를 확인하면서, 6월의 햇살 아래 아침운동을 하며 '아름다운 세상'(「아침 운동」)을 만나기 위해 새로운 '초로의 청춘'을 향유하고자 하는 것이다.

　시인은 생을 아름답게 바라본다. 아름다운 삶의 모습이 도처에 존재하기 때문이다. 여름의 중심에서 엄마 손 잡고 걸으며 질문을 던지는 아이를 보면서 "세월따라 흘러 가는 게 아름다운 삶"(「아름다운 삶」)임을 체감하거나, "청계천 오솔길 모퉁이"에 "고상하고 소담스럽게 / 있는 듯 없는 듯 / 요란스럽지 않게 피어"(「찔레꽃」) 있는 찔레꽃을 보며 아려오는 시인의 가슴은 생을 아름답게 응시하는 시선과 감각을 보여준다. 이른 아침 출근길에 "동대문 성곽공원 벤치"에 "쓸쓸히 외롭게 / 앉아 있는 젊은 나그네"(「출근길」)를 관찰하면서 젊은 날의 방황과 외로움에 젖어 있던 자신을 겹쳐보는 것도 삶의 아름다운 고통을 체감한 시인이기에 가능하다. 뿐만 아니라 중랑천 뚝방길에 내리는 눈꽃비 아래로 백발 노부부가 "두 손 꼬~옥 잡고 거니는" 모습과 "벤치에 한가로이 앉아 있는 / 아름다운 청춘"(「눈꽃비 내린 밤」)의 풍경을 보면서 그들의 대화와 사연과 추억을 짐작해 보는 것도 인생의 아름다움을 응시하려는 시인의 자세를 보여준다.

초로에 접어든 시인은 이제 나그네와 길손과 연인과 외로운 사람과 서러운 사람에게 필요한 존재가 되기 위해 "바람처럼 살"(「바람처럼」)고 싶은 마음을 토로한다. "흘러간 세월"에 대한 "아쉬움과 회한"이 남아 있긴 하지만, 노을 진 인생길에서 오히려 비움과 혜안과 지혜를 내장한 현명한 어른으로 남고 싶은 욕심(「노을이 아름다운 어른으로」)이 생겨나기 때문이다.

그러한 지혜로운 삶에 대한 시인의 욕심이 집적된 시가 바로 「마음」이다. 시인은 「마음」에서 자신과 세상의 인연에 대해 사유하면서 마음을 매개로 비움과 채움의 의미를 성찰하며, '아름다운 생'의 의미를 체득하는 것이다.

내가 마음에 문을 / 빗장 걸어 버리면 / 세상은 나를 가두고 / 빗장 질러 버린다 // 내가 마음에 문을 열고 / 세상으로 향하면 / 세상은 내게로 다가와 / 나를 열고 활짝 나래를 펼쳐준다 // 마음이든 물건이든 / 남에게 베풀어 주고 / 나를 비우면 / 그 비운 만큼 반드시 채워진다 // 그냥 쌓이는 것이 아니라 / 샘 솟듯 솟아나서 / 우리 마음을 / 풍요롭게 가득히 채운다 // 비우면 / 다시 가득 채워지는 / 화초장 진리를

생각하면 살아가는 / 삶은 참으로 아름답다

　－「마음」전문

　시인은 마음의 문을 열고 세상과 호흡하고자 한다. 마음에 빗장
을 걸어두면 세상과의 연결이 끊어져 고립될 수도 있기 때문이다. 그
러므로 세상과의 소통을 위해 시인은 마음의 빗장을 먼저 열어 한없
이 개방하고자 한다. 그래야 나보다 큰 세상이 나를 위해 세계를 열
어 보여줄 것이기 때문이다. 시인은 무엇이든 비울수록 채워지는 무
소유의 지혜를 생활적으로 체감하고 있다. 타인을 향한 선행이 부메
랑처럼 자신에게 되돌아온 기억을 지니고 있기 때문이다. 비움과 채
움의 역설을 통해 "화초장 진리"를 체감한 시인은 삶의 아름다운 속
성을 체득한다. 이렇게 시인은 자신을 비우려는 마음이 아름다운 삶
의 전제조건이라는 유심론(唯心論)의 세계로 접어들고 있는 것이다.

　이제 시인은 이른 아침 생일상을 보면서도 생의 아름다움을 느낀
다. 「생일」에서 시인은 "고요한 새벽 아침"의 알람 소리에 "적막을 뚫
고" 일어나, 거실에 "정성과 예의 갖춰 / 차려논 삼신 할매상"을 보
며 생일상을 정성껏 준비한 "아내의 얼굴에서 행복을 느"낀다. 정성
과 사랑으로 차려진 생일상이 있기에 시인은 "들뜬 마음 가득 안고
/ 사랑과 행복을 찾아" "활기차게" 출근하면서 생의 아름다움을 향
유할 수 있는 것이다.

　마음을 비우고 생의 아름다움을 누리려는 시인은 이제 물처럼 흐
르고 싶어한다. "물처럼 흐르리"를 각 연의 마지막에 배치하면서 '비
움과 채움, 앞섬과 뒤섬, 기쁨과 슬픔, 쉬어감과 돌아감'(「물처럼 흐
르리」)의 관계를 성찰하고 비움과 나눔을 실천하며 살아가고 싶기
때문이다. 「물은 진리다」에서도 '흐르는 물'의 속성을 통해 '물=진리'
임을 깨달으며, "삶을 잉태한 원천이고 / 삼라만상 생명수"로서의 물

을 닮아, "흐르는 물처럼 / 사는 인생"이 "축복이고 성공한 인생"임을 강변한다.

시인은 이제 마음을 비움으로써 생의 아름다움이 자신의 인생 안에서도 물처럼 자연스럽게 흘러넘치길 기대한다. 노자의 『도덕경』에 나오듯 '상선약수(上善若水)'가 인생의 진리임을 깨달았기 때문이다. 시인은 이제 마음을 비우고 물처럼 여유롭게 흘러가는 인생을 살아가고자 한다. 새로운 갑년(甲年)을 2년 앞둔 지금 시인은 마치 구도자(求道者) 같은 품성을 드러낸다. 이것은 중졸 이후 서울에서 40년 이상 생활하며 삶의 간난신고를 경험한 이후이기 때문에 가능한 태도이다.

7. 떠나온 고향이어야 아름답다

홍신현의 『그리운 내 고향 곡성』은 진솔하다. 궤도를 이탈한 자가 궤도를 더 잘 들여다볼 수 있듯, 고향을 떠나온 시인은 고향을 더욱 뚜렷한 이미지로 채색한다. 그리하여 곡성은 섬진강과 동악산과 천사 공원 등의 공간적 배경과 더불어 장미와 철쭉꽃이 어우러지면서 아름다운 자연이 녹아든 고향임이 드러난다. 그 곳에서는 출생 이후 중학교 시절까지 함께했던 그리운 추억이 언제나 되살아난다. 그 추억은 가족이라는 핏줄과의 관계를 들여다보게 하고, 집 바깥에서 만난 친구들과의 인연을 떠올리게 하며, 무엇보다 개인의 원형적 진실을 만나게 한다.

2016년 현재 시인은 환갑을 2년 앞두고 있다. 59년의 삶을 살아오는 동안 물리적 시간으로 보자면 도심에서 지내온 40여 년의 삶이 고향 곡성에서의 17년 삶을 압도한다. 하지만 심리적 시간에는 고향에서 보낸 17년 개인의 삶에 '할머니와 할아버지, 아버지와 어머니, 형수와 누이동생의 시간'이 포함되어 존재하기 때문에 도시의 40여 년 물리적 삶의 시간을 상회한다. 특히나 '서사적 존재'로서 누 대에 걸쳐 형성해온 홍씨 집안의 유전형질이 홍신현이라는 개인의 몸 속에 각인되어 있기 때문이다. 개인의 유전자 정보에 새겨진 디엔에이(DNA)가 개인의 정체성을 결정하는 전부는 아니지만, 적어도 홍신현의 많은 유전적 자질은 고향 곡성에서부터 발원한다. 그리고 그 기운이 지금 서울 한복판에서 마음을 비우고 물처럼 흘러갈 인생의 교훈을 체감하게 한다. 시인은 유심론적 세계 인식으로 새로운 갑년(甲年) 이후의 삶을 준비하고자 하는 것이다.

통상적으로 고향은 소속감과 연대감을 강조한다. 지역 공동체 사회의 문화를 함께 공유했다는 경험적 기억이 동질성과 일체감을 제공하기 때문이다. 그리하여 고향은 때로는 자부심의 공간으로 혹은 자괴감의 실체로 작동되기도 한다. 한국 사회에서 고향으로서의 전라도는 1960년대 이래로 적어도 1990년대까지는 표면적으로 기피의 대상으로 존재해왔다. 지역 차별의 대상이 되어 혐오의 공간으로 호명되고 낙인찍혀 왔기 때문이다. 21세기 들어 수면 아래로 잠복했던 '전라도성'은 디지털 공간의 악명 높은 사이트에서 더욱 악성화되어 각종 혐오의 대명사로 다시 호명된다. '혐오 사회'의 상징 기표처럼 '전라도성'이 악용되고 있는 것이다.

한국 사회가 정상적 기능을 발휘하고 작동하려면 '그리운 고향 곡성'에 내재된 향수가 더욱 많은 이에게 전파되어야 한다. 원주민과 이주민이 함께 어우러져 타인을 향한 공감 능력을 확장하는 것이 더 나은 인간과 세계를 가능케 하는 공감각의 복원이기 때문이다. 전라도와 경상도와 충청도, 강원도, 수도권 등으로 지역을 구분하여 다른 지역을 차별하거나 폄하하는 것이 아니라, 지역 공동체성을 복원하여 더 나은 사회를 만들기 위해 따뜻한 고향의 온기를 더욱 널리 교감하고 탈향민과 이주민을 우정과 환대로 맞이하는 태도가 필요하다. 전근대적 농촌 공동체가 아닌 이상 현대인들은 어쩔 수 없이 원주민이면서 이주민이고, 동향인이면서 탈향민이기 때문이다. 그런 점에서 우리의 고향은 우선 '곡성'이지만 진도이고, 때로 성주이며 강정이고, 세종이며 평창이고, 양평이며 서울이고, 그리고 특히나 개성이고 평양이다. 내가 기억하고, 우리가 추체험하며, 모두 함께 더불어 살아 있으면서 영향을 주고받는 공간이 바로 고향이기 때문이다. 그러므로 우리 모두 이 시대를 살아가며 '그리운 내 고향 곡성'을 향유하는 원주민과 이주민, 탈향인으로서 '곡성인'인 것이다.

(시집 『그리운 내 고향 곡성』 해설, 2016)

경계에서 피어난 역설(逆說)의 풍경

— 김은후론

1. 역설의 감각

김은후의 서정은 역설(逆說)의 감각에서 빛을 발한다. 그 감각은 텍스트의 표면과 이면을 뒤섞으면서 마치 '뫼비우스의 띠'처럼 새로운 입체적 진실을 추적한다. 거기에서 다양한 사유의 표정이 피어난다. 시인이 대조적 이미지를 주목하는 것은, 이미지의 상대적 의미들이 충돌하면서 빚어내는 의미망이 새로운 시화(詩話)가 펼쳐지는 진경의 공간이기 때문이다. 시인은 '건기와 우기, 악마와 천사, 파랑과 하양, 동그란 사과와 평평한 수평선, 밤과 낮, 안과 밖, 가벼움과 무거움, 생과 전생, 없음과 있음, 암과 수, 가로와 세로, 진화와 절멸, 무위와 작위, 입구와 출구, 검은 색과 흰 색, 우화와 용화, 마름과 젖음, 마중과 배웅, 상현달과 하현달, 문 안과 문 밖, 적당량과 치사량, 의식과 무의식, 사선과 생명선, 노인과 아이, 외부와 내부, 밀물과 썰물, 푸른 색과 붉은 색, 하늘과 땅, 무거워진 생과 가벼워진 아침, 세상의 시간과 자기의 시간, 눈 앞의 달과 가설의 달' 등이 서로 대립하는 공간을 읽어내면서, 그 공간에서 새로운 의미를 추출해내고 있는 것이다.

『분간 없는 것들』은 명확히 분간할 수 없는 존재태들의 이야기 모음집이다. '분간'이란 "사물이나 사람의 옳고 그름, 좋고 나쁨 따위와 그 정체를 구별하거나 가려서 앎"이라는 사전적 의미를 갖는다. 따라서 "분간 없는 것들"이란 정체를 파악하기 어려운 대상이라는 의미를 내포한다. 결국 시인은 시를 통해 명확히 판별하기 어려운 모호한 대상들과의 힘겨운 고투를 기록한 셈이 된다. 그리고 그 모호한 텍스트의 대상으로는 다양한 내력을 지닌 자연과 사람과 생명체의 흔적이 사유된다. 우선 시인은 아이와 어머니와 아버지와 할머니와 할아버지 등의 가족의 이야기를 통해 모호함의 정체를 파악해 보고자 한다. 둘째로 이웃들의 삶의 내력을 응시하면서 도시인의 외출이 지닌 '슬픔의 간극'이라는 함의를 기록한다. 셋째로 '안과 밖, 여기와 저기' 등의 공간을 구별짓고 차이화하는 '경계 짓기'에 대한 방법론적 회의(懷疑)를 진행한다. 넷째로 자연의 진경을 노래하게 만드는 달밤의 풍경을 의미화한다. 이렇듯 시인은 가족의 기억과 이웃의 현실, 경계의 풍경과 달밤의 서정이 지닌 의미들을 채집하면서 정체를 분간하기 어려운 텍스트들이 선사하는 의미의 혼성성을 주목한다. 그리하여 '역설의 감각'을 통해 경계에 대한 회의(懷疑) 속에 새로운 의미들을 길어내고 있는 것이다.

2. 가족의 내력

시인은 가족 이야기를 통해 삶의 내력을 고백한다. 우선 시인에게는 아이가 있다. 「발끝에 악마가 살고 있어요」는 '발끝 악마'와 '코끝 천사'를 대비하면서 악마 퇴치법을 알려주는 이야기로 구성된다.

이 시에서 아이는 발끝이 저릿하자 "발끝에 악마가 살고 있어요"라고 되뇐다. 그러자 시인은 "코끝에 침을 발라보"라며 천사의 호출법을 알려준다. 그대로 따라하며 악마를 쫓아낸 아이는 "악마쯤 아무것도 아니라 생각"하며 악마에 대한 내성이 생겨난다.

늦겨울 저녁이 축축이 비에 젖어 있고 / 아이는 게임에 빠져 있다 / 아이의 발을 덥석 잡았다 // 아, 아, 발끝에 악마가 살고 있어요 // 열중한 틈을 타 아이의 발에 저릿저릿한 악마가 파고들었다 / 그 시간 천사는 어디에 있었을까 // 어서 코끝에 침을 발라봐 // 천사가 어디 있는지 알게 되자 / 아이는 악마쯤 아무것도 아니라 생각한다 // 악마가 아무것도 아닌 것을 알게 된 아이는 저만큼 멀리 뛰어가 버렸다 / 코끝의 천사에게 쫓겨난 악마, / 코끝 천사를 아이에게서 빼앗아 / 기억의 바다로 던져버렸다 // 저릿한 암시 보내기를 좋아하는 / 그리 사악하지 않은 악마를 만나려면 / 축축한 저녁 무렵에 한참을 침잠할 수 있는 일을 찾아야 하지, / 그리고 되도록이면 양반다리를 하고서 / 겹쳐진 생각에 골똘해야지 // 부르르 진저리치게 하는 악마, / 내게는 하나쯤 있어도 되겠다는 생각 / 비가 오지 않을 때면 아이와 함께 / 일몰의 시간이라도 내어줘야지
   – 「발끝에 악마가 살고 있어요」 전문

하지만 "쫓겨난 악마"는 아이로부터 "코끝 천사"를 빼앗아 "기억의 바다로 던져버"린다. 실상은 아이가 시간이 흘러 '저릿한 발의 기억'을 망각한 것일 터이다. 시인은 이제 아이가 "그리 사악하지 않은 악마를 만나"기를 고대한다. 하지만 아이의 악마에 대한 내성을 키워주기 위해, 시인은 어쩔 수 없이 스스로 "부르르 진저리치게 하는 악마" 하나쯤을 소유하고자 한다. 그래야 아이에게 "일몰의 시간"에

악마 대처법을 알려줄 수 있기 때문이다. 결국 시인은 '악마 퇴치법'의 활용을 통해 아이의 훈육 주체로서의 책무를 다하고자 노력하고 있는 셈이다.

'발끝 악마'를 물리치는 방법을 터득한 아이는 「따끔한 꽃말」에서는 벌에 쏘여 "살갗에 따끔한 꽃말이 박혀", "진화의 시간"과 "문명의 꽃말"을 연상케 하는 존재로 변주되고, 「종이접기」에서는 '종이접기'를 하면서 "지난달 딸아이가 딸을 낳"는 경험 속에서 "나머지 없는 나눗셈"의 의미를 추적하는 존재로 변이된다. 이렇듯 '아이'는 시인에게 '지금 여기의 일상'을 함께 호흡하는 존재인 것이다.

아이를 통한 삶의 성찰은 시인 자신의 유년체험을 환기하거나 가계의 다른 구성원에 대한 고백으로 이어진다. 그리하여 시인은 「검은 숫자, 흰 숫자」에서는 어린시절 '토끼장의 추억'을 환기한다. 그때 할머니가 "하릴없이 토끼 몇 마리 툭 꺼내 가"서 '얼룩강아지'로 바꿔오기도 하는데, 그럴 때면 시인은 토끼장 속의 토끼 숫자를 헤아리면서 '덧셈과 뺄셈'을 배웠던 기억을 떠올리는 것이다. 뿐만 아니라 「심해어」에서는 시인의 가족이 "몸속에 뼈를 넣고 사는 일가"이자 "살아가는 것이 통증"임을 아는 가족으로 그려진다. "적당량에서 치사량까지의 간격"이 "통증의 유효기간"임을 아는 시인은, 유년시절 "뼈가 없는 오욕(五慾)의 행보들"과 "이불 밑 캄캄한 칠정(七情)의 바다"에서 가족의 통증의 깊이를 체감한다. 그때 시인은 심해어가 되어 "진화의 방향"을 가늠하며 "가장 납작한 것은 서로 포개질 수도 있겠다"는 생각 속에 "유효한 통증"으로 세계를 유영하며 가족의 일원으로 존재했던 것이다.

나아가 「도깨비」에서는 겨울밤에 들려준 할아버지의 이야기로 "이야기 나들이"를 경험하며 도깨비들의 난장을 곱씹어보는 따뜻한 기억을 떠올리기도 하고, 「소리 사진기」에서는 외삼촌의 전축 소리에서 물방울 소리를 감지하며 외삼촌과 엄마의 기억을 호출하고, 「윷놀이」에서는 과거에 "우리 집 윷판은 업힌 말들 일색"이었다면서, "할아버지 방에는 할머니", "아버지 방에는 어머니", "언니는 나", "오빠는 삼촌 방에 업혀서 놀았"던 기억을 떠올린다.

이렇듯 가족들은 수시로 시인의 추억을 환기하며 과거와 현실을 연결하는 매개체로 드러난다. 「호로록」에서도 지금은 세상을 떠나신 큰집 할아버지가 이름은 "이승에서 날아가지 않게 짓는 것"이라면서 "바람 '풍' 자"를 "말뚝과 함께 써야 한다"고 하신 말씀을 떠올린다. 그것이 이름을 자주 불러 "여기 묶어두자는 묵계"에 해당하기 때문이다. 시인은 그 말씀을 기억하며 큰집 제사에 가서 제사 이후 큰집 할아버지의 이름이 적힌 지방(紙榜)을 불 붙여 날아올리는 '소지(燒紙)'를 할 때 "호로록 호로록 호로로록" 손을 바꿔가는 모습을 보며 "마중과 배웅의 행위"가 지닌 의미를 상상한다.

시인은 자신의 육신의 기원적 존재인 아버지를 추억한다. 「깨어진 옆구리」에서는 효용 가치를 잃어버린 골목 풍경들을 지나친 뒤 집에 와서, "벽과 장롱 틈 사이에 끼워져 있"는 '아버지의 손가방'을 바라본다. 아버지의 옆구리를 차지하던 그 '손가방'은 "아버지의 배후"로서 "틈새의 배후"로 자리하는 물건이다. 시인은 그 가방을 보며 '아버지의 옆구리와 이력과 배후'의 연결 속에서 "지나온 숱한 풍경 속" '아버지의 내력'을 "짐작케 하는 배후가 담겨 있"음을 상상하는 것이다. 특히 「흰 그늘」에서는 "세상 시간과 오랫동안 어울리지 못한 부친의 사진을 내리"면서, "직립을 포기한 부친"이 "평면 뒤편에"서 "희어진 그늘을 키우고 있었"던 사실을 알게 된다.

삶의 배후로서의 아버지의 내력에 이어 시인은 또한 어머니를 추억한다. 「코펠」에서 시인은 "빈칸 숭숭한 엄마의 가사들"을 보며 "몇 개 남지 않은 코펠" 같은 낡고 추레한 느낌을 받는다. 어머니께서

"기억의 날을 벼린 지가 너무 오래되"어 요양병원으로 이사를 가셨기 때문에 그 느낌은 더욱 강화된다. 더구나 "한 사람이라도 비면 집 안은 몇 배로 고요해지"는 것이 사람과 코펠의 차이점이라는 사실을 알게 된다. 하지만 「유골」을 보면 시인의 어머니는 얼마 지나지 않아 요양병원을 떠나 하늘나라로 가시게 된다. 그리하여 「유골」에서 시인은 "입이 벌어져 있지만 표정은 없"는 "흩어진 어머니"를 보지 않으려 노력한다. 주검이 된 자신의 모체를 직면하기 고통스럽기 때문일 것이다. 하지만 "산역하는 사람들의 말과 발걸음"을 통해 시인은 어머니의 표정을 간접적으로 알게 된다. 그리고 주검이 되어 "움푹 패인 공간"들에는 시인이 "이해하지 못한 생전의 어머니 표정"이 담겨 있을 것으로 짐작된다. 시인은 '청명'의 그날, 부슬거리는 비가 "그쳤다 뿌렸다" 할 때 어머니의 장례를 치른 기억을 담담하게 떠올리고 있는 것이다.

시인은 이렇듯 아이와 부모, 조부모 등의 가족의 내력을 통해 과거와 현재의 상상적 대화를 수행한다. 그리하여 가족이 개인의 사회화를 제공하는 따뜻한 최소 단위임을 시적 상상력으로 입증한다. 그리고 거기에는 아늑하고 쓸쓸한 통증의 기억들이 오롯이 살갑게 새겨져 있음을 의미화한다.

3. 외출의 진실

시인은 집밖으로 외출하며 살아가는 현대인의 삶을 보며 외출의 진실을 추적한다. 도시인의 삶은 현대인에게 절박한 주거문제를 야기시키는 텍스트로 읽혀진다. 그리하여 「징글메일」에서 "엄청난 모기지의 식욕"이 넘쳐나는 "거품 세상에 거품 집으로 이룬 일가"가

"문밖의 성탄절"을 위해 "편도의 외출"을 감행하는 모습을 추적한다. 그리하여 "나비 날갯짓 같은 짤랑거리는 소리"로 "절박의 진도"를 매기는 세상을 비판적으로 바라본다.

시인은 「문명의 거주 비용」에서도 "비워놓은 집"으로 전달된 "제목 : 1월 전기요금 청구액 160,720원"이라는 이메일을 받자, 그것이 "빈집에 독처한 문명의 거주 비용"이라고 판단한다. 시인은 겨울의 냉기 속에서도 빈집을 향해 "무인경비시스템의 렌즈"가 돌아가고, "무인의 기간"과 "무인의 계절" 속에서 "외출이라는 거짓말을 설정"하는 현실을 냉정히 응시한다. 그때 "거짓말의 온도"는 12도이고, "거짓말을 굳게 믿게 하는 값"이 "한 달에 16만원 정도"로 파악된다. 자본주의 도시 문명은 추운 겨울임에도 불구하고 따뜻한 온기의 가정이 아니라, 집밖으로 외출을 강제하는 혹독한 문명의 냉기를 전파하고 있는 셈이다.

집을 비운 채 집 밖으로의 외출을 강제하는 사회는 답답한 일상 현실을 제공한다. 특히 시인은 「봄날의 간극」에서 집 밖으로 외출하여 놀이터에 자리한 노인들과 아이들의 모습을 대비시켜 보면서 시간의 중첩을 읽어낸다.

> 놀이터 옆 노인정 평상에 지팡이 짚은 노인들 / 이른 봄 쌀쌀함을 코끝에 묻히고 / 늙은 상주들처럼 앉아 있다 / 아이들이 할 수 있는 것은 봄 햇살을 휘저어가며 노는 일 / 키를 늘리면서 그 키가 굳어지고 / 그 키가 굽어지는 동안 얻은 것이 / 상주 지팡이라면 / 봄날의 간극은 눈앞의 슬픔이다 / 천진한 키를 다시 가져보고 싶은 것이 구부러진 등의 생각 / 아이들은 너무 멀리 있어 아예 구부러질 생각이 없고 / 간극은 멀어질수록 천진하게 뛰어놀 수 있는 것 // 아이들은 놀다 지치면 집으로 들어가고 / 지친 집에서 나오는 것이 노인들의 일과 / 말랑한

놀이터 바닥, 고만고만한 발자국들에 고인 무덤덤한 시선들 / 꼭 저만
할 때의 왁자함과 천진함이 주머니 속에서 / 기억으로 흥건한 노인들
/ 손이 불편할 때까지 주머니 속을 뒤적거린다 // 그리움이나 슬픔, 뭐
그런 것들에 겨워지려면 얼마만 한 거리를 두어야 할까 / 꼭 그만한 넓
이의 봄날의 마당, 그날의 장례는 기억할 만할까 // 놀이터 옆에 노인정
이 놓인 것은 / 문상객들 뒤꿈치에 가지런히 모인 간극 같은 것 / 하루
쯤은 갈아입지 않아도 될 가만가만한 슬픔 같은 것
　－「봄날의 간극」전문

　시인은 "놀이터 옆 노인정"의 노인들이 "늙은 상주들처럼 앉아
있"는 이른 봄에 아이들이 "봄햇살을 휘저어가며 노는 일"을 바라본
다. 그때 아이들이 "키를 늘리"고 "키가 굳어지"다가 "굽어지는 동
안", 즉 성장하고 노화하면서 얻는 것이 결국 나이 든 노인들의 "상
주 지팡이"에 불과할지도 모른다는 상상을 한다. 활기차게 노는 아
이들에게서 쓸쓸하고 허망한 '노년과 죽음의 이미지'를 읽어내는 것
이다. 결국 시인에게 "봄날의 간극은 눈앞의 슬픔"으로 다가온다. 아
이들의 모습에서 노인과 죽음의 시간을 겹쳐 읽어내는 시인에게는
'봄날의 풍경'이 둘 사이에서 조금도 좁혀지지 않는 '슬픔의 간극'으
로 인식되는 셈이다. "천진한 키"와 "구부러진 등"의 대비가 '슬픔의
간극'으로 선명하게 드러나는 것이다.
　물론 아이들의 놀이와 노인들의 시선이 교차되는 '놀이터'에서
아이들의 "왁자함과 천진함"은 노인들에게 오래된 유년시절의 기억
을 호출하게 한다. 그러나 그것은 시인이 보기에 아마도 과거를 향
한 "그리움이나 슬픔"일 것으로 짐작된다. "봄날의 마당"에서 언젠가
다가올 노인들의 장례를 상상하며, 상주가 문상객들을 맞이하게 될
"가만가만한 슬픔"을 예견하고 있는 셈이다. 시인은 봄날 놀이터 풍

경에서 아이들의 놀이와 노인들의 시선이 교차하는 풍경을 대비하면서 슬픔이라는 생의 간극을 조망하고 있는 것이다.

시인은 「편도의 외출」에서도 재개발 확정지구에서 개발이 진행되면서 "무료함의 무게"로 인해 "떨어진 감꽃과 함께" 말라가는 "낙태된 하루"를 응시한다. "출구만 있고 입구가 없는 개발 조감도" 아래에서 편도로 외출한 사람들이 "돌아올 집이 없"는 현실을 비판하고 있는 것이다. 도시적 일상에 대한 비판은 「기하학적 코끼리」에서 고층건물이 가득한 도심의 숲에서 "기하학적 코끼리"를 상상하게 하고, 「발가락 유전자」에서는 "전서구(傳書鳩)였던 기억"을 잊은 도심의 비둘기들이 대도시 "길의 하루치 습성에 길들여져" 야성을 잊은 채 살아가는 "한 과(科)의 변이"를 구차하게 응시하기도 한다.

도시적 일상에 대한 시인의 응시는 비판적 의식을 선취한다. 특히 돌아오지 않는 '편도의 외출'이라는 상징적 이미지는 정주지로서의 아늑한 공간으로서의 가정을 잃고 집 바깥을 떠도는 유목민적 존재가 된 현대인의 비감한 현실을 보여준다.

4. 경계에 대한 회의(懷疑)

김은후의 시집 『분간 없는 것들』은 실상 경계에 대한 질문 모음집에 해당한다. '경계 짓기'와 '경계 지우기'를 통해 경계의 공정성을 반문하는 시들이 많기 때문이다. 특히 「안팎」에서 시인은 "모든 경계는 공정한가"를 질문한다. 그리고 그 질문에 대한 응답으로서의 사유 속에서 자신의 욕망과 한계를 자인한다.

시인은 배추 모종을 심은 뒤 고라니가 다녀가자 배추밭을 훼손시키지 않기 위해 울타리를 친다. 하지만 "안팎을 나누었나 했더니" 오히려 배추 속에 시인이 갇힌 셈이 된다. 그리하여 "경계를 긋는다는 것"이 "다른 경계들"을 모여들게 하는 역설임을 깨닫는다. 결국 안팎이라는 경계가 시인의 불안을 드러내고, 그 불안 속에 시인은 스스로를 가둔 셈이 된다. 그러나 지상으로 향하던 시선을 하늘로 돌리니 "문득 경계가 없"음을 깨닫게 된다. '경계'라는 것이 지상의 공간 분할일 뿐이었던 것이다. 그러므로 이제 시인은 "모든 경계는 공정한"지를 반문하게 된다.

> 배추 모종을 심었다 간밤에 고라니가 다녀갔다 뭉텅뭉텅 이 빠진 밭에 울타리를 쳤다 안팎을 나누었나 했더니 배추 속에 내가 갇혔다 // 경계를 긋는다는 것은 다른 경계들이 모여드는 것 / 안팎을 알 수 없는 / 고라니는 다만 발자국 몇을 잃고 새 길로 뛰어갔다 / 한나절 경계를 긋다가 안팎에 두루 불안을 가두었다 / 허리를 펴다 하늘을 보니 / 문득 경계가 없다 // 모든 경계는 공정한가 // 옥수수 씨앗을 세 알씩 심었다 한낮에 산비둘기가 다녀갔다 경계는 식성을 나누는 것이다 저 혼자 다 먹은 것은 식성을 나누지 않겠다는 것 산비둘기 날개는 이미 식성의 선로를 이탈한다 이것은 누구에게 공정한 것인가 // 동네 할머니는 짐승과 나눠 먹으려 / 여분을 심는다지만 / 실은 한 알이라도 내가 먹겠다는 것 / 내가 옥수수를 뚝! 딸 때 산비둘기 날개는 / 나와 경계를 짓는다 // 밤과 낮이 경계 근처를 놀다 갔다
>
>   – 「안팎」 전문

배추 모종 이후 시인은 두 번째로 옥수수 씨앗 세 알을 심자 산비둘기가 다녀가고, 그제서야 "경계는 식성을 나누는 것"임을 알게 된다. 산비둘기가 "식성의 선로를 이탈"하여 함께 나눠먹고자 옥수수밭을 다녀갔기 때문이다. 하지만 시인이 옥수수를 따게 되면 경쟁

관계에 있던 산비둘기와의 경계를 확정하고 구분하게 된다. 결국 시인과 산비둘기가 옥수수를 매개로 행하는 '경계 짓기'는 경계에서 배회하는 동물들의 생존 본능이 어떤 모습인지를 깨닫게 하는 것이다. 배추 모종과 옥수수 파종을 통해 시인은 경계의 공정성에 대한 질문을 던지면서, 그것이 고라니와 산비둘기에 대한 인간의 경계심의 발로에 불과했음을 반성하고 있는 셈이다.

경계는 이렇듯 관계에 대한 고민으로 이어진다. 그리하여 시인은 「숙주 조정」에서 개미와 선충(=밀림개미의 기생곤충)의 공서(共棲)를 보면서 "경전을 실천하는" 먹이사슬의 순환관계를 들여다본다. 개미와 선충, 새와 개미, 새똥과 개미 등의 관계를 통해 먹이사슬 관계를 확인하며 시인은 기생과 숙주의 관계에 대해 "교차되는 의심"을 던진다. 그리하여 '삶과 죽음, 기생과 숙주의 관계'에 대한 질문과 함께 학교 앞에서 아이들을 기다리는 학부모를 바라보면서 숙주와 기생의 관계 같은 인간 삶을 회의하는 것이다.

경계와 관계에 대한 사유는 시인에게 역설의 감각을 제공한다. 그리하여 시인은 「제르트뤼드의 봄 1-나비가 노래하지 않는 이유」에서 맹인여성 '제르트뤼드'를 통해 역설의 이미지를 추적한다. 여기서 시인은 "가벼운 존재"가 "분간 없는 것"이자 "없는 것들을 가지고 있다는 생각" 끝에, 인간 신체에서 "가장 가벼운 것이 귀"이고, "가장 무거운 것이 입"이라고 단정한다. 그리고는 "없는 귀를 가진" '나비'가 입을 말고 있다고 생각한다. 나비와 인간의 대비에서 '귀 없이 입을 말고 있는 나비'를 통해 '가벼움과 무거움, 보이는 것과 보이지 않음'을 사유하면서 "어두워야 더 잘 보이는" 삶의 역설을 추적하고 있는 것이다. 「제르트뤼드의 봄 2-우화(羽化)의 무게」에서도 역설의 감각이 이어진다. 시인은 '고양이 주검'이 지면에 붙어 "용화(蛹化)되어가는" 모습을 보며 "벌레의 몸을 빌어 우화될 예정"인 '빈 껍질'을 상상한다. 맹인여성의 점자 익히는 속도 속에서 가시성과 비가시성의 경계를 넘는 역설을 통해 주검이 용화에서 우화로 초탈하는 풍경을 가늠해 보는 것이다.

시인은 「가로 세로」에서도 "세로와 가로를 교차하는 모호한 해석들"을 연상하면서 '게의 행보'에서 "지독한 난독"을 체험하고, "지구 곳곳을 뒤져보면 / 가로의 부정과 세로의 긍정이 뒤바뀌는 곳"이 있을 것임을 짐작한다. 「나방」에서도 "밤새 방충망을 두드렸던" 나방의 소리들이 그 다음날 아침 창문 밑에 "분가루 하얗게 떨어"진 채, "점점 무거워져 날아오르지 못하는 생"의 최후를 보며 "오히려 가벼워진 아침"을 만난다.

시인은 이 세상의 모든 경계에 대한 진심 어린 회의(懷疑)를 통해 경계의 공정성을 반문한다. 결국 '공정한 경계나 관계의 불가능성'을 드러내지만, 그럼에도 불구하고 "모든 경계에는 꽃이 핀다"(함민복)는 사유가 존재하듯 시적 상상력을 통해 '경계'라는 메타포가 지닌 외연적 의미를 확장하고 있는 것이다. 시인은 이렇듯 '가로와 세로, 긍정과 부정, 가벼움과 무거움, 삶과 죽음' 등의 대립쌍들을 통해 역설의 사유로 세계의 다성성을 포착하고 있는 것이다.

5. 달밤의 희망

시인은 달밤의 이미지를 주목한다. 먼저 시인은 「포보스」에서 수몰지구 마을 인근에서 "달의 그림자를 안고 스스로 위성이 된 저수지"를 바라본다. 그리고 수몰지구의 아이들이 "소행성의 유전자"를 내면화한 채 고요한 달과 물의 어두움에 물들어가면서, "밤의 위성으로 뒤척이"는 '잠'의 세계에 온 마을이 젖어드는 모습을 상상한다.

"달처럼 생긴 마을에 달이 떴"기 때문이다. 시인은 달과 물과 마을을 응시하면서 수몰지구 마을의 고요한 풍경을 기록하고 있는 것이다.

이렇듯 달은 시인이 관조하는 주요 이미지에 해당한다. 「달밤」에서도 달은 자연의 풍요로운 감각을 사유하는 주요 배경으로 등장한다.

묵정밭에 잘 익은 계란 꽃잎을 후드득 바람이 턴다 / 바람이 수확하는 꽃잎들 / 봄의 몫으로 보관하는 곳은 허공의 곳간이 알맞다 / 그 아래쯤에서 검은등뻐꾸기 소리가 날아오른다 / 숲의 그늘들이 저녁으로 모여들고 / 그것들 잠시 쉬는 곳마다 어둠이 온다 / 달빛이 어둠을 숲으로 나르고 / 별들은 오래된 문자처럼 빛나 야행의 문장이 된다 // 옥수숫대 커가는 소리로 고라니는 허기를 달래고 있다 / 뻐꾸기 울음소리만 남아 있는 뱃속으로 / 질깃한 단물이 부스럭거리는 소리로 목을 넘어간다 / 귀를 흔들어 경계를 쫓아낸 자리에 풀벌레 소리가 달라붙는다 / 밤 풀숲이 고라니 뱃속에서 소화되는 동안 / 새벽이 숲에서 천천히 걸어 나오고 있다 // 새벽이슬이 우려낸 아침 / 간밤을 지난 허기가 부엌을 달그락거린다 / 숲에선 하늘이 가까워 마음을 씻기 쉬울 것 같았으나 / 매번 발목만 씻고 오는 산책 / 요 며칠 전에는 전기 철책 그으려 했다가 / 마음에 공연한 금만 긋고 말았다 / 수확의 희망이 고라니 뱃속에서 자란들 크게 달라질 건 없지 / 희망을 훼방 받으면 희망이 어디 있다는 것을 알게 되는 일들이 / 지천으로 피어 있는 산골 / 달빛에 모든 그림자가 꼿꼿하니 / 가끔 흔들린다고 어디 갈 희망이 아니다 / 보름달 하나로 넘치는 것들이 밝다

– 「달밤」 전문

시인이 보기에 달밤 아래에서는 모든 것들이 넘쳐난다. 묵정밭에서 바람이 꽃잎들을 수확하는 모습을 보며 시인은 "봄의 몫"이 "허

공의 곳간"에 보관된다고 상상한다. 그리고 그 곳간 아래로는 뻐꾸기 소리가 날아오르며, "숲의 그늘들이 저녁으로 모여들"면서 어둠이 밀려온다. 어둠 아래로는 다시 달빛이 흐르고 "별들은 오래된 문자처럼 빛나 야행의 문장"을 빚어낸다.

달밤 아래에서 고라니는 옥수숫대로 허기를 달래고, 뻐꾸기 울음소리와 풀벌레 소리가 "경계를 쫓아낸 자리"에 들어선다. 그렇게 풀숲의 소리들이 고라니의 뱃속에서 소화되면서 숲은 점차 새벽으로 향해간다. 그리고 새벽의 허기가 부엌을 깨우고, 시인은 새벽 산책을 하며 발목을 씻고 온다. 옥수수에 대한 "수확의 희망"이 고라니에 의해 주춤되기도 하지만, '희망의 훼방' 속에서도 역설적으로 희망의 존재감이 확인된다. 시인은 산골 마을에서 "달빛에 모든 그림자가 꼿꼿하"게 자리하는 풍경 속에서 "보름달 하나로 넘치는 것들이 밝"게 빛나는 '희망의 기대'를 놓지 않는 것이다. 달은 수확과 희망의 이미지로 시인에게 인식되는 것이다.

뿐만 아니라 시인에게 '달'은 유년의 밤길을 떠올리게 한다. 「두 개의 달」에서 시인은 한여름밤에 "등불 하나 켜지면" 달이 두 개가 되었음을 떠올린다. 그때 밤길의 나방들은 눈앞에 자리한 '등불의 달'을 향해 "그악스럽게" 달려든다. 이렇듯 "집충등에는 달의 무늬가 출렁거리고 / 오래 들여다보면 지나간 날짜들"이 텅 빈 채 "하나같이 극성스러운 시간"의 기억을 내포하고 있을 뿐이다.

이렇듯 달은 다양한 시간감을 내포한다. 그리하여 「나프탈렌」에서는 "상현달 커 가는 속도의 색깔"을 하얗게 읽어내고, "점차 모서리가 닳아가는 하현달의 관성"에서 "흰 나프탈렌 냄새"를 맡는다. 시인은 달에게서 냄새와 색깔을 감지하며, "문 안의 냄새와 문밖의 냄새를 섞어 계절을 차리"는 바람을 통해 "시간이 달아나는 냄새들"을 "둥글게 말리"면서, "흰 달이 다 날아가고 없는 허공"을 응시한다. 이렇듯 달빛 아래에서 시인은 자연과 인공의 냄새와 색깔과 계절과 시간이 한데 어우러지는 허공의 참 의미를 읽어내는 것이다.

「윤도(輪圖)」에서는 대추나무에 걸린 하늘을 통해 지나가는 달을 올려다보면서, 대추나무에 "삼라의 시간", "치목의 시간", "하늘과 땅의 시간", "사후의 시간" 등이 걸려 있음을 가늠한다. 시인은 「누에가 먹은 달」에서도 "뽕잎의 잎맥"에 "주름의 지형"이 있다면서, "시간의 색깔이 푸른 까닭"임을 깨닫기도 한다. 그리하여 "누에의 몸"이 "달의 숙주"임을 기록한다.

통상적으로 달이 풍요와 여성의 상징이라면 김은후 시인에게 달은 나무나 누에, 물과 나방, 나프탈렌에 이르기까지 다양한 매체들과의 관계 속에서 의미를 누적한다. 그리하여 자연의 오감각을 호흡하며 다양한 시간감과 시간성을 육체화하고 있는 관계론적 주체의 표상으로 그려진다. 이렇듯 달은 나방과 나프탈렌과 대추나무와 누에와의 관계망을 구축하면서 자신의 의미망을 다채롭게 확장하고 있는 매체가 된다.

6. 관계론적 사유

시인은 '분간할 수 없는 것들'을 분간하여 그 의미의 경계를 풀고 짓고 긋고 지우고자 한다. 그것이 이 세계라는 텍스트의 의미를 제대로 주해하는 방식이기 때문이다. 시인은 "혼자 타는 나무"나 "혼자 날아가는 구름", "혼자 우는 울음"이 없다면서 "아직 젖어 있는 것들의 흩어지는 방식"(「흩어지는 방식」)을 상상한다. 홀로가 아니면서 동시에 축축이 젖어 있는 대상들로 향한 시인의 시선은 세계를 자아화하려는 인식의 소산이다. 그 저변에는 관계론적 사유가 내면화되어 있다고 파악된다.

시인은 바다 애호가이다. 동그랗고 "파랫다 하얫다" 하는 "하얀 사과"를 베어 물 때도 "노르웨이 바다"(「사과가 생각났다」)를 연상할 정도이다. 하지만 그의 바다는 '판석 아재'가 "푸른 핏줄"로 "질 좋은 해태"를 키워내는 포구의 공간에 자리한다. "어판장에는 햇발 비늘이 은빛으로 펄떡거리고 / 양식장에는 반짝거리는 물의 낱장들이 바삭거리는 맛"(「물의 맛」)을 제공하기 때문이다. 그 포구는 "수천 장 물의 맛을 처음 전설로 말려낸 곳"에 해당한다. 뿐만 아니라 시인은 "갯벌에 마지막 남은 폐선"(「갯벌」)을 가진 판석 아재네의 "겸손한 허리"를 추억한다. "밀물의 시간"과 "썰물의 시간"이 교차하면서 "입 꾹 다물고 썰물을 견디고 있"는 판석 아재의 집이 "꼿꼿한 것들"로 둘러싸여 있지만, "부드러운 녹이 / 저벅저벅 슬고 있"는 오래된 추억을 내포하고 있기 때문이다. 이렇듯 시인은 자신을 둘러싼 기억과 추억과 현재를 함께 녹여내면서 시를 길어낸다.

김은후 시인은 역설의 감각과 관계론적 사유 속에서 자신의 시 세계를 구축해가고 있다. 그것은 아직 정형화되어 있지 않으며, 정형화될 수 없는 형식을 내장한다. 모호한 채로 시인 앞에 놓여진 '분간 없는 것들'을 향한 감성의 사유가 시인의 지향이기 때문일 것이다. 불확실성의 세계에 대해 새로운 가능성을 모색하기 위해 시인은 역설적 사유와 인식으로 뚜벅뚜벅 자신의 감각을 벼려갈 것이다. 우리는 그를 눈여겨볼 것이다. 그의 역설적 감수성이 독자의 기대지평을 넓혀줄 것이기 때문이다.

(시집 『분간 없는 것들』 해설, 2016)

침묵하는 달의 그림자 응시하기

— 이일림론

1. 안개의 속도로 걷다

이일림의 시는 습도가 높은 안개를 닮아 있다. 분명하게 실재하지만 그 실체를 구체적으로 형용하기 어렵다는 점에서 그렇다. 안개는 대상 세계와 자아를 분리하거나 연결하면서 흐릿하게 자신을 드러낸다. 이 흐릿한 존재감이 안개의 생명력이다. 그러므로 안개의 실체를 가늠하려면 물리적 입자를 넘어서는 상상의 돌파구가 마련되어야 한다. 이렇듯 안개는 상상계와 상징계 사이의 다리가 되는 실재계적 존재태라는 점에서 많은 시인들에게 상상적 매력을 제공한다.

이일림 시인은 안개를 사랑한다. 시인은 "안개의 지도"(「안개의 지도」)를 가지고 "안개의 속도로 걷는"(「구름 속의 숨바꼭질」) 존재이기 때문이다. 안개의 속도로 걷는다는 것은 물리적 시간감을 거부하는 방식을 보여준다. 물리적 법칙을 거부하는 시인의 속도는 상대적 자유속도이며, 때로는 느리게 혹은 빠르게, 때로는 정지한 채 혹은 가속으로 흐를 수도 있는 것이다. 세계를 걷는 시인의 감각은 느린 산보객의 호흡과 시선을 유지하려는 태도를 보여준다. 그러므로 '안개의 실체감과 자유속도의 흐름, 걸음의 세계관'이 이 시인이 세계를 부유하며 획득한 존재론적 도구에 해당한다.

안개의 감각은 안전하게 "온대성의 지지대"(「토란」)를 세우는 대지 위에서 '열대성'의 자신이 기분 나쁘게 들뜨는 것을 자문하게 한다. 온대성과 열대성의 충돌이 시인의 감각을 새로이 포착하여 '기분 나쁨과 들뜸 사이'를 지나가게 만드는 것이다. 시인은 감각의 개방을 통해 온대성과 열대성을 넘어 새로운 상상의 공간을 노래한다. 그리하여 '플라이피시(=모터보트에 로프로 연결한 가오리 모양의 고무보트에 매달려서 타는 수상 스포츠)'에서처럼 시인 역시 "육지도 바다도 아닌 하늘을 그리워하는 가오리"(「플라이피시」)가 되어 하늘을 날고 싶어 한다. 육지와 바다를 넘어 하늘에 닿고자 하는 가오리의 욕망처럼 시인 역시 여기를 넘어 다른 세계를 욕망하는 "폭풍의 허기"를 지닌 존재이기 때문이다.

2. 동물성과 식물성의 융화

시인은 '기마트리아(Gimatria, 상상력을 통한 연상 작용을 이용하는 암기법)(「기마트리아-아침」)'를 활용하여 자유로운 상상의 나래를 펼친다. 「새」에서 '새'는 '별이 된 엄마'를 향해 마치 한 마리의 견공처럼 목청을 높이는 것으로 그려진다. 엄마가 된 '별의 언어'에 닿기 위해서 목청을 돋우는 것이다. 이 오래된 새의 울음을 추적하는 시인은 기마트리아를 통해 곤줄박이의 "고혹적 울음"을 관조하고 내면화한다.

곤줄박이는 둥지를 찾아 새벽을 거슬러 오르지. 닫힌 태양의 문틈에 여린 발가락이 끼고 핏물이 고여 고혹적 울음을 완성하는 거야. // 멀리 고공을 헤치고 울려오는 달빛별곡을 듣지 우리는, 마음에 온순한 종 하나 달고서. // 얼마나 오래 울었을까, 엄마는 별이 되어 돌아오지 않고 새는 견공처럼 힘껏 목청을 높이지. 별의 언어에 닿을 때까지.

　　– 「새」 전문

　　인용시에서 참새목 박새과에 속하는 '곤줄박이 새'는 새벽을 거슬러 오르며 "태양의 문틈에 여린 발가락이 끼"어 "핏물이 고"임에도 불구하고 "고혹적 울음을 완성하는" 존재로 인식된다. 시인은 곤줄박이의 "고혹적 울음"을 '달빛별곡'으로 들으며 "마음에 온순한 종 하나"를 달게 되고, 그 종이 울리면서 곤줄박이의 내면과 교감하게 된다. 그리고 그 오래된 새의 울음소리가 '별이 된 엄마'를 부르는 소리라고 판단한다. 그리하여 "별의 언어에 닿을 때까지" 엄마별을 향해 우는 곤줄박이의 목청 높고 고혹적인 울음은 시인 자신의 울음을 환기하게 된다. 시인 역시 엄마별의 언어에 닿고 싶어 항상적인 시작(詩作)으로 매력적인 울음을 우는 존재이기 때문이다.

　　새의 울음을 내면화한 시인은 실상 동물성과 식물성을 양수겸장한 존재다. 특히 「저녁의 성향」은 시인이 식물성과 동물성 사이에서 '과거와 현재의 시간'을 응시하며, '식물성의 고요'와 '동물성의 기억' 사이를 배회하는 존재임을 보여준다. 시인은 저녁에 맨발을 담그면 '식물성'의 존재가 된다. 하지만 식물성의 시인이 "어머니의 어머니의 몸가짐"을 타이르고 아이의 등을 토닥거리면서 "가난한 발을 담그"게 되면 어느새 '동물성'의 존재로 변이된다. 시인은 재생된 밤들이 "고요를 휘휘 저"어가는 순간, "꽃무늬 원피스를 걸어놓았던 / 기억"을 되살린다. 밤의 고요가 잠들었던 '겹의 시간'을 일깨워 잠든 기억을 재생시키고 있는 것이다.

동물성과 식물성의 대척적 관계는 「태풍이라는 동물성」에서도 드러난다. 이 시에서 시인은 '태풍의 동물성'이 "불시에 침입해서 일시에 달아"나는 이리떼처럼 "먼 바다 세계"에서 "광란의 습격"을 감행하는 격렬한 현실 앞에서 역설적이게도 고요해지고자 한다. 왜냐하면 시인은 "죽일 듯이 달려드는 파도" 앞에서 "고요해지기로 다짐을 한 듯이 / 절벽처럼 말을 아끼는 홍련암"을 보았기 때문이다. 태풍과 홍련암의 대조적 구도는 "죽음의 거품들이 해벽에 덕지덕지 쌓여서 밤새 꿈틀대"는 진경을 보여준다. 이후 태풍이 잦아들자 검은 구름이 사라지면서 드러나는 "달의 반쪽 얼굴을 보며" 시인은 "어둠 속 환함의 요지부동"에 대한 단상을 이어간다. 시인은 "아무도 넘어갈 수 없는 서로의 어둠을 매만지"면서 "내색하지 않는 미덕"의 홍련암이 "태풍이라는 동물성과 대치 형국을 이루고 있"는 진풍경을 명상한다. 이렇듯 동물성과 식물성의 결합이 시인의 내면에 자리하며, 고요와 광란 사이에서 다양한 침묵을 생성하는 것이다.

3. 달의 그림자 응시

이일림 시인은 무엇보다 달의 시인이다. 하지만 시인은 통상적으로 달이 '여성과 풍요, 어둠과 빛, 인간의 생장소멸'을 상징하는 매개체라는 인식에서 벗어나 새로운 층위의 달을 노래하고자 노력한다. 이를테면 검은 구름을 밀어내는 "달의 반쪽 얼굴"을 보며 "어둠 속 환함"이 지닌 '요지부동'(「태풍이라는 동물성」)을 사유하면서 '태풍의 동물성'과 '홍련암의 고요한 식물성'을 대조적으로 바라보는 것에서 확인할 수 있다. 시인은 달의 그림자를 응시하면서 세계의 이면을 독해하고 있는 것이다.

시인은 달의 그림자(이면)를 주목한다. 그리하여 「기억의 누에」에서 자신의 몸을 기어다니는 누에를 감각하며, 누에와 자신과 보름달이 한 몸의 존재임을 자각한다. 시인은 '기억의 짜깁기'를 통해 '누에'의 삶'처럼 '뽕밭 같은 달의 기억'을 뜯어먹는 자신의 정체성을 확인하는 것이다.

누에가 온몸을 기어다닌다. 뽕잎처럼 나는 작아진다. // 푸른 뽕밭 위로 달이 뜨던 날, 밤새 빗소리가 들리고 뽕잎엔 수많은 구멍이 생겼다. 보름달을 갉아먹던 누에가 꿈틀거리자, 점점 달이 사라진다. 달의 변장술에 길들여진 사람들이 달을 깨문다. 스읍, 바라보는 내 입안에서 달이 터진다. 삼삼한 바람이 구름의 실꾸리를 풀어 박음질 몇 땀을 뜬다. 나는 달의 그림자 뒤편에 놓인 서랍 속 일기장을 꺼내 읽는다. // 실처럼 너를 토해놓고 고개를 가누지 못했다. 한참 자고 난 사이, 너는 사라졌다. 나를 벗어 너를 짓고 싶었다. 다섯 번의 잠을 자고 나면 내 집이 될 줄 알았다. 네 번째 잠을 잘 때 누에의 꿈속으로 너는 찾아왔다. 얼레를 가면처럼 쓴 누군가 문밖에서 소곤거렸다. // 바람이 허물 벗는 소리로 울었다. 허공 속의 울음이 사방을 둘러보는데, 뽕밭에 빈 몸으로 서 있는 너. 너는 바로 나로구나! 놀라 고함을 지르자, 내 입속에서 하얀 실이 줄줄 쏟아져나왔다. 구름이 온몸에 침묵을 친친 감았다. 비가 멎고, 섶은 하얗게 익어갔다. // 똑, 똑 누군가 보름달을 노크한다.
  -「기억의 누에」전문

인용시에서 시인은 누에가 자신의 "온몸을 기어다니"는 환각 속에 "뽕잎처럼" 작아지는 자신을 감지한다. 그리하여 "푸른 뽕밭 위로 달이 뜨던" 밤이면 빗소리와 함께 뽕잎에 "수많은 구멍"이 생겨난 사실을 환기한다. 그 구멍은 비에 의해 생겨난 것이기도 하지만, 누에가 갉아먹어 사라진 것이기도 하다. 결국 "보름달을 갉아먹던 누에"의 꿈틀거림에 달은 점차 사라지고, 사람들은 "달의 변장술에 길들여"져, "달을 깨물"어 댄다. 시인은 '누에=사람들'이 되어 '뽕잎=보름달'을 갉아먹는 환상을 기록하는 것이다. 이후 시인 역시 '누에 혹은 사람들'처럼 달을 깨무는 대열에 합류하여, 시인의 입안에서도 "달이 터진다." '뽕잎=달'을 소화한 시인은 "달의 그림자 뒤편"에 자리한 자신의 "서랍 속 일기장을 꺼내 읽"으며 과거를 음미한다.

이후 한잠을 자고 난 뒤 '실처럼 토해놓은 너'가 사라지고, 시인은 자신을 벗어 '너'를 짓고 싶은 욕망을 토로한다. "누에의 꿈속으로" 너가 찾아오고, "바람이 허물 벗는 소리로 울"면서, 그 울음 속에서 "뽕밭에 빈 몸으로" 너가 서 있는데, 알고 보니 "너는 바로 나"이다. 결국 '너'는 '나의 과거'였음이 드러나고, '과거의 나'인 너를 쏟아내며 시인은 자신의 트라우마를 치유하게 된다. 따라서 시인의 입속에서는 "하얀 실이 줄줄 쏟아져 나"오고, 누군가가 보름달을 노크하며 시는 마무리된다. 그 '누군가'는 아마도 새로이 다가올, 서랍 속 일기장에서 불려나올 '과거의 나의 흔적'이라고 추정할 수 있을 것이다.

그림자(=뒤편)를 주목하게 하는 달은 시인의 시상(詩想) 중심에 자리한다. 태양에 비해 달은 중심이 아니라 뒤편이나 그림자에 비유되지만, 어둠과 빛의 양가성 속에 그림자 지향성을 드러낸다. '개기월식'을 맞이하는 순간에도 달에 의해 세계의 "그림자들은 모두 한통속"이 되는 "원색적 고요"의 진경을 빚어낸다.

나무들 사이에서 달이 그림자놀이를 하고 있다. 원색적 고요다. 사람들의 목이 길어진다. 너는 그림자를 안고 술래 편에 선다. 술래에게 잡힌 달. 네가 풀피리를 불자 사각사각 벌레들이 모인다. 그림자를 찾던

지친 달의 어깨가 바람 속에 이지러진다. 왜 그림자놀이는 치명적인가. 눈물이 달무리를 이루어 뿌옇게 퍼져나간다. 점점 빛을 잃어갈 때 사람들의 목소리가 높아진다. 달의 하얀 목덜미를 껴안는 그림자 없는 그림자. 달의 눈꺼풀이 스르륵 닫힌다. 죽음이 붉다. 슬퍼하는 사람들은 그림자 안에 있다. 그림자들은 모두 한통속이다.

- 「개기월식」 전문

    인용시 「개기월식」에서도 시인은 달의 그림자놀이를 지켜보며 "원색적 고요"를 감지한다. "술래 편에 선" '너'가, 달이 "술래에게 잡"힌 뒤 풀피리를 불어대자, 벌레들이 모여든다. "그림자를 찾던" 달이 바람 속에 이지러지면서 개기월식의 그림자놀이는 치명적이 된다. '눈물의 달무리'가 퍼져가면서 개기월식이 진행되고 사람들의 탄성이 높아진다. 그리하여 "달의 하얀 목덜미"를 "그림자 없는 그림자"가 껴안고, "달의 눈꺼풀"이 닫히면서 개기월식이 마무리된다. 그러자 달의 "죽음이 붉"어진다. '달의 죽음'을 "슬퍼하는 사람들"이 "그림자 안에 있"는 까닭은 '그림자들'이 "모두 한통속이"기 때문이다. 그래서 달은 '개기월식'을 통해 사람들이 욕망하는 그림자 지향성을 완성하게 되는 것이다. 개기월식하는 달은 시인에게 '눈물의 달무리'가 번져가며 '고요한 그림자성'을 완성하는 상징이 된다.

    뿐만 아니라 시인은 달이 차면 "슬픈 / 목동의 노래를 달의 품에서 키워내"(「슬픔과 불가사의의 관계」)고자 하며, "그림자를 거미집 안에 가두"(「기록에 없는 계절」)고 있는 달을 통해 '빈 계절만 사는' 날들을 버텨내기도 한다. 이렇듯 달은 시인의 시적 욕망의 대상이다. 시인이 달의 그림자를 통해 자아와 세계를 읽어내는 심령술사에 해당하기 때문이다. 달은 시인의 주술을 통해 그림자들과 한통속이 되고, "원색적 고요"의 이미지들을 부려놓고 있는 것이다.

4. 북쪽과 봄과 침묵을 지향하다

시인은 달의 그림자를 통해 자아와 세계를 읽어내지만, 나침반처럼 생의 방향을 제시해주는 고정된 지향점은 '북쪽'이다. 북쪽은 '봄을 인도하는 나침반'(「기록에 없는 계절」)이며, '침묵의 적막'을 관할하는 북극성이 자리하는 공간이다. 시인에게 북쪽은 "북쪽으로 가다보면 생의 가닥이 잡히는 그런"(「꽃무릇 보고서」) 공간에 해당한다. 그러므로 시인에게 '북쪽'은 인생의 행로에서 우선적인 공간이자 지향점이 된다.(「나의 밤은 북쪽이 우선이다」)

「나의 밤은 북쪽이 우선이다」에서 시인에게 북쪽은 밤이 오면 '우선'적인 공간이 된다. 시인은 불면의 밤이 양떼의 기억을 몰고 올 때, "밤의 틈새"에서 '어머니의 방망이질, 열목어떼, 우물, 까마귀들'을 연상한다. 그때 시인에게 "북쪽은 외우기 좋은 물고기 이름 중의 하나"이다. 헤라 여신의 12과제를 수행하던 "헤라클레스의 황금사과 닮은 물고기들이" 통과한 별자리가 북쪽에서 반짝이고, 시인은 '엄마의 방망이'가 "깃털처럼 허공으로 날아올라 / 북쪽으로 간 방패연을 찾"는 모습을 상상한다. 그리하여 시인은 오늘밤 "저 반대편을 데려와야겠다"고 다짐하지만, "북쪽의 반대를 모르"는 까닭에 갈팡질팡한다. 시인이 외운 것은 "항상 이국의 북쪽"이었던 까닭이다. 시인에게 '북쪽'은 이국으로부터 체득한 낯선 이정표의 공간인 것이다.

북쪽을 지향하는 시인에게 불면의 기억을 환기하는 것은 봄이다. "굴뚝을 따라 올라가며 연가를 부르는 봄의 정기" 속에서 시인에게 "봄은 북쪽으로 가고 있"(「연기의 방향」)는 존재태이기 때문이다. 북쪽에 이어 시인은 봄을 통해 세계를 기록한다. 「목련꽃 필 때」에서 공원묘원 가는 길에 새가 날고 꽃잎이 떨어지며 만들어진 봄날의 허공을 갸륵하게 바라본다. '허공의 갸륵함'이란 시인이 세계의 풍경을 주조하는 주재자가 아니라 그것을 응시하며 그 의미를 길어내는 세계의 관찰자로서 기능함을 보여준다. 시인이 "공원묘원 가는 길"에 만난 봄은 "결코 주저하는 일 없이 제 길을" 간다. 그때 "얼마 전 홀연히 떠나간 새의 눈물"이 마르기 전에 꽃잎이 떨어지고, "날고 싶은 새들"은 "목련의 눈"과 "원색의 몸짓"과 "찬란해진 나신"이 되어 '갸륵한 허공'에 의지한다. 그 허공에는 '봄바람의 구절'이 '침묵의 메시지'로 '햇살 어린 전광판'에 자신의 활자를 띄우고 있기 때문이다. 이때 시인은 "봄의 비련이 목련의 흰 꽃등을 타고 / 검은 소복의 혼으로 물들"어가는 풍경을 만난다. 시인은 이렇게 봄과 꽃과 새의 만남과 헤어짐을 기록하며 봄의 애상을 노래하는 것이다.

시인이 보기에 봄은 침묵을 인도한다. 그리하여 시인은 오랫동안 "꽃의 계절"을 보면서 침묵 속에 갇힌 세상을 응시하며, "침묵의 가치"가 "멀고 먼 거리의 텔레파시"(「침묵 1-원거리 통신」)에 있음을 감지한다. 물론 때로 "한 송이 꽃을 피우기 위해 / 천년의 고뇌가 필요할 때도 있"(「침묵 2-아라연꽃」)지만, "농익은 처음을 침묵이라 일컫는 일"은 '당연한 것'으로 인식된다. "견고한 천년의 심장을 엄숙하게 펼쳐 보"이는 존재가 바로 아라연꽃이기 때문이다. '침묵'은 이렇듯 '원거리 존재와의 교신'과 '오래된 시간의 존재성'을 통해 '적막'이라는 세계의 본질을 가늠하게 한다.

대표적인 침묵과 적막의 표정은 「침묵 3-연자육」에서 확인된다.

적막을 관할하는 고수를 알고 있죠. // 새알처럼 생겼지만 어미는 꽃이에요. 전생은 땅속의 잠자는 공주. 이천 년 삼천 년도 거뜬해요. 누구에게도 개방하지 않은 신전엔 튼튼하고 푸른 세계가 숨 쉬고 있어 간혹 심장이 나약한 사람들이 그의 혈맥을 찾곤 해요. // 탕, 적막을 망치로 내려칠 때 거북의 등으로 달리던 타조들이 알을 낳아요. 아이들이 사막에 모여 공깃돌놀이를 하고 시간은 회오리로 떼굴떼굴 말려요. // 신기루에 올라서서 똑똑 물의 방에 노크를 하면 얼굴을 붉히며 공주가 일어나요 껍질의 고고함이 물의 순수함과 만나는 연화 현상을 사람들은 공주의 눈부신 첫사랑 혹은 붓다의 실연이라 일컫는다는데 // 나에게 물이었던 적 있는 당신. 밤이 되면 가끔 침묵은 그림자를 열어 꽃으로 태어나는 꿈을 꿔요. 전통을 고수하는 진흙의 문은 여전히 굳게 잠겨 있었는데 // 당신의 향기로 끓어오르는 주전자의 하모니가 소란스러워져요. 이제 무색무취로 얇게 저며진, 저 적막이 뿜어내는 위대한 침묵의 열변을 들을 차례예요.

  - 「침묵 3─연자육」 전문

  시인은 "적막을 관할하는 고수"인 '연자육'을 알고 있다. 그 고수의 "어미는 꽃"이며, "전생은 땅속의 잠자는 공주"여서 2~3천 년 정도는 거뜬할 정도로 오래된 존재다. '탕' 하고 "적막을 망치로 내려치"면 "타조들이 알을 낳"고, 아이들이 공기놀이를 하고 "시간은 회오리로 말려" 올라간다. 적막에 대한 타격은 고요한 세계의 정적을 뒤흔드는 행위가 된다. 사람들은 "껍질의 고고함"과 "물의 순수함"이 만나는 '연자육의 연화 현상'을 "공주의 눈부신 첫사랑 혹은 붓다의 실연"이라 명명한다. 연자육을 통한 '사랑과 실연'의 동시적 현현 속에 시인은 자신에게 물이었던 당신을 연상한다. '당신'이 시인에게는 '사랑과 실연'의 대상이었기 때문이다. 밤이 되면 시인은 '침묵'이 "그림자를 열어 꽃으로 태어나는 꿈을" 꾸지만, "전통을 고수하는 진흙의 문은 여전히 굳게 잠겨 있"다. 이제 "당신의 향기로 끓어오르는 주전자의 하모니가 소란스러워"지면, 무색무취하게 저며진 "적막이 뿜어내는 위대한 침묵의 열변을 들을 차례"가 된다. '연자육'을 보면서 밤에 '고요한 적막'과 "위대한 침묵"을 만나는 진경을 포착하는 시인은 북쪽과 봄을 지나 연자육을 통해 오래된 침묵의 세계를 배우게 된 것이다.

5. 우주적 시간의 기록

시인은 자아와 세계를 독특하게 상상하는 존재다. 즉 자신의 생일을 "2월 30일이라고 대답"(「생일 없는 사람」)하는 존재이며, "솔로를 구명하는 저온동물"(「즐거운 풍장」)로서, "밤새 헛발질 같은 말발굽 소리 드세"게 느껴지는 말의 서재에서 곤혹스러움(「말의 서재」)을 감지하면서도, "기억의 리듬"(「기억의 리듬」)을 타고, '밤의 강단'에서 "소리가 소리를 찾아다니는 허공의 난무(亂舞)"를 상상하며, "잊어버린 잠이 잃어버린 나를 찾는"(「밤의 강단」) 상상의 궤적을 그려내는 존재다.

다양한 상상의 궤적 속에서 시인은 '시간의 화석화'를 유의미하게 추적하여 현재화한다. 특히 「시간의 화석」에서는 '부패하는 지렁이의 육신'을 보며, 생장소멸이 보여주는 시간의 유구성을 확인하는 것에서 두드러진다.

길가에 앉아 지렁이 한 마리가 쌓아가는 / 단단한 시간의 화석 바라본다 / 수많은 걸음이 땅 위에 지도처럼 남아 있다 / 군더더기 없는 바람이 맨살을 스치고 간다 / 저 젖은 우주는 얼마나 맵게 시간의 두엄을 삭힌 것일까 / 언제 풀어낼지도 모를 압축된 프로필 / 비가 되고 눈이 되던 그들 긴 이야기 속으로 우리는 / 가장 적막한 시간의 한 페이지를 알뜰히 걷는 것이다 / 스쳐가는 바람 속으로 나의 일부가 사라진다 // 그것은 흙에 가까웠다 / 육체는 결국 바람의 한 오라기 / 바람의 부피가 서서히 정점으로 내달아 / 세월의 담장과 담장 사이 담화가 쌓이고 / 대지의 둘레 그 껍질을 견고하게 만드는 / 일종의 성체식이 끝나면 / 영혼은 서서히 침잠하여 수로가 되는데 / 겹겹이 쌓인 시간의 등껍질 속 / 가만히 귀 기울이면 / 거기, 땅속에 신비롭고 창창한 맑은 흙 있어 / 꿈틀거리는 태아의 손가락 끝을 따라 / 소리의 긴 통로 두드려보면 / 차륵차륵 우주의 물방앗간 물레질 소리 / 달큼한 생명의 향기 흙내음 // 나는 지금 / 먼 기억 회로를 떠듬떠듬 굴리고 있다

　－「시간의 화석」 전문

　인용시에서 시인은 "지렁이 한 마리가 쌓아가는 / 단단한 시간의 화석"을 바라본다. 지렁이가 지나간 "수많은 걸음" 뒤로는 "땅 위에 지도가" 남아 있고 "군더더기 없는 바람이 맨살을 스치고 간다". 시인은 지렁이가 선사한 "젖은 우주"를 보며 "시간의 두엄"이 얼마나 맵게 삭혀진 것인지를 자문해 본다. 시인은 지렁이가 빚어놓은 '시간의 화석'이 "압축된 프로필" 속에서 "가장 적막한 시간의 한 페이지를 알뜰히 걷는" 존재가 사람이라고 생각한다. 그리고 "스쳐가는 바람 속으로" 자신의 일부가 지렁이처럼 사라지고 있음을 체감한다. 안개의 속도로 걷던 시인이 이제 새로이 지렁이의 적막한 시간을 걷고 있는 것이다.

　흙에 가까워 보이는 '부패하는 지렁이'는 육체가 "결국 바람의 한 오라기"에 불과함을 보여준다. "바람의 부피"와 "세월의 담장"과 "대지의 둘레"를 견고하게 만드는 "일종의 성체식"이 마무리되면 지렁이의 "영혼은 서서히 침잠하여 수로가" 된다. 지렁이가 존재에서 비존재로 변신하여 자연으로 흡수되는 것이다. "겹겹이 쌓인 시간의 등껍질 속"에 귀를 기울여보면 "땅속에 신비롭고 창창한 맑은 흙"이 있고, "소리의 긴 통로"를 두드려보면 "우주의 물방앗간 물레질 소

리"가 들려온다. 지렁이의 부패를 보며 시인은 "달큼한 생명의 향기"로운 "흙내음" 속에서 오래된 생태계의 생장소멸의 순환을 감각하고 있는 것이다.

이러한 생장소멸에 대한 인식을 소유한 존재이기에 시인은 "사계절을 다 소모"한 이래로 "빈 계절만"(「기록에 없는 계절」) 살아남은 가운데, 봄의 가능성을 신록에서 파악한다. 「푸른 기호를 만나다」에서는 봄날 피어나는 신록의 푸른 기호가 '빈 계절'을 대체할 가능성으로 그려진다. 그리하여 시인은 봄꿈을 꾸듯 산에 올라 "머릿속에 화판을 펼치고", "구름 한 덩이 끌어다 촤르르 풀어놓"으며, 구름의 붓질 속에서 "연록의 궁륭체로 붓질을 시작하는 봄"에 "부지런히 튀는 우주의 탄력을" 그림으로 기록한다. 그리고 "태초의 비밀과 약속이 혼융하여 세상에 출현하는 지점"이 봄이며, 그 "봄 산을 머리에 이고 / 높다란 순우리말 등에" 올라 "갈퀴를 세운 초록의 퍼즐놀이"를 즐기는 상춘객이 시인이 된다. '초록'으로 태초에 자연의 비밀인 푸른 기호를 그려낸 것이다.

시인은 눈물로 세상을 빚어낸다. "연필을 대변하는 심중의 글씨"(「연필」)가 '눈물'이기 때문이다. 시인의 시는 "암흑 속 줏대 같은" 기능을 담당하며, 시인의 시적 지향은 "눈물의 원천인 우물"을 통해 "푸른 이기심"을 지우려고 하는 데에서 드러난다. "강해지기 위해서 눈물 같은 연필이 필요"한 것이다.

지렁이의 부패에서, 초록의 붓질에서, 눈물의 연필로 시인은 우주적 시간을 기록하는 코스모스인이다. 그 코스모스에서는 침묵하는 달의 그림자를 응시하며 안개의 속도로 시간을 채집하는 시인의 내면이 존재한다. 물론 그 내부에서는 동물성과 식물성, 온대성과 열대성, 고요와 격렬이 함께 들끓으며, 자아와 세계가 다양하게 충돌하고 조화를 만들어내는 카오스모스적인 공간이 자리한다. 우리는 그 고요한 내면에 들끓고 있는 '격렬한 코스모스'를 만나볼 일이다. 그러면 침묵하는 달의 그림자를 응시하며 자신의 그림자와 조우하고, 생의 빛과 그림자를 함께 사유하게 될 것이다.

(시집 『비의 요일은 이제 지났다』 해설, 2015)

슬픔의 소리를 보고 듣고 만지다

— 노미영론

1. '라멘타빌레(슬픈 듯이)'에서 '깊은 슬픔'으로

노미영의 시는 슬프다. 그 슬픔에는 3대의 애환이 누적되어 있다. 그 누적되고 중층적인 슬픔의 메타포 중에서도 '지금 여기'를 장악하고 있는 것은 '아이의 청각 상실'이다. '청각의 상실'은 아이로부터 역류되어 현재 삶의 슬픔을 규정하고 과거의 슬픔까지도 호명한다. 그 슬픔의 진원지에서는 아비로부터의 원초적 억압이 존재한다. 개인사적으로 부녀지간 사이에 형성된 슬픔의 뿌리는 시인의 자의식이라는 줄기를 거쳐 아이라는 연약한 가지로 이어진다. 그러므로 개인사적 슬픔은 3대로 이어져온 슬픔의 집적이다.

시인 노미영은 1995년 등단 이후 7년 만에 첫 시집 『일년 만에 쓴 시』(2002)를 상재한 바 있다. 다시 13년만에 두 번째 시집이 빛을 본다. 등단 20년에 두 권의 시집이라니 요즘 시집 발간 풍토에 어울리지 않는 과작(寡作)의 시인이다. 그 양적인 적음은 질적인 수준을 제고하는 시간의 단련을 보여준다. 그녀는 첫 시집의 〈시인의 말〉에서 "떠듬떠듬 흘리던 말들"을 '종이 새장'에 담아낸다. 그때 서늘한 감각 속에서 자신이 써왔던 시만큼 삶을 "살아내야 한다"라는 당위가 강조된다. 그리하여 자신을 들볶으면서 "시와 삶 사이"의 "균열을 막"기 위해 "말의 장력"이 시인의 "발꿈치를 붙들" 때면 "사랑의 방언"을 쏟아내고 싶다고 다짐한 바 있다. 그러므로 두 번째 시집에서 주목해야 하는 것은 시인이 서늘한 감각으로 시와 삶의 균열적 부조화를 극복하고, 말의 장력과 인력의 활용 속에 어떻게 사랑의 방언을 변주하고 있는지였을지도 모른다.

첫 시집에서 시인은 "대박을 꿈꾸는 시에 퍼붓는 신랄한 야유"(최영철)를 다소 장황하게 정제되지 않은 날것의 감각으로 펼쳐놓았다. 이를테면 표제작인 「일 년 만에 쓴 시」는 사회생활 1년 만에 시를 쓰면서 일상인의 생활감각과 시인의 자의식 사이의 괴리감을 고백한다. 그리하여 시가 "글자와 글자 사이에 끼여 있는 / 기름기 같은 불륜을 닦아내"거나 "사람과 사람 사이 불륜을 / 떨어"내는 작업임을 기록한다. 결국 시인은 『슬픔이여 안녕』이라는 프랑수아즈 사강의 성장소설 제목처럼 한국식 성장통 버전으로 "불륜이여, 안녕 / 기름기여, 안녕"이라고 자신의 염결의식을 고백한다. 시인은 사람 관계에서 발생되는 장애물적 상황을 '불륜과 기름기'로 요약하고, 그것을 '시'로서 넘어서고자 시도했던 것이다.

첫 시집의 기본 정조는 "라멘타빌레(슬픈 듯이)"에 있었다. '슬픔' 자체가 아니라 '슬픈 듯' 자신의 20대를 들여다보았던 것이 핵심이다. 즉 "바삭바삭해진 슬픔"과 "버석버석한 슬픔" 속에서 "마음의 조산대"(「이십 대」)에 오른 일상적 슬픔의 추상성이 그 핵심을 장악하고 있었다. 그리하여 "말들에게 가벼운 신발을 신겨" "슬픈 시는 이제 그만"(「신나는 시」) 쓰고자 한다. 그러나 공교롭게도 두 번째 시집에 이르러 더욱 치열하고 절실하게 '새로운 슬픔'을 노래하게 된다.

두 번째 시집의 핵심적 정조는 〈시인의 말〉에서 드러나듯 '슬픔'이다. 시인에게 시는 '헐벗음'과 '바닥의 아득함' 속에서 찾아온다. 가장 낮고 누추한 곳에서 샘물이 고여오듯 시가 도래하는 것이다. 그리고 그때 자신에게 다가온 "어두운 것들"을 채집하여 기록한 내용이 이번 시집이다. 하지만 이제 이 시집에서 풀어낸 '어둠의 기운'이 다른 '어두운 존재들'에게로 건너가 시인의 폐쇄적 고립감을 뚫고 '교감 어린 위안'이 되기를 시인은 고대한다. 그러므로 시인이 진정으로 고대하는 위안은 '슬픔의 슬픔' 속으로 침잠해 들어가 다른 슬픔들을 향한 입과 귀가 되어 다시 공명하는 것이다. 이제 그 슬픔과 물과 침묵과 아이의 통증에서 길어낸 구체적 무늬를 만날 때다.

2. 다면체적 슬픔

『슬픔은 귀가 없다』의 핵심 정조는 '슬픔'이다. 온통 '슬픔'으로 채워진 이 시집은 '슬픔의 뿌리'를 탐문한다. 이때 시인의 슬픔은 "네 번째 슬픔"이다. 왜냐하면 "꿈 너머의 나에게나 털어놓을 수 있는 슬픔"(「네 번째 슬픔」)이기 때문이다. 그렇다면 첫 번째부터 세 번째까지의 슬픔은 무엇인가? 그것은 아마도 아비로부터의 슬픔, 남편으로부터의 슬픔, 아이로부터의 슬픔일 것이다. "좀처럼 수납되지 않는" 시인의 '네 번째 슬픔'은 "혈관종 같은 악몽"으로 새벽을 엄습해온다. 시인은 영혼이 있는 '35년 이상된 핑크 토끼 인형'에게 197일 동안 "멈추지 않는 두통" 이야기와 "더 이상 링거 바늘을 꽂을 데가 없는 아이의 왼쪽 팔뚝" 이야기를 전한다. 타인에게 발설할 수 없는 통증이기에 자신의 인형에게만 이야기할 수밖에 없는 것이다. 특히 이때 자신의 슬픔들이 "각설탕처럼 뾰족했다"면서 위악적인 제스처로 자신의 '거들먹거림'을 고백한다. 하지만 사실은 거들먹거리는 게 아니다. 아픈 독백을 위악조의 '거들먹거림'으로 변주함으로써 시인은 자신의 슬픔을 감내해내고 있는 것이다. 시인에게는 '신경증, 강박증'이 내면화되어 있고, '시간과 햇살'이 갈급했던 시인은 자신을 "망가뜨린 아비를 용서할 수" 없음에도 불구하고, 용서를 위해 "묵주 알을 굴"린다. 이렇듯 시인의 슬픔의 기저에는 "나를 왜 낳았느냐"는 존재론적 질문이 자리한다. 존재의 기원을 향한 저 질문은 남편과 아이를 거쳐 '다섯 번째 슬픔'으로 서수(序數)화되어 시인의 자녀에게도 유사하게 가 닿을지도 모른다. 이렇듯 존재의 기원에 대한 질문은 지금 여기에서의 존재의 의미에 대한 반문이기에 뜨거울 수밖에 없으며, 그러므로 "열대야 같은 슬픔"의 질문이 된다.

서수화된 네 번째 슬픔을 앓고 있는 시인은 "커피로밖에 위로받지 못"한다. 그리하여 "에스프레소 머신 바닥에 들러붙어 있는 슬픔"(「레시피」)을 응시하며 "달달한 슬픔"을 상상한다. 이때 시인은 생이 제공하는 '희로애락의 간극' 속에서 바닐라 시럽을 넣어 말개진 슬픔을 만나고 싶어 한다. 하지만 '인생의 슬픔'은 '시럽'으로 말개지거나 달달해지지 않는다. 시인에게 슬픔은 '에스프레소 머신'이라는 기계의 힘을 빌려야 겨우 조제된다. 기계에서 '슬픔'을 추출한 이후 "데워진 우유의 훈김"은 빠져나가지만, "서러움에게 틈"을 내준 뒤 "우유는 정제된 슬픔과 한몸이 된다." 이때 한몸이 된 '정제(整齊)된 슬픔으로서의 우유'는 "희로애락의 보잘것없는 간극"을 떠올리게 한다. 그리하여 시인의 슬픔은 "에스프레소 머신 바닥에 들러붙어 있는" 따개비 같은 '슬픔'이 된다. 희로애락을 매개하면서도 가슴 속 깊이 커피 앙금처럼 남아 있는 잉여적 감정이 시인의 슬픔인 것이다.

시인에게 '슬픔'은 "다면체"(「처럼」)적 속성을 지니고 있다. 그리하여 "널브러지는 블록 조각들"이나 "솟구치는 맨홀 뚜껑"이나 '수시로 늘어나는 인대'처럼 "완강한 불행"으로 인식된다. '불행이 존함'이 된 시인은 "슬픔이라는 그늘" 아래에 그늘막을 쳐보기도 하지만, 비릿하게 "접다 만 색종이처럼 / 시계탑에 갇혀" 지낸다. 불행이라는 이름을 가진 시인은 '슬픔'에 깊이 침윤(浸潤)되어 있는 것이다.

표제작인 「슬픔은 귀가 없다」는 '슬픔'이라는 감각의 실체를 보여준다.

슬픔은 귀가 없다 / 귀가 없어 울음은 짧지만 다짜고짜 들이덤벼 / 주위엔 아무도 얼씬하지 않는다 / 이 고독은 징징거리는 아우성이다 아가의 발버둥이다 / 후려치면 손가락 마디에 피멍이 들고 / 아침에 일어나면 손가락 관절이 뻣뻣하다 / 만성 염증이라 항생제에서 빠져나올 수 없고 / 여름엔 가려워서 긁다가 딱지가 앉는다 // 없는 귀를 만들어 달아도 고독은 완강하다 / 번역이 안 되는 문장들이 발뒤꿈치를 잡는다 / 두 바퀴 반 돌아야 할 달팽이관이 한 바퀴만 돌아서 / 슬픔은 오늘도 귀를 잡고 토끼뜀을 뛴다 // 낼 수 있는 소리는 콧소리뿐이라 / 사물은 콧김으로 익히고 단맛으로 고독을 달랜다 / 자신을 몰라주면 슬픔은 장난감 트럭을 집어던지고 / 마룻바닥이 패일 때마다 엉덩이를 한 대 맞은 다음 / 캐러멜을 하나 얻어먹고 나서야 잠깐 조용해진다 / 귀가 없으니 자꾸 이빨만 썩는다 / 그 고독을 달래려면 사탕수수 줄기밖에 길이 없다 / 도넛 같은 고독에 갇혀 그는 파란 색연필로 동그라미만 자꾸 그린다 // 슬픔은 그렇게 완벽한 구球다 / 햇살이 통과하지 않는 입체를 굴리며 그는 해시시 웃는다 / 가장 좋아하는 놀이는 공놀이, / 혼자서도 신나게 가지고 놀 수 있기 때문이다 / 그래도 웃음만은 어째 길어 햇살, 햇살, 낭랑하게 웃는다 // 귀가 하나뿐인 짐승은 없어 / 슬픔은 늘 두 배로 흘러넘치고 / 식구들이 둘러앉는 식탁에는 / 미역 줄기 시금치 잎사귀 눌어붙어 / 나머지 귀가 자라기를 하얗게 염원하

고 있다

　- 「슬픔은 귀가 없다」 전문

　시인에 의하면 "슬픔은 귀가 없다".(「슬픔은 귀가 없다」) '귀가 없는 슬픔'은 세상의 소리를 들을 수가 없다. 그러므로 귀가 없고 들을 수 없는 존재에게 말을 건네거나 붙이려고 가까이 가려는 사람은 거의 없을 것이다. 자연스레 "주위엔 아무도 얼씬"대지 않을 수밖에 없다. 하지만 '슬픔의 고독'은 "징징거리는 아우성"이자 "아가의 발버둥"에 해당한다. 타인과 세상을 향해 소통하고자 하는 몸짓의 일종이기 때문이다. 이때 '고독'은 불행처럼 '완강'하고, '슬픔'이 "낼 수 있는 소리는 콧소리뿐"이다. 슬픔은 '콧김'의 감각으로 사물을 감지하고 '단맛의 미각'으로 '고독'을 다스린다. "도넛 같은 고독에 갇혀" "완벽한 구(球)"가 된 슬픔은 "혼자서도 신나게" 공놀이를 즐기며, "햇살, 햇살, 낭랑하게 웃"는다. 하지만 두 귀가 없는 '슬픔'은 "늘 두 배로 흘러넘치"며 "나머지 귀가 자라기를 하얗게 염원"해 보지만, 응답이 없다. 집 안을 가득 채우고 있는 것은 '귀가 없는 아이'로 인해 발생된 슬픔의 정조뿐인 것이다.

　시인의 일상 역시 온통 '슬픔'이 장악하고 있다. 비오는 풍경을 보면서도 "스타카토로 튀어오르"는 슬픔을 보며, "민트색 슬픔이 찰랑거리는 아침"(「빗방울 행진곡」)을 맞이하고, "타악기로 시작된 슬픔" 속에서 시인의 "질척거리는 생(生)은 영 닦이지 않"는다. 악다구니 같은 마지막 악장까지 배수구가 없는 '빗방울 행진곡'을 시인은 보고 듣고 있는 것이다. 하지만 시인은 빗소리가 "들리지 않아서" "빗소리를 만"질 수밖에 없는 아이의 엄마다. 청각의 부재로 촉각이 예민해진 아이는 시인의 '슬픔의 수원(水源)'인 셈이다. 그러므로 "슬픔이 뭉텅이로 옷장에서 쏟아져 내"리지만, 시인에게 "슬픔은 무중력

상태"(「비이」)로 체감된다. 시인은 새벽에 빗소리가 자신을 구원해주길 바라지만, 그것이 가능하지 않음을 알고 있다. 그래서 "고막이 찢겨 나가는 슬픔"의 소리를 듣고, 빗소리를 들으며 "소독용 에탄올처럼 슬픔이 표백되"기를 고대한다. 하지만 요령부득일 뿐이다.

시인은 "슬픔을 반복 학습해 우등생이 된 기계"(「연관검색어」)처럼 "강박의 압통점"을 지닌 존재다. "황혼이 거처"인 시인의 슬픔은 "썩지 않"(「환시(幻視)」)으며, "슬픔의 육수를 끓이"면 "아름다운 슬픔"이 "잇꽃빛 환멸과 함께" 빚어진다. 하지만 슬픔은 생명체가 아니기에 "염색체가 없"(「물의 잠」)다. 그럼에도 불구하고 시인은 슬픔에게 "생물 세포의 핵 속에 있는 DNA를 주성분으로 하는 자기증식성의 소체(小體)"인 염색체를 기대한다. 모든 존재태는 생장소멸의 과정을 순환하기 때문에 슬픔 역시도 그 순환 속에서 사라지기를 바라는 것이다. 염색체가 없는 슬픔에 염색체가 형성되기를 바라는 시인은 "바닷바람을 희롱하다가"도 "슬픔에게 혈관을 내"(「더 낡은 시계」)준다. 시인의 혈관을 차지한 슬픔이 혈액순환의 윤활유로 기능하여 생을 이어갈 수 있는 동력으로 자리하기를 바라는 것이다.

시인의 슬픔은 이렇듯 네 번째 온 슬픔이며 다면체로 구성되어 있다. 그리하여 다기다양한 존재태로 변이되는 슬픔은 시인의 일상을 장악한 채 범람하고 있다. 그 속에서 시인은 아이의 엄마로서 슬픔이 제공하는 세상의 소리에 귀를 기울이면서 간간이 겨우겨우 버텨낸다. 그래야 가족의 삶이 이어질 수 있기 때문이다. 엄마는 슬픔의 범람 속에서도 생을 견뎌야 하는 인고의 존재인 것이다.

3. 젖어 있는 슬픔

'다면체성'을 소유한 노미영 시인의 슬픔은 젖어 있다. 슬픔이라는 물기에 촉촉이 적셔진 시인은 물기를 제거하고 싶지만 그것이 그리 간단히 해소될 일이 아니다. 슬픔의 생은 축축한 습기를 항상적으로 내장하고 있기 때문이다. 시인은 "물려줄 수 있는 게 슬픔밖에 없어서" "매일 슬픔을 꺼내 뒤란에 말린다."(「물의 가족」) 하지만 햇살 앞에서 슬픔은 "텁수룩해지기만 하"고, 아이들은 "눈물을 끼니 삼아" 자랄 뿐이다. 슬픔을 건조하려는 어미와 눈물로 끼니를 잇는 아이들의 눈물 겨운 일상은 이 가정의 습도가 항상적으로 높아 있음을 보여준다. 그때 시인은 "남매의 덧난 영혼을 기우며" "마음의 서까래를 여미"는 어미이다. 어미로서의 시인에게 "지상에서 가장 낮은 소리는 창자가 우는 소리다."(「물의 길」) 그 창자로부터의 울음소리가 과거를 세척하기 위해 슬픔의 심연에서 끓고 있기 때문이다. 아비로부터 내상을 입은 시인은 "어머니의 가슴에 각질들을 게워내"면서 "아슴푸레한 물"이 되고, 그 물들이 모여 "신물의 역사"(「물의 역사」)를 구성한다. 시인은 신물로 물기에 젖은 자신의 역사를 견뎌온 것이다.

'물의 역사'를 내장한 시인에게 "슬픔과 물은 한몸이다".(「부레옥잠의 말」) 「레시피」에서 우유와 한몸이었던 슬픔은 이제 '물'과 한몸이 된다. 슬픔은 수분을 내장한 시인의 기억과 시간의 다면체로서 시인의 내부와 외면을 넘나들며 다양한 존재태로 자신의 몸을 변화한다. 하지만 물이 된 '슬픔의 몸'은 '빛깔과 향기와 맛'이 부재하다.

　　슬픔과 물은 한몸이다 / 빛깔이 없고 향기가 없고 맛이 없는 몸 /
　　휘몰아치면 하늘과 땅을 호령하는 것도, / 오래 고여 있다 보면 시큼쏩

쓸해지는 것도, // 입술이 부르튼 슬픔이 강둑에 앉아 / 잠시 목을 축인다 / 목이 마르다 / 닻도 키도 필요 없는 이 여행 // 얼굴을 알아볼 수 없는 부유물들에게 / 속내를 털어놓으며 흐르다 보면 / 밑창은 저하늘 멀리 물고기자리까지 흔들어 / 보이지 않는 것끼리, 어두운 것끼리 / 마음 포개고 숨을 고르면 / 부르르 떠오르는 영혼의 떡잎들 // 영혼에게도 우산은 필요하다 / 불어나는 슬픔을 걸러낼 수 없어 / 멍울처럼 퍼져 터지는 꽃잎들의 계이름을 받아쓰다 보면 / 향기로운 불행의 뒤태가 만져질 것 같아 / 물은 오늘도 헝클어진 머리칼을 빗고 또 빗으며 / 백야(白夜) 같은 슬픔의 뿌리들에게 입을 맞춘다

    – 「부레옥잠의 말」 전문

    물과 한몸이 되어 "입술이 부르튼 슬픔"은 강둑에 앉아 목을 축이지만 항상 "목이 마르다". "얼굴을 알아볼 수 없는 부유물들" 사이로 흐르는 '슬픔의 여정'은 "보이지 않는 것"과 "어두운 것" 들의 마음을 포개어 "영혼의 떡잎들"을 수면 위로 떠오르게 한다. 이때 "불어나는 슬픔" 속에서 시인은 "향기로운 불행의 뒤태"를 만지고, 물은 "슬픔의 뿌리들에게 입을 맞추"(「부레옥잠의 말」)며 한몸이 된다.

    물에 젖은 슬픔을 내장한 시인이 보기에 "물에도 표정이 있다".(「물의 표정」) 물의 표정은 추상적 시간과 함께 시인의 개인사적 시간을 함께 비춰준다. 그러므로 시인은 임진강물을 따라가며 웃음을 회복한다. "저 강물도 물푸레나무 같은 햇살이 그리웠기" 때문에 "햇살을 따라다니며 그니의 발바닥을 간지럽히는 것"으로 느껴지는 것이다. 햇살과 함께 할 때 강물은 "웃으며 반짝거리"면서 "내처 바다의 울음주머니 쪽으로" 흘러든다. "강바닥에서 시간의 시신을 수습한" 시인은 "햇살의 더께를 떨어내며" "잘 마른 웃음"을 웃는다. 이

때의 웃음은 울음의 반대편에 존재하는 웃음이 아니다. 이 웃음 역시 '슬픔'을 내장하고 있기 때문에 다시 '슬픔'이라는 수분으로 젖어들 "잘 마른 웃음"일 수밖에 없다. 말림과 젖어듦 사이에서 시인은 이렇게 간간이 혹은 자주 '말려진 웃음'을 웃어야 한다. 그래야 슬픔을 내장한 채 강물과 햇살을 따라 흘러갈 수 있는 동력을 확보할 수 있기 때문이다.

시인은 "물의 껍데기들"(「소금 박물관」)이 말라붙어 간간해진 "부르튼 영혼들"을 염전에서 만난다. 시인에게 염전은 "물이 제 할 말을 자꾸 삼키다"가 "허연 뼈가 천지(天地)에 드러나는" 공간으로 인식된다. 시인 역시 그렇게 자신의 내면에 또아리를 튼 채 부르터 있는 상처투성이의 영혼들을 말리면, '스님들의 사리'처럼 영롱한 '슬픔의 뼈'를 드러낼 수 있을지 모르기 때문이다. 시인은 "비도 휘발한다는 것을 아는"(「테러리스트」) 존재다. 하지만 빗줄기들은 "영혼의 동맥을 옥죄는" 위험한 존재들이어서 결코 "화해할 수 없다." 빗속에서 시인의 슬픔은 빗줄기의 공습으로 인해 테러를 당한다. 예기치 못한 빗줄기의 테러로 희생양이 된 시인은 비와 화해하지 못한 채 비를 매개로 슬픔을 호명할 수밖에 없는 것이다.

시인은 "꿈에서 꿈으로 휘어진" "빛의 고샅길"을 걸으며 "소나기의 식어가는 뒤꿈치에 하늘 언저리를 슬쩍 시침질"하고자 한다. 왜냐하면 그것만이 "희망이라는 산란(産卵)" 속에서 "물의 발화(發火)를 채집"(「물의 꽃」)하여 슬픔 속에서도 삶의 희망을 견인하는 방식이기 때문이다. 시인은 물이 불처럼 발화하여 증발되는 '물과 불의 역동적 만남'을 응시하면서 "빛이 슬어놓은 알을 서리하러 / 한 번도 만진 적 없는 희망의 흰자위를 밟으러 가"기 위해 이번 시집을 발간한 것이다. 소나기와 햇빛이 만나 만들어낸 '물의 발화(發火)'가 시인의 '발화(發話)'로 시화(詩化)되어 새로운 슬픔의 존재태로 '발화(發花)'

되면서 지극한 슬픔을 견뎌낼 내공을 제공하는 것이다.

4. 침묵의 소리

청각 혹은 청각 상실에 대해 예민한 감수성을 내장한 시인은 침묵의 세계를 의미화하는 데에 심혈을 기울인다. 그리하여 시인은 침묵으로 세계를 응시한다. 이때 시인에게 침묵은 '소리'이자 '무늬'이다. 아니 '소리의 결여태'로서의 '무늬'이자, '무늬의 결여태'로서의 '소리'이다. 시인에게 '침묵'은 "사람이 사람을 할퀼 때 나는 소리"(「무늬」)에 해당하기 때문이다. 침묵에는 상처를 내포한 소리의 결이 숨겨 있는 것이다.

> 사람이 사람을 할퀼 때 나는 소리는 침묵이다. 침묵에도 결이 있으니. 사방연속 문양 침묵은 말의 입자까지 살라내는 모래주머니. 약속도 떨림도 산화시키는 침묵의 온도를 아는가. 침묵의 비등점에서 내가 만난 것은 달디단 환멸. 사랑은 가끔 발음을 해주어야 샛별이 된다. 빗꽃살 침묵으로는 싯푸른 강물을 건널 수 없었는가. 내가 꿈꾸던 식물은 귀울음처럼 모래톱에 없다. // 지상에서 가장 뜨거운 음악은 침묵이다. 당신의 음표를 시창(視唱)하지 못했던 근육들은 전류가 스며들어야 말랑해졌으니. 인동당초문 침묵을 만들자. 잇꽃으로 물을 들이자. 가붓한 하늘에 당신의 불경(不敬)한 노래도 내걸면, 매미가 날개를 비비댈 시간은 오는가. 침묵의 배꼽은 어느 소행성과 맞닿아 있나. 나는 그 별의 이름을 묻고 싶다.
> ─「무늬」전문

시인에게 '침묵'은 "사람이 사람을 할퀴"는 소리로 인식된다. 하지만 그 소리는 묵음으로 들려오므로 침묵으로 받아들여지고, 침묵은 "말의 입자"를 살라낼 정도로 강력한 결을 지니고 있다. "약속도 떨림도 산화시키는 침묵의 온도"를 아는 시인은 "침묵의 비등점에서" "달디단 환멸"을 만난다. 약속과 떨림을 증발시켜버리는 '시인의 침묵'은 상처와 환멸 사이를 길항하는 것이다. 침묵을 '사람의 할퀴는 소리'로 인식하던 시인은 2연에서는 "지상에서 가장 뜨거운 음악"으로 침묵을 인식한다. 하지만 '부를 수 없는 음표'와 '불경할 수밖에 없는 노래'를 소유한 당신이라는 침묵은 '사랑스런 샛별'처럼 "어느 소행성"을 호출하게 한다. 시인에게는 "침묵의 배꼽"이 맞닿아 있는 익명의 소행성이 궁금한 것이다. 거기에는 소리가 사랑으로 빛나면서 샛별로 자리할지도 모르기 때문이다.

시인에게 '침묵'은 실상 "영혼을 납땜"(「뼈인두를 달구다」)하기 위해 필요한 도구다. "고요 앞에서" 시인은 "슬픔의 뚜껑을 열"고 "피떡을 제거"한 뒤 "쭈글쭈글해진 영혼을 인두로 다려야 한다". 자신의 영혼이 "주름이 패이"고, "금이 간" 상처를 내장하고 있기 때문이다. 흉터로 얼룩진 시인의 영혼은 "햇살을 경배"하고자 하지만, "숨이 죽은 영혼"은 '경배의 용기'를 소유하지 못하고 있다. 상처받은 슬픔의 무게가 영혼을 잠식하고 있기 때문이다.

시인은 "실어증에 걸려 나부"(「사시나무 숲」)끼는 이파리들처럼 사시나무가 "난만(爛漫)한 침묵" 속에 "바람의 지문(指紋)을 빌려" 전하려는 언어를 듣고자 한다. 하지만 "저 선명한 침묵의 배경에 기대"어 만나는 장면은 "울컥하고 부활하는 악몽들"에 불과하다. 그러므로 시인은 '흥건하게 푸른 나무의 세계'에서 "근육 없는 심장"의 소유자가 된다. 고요한 숲에서 바람이 전하는 침묵의 언어가 소리없는 악몽을 환기하고 있는 것이다. 하지만 침묵이 항상 공포와 두려

움을 제공하는 것은 아니다. 즉 침묵의 공간에서 악몽을 만났음에
도 불구하고 시인에게 임진강에서 철책 위로 흘러내릴 때 만난 "끈
끈한 침묵"은 "시간의 시신을 수습"하면서 시인으로 하여금 "잘 마
른 웃음"(「물의 표정」)의 표정을 짓게도 만든다. 침묵은 외부를 응시
하며 내면에서 우러나는 소리의 무늬가 되어 시인의 영혼을 사유하
는 도구적 형식인 셈이다.

5. 강철 엄마의 바람

귀가 없는 슬픔과 영혼을 침식하는 침묵에 길들여진 시인은 어미
다. 그리고 슬픔에 대한 모든 발화(=發火+發花+發話)의 기점은 아이
다. 그러므로 시인은 이제 와서 "어미가 된다는 것은 사치였다"(「귀
환」)라고 고백한다. 어미되기가 사치라는 고백은 어미라는 존재의
고난과 시련을 압축적으로 보여준다. 어미로서 "불쏘시개 같은 희
망"에 기대보기도 하지만, 눈이 모여드는 바닥에는 기대와는 달리
"슬픔이 저렇게 인기척 없이 쌓"여만 간다. 어미가 된 이후 시인은
폭설 같은 슬픔의 누적을 확인하는 것이다. 시인에게 "지상에 깃든
슬픔들은 피붙이를 엉겨 안으며 자라"는 것으로 인식된다. 가족이
슬픔을 함께 부둥켜 안고 극복의 노력을 게을리하지 않아야 하기
때문이다. 그러므로 슬픔이 진눈깨비처럼 녹아내리기만 한다면 "어
미들은 맨발로 겨울 강 물결 위에서 춤"출 수도 있다. 그만큼 슬픔이
집적되지 않고 자연스레 녹아내려 사라지기를 어미로서의 시인은
간절히 기구(祈求)하고 있는 것이다.

시인은 자연물(별, 눈사람, 달무리, 물안개, 물 종류)이 가져가버
린 "내 아이"(「수소문」)의 '달팽이관, 머리카락, 대뇌동맥, 망막시세

포, 청각 유모세포, 새끼손가락 마디, 척수, 치아, 측두엽'을 찾는다. 하지만 그것은 결코 찾아지지 않는다. 이미 부실하거나 상실된 기관들이기 때문이다. 빗소리를 들으면서 시인은 "소리에서 향기가 났으면 좋겠다"(「비이」)라고 생각한다. 왜냐하면 빗소리를 들을 수가 없어 "빗소리를 만지"는 아이로 인해 "슬픔이 뭉텅이로" 쏟아져 내리기 때문이다. 하지만 '무중력상태의 슬픔'에 둘러싸여 "더 이상 가닿을 데가 없는 이 새벽에"라도 아이가 "비이, 라고 말해"준다면, "옷수숫대처럼 웃"을 수 있는 존재가 바로 엄마다.

시인의 아이들은 "온기가 남아 있는 희망"을 만지고 싶어 "첫새벽을 동동거리"며, 어미를 향해 "무조건 내가 죽는 날까지 살아 있어야"(「물의 가족」) 한다고 호소하는 존재로 그려진다. 하지만 시인의 영혼은 "얼룩이 져"(「영혼 접골원」) 있으며, "측만증에 걸"려 있어 "영혼의 흉추"를 제대로 맞추기 위해서는 '영혼 접골원'에 가야 할 정도로 심신이 허약해져 있다. 더구나 시인은 스스로를 "국적이 가벼워"(「무소속」) "무정형의 물질"이 되어, "헛헛한 허기"로 세상을 떠돌아 다니는 '무채색의 존재'로 규정한다. 슬픔 속에서 심신이 피폐해진 채로 영혼을 접골해야 할 만큼 허기로운 무채색의 존재가 바로 '어미 시인'인 것이다.

그러나 그럼에도 불구하고 시인이 볼 때 "세상의 모든 엄마들은 밤참으로 쇠붙이를 뜯어먹"(「강철 엄마」)을 정도로 단단한 존재들이다. 그래야 비로소 가족을 건사할 수 있기 때문이다.

세상의 모든 엄마들은 밤참으로 쇠붙이를 뜯어먹는다 그래야 단단해지기 때문이다 금속의 함량이 높아질수록 쇳소리도 핏대도 높아진다 허리가 아플 때는 알루미늄, 어깨가 아플 때는 구리, 손목이 아플 때는 양은을 씹어 먹으며 물을 삼킨다 걸을 때마다 찰랑찰랑 함석들은

반짝거리고 마이너스 통장 잔액도 후드득거린다 아침엔 밥은 못 먹어
도 커피는 꼭 챙겨 마셔야 한다 원두 알이 없었다면 세상은 더더욱 검
붉었을 것이다 손가락 끝마디 안쪽에 있던 무늬들은 다진마늘이 모두
가져가고 유일하게 쉬는 시간은 잠자는 시간이나 그마저 귀뚜라미에게
내준 채 형상기억합금이 되어가는 엄마 아플 수 있는 시간도 없고 눈
물 흘릴 시간에도 쫓기는 여자 드라마가 자신을 구원해준다고 믿어버
리는 세상을 몽땅 숫자로 번역해버리는 주술사 백일기도 악다구니 프
라이팬 같은 엉덩이 닭발을 우려낸 물로 무릎 관절을 충전하며 이 땅
의 엄마들은 거룩한 반도체가 되어간다
  「강철 엄마」 전문

"밤참으로 쇠붙이를 뜯어먹는" 엄마들은 단단하다. 엄마들은 쇳
소리를 내면서 핏대를 높이지만, '알루미늄이나 구리, 양은' 등의 함
석을 "씹어 먹으며" 살아간다. 허리, 어깨, 손목의 통증 속에서도 생
을 견뎌내고 있는 존재들인 것이다. "유일하게 쉬는 시간은 잠자는
시간"이지만, "형상기억합금이 되어가는 엄마"들은 '아플 시간'이나
"눈물 흘릴 시간"도 부족한 채로 자신의 몸을 낡아가게 만들면서 그
렇게 살아간다. 그러다가 결국 "거룩한 반도체"로 변이된다. 반도체
가 "전기가 잘 통하는 도체와 통하지 않는 부도체(절연체)의 중간적
인 성질을 나타내는 물질"이라는 점에서 '엄마 반도체'란 가족을 위
해 자신의 몸을 헌신적으로 사용하는 전도체이면서도 자신을 위해
서는 부도체처럼 절연하며 살아가는 존재를 이름하는 것이다.
  처음에 시인에게 '희망'이란 단어는 "살갗도 없는 이름"이자 "발이
빠진 허공"(「희와 시」)으로 파악된다. 단어의 내포가 비어 있었던 것
이다. 그럼에도 불구하고 시인은 시를 쓰면서 '희망'을 고대한다. 희
망의 '희'자는 "소리가 새"어 "바람이 빠지면서 자꾸만 시, 가 되는

하루"에서 만날 수 있기 때문이다. '희망과 시'에 대한 바람은 시인이 '늙은 후박나무'의 '늙은 입덧'을 상상하면서, "영혼이 건강한 나무는 어미의 손목을 후비며 자라"(「늙은 입덧」)난다는 사실을 깨닫는 부분으로 이어진다. '늙은 후박나무'를 통해 아이들이 어미의 통증과 슬픔을 숙주로 성장하는 존재임을 깨달은 것이다. 그러므로 이제 시인은 슬퍼도 슬픔에만 젖어 허덕일 수 없다. 샘터에 물이 고이듯 슬픔이 차올라도 그것이 자신을 통해 자라나는 '아이들 영혼의 건강성과 성장통'의 증표임을 체감하고 있기 때문이다.

6. 귀가 밝은 슬픔

노미영의 시는 귀가 밝다. 아이의 청각 상실이 역설적이게도 감각의 소중함을 일깨웠기 때문이다. 시인의 청각은 시각과 함께 고통스럽게 깨어 있다. 그리하여 볼 수 있으나 들을 수 없는 자식의 고통을 향해, 말할 수 없는 고통을 말해야 하는 슬픔을 토로한다. 하지만 그 감각의 통증을 날것으로 말할 수 없는 시인은 침묵의 세계를 응시하며 '슬픔의 발화자(發話者)'가 된다. 그리하여 자신의 시를 통해 내면 깊숙이 침잠되어 있던 아픔들을 슬프게 토로함으로써 '슬픔의 슬픔'을 치유하고자 한다. 시인의 시는 어떻게 말이 되어 귀가 없는 슬픔에 가 닿으려 하는가? 이것이 이번 시집의 핵심이다. 귀가 없는 슬픔의 현장에서 눈과 귀와 입의 역할을 하는 주술사가 바로 '어미 시인' 노미영이기 때문이다.

밤의 희망적 상징인 별과 달은 시인과 아이에게 양가성의 표상이 된다. 시인에게 '달님'은 아이의 "수호성인"(「달님 안녕」)이었다. 하지만 아이가 "고통이 은총"이라고 속삭인다는 사실은 시인이 "보름달을 떼어"낼 정도로 달이 가족의 수호물로서 제 역할을 온전히 담당하지 못했음을 기록하게 한다. 게다가 "별님이 좋아서" 아이를 '별'이라 불렀지만, '별님'은 아이의 "소리를 몽땅 가져가버"렸다. 그리하여 "엄마는 길을 잃고" 아이는 "소리를 잃"은 채, "한란(寒蘭)처럼" 하얗게 웃는다. 그런 아이를 보며 시인은 "하얀 물감으로 안 보이는 노래를 그려"준다. 아이의 청각 상실이 아름다운 자연물의 표상인 별과 달에 대한 기대 상실과 함께 어미의 인생 행로를 표백하고 어미와 아이를 슬픔의 미로 속으로 밀어넣은 것이다. 하지만 그럼에도 불구하고 결국 시인은 "희망이라는 산란" 속에서 "물의 발화를 채집"(「물의 꽃」)하기 위해 두 번째 시집을 발간한다. 이제 어둠 속 두더지들을 호명하면서 "슬픔을, 뿌리까지 갉아 먹어치우라"(「꽃들의 재활」)고 말할 정도로 슬픔을 극복하기 위해 노력하는 어미 시인인 것이다.

노미영 시인은 슬픔의 시인이다. 하지만 눈과 귀가 밝아, 슬픔의 늪에 함몰되지 않으며 타인의 어두운 슬픔을 잘 읽어내는 촉수를 지니고 있다. 그것은 아비로부터 아이에 이르는 3대의 구성이 선사한 예민한 감수성 때문이다. 슬픈 듯 시와 생 사이를 건너던 첫 시집에서의 노미영은 사라지고 없다. 이제 슬픔 속에서 슬픔을 끌어안고 슬픔을 응시하며 슬픔을 체화하는 슬픔의 시인이 되어 '슬픔의 슬픔'을 견뎌내는 '반도체 엄마'가 존재한다. '반도체 엄마'는 '귀가 없는 슬픔'을 응시하며 자신의 촉수를 벼리고 별러 슬픔의 슬픔을 변주한다. 이제 우리가 애틋하고 여리지만 따뜻하게 울려퍼지는 그 슬픔의 진정성을 마주하며 함께 공명할 차례다.

(시집 『슬픔은 귀가 없다』 해설, 2015)

2부

찰나적 영겁

■'찰나적 영겁'의 순간 포착, 시(詩)의 지문(指紋) 문지르기
— 이성수의 『눈 한 번 깜빡』론
■그로테스크 증후군, 세계를 앓는 유령작가 – 배옥주의 『The 빨강』론
■두근거리는 생의 서성거림, 연옥에서 꿈꾸는 봄밤의 향기
— 황동규의 『연옥의 봄』론
■자의식의 풍경과 가난의 추억을 곱씹다
– 신영연의 『안녕이 저만치 걸어가네』와 성백술의 『복숭아나무를 심다』론

'찰나적 영겁'의 순간 포착,
시(詩)의 지문(指紋) 문지르기

─ 이성수의 『눈 한 번 껌빡』론

1. 봄날을 추억하는 쓸쓸함

이성수는 봄날의 생을 추억하는 쓸쓸함의 시인이다. 그 쓸쓸함은 자신을 둘러싼 타인과 세계를 차분하게 읽어내면서 발생하고 그 의미를 내면화하는 과정에서 삶의 비애로 전이된다. 청춘의 시절을 지나온 중년의 남성이 세상의 풍경을 마주하면서 자신의 생을 복기할 때 감지되는 정서가 바로 우울감이다. 하지만 우울감은 자신과 세계를 깊고 그윽하게 바라보는 동력이 되기도 한다. 이성수에게 생은 우울과 슬픔의 길항 속에 길어올려지는 '찰나적 영겁'의 순간 포착으로 누적되는 것이다.

이성수 시인의 『눈 한 번 껌빡』(2022)은 두 번째 시집이다. 1991년 『시와 시학』으로 등단한 이후 13년 만에 첫 번째 시집 『그대에게 가는 길을 잃다, 추억처럼』(2004)을 상재하고, 다시 무려 18년 만에 출간한 시집이다. 시인은 첫 시집에서 "슬픔을 미끼로 / 낚아 올린 삶"(「내 삶을 탁 내리칠」)을 응시하며 "무덤 속에 먼지만 가득"(「거울 속의 방-실업 그날의 일기4」)한 생 속에서도 "용접봉 하나로 /

사랑을 깁고 있는 사람들"(「용접봉」)을 지켜보며 자신의 일상적 삶과 사랑에 대한 인식을 시적으로 육화한 바 있다. 시인의 시선이 '타인의 얼굴(레비나스)'을 거쳐 자신을 읽어내며 슬픔과 사랑의 무늬로 생을 빚어내고 있었던 것이다.

과작(寡作)의 시인은 이번 시집의 〈시인의 말〉에서 "시를 이 세상에 밀어넣고 / 지문 다 지워질 정도로 / 오랫동안 문질렀다"는 말을 전한다. 시에 대한 사랑이 '시(詩)를 향한 지문(指紋)'을 지워낼 정도의 행위를 수반했으니, "이만큼 사랑하면 되지 않나?"라고 반문할 만하다. 하지만 '시마(詩魔)'에 들어본 사람이면 '시애(詩愛)'의 통증이 지닌 중독성을 감히 알 일이다. '지독한 시의 사랑'은 시의 질적 완성도를 높여가며 결국 이번 생의 끝까지 지속될 일이기 때문이다. 모르긴 몰라도 '눈 한 번 깜빡'하는 사이에 시인의 시와 생은 서로를 마주보며 '지문 같은 사랑'으로 함께 흘러갈 것이다.

2. 삶을 성찰케 하는 일상의 무늬

시인은 일상의 공간에서 마주한 다양한 표정들에서 시적 진실을 발굴해낸다. 뒷간이나 스님과의 대화, 조카의 그림과 중화반점, 고등어 뼈와 고양이 등을 바라보면서 시인은 일상의 순간을 포착하여 자신의 감각을 풀어낸다.

먼저 뒷간을 사유하는 「반가사유상」에서 시인은 화장실에서 용무를 마친 뒤 뒤처리를 하기 위해 거울을 보다 자신의 자세를 생각하며 '묵언 수행'의 느낌을 받는다. 하지만 곧이어 "근심과 번뇌의 경계를 넘"어 자세가 흐트러지면서 일상적인 세속인의 자세로 돌아온다. 「하기야 동백꽃도」에서도 행자 스님이 '사진을 찍는 사진사'인지

물으면서 "좋은 직업 가지셨네요"라고 질문하자 긴장이 된 시인은 "스님만 하겠습니까"라며 농반 진반으로 자신의 직업에 대해 회의섞인 대답을 한다. 하지만 돌아온 대답으로 "절집도 힘들어요"라는 행자스님의 말에 "화두가 뚝" 떨어진 듯한 경직성 속에 "봄이 오는 것도 힘들"게 느껴지며 '봄의 고뇌'에 젖어들게 된다. 뒷간에서든 스님과의 대화에서든 시인은 찰나적으로나마 인생의 고뇌 섞인 진실을 깨달아가는 일종의 수행자가 되는 셈이다.

「삶은 종잇조각」에서는 초등학교 3학년 조카 아이가 스케치북에 '삶'이라는 글자를 총천연색 크레파스 색깔로 칠하는 모습을 보면서 시인은 "깊이도 알 수 없는 글자를 천연색으로 새기고 있는" 모습을 '장난'인 듯 바라보지만, 아이가 스케치북을 찢어서 구겨버리자 때로 인생은 '장난인 듯 아닌 듯' "바람에 굴러가"는 것임을 깨닫게 된다. 배 고파서 들렀을 중화반점에서는 "곱빼기의 슬픔"을 상상하기도 한다. 「멀고 먼 중화반점」에서 시인은 "아주 먼 고장"의 짜장면을 먹고 싶어 하는데, "보통을 시켜도 곱빼기의 슬픔 두 배를 더 주는 거기"이기 때문이다. 그곳에서 시인은 자신에게도 "양파 같은 시절이 있었다"는 사실을 확인하며 "왜 이렇게 까맣게 살아왔는지"를 되짚어보고 "까만 눈물"을 흘리며 생의 슬픔을 곱씹어보고 싶은 것이다.

고양이는 시인이 봄날을 응시하면서 마주치게 되는 대표적인 매개체에 해당한다. 「고양이의 봄날」은 봄날의 고양이와 함께 고등어의 삶과 죽음을 대비시켜 보면서 "이생의 봄날"이 지닌 참의미를 마주하는 절창이다.

고양이 옆에 대가리만 남아 있는 고등어가 누워 있다 / 바다에서도 어찌할 수 없었던 한세상 원죄 / 등 푸른 비린내를 털어내고 싶은 고등어 // 살은 욕망의 덤불이었을지 모른다 / 우두커니 뼈만 남아서 뱃속

까지 남은 비린내만 / 살의 그림자를 만드는 햇살 아래 // 세상에 남아
있는 / 그림자를 지우는 순간은 위대하다 // 비린내 나는 콧등까지 다
먹고 / 눈깔이 묻혀놓은 냄새까지 혓바닥으로 싹싹 핥아서 / 지상의
모든 흔적을 지우는 / 고양이의 식사는 얼마나 위대한 고행이냐 // 죽
어서도 남아 있는 비린내에 고등어는 얼마나 괴로웠을까 / 하루의 밥
벌이를 위한 밥그릇 깨끗이 핥아 내리는 고양이의, / 한 놈은 괴로움 내
주고 / 또 다른 놈은 괴로움 핥아주는 // 이생의 봄날이 / 고양이 등뼈
위에서 어슬렁어슬렁 걸어가고 / 꽃은 피려는지 / 목련 나무 아래로 날
이 저문다

  – 「고양이의 봄날」 전문

  시인은 1연에서 어느 봄날 포식자 고양이 옆에 주검으로 누워 있
는 고등어의 형해화된 사체를 바라본다. 그리고 2연에서 이제는 사
라진 '고등어의 살'이 사실은 "욕망의 덤불"에 불과했던 짐이었을 것
으로 짐작하며 '뼛속의 비린내'가 부재하는 "살의 그림자"를 빚어내
는 상상을 한다. 3연에서는 '그림자'까지 제거하는 햇살의 역능을 '위
대함'이라고 찬양하지만, 4연에서 보면 그 위대함이 실상은 햇살의
도움 아래 "지상의 모든 흔적"을 지워냈을 "고양이의 식사"가 만들어
낸 "위대한 고행"에서 비롯된 것이라고 적시한다. 5연에서는 죽은 자
신의 몸에 잔존하는 비린내에 괴로워했을 고등어의 속내를 짐작하
고 그 괴로움을 핥아준 존재가 고양이라고 상상하면서 포식자와 피
식자의 감각을 공생의 관계로 치환한다. 6연에서는 '고등어의 육탈'
이후 고양이의 행보에서 "이생의 봄날"이 목련꽃으로 피어나고 있음
을 짐작하는 것으로 시상을 마무리한다. 결과적으로 '고등어의 육
체'를 모두 먹어치운 고양이의 포식 행위를 '봄날의 고행'으로 읽어내
는 시인의 전복적 시선이 드러나는 시편이다.

「봄날을 보내는 방법」에서도 시인은 "고양이가 밤 그늘에서 울"고 있다면서 고양이의 "하루 살기가 어디 쉽기야 하겠"느냐며 "헝클어진 한뉘 인연의 고비를 넘는" 모습을 상상하기도 한다. 고양이만이 아니라 「폭포」에서도 시인은 폭포 물줄기를 바라보면서 "거꾸로 자라는 나무"를 연상한다. 그 나무에는 "저 멀리 바다까지 뿌리내리고 / 연어를 풀어놓는 / 흔들리지 않는 슬픔"이 자리하며, 나무에게는 "죽어도 서서 죽는 / 한 행짜리 아가미"가 있으므로, 가을이 되면 "뻘건 비늘로 산을 넘는 / 비린 이파리"가 생겨난다고 상상된다. 시인은 이렇듯 폭포에서 '나무와 물고기의 슬픔'과 함께 가을도 포획하고 있는 셈이다.

3. 가족과 타인이라는 거울

시인은 자신을 둘러싼 일상 현실뿐만 아니라 가족과 타인들로부터도 세상을 독해하는 방법을 배운다. 두 번째 시집의 표제작인 「눈 한 번 깜빡」은 "눈 한 번 깜빡"하는 사이에 생이 흘러가버렸다는 엄마의 한 생을 회고하면서 자신의 삶을 짚어보는 시편이다.

엄마는 당신이 살아온 날을 소설로 쓰면 몇십 권은 될 거라면서도 눈 한 번 깜빡하니까 머리가 하얗더라는 // 되도 않는 역설을 자주 말씀하셨다, 꽃이 핀다 // 하긴 엄마 뱃속에서 내가 태어난 것도 황홀한 인연인데 엄마가 한평생 한 번 깜빡인 눈은 얼마나 이 생이 아름다울까, 꽃이 나부낀다는 것은 꽃이 진다는 말인데 // 눈 한 번 깜빡일 때마다 한 생이 지나고 또 다른 생을 맞는다 // 엄마가 쓴 이번 생 이야기 읽어보려고 엄마가 서 있던 자리에서 오랫동안 창밖을 바라보는데 /

왜 계절은 저만큼 먼저 꽃을 내던지는지 다시 눈을 깜빡이고 말았다

  -「눈 한 번 깜빡」 전문

    시인은 엄마로부터 "당신이 살아온 날"이 책으로 쓴다면 몇십 권에 이르는 대하소설감이라며 "눈 한 번 깜빡"할 새에 머리가 세었다는 인생무상의 말씀을 반복적으로 전해듣는다. '눈 한 번 깜빡하는 생'을 자주 언급하는 엄마의 말씀에 대해 시인은 일언지하에 "되도 않는 역설"이라고 단언하지만, 꽃이 필 때마다 어머니의 말씀에 동화되는 자신을 느낀다. 모자의 관계가 "황홀한 인연"임을 전제로 시인은 '한 번의 눈 깜빡임'이 '생의 아름다움'을 낳는 조화임을 깨닫는다. 더불어 '꽃의 나부낌=꽃의 낙화'라면서 '눈 한 번의 깜빡임'에 '한 생의 지나감'과 '새로운 생의 마주침'을 겹으로 만나게 된다. 하지만 '어머니의 생 이야기'를 독해하기 위해 어머니처럼 창밖을 바라보지만 시인에게는 창 밖의 세상이 결코 독해되지 않는다. 시인에게는 어머니의 눈이 없으며, 계절이 먼저 꽃을 던지고 가는 순간 시인 역시 "눈을 깜빡"이며 시간을 보내버렸기 때문이다. 시인 역시 부지불식간에 '눈 한 번의 깜빡임'이라는 무의식적인 행동으로 자신의 또 한 생을 지나치고 있는 것인지도 모른다.

    「하하하, 아버지」에서 시인은 "엄마 돌아가시고" "엄마 이름 부르며 사십구재 내내 울었"던 아버지께서 "혼자 집 지키는 화석이 될 것 같았"기에 부친을 위해 "사십구재 끝나면 예쁜 할머니랑 같이 사세요!"라고 당부한다. 그럼에도 아버지는 엄마의 천국행을 기원하며 "우리 신현봉 천국 가게 해주세요, 나무아미타불"을 주문처럼 계속 외쳐댄다. 부부의 오랜 인연은 부친으로 하여금 그토록 깊은 속울음과 함께, 생전에 아내가 겪어냈을 이승에서의 고행을 넘어 아내의 천국행을 기원하게 만드는 것이다.

이렇듯 부모로부터 오래된 생의 표정을 읽어낼 뿐만 아니라 시인은 타인으로부터도 생의 비의를 읽어낸다. 「흔들리는 흙」에서는 씨앗이 흙을 뚫고 나오는 풍경과 "동네에서 가장 젊은" 65세 농부가 봄날에 "어린 잎맥처럼" 마음이 뛰는 모습을 겹쳐보면서, "흘러가는 이생의 봄날이 가려운 것"임을 체감한다. '어린 씨앗의 발아'와 '65세 농부의 춘심'을 '봄날의 가려움'으로 연결시키면서 봄날의 아름다움을 관조하고 있는 것이다. 「종점」에서는 "등 굽은 할머니"가 라면 박스를 느린 속도로 밀고 가는 모습을 보며 "할머니의 오래 쓰다 폐품이 된 엉덩이"의 무게를 상상하기도 하고, 「돌아가는 길」에서는 단풍 드는 가을과 함께 "산모롱이 옆 산막 마당 쓸던 할매"가 떠난 생을 조감하기도 한다. 결국 시인은 오래된 존재들로부터 세계의 진풍경을 읽어내는 삶의 혜안을 얻고 있는 셈이다.

뿐만 아니라 「시집 왔다」에서는 우체통에 "봄을 우려낸" '가난한 시인'의 시집을 읽으면서, '시집 읽기'가 "꽃 이전의 꽃을 보는 것"이며, "꽃이 피는 순간부터 / 봄의 표정에 물들어 / 끝내 내가 봄으로 살다가 / 꽃 떨어지는 절정 / 시밖에 쓸 줄 모르는 견고한 눈물을 / 내 눈 가득 보듬어 안는 것"이라고 진단한다. 타인의 시집 읽기가 "견고한 눈물"로서의 '봄꽃의 생'을 진정으로 마주하도록 시인을 유도하고 있는 것이다. 이렇듯 시인은 가족과 타인의 삶을 거울처럼 비춰보며 자신의 생을 향한 호흡을 가다듬고 있는 셈이다.

4. 세계의 풍경으로부터 배우다

시인은 타인뿐만 아니라 시인을 둘러싼 침묵의 풍경에서도 세계의 진상을 읽어낸다. 그리하여 「침묵의 경전」에서는 "정적이 경전을 쓰"는 내용을 기록하면서 "샛강에 버려진 내 침묵으로 / 천년 새벽 빛에도 풀어지지 않는 밀경을 엮"는 침묵의 풍경을 채집하기도 하고, 「송광사에는 풍경이 없다」에서는 "흔들려야 깨지는 / 마음"이고 "무릇 / 흔들리고 소리라도 나야 / 사랑도 시작"할 수 있다면서 '풍경(風聲)이 없는 절의 마음'을 독해하고자 한다. 이렇듯 시인은 '소리 없는 풍경(風景+風聲)'으로부터 이 세계의 의미를 배우고 다시 내면을 성찰하면서 자기 자신의 흔들리는 좌표를 파악하고는 쓸쓸해 한다. 생의 풍경이 시인을 우울의 세계로 내밀고 시인은 그것을 내면화하면서 더욱 깊은 슬픔에 젖어드는 것이다.

시인은 매미를 보면서도 생의 진실을 포착하고자 노력한다. 「아득한」에서 시인은 "비 그치자 / 매미가 / 방충망에 / 죽기 / 살기로 / 매달"린 모습을 보면서 "사는 게 왜 이리 아득하냐고 / 허기진 별들 다 데려다놓고 / 온몸으로 울었다"고 진단한다. 「9월」에서도 시인은 매미 한 마리의 '마침표가 된 사체'를 보며 손바닥의 간지러움을 느끼면서 "누구 울어줄 사람도 없어 / 우주의 한순간 악보를 접"은 매미에게 시인의 죄를 다 덮어씌웠다고 생각한다. '매미의 울음과 죽음'이 시인의 울음과 생을 비춰보는 거울이 된 셈이다.

매미가 삶과 죽음 사이로 난 울음의 길을 보여준다면, 꽃의 개화는 인생의 정점을 보여준다. 「피는 꽃」에서 시인은 '한 번의 환해짐'을 갈구하면서, '부끄러움이나 두려움'을 느끼지 않고 "자갈의 향기를 들이마시는 순간"의 환함을 마주하고 싶어한다.

　태어나서 한 번만 환해지면 된다 더도 말고 덜도 말고 한 번만 환해지면 그 환장할 것 같은 어둠을 굽이치는 여울이라 한다 // 부끄러움도 없이 / 두려움도 없이 // 난생처음 어둠의 바닥에서 자갈의 향기를 들이마시는 순간
　 -「피는 꽃」 전문

인용시에서처럼 시인은 '단 한 번의 환해짐'이 '피는 꽃'이 지닌 '존재의 필연' 같은 '출생의 비밀'이라고 진단한다. '한 번의 환해짐'이 '환장할 인생의 어둠'을 "굽이치는 여울"로 퉁칠 수 있게 만드는 '찰나적 영겁의 황홀경'을 제공하기 때문이다. 따라서 그때가 되면 부끄러움이나 두려움 없이 "어둠의 바닥에서 자갈의 향기"를 길어올릴 수도 있다고 판단한다. '어두운 인생'에서 '돌의 향기'를 흡입하는 개화의 순간 포착된 '단 한 번의 환해짐'이 꽃이 지닌 진정한 일생의 진가를 확인시켜주는 것이다.

그렇다면 시인이 말하는 '단 한 번의 환해짐'의 실체란 무엇인가? 그것은 알 수 없다. 「오후 4시」에서 알 수 있다시피 시인은 "여기가 어딘지 몰라서 / 내가 갈 곳 어딘지 몰라서" 자신의 정체성을 찾아 헤맬 뿐이다. 더구나 「낮과 밤의 깊이」에서 시인은 '낮과 밤의 깊이가 같아지는 순간'을 포착하면서 "언제까지 부유하는 시선을 끌고 가야 하는지 알지도 못하면서, 마냥 철길을 달리며 흔들리는" 자신의 흔들림을 감지한다. 흐릿한 정체성으로 갈 길도 모른 채 흔들리는 존재감 속에서 「열대야」에서는 "이번 생의 문지방을 / 넘어갈 수 있을까"라고 자문하기도 하며, 「동구릉」에서는 "외롭고 쓸쓸한 청춘"의 시절을 회상하며 "오래된 청춘의 무덤"을 조망하고, 「끈적끈적하게, 빌어먹을」에서는 "골동품이 되어가는" 자신을 감지한다. 「꽃산적」에서는 시인이 산에 한사코 오르려는 자신과 그런 시인을 버리려는 산의 형벌 속에서 '자신의 부끄러움'이 "모두 / 눈이 되어 내리는 날" 그 눈이 자신만 모르는 이유를 들이대면서 자신의 "살을 찌르"는 통증을 감지한다. 「계엄령 내린 날」에서도 시인은 "무참한 일상의 반복" 속에서 아침마다 "기다림이라는 걷잡을 수 없는 고행"을 체감한다. 이렇듯 시인은 두 번째 시집 전체에서 부끄러움과 흔들림과 기다림의 정서를 환기하며 자기 생의 반성적 성찰을 묵묵히 진행하고 있는 셈이다. 모호한 정체감 속에서도 형벌 같은 생의 방향을 가늠하며 자성의 언어로 '외롭고 높고 쓸쓸한 생'(백석)을 고독하게 견뎌가고 있는 것이다.

「고드름」은 시인의 두 번째 시집에서 가장 빛나는 절창 중의 한 편이다. 고드름의 찰나적 존재감을 응시하면서 '사랑과 우울' 사이를 배회하는 인생의 시린 비의(秘意)를 파악한 시편이기 때문이다.

> 내장을 드러내놓는 / 울음은 손가락 끝까지 시리다 // 드러낸 푸른 하늘 눈부처였는데 / 누구는 그걸 사랑이라 하고 / 누구는 퇴행적 우울이라 했다 // 삶은 늘 번드르르한 / 피곤함 // 한순간도 / 한 발짝도 나가지 못하는 / 집 처마 끝에서 / 오늘이나 내일이나 / 내가 사라질 순간만 / 울지 않는 풍경으로 걸어놓았다 // 저 꽃은 어디쯤부터 병이 들어 몸을 던졌을까 / 어느 마음 한 귀퉁이에 골병이 들어 / 다 보이는 그리움 하나 끄집어내지 못하고 / 바람의 창문을 걸어 잠그고 스스로 바람이 되었을까 // 떨어져 부서지는 / 시린 허공 되었을까
>
> – 「고드름」 전문

시인은 '겨울의 꽃'인 '고드름'을 바라보면서 단상에 젖어든다. 1연에서 시인은 '깊은 울음'으로 "내장을 드러내놓는 울음"을 울면서 "손가락 끝까지 시리다"는 느낌을 받는다. 2연에서 '눈부신 푸른 하늘'을 바라보며 '눈부처'로 동일시하지만, 사람들은 저마다 다르게 '사랑'이라거나 "퇴행적 우울"이라는 식으로 자가진단할 뿐이다. 3연에서는 이렇듯 삶이 동일한 대상을 다르게 진단하는 까닭에 "늘 번드르르한 피곤함"을 제공한다고 판단한다. 4연에서는 처마 끝에 자리한 고드름을 보면서 시인 자신이 오늘이나 내일이나 "사라질 순간"의 풍경(風景)을 "울지 않는 풍경"(風磬)처럼 걸어놓고 싶은 마음을

토로한다. 5연에서는 고드름이 '병든 꽃'으로 변이되었다가 다시 '골병 든 그리움'조차 끄집어내지 못한 채 '스스로 바람이 된 존재'라고 상상한다. 마지막 6연에서는 고드름이 "떨어져 부서지는" 운명 속에 "시린 허공"이 될 수밖에 없는 신세임을 확인한다. 날씨가 풀리면 녹아서 물로 떨어져 내리면서 결국 '텅 빈 허공'에 자리를 내어주는 생이 바로 '고드름의 숙명'인 것이다. 이렇게 보면 시인은 뒷간에서 시작하여 일상과 가족, 타인을 거쳐 '고드름' 같은 세계의 풍경을 읽어내면서 '눈 한 번 깜빡'하는 생의 진풍경들을 채집하는 수렵 시인인 셈이다.

5. 우울과 슬픔의 힘

이성수의 시는 봄과 꽃과 사랑을 이야기하지만, 겨울과 낙화와 이별의 쓸쓸함을 내장하고 있기에 역설적 우울을 내포한다. 봄날의 풍경에서 고양이의 생과 고등어의 죽음을 유추하듯 삶과 죽음의 흔적이 동시적으로 포착되며, 타인의 묵묵한 삶으로부터 자신의 쓸쓸한 표정을 읽어내기도 하고, 폭포의 하강에서 상승하는 나무의 이미지를 길어올리듯 시인은 겹눈의 감각으로 세계를 입체화한다. 일상과 가족, 타인과 풍경으로부터 시인은 알 수 없는 생의 복합적 다면성을 포착하고 있는 것이다.

시인 김정수는 시집 발문 「"하하하 성수야! 우리 막걸리 한잔하자"」에서 막역한 문우로서 습작 무렵부터의 애정을 담아 문청 시절 이래로의 인연을 담아낸다. 35년이 넘는 '세월의 시간'을 복기하면서 두 번째 시집에서 '꽃이 67번, 봄이 35번, 사랑이 27번' 사용되었음을 적시하고, "진한 페이소스"를 내장한 이성수의 시적 여정을 꼼꼼히 응시한다. 이렇듯 결과적으로 이성수의 두 번째 시집은 봄날의 생을 추억하며 '짙은 비애미'를 뿜어내는 시인의 궤적을 보여준다. 쓸쓸한 우울의 힘이 시집 안에 깊이 내장되어 있는 것이다.

1991년 등단 이후 13년 만에 첫 시집 『그대에게 가는 길을 잃다, 추억처럼』을 상재하고, 다시 18년이 흐른 뒤 두 번째 시집 『눈 한 번 깜빡』을 출간했으므로, 우리는 이성수의 세 번째 시집을 만나기 위해 상당히 오랜 시간 우리의 지문(指紋)을 문지르며 기다림의 고행을 경험해야 될지도 모른다. 바라건대는 더 늦기 전에 우리 앞에 '추억처럼 깜빡이는 비애'의 누적으로 결과물이 당도하길 바란다. 그때 우리는 함께 우울한 통증을 공유하면서 '봄날의 생'이 여름의 무더위와 가을의 쓸쓸함과 겨울의 혹한을 견디고 마주할 수 있는 기적임을 다시 한 번 알게 될 것이다. 생은 아름답고 쓸쓸하고 허전한 시간의 나이테가 빚어낸 '찰나적 영겁'의 표정을 품고 있기 때문이다.

(『사이펀』, 2023년 봄호)

그로테스크 증후군, 세계를 앓는 유령작가

― 배옥주의 『The 빨강』론

1. 그로테스크 증후군

배옥주의 시는 '무채색의 빨강'이다. 색상과 채도와 명도를 뒤섞어 새로운 빛깔의 그로테스크한 빨강을 빚어내기 때문이다. 빨강은 통상 시각적 심상으로 확인되는 색깔이지만 시인에게는 심리적 감각이어서 청각과 촉각, 후각과 미각, 육감과 무의식의 세계에까지 뒤덮은 징후로서의 '무채색의 색감'이다. 빨간 세계를 사랑하는 시인은 존재론과 인식론, 관계론을 마구 뒤섞어 새로운 이질적 장면을 생산한다. 그리하여 유사성을 토대로 한 은유보다 인접성을 활용하는 환유적 상상력을 개진함으로써 세계는 무질서하게 헝클어진 모습으로 재현된다. 이렇게 재현된 세계의 모호성은 재현 주체의 무목적성을 강화하기 위해 시인이 만들어낸 난해 기제가 제공한 접근 금지 통보에 해당한다.

시인은 〈시인의 말〉에서 "도무지, 읽을 수 없는 가려움"을 토로한다. 이번 시집을 압축하는 이 진술은 대상 세계를 독해하기 어려운 '존재의 가려움'을 드러낸다. 언어는 대상 세계를 정확히 포착할 수 없다. 언어의 자의성과 상징성은 언어와 지시 대상 사이의 거리를 보여주며, 시적 화자의 언술조차 그 거리를 좁히거나 넓히면서 의미를 왜곡할 수밖에 없음을 보여준다. 이렇듯 언어의 본질에 대한 시인의 자의식적 한계 상황은 이 세계를 불가해한 텍스트로 환원한다. 그러므로 도무지 이해할 수 없는 세계의 표상이 먼저 존재한다. 그리고 그 이해할 수 없는 세계를 읽고자 노력하지만 도저히 읽어내기 힘든 시인의 난독증이 토로된다. 세계와 시인의 언어적 거리는 존재론적 가려움을 제공하면서 영원히 좁혀지지 않는다.

2. '달의 발목'에 대한 애도

시인은 통상적이고 문법적인 어문 구조를 인정하지만 의미의 유기성은 거부한다. 문장 내부에서 의미의 연결성과 인과성보다는 비유기적 단절을 전면에 내세우고 있는 것이다. 먼저 「평화슈퍼」에서는 "너는 번지점프를 좋아하고 난 바이킹을 싫어한다"로 시작하여 "집은 멀고 평화 슈퍼는 닫혀 있다"로 마무리된다. 첫 문장에서 '너'와 '나'가 대조되고, '좋아하고'와 '싫어한다'가 대칭되지만, 목적어 자리에는 '놀이기구'의 일종이 병치된다. 마지막 문장도 '집'과 '평화 슈퍼'가 대조되고, '멀고'와 '닫혀 있다'가 대칭되지만, 의미의 연결은 모호할 뿐이다. 문장 성분의 연결이라는 문법적 도식으로만 따져보면 틀린 배치가 아니지만, 문장이 연결어미인 '고'로 연결되어 있을 뿐 논리적이고 인과적인 의미 내용을 제공하지는 않는다. 이런 식으로 비유기적이고 이질적인 언어의 조합을 통해 시인은 연결적 독해를 끊임없이 방해한다.

「흐느끼는 발목」에서도 "태양은 낭떠러지를 밀어버리고 어둠 속으로 달은 뛰어내립니다"로 시작하여 "그리하여 지층은 꿈속에서 한층 단단해지고, 기약할 수 없는 꿈만이 부러진 발목을 흐느끼려 합니다"로 마무리된다. '태양의 밀어버림과 달의 뛰어내림', '지층의 단단해짐과 꿈의 흐느낌'은 비유기적이고 느슨한 연결만을 가질 뿐이다.

태양은 낭떠러지를 밀어버리고 어둠 속으로 달은 뛰어내립니다 창밖으로 목을 내민 불빛이 위태롭게 흐느끼면 한번 부러진 달의 발목은 그 자리를 또다시 통곡하기 시작합니다 며칠 째 떨어지는 꿈을 꾸면, 발목을 버리고 싶었지만 발목은 맹목적으로 자라기 시작하고 밤이 되면 그림자는 어김없이 달의 발목을 끌고 나갑니다 집은 공중에 매달려 있습니까 바람 한점 없는 날이 오면 창 밖에 꽂아둔 수천의 귀가 촉수를 세웁니다 견고하게 닫힌 문 밖에선 헬멧을 벗어던진 누군가가 다리 밑으로 뛰어내리고요 다시 자라난 달의 발목들 속으로 발목이 잘린 그림자가 퇴적되며 하나의 무늬를 완성합니다 죽은 헛개나무에 집을 짓는 딱따구리 소리는 더 이상 들려오지 않습니다 그리하여 지층은 꿈 속에서 한층 단단해지고, 기약할 수 없는 꿈만이 부러진 발목을 흐느끼려 합니다

  - 「흐느끼는 발목」 전문

물론 「흐느끼는 발목」의 정조는 불안과 공포로 일관된다. '밀어버림, 뛰어내림, 부러짐, 떨어짐' 등의 동사형 어조들이 추락과 배제, 단절의 이미지로 연상되며 '흐느낌'으로 귀결되기 때문이다. '태양과 달'이 '어둠과 그림자'에 대한 대칭적인 이미지로 자리하고, "부러진 달의 발목"을 위해 통곡하는 화자는 꿈을 통해 달에 대한 '시린 애도'를 반복한다. 그렇다면 시인은 왜 이렇게 흐느끼는가? '노래하는

뼈'(「노래하는 뼈」)에서처럼 세계의 이질적 접합 속에서 아벨의 감금과 비명을 추적하듯, 시인이 그로테스크한 환몽의 세계에 살고 있기 때문이다.

'그로테스크한 세계'에서 시인은 '리마증후군, 스톡홀름증후군, 증후군증후군'(「더치커피」)에 시달리며, 존재와 비존재 사이에서 "중음(中陰)의 시간"(「노을은 중저음의 시간을 건너간다」)을 견뎌내고 있는 존재자다. 그렇다면 왜 시인은 각종 증후군에 시달리는가? 그것은 시인의 기억의 자리에 가족에 대한 원초적 외상으로서의 트라우마가 강력히 존재하기 때문으로 짐작된다. 즉 시인의 기억에는 "줄담배를 피우며 육두문자를 찍어내는 할머니 / 찡 박힌 하이힐로 죽은 아버지를 내리치는 큰언니 / 고탄력스타킹을 벗어 샤랄라 제목을 조르는 셋째언니"(「쑥대밭 연대기」) 들이 활보하면서, "골목을 불법 점유한 아버지"(「지붕이야기」)가 등장하며, "백년 동안 엄마를 감시한 아버지"와 "멍든 눈가를 문지르"는 어머니, "친구의 코뼈를 주저앉힌 동생", "'미스 바다아가씨'가 되고 싶은 언니"(「조용한 가족」) 등이 자리한다. 자아의 1차적인 사회화 공간인 가정에서 시인은 실제적이든 가상의 차원이든 감시와 배제와 폭력이 난무하는 비정상적 가족 관계를 경험하고 있었던 것이다. 그것이 아마도 시인을 증후군의 세계로 인도한 근본적 원인에 해당할 것이다.

3. 읽을 수 없는 텍스트 마주하기

시인은 각종 증후군을 심하게 앓고 있다. 그리고 그러한 각종 증후군을 극복하기 위해 혹은 제대로 앓기 위해 정신과 의사와 상담을 진행한다. 하지만 의사와 함께 의사가 제공한 성에서 '비밀 정원'

을 산책하면서 시인은 '생각이 무성해진 자신'이 자신을 잃어버리는 현실을 마주하게 된다.

> 정신과 의사 와이는 정원을 뒤집어쓰고 있다. 그가 머리를 긁적일 때마다 나는 그의 성(城)으로 들어간다. 쟈스민꽃이 피고 날개 꺾인 새 한 마리가 마들렌을 쪼아 먹는다. 아스파라거스 향이 기억을 재생한다 탁자에서 찻잔이 굴러 떨어진다. 정원 끝에서 물푸레나무가 걸어온다. 생각이 무성해진 내가 나를 잃어버린다. // 피아노 뚜껑으로 손가락을 내리친다 말문이 부러진다. 잘린 손가락들이 연주하는 클레멘티 3악장. 창밖 공원에서 비보이는 낙엽처럼 굴러다닌다 우쿨렐레 소리가 한 마디 짧은 손가락을 두드리고 첫 마디로 돌아간다. 오늘의 거리 공연은 오래전 사라진 초록뱀 이야기. 헝클어진 정원을 쓸어 올리며 의사 와이는 처방전을 휘갈긴다. 도무지 읽을 수 없는 저녁이 창가를 서성인다.
>
> ─「비밀 정원」 전문

정신과 의사의 성 안에서 생각이 무성해진 화자는 자신을 잃어버린다. 그리고는 꿈인 듯 현실인 듯 잘린 손가락으로 음악을 연주한다. 이후 헝클어진 정원에서 의사는 처방전을 휘갈기며 상담을 마무리한다. 이때 시인은 창가를 서성이며 "도무지 읽을 수 없는 저녁"을 맞이한다. 의사에 의해 자기를 상실했기 때문이다. 자신을 찾으러 간 정신과 상담에서 자기를 잃어버리는 역설을 마주하며 시인은 고통의 제의를 끊임없이 반복하는 통증의 존재가 된 것이다.

창가를 서성이는 시인의 "읽을 수 없는 저녁"은 "읽을 수 없는 가려움"으로 이어진다. 그리하여 시인은 자신을 "나는 막다른 커튼 뒤에 숨겨둔 애인 / 아슬아슬하게 들키지 않는, / 그리하여 나는 / 읽을 수 없는 곱창 같은 어려움"(「읽을 수 없는 가려움입니까」)이라고 규정한다. '세계의 불가독성(不可讀性)'은 존재의 불가해한 가려움으로 이어지고 다시 존재의 힘겨움으로 변전된다. 결국 '세계→존재→세계-내-존재'의 순서로 '불가독(不可讀)의 가려움'이 '불가독의 어려움'으로 변주되면서 존재의 가려움이 존재자의 고통으로 변이되어 상시적 통증을 제공하고 있는 것이다.

시인은 거울을 보면서 "하고 싶은 말을 잃어갈수록 / 거울 뒤편에서 무한 증식하는 앵무새"(「거울과 앵무새」)를 감지하기도 하고, '조울증과 고공공포증'(「카트와 커터」)을 앓고 있으며, "죽은 듯 살아있는 유령의 불가사의"(「유령작가」)를 읽어내는 '유령작가'가 된다. 세계를 배회하는 유령작가로서의 시인은 이제 '세계의 사이'를 읽어낸다. 그리하여 시인은 '꽃밭과 무덤 사이', '봄과 겨울 사이'가 "눈 깜빡할 사이"(「꽃밭과 무덤 사이」)라며 '이질적 대상의 사이'를 응시하거나, "협박과 회유 사이"(「발설」)를 들여다보면서 겹눈으로 세계의 사이를 응시하는 그로테스크한 존재감을 드러낸다.

4. 무채색의 빨강

유령작가인 시인은 술래놀이를 하면서 "술래가 사라지는 계절"(「술래가 사라지는 계절」)을 이야기함과 동시에 "너무 착해서 슬픈, / 구름의 행려를 붙드는 벤치의 오후"(「지중해의 여름」)를 응시하면서 무채색의 빨강을 노래한다. 존재의 사라짐을 경계하기 위해 역설의 순간을 포착하고 싶은 것이다.

시인의 '당신'은 시인의 "문명에서 최초로 부여받은 빨강"(「색채심리 해부학」)이다. 그 빨강은 노랑이다가 자주와 보라, 하양과 검정으로 자유로이 색채를 달리한다. '유채'의 무채색이 시인의 빨강이기 때문이다.

> 당신은 / 나의 문명에서 최초로 부여받은 빨강 / 버럭, 타오르다가 /
> 반으로 접힌 선을 침범하는 노랑이다가 / 수시로 산란하는 자주 / 툭
> 하면 굴절하는 보라 // 당신은 / 내 붓끝에서 흘러내리는 계보 / 번지
> 는 웃음이다가 / 어느날 갑자기 / 수성을 덮치는 유성이다가 / 고대에
> 호명 받지 못하고 중세에 천상세계로 격상한 파랑처럼 / 허초점에서 머
> 리끝까지 거만해지는 채도이다가 / 심연의 바닥까지 내려앉는 명도이
> 다가 // 거울 뒤에 숨겨둔 당신을 호명하면 / 차크라에서 튀어오르는
> 색색의 잔상 / 툇, 가시광선을 등지고 나를 뱉어내는 당신은 / 하양이
> 다가 / 검정이다가 / 제로섬에 갇힌 오롯한 무채색
>
> ─「색채심리 해부학」 전문

시인에게 당신은 처음에는 빨강이지만, "버럭, 타오르"면서는 노
랑, 자주, 보라로 변색된다. 카멜레온처럼 변신하는 당신은 "수성을
덮치는 유성"이 되어 파랑이 되었다가 채도와 명도를 오가는 존재가
된다. 그렇게 유채색이었던 당신은 하양과 검정의 무채색이 되어 다
시 화자를 뱉어낸다. 무채색과 유채색을 오가면서 시인은 역설의 세
계로부터 뱉어지는 피투적 존재가 되는 것이다.

이렇듯 '무채색의 빨강'인 시인은 이물적 존재감을 지닌 '메두사
증후군'(「메두사 증후군」)을 앓거나 "불치의 몽유병"(「몽유도(夢遊
圖)」)으로 세계를 떠돌면서 존재의 이질감을 토로한다. 그것이 모순
적 사실이나 감각이 혼란스럽게 병치되어 있는 세계의 그로테스크
한 진실을 보여주기 때문이다. 시인은 모든 것이 뒤범벅된 모순과 역
설의 세계를 빨갛게 앓는 존재인 것이다.

5. 아웃사이더의 마이너리티 리포트

무채색의 빨강을 선호하는 시인은 '우울한 내레이터'(「우울한 내레이션」)로서 "밤마다 습관을 바꿔 끼"(「홀릭」)우는 존재다. 특히 시인은 "죽어서도 죽을 수 없는 / 아웃사이더 in 아웃사이더"의 존재감을 지닌 채 "껍데기가 껍데기를 굽는 밤"에 "어디로 튈지 모르는 불평들이 둘러앉아 있"(「껍데기를 위하여」)는 단역배우들의 현장을 묘사한다.

> 껍데기가 껍데기를 굽는 밤 / 어디로 튈지 모르는 불평들이 둘러앉아 있다 / 황사에 절은 밤을 달궈 / 껍데기를 굽는 단역배우들 / 핏핏 꺼지는 불발탄의 하루가 / 수직상승을 시도할 때마다 / 화로 속으로 추락하는 죽음전문 엑스트라들 / 불공평하게 쪼개지는 나무젓가락으로 / 날아가는 유성을 뒤적이다 / 막창보다 연하고 오도독살보다 쫄깃한 / 살찐 돼지들의 행렬이 석쇠 위로 걸어온다 / 선사를 만나면 선사를 죽이고 / 껍데기를 만나면 껍데기를 죽이고 / 계영배 너머 흐물흐물 껍데기가 녹아내린다 / 죽을힘을 다해 쏘아 올리는 부나비의 뭉툭한 웃음 / 죽어서도 죽을 수 없는 / 아웃사이더 in 아웃사이더
>   -「껍데기를 위하여」전문

시인은 껍데기를 굽는 단역배우들의 밤을 응시한다. '죽음 전문 보조 연기자'들은 껍데기를 구우며 껍데기 같은 자신의 존재감을 함께 굽는다. 그것은 죽음으로써 생을 연기하는 아웃사이더들이기 때문에 가능하다. 결국 내일을 위해 오늘도 "죽어서도 죽을 수 없는" 채로 '아웃사이더 중의 아웃사이더' 같은 삶을 연명하는 것이다.
"버린 카드"(「구슬치기」) 같은 존재감의 시인은 "폐점과 개점 사

이"를 응시하며 "한판승을 노리는 그들만의 마이너 리그"(「간판 경제학」)를 관찰하거나, 여자와 사내 사이의 차이를 주목하며 '바다와 바다 사이'(「송정바다」)를 응시하기도 하면서, "왜 옵션은 두 가지 뿐"(「코끼리 옵션」)이냐는 날카로운 질문을 던진다. 이렇듯 '세계의 사이'를 향한 공격적 질문은 이분법적 세계관을 강요하는 현실을 비판하기 위한 시인의 그로테스크한 감성을 보여준다. 시인은 자신이 "궁글린 세상"이 아직 "누설되지 않았고 쓰는 일을 멈추지 않아도 괜찮"(「구슬치기」)다고 판단하기에 시를 쓴다. 시인은 그렇게 아직 누설되지 않은 세상 사이의 그로테스크한 이야기를 펼쳐 보이기 위해 멈추지 않고 시를 창작하고 있는 것이다.

6. 세계를 앓는 유령작가

배옥주의 시 세계는 "반(反)서정의 그로테스크"(구모룡)로 요약된다. 서정이 개입할 여지가 없는 암울한 현실이 시인의 내면을 장악하고 있기 때문이다. 정서를 배제함으로써 시인은 무미건조하게 세계를 응시하면서 마음껏 의지적으로 지적 조작을 감행한다. 시가 자아와 세계의 불편감을 토로하는 서정의 장르라는 규범적 인식을 거부하는 시인의 태도는 불가해하다. 그리고 그 불가해성은 그로테스크한 세계의 인식 속에서 시적 주체의 다양한 증후군을 배면에 깔고 전개된다. 그리고 그 양상은 독자에게 세계의 공포를 제공한다. 그리고 그 공포는 무채색의 빨강이다.

시인은 세계에 대한 애도 속에 각종 증후군을 앓고 있다. 읽을 수 없는 텍스트를 읽어내려는 노력을 기울이며 시인은 유령작가가 되기도 하고, 무채색의 빨강이라는 이질적 공포 속에서 아웃사이더적인

기질을 발휘하며 시를 쓰고 또 쓴다. 이렇게 시인은 누설되지 않은 세상의 이야기를 지속적으로 시로 읊조린다. 그리하여 이분법적 세계를 경계하고 배회하는 '사이의 눈'은 비유기적이고 비논리적인 그로테스크한 현실을 드러낸다. 그로테스크한 세계의 공포는 시인의 감각을 거치며 '읽을 수 없는 통증의 잔해'를 우리에게 선사한다. 이제 우리가 앓을 차례다.

(『오늘의 문예비평』, 2018년 여름호)

두근거리는 생의 서성거림,
연옥에서 꿈꾸는 봄밤의 향기

— 황동규의 『연옥의 봄』론

1. 두근거리는 호기심

   황동규 시인은 '연옥(煉獄)'에 산다. 그 '연옥'은 단테가 『신곡』에서
상정한 '천국'과 '지옥'을 매개하는 '연옥'을 닮아 있다. '저기의 죽음'
을 기다리며 '두근거리는 삶'이 진행되는 '이 세상'이 시인에게는 "죽
은 사람의 영혼이 천국에 들어가기 전에 남은 죄를 씻기 위하여 불
로써 단련받는 장소"로서의 '연옥'인 것이다. 시인은 '연옥 같은 이 세
상'에서 "못다 쓴 기억"(「연옥의 봄 3」)과 '남아 있는 상처'를 채집하
며 '연옥의 봄'을 노래한다. 천국을 지향하는 연옥의 세상에서 봄을
주목하는 것은 시인이 만물이 소생하는 봄처럼 생의 두근거리는 감
각을 끝까지 견지하고 싶기 때문이다.

   김수이에 의하면 "연옥의 봄에는 눈이 내린다". 하지만 '연옥'에서
는 눈뿐만 아니라 꽃이 피고 봄비가 내리며 초록의 향기가 퍼지고
가을 낙엽이 진다. 그러고 나서 비로소 또 '사소한 눈'이 내린다. 그리
고 그 눈은 언제쯤인가 멈출 것이다. 그때 '봄+눈'이 멈추게 될 무렵
이면, 시인은 지인들이 먼저 떠나간 '새로운 나라'에 가 있을 것이다.

스마트폰과 함께(「연옥의 봄 4」) 여기서처럼 거기에서도 일상의 추억을 복기하면서 말이다.

　시인은 1958년 「즐거운 편지」에서 "내 사랑도 어디쯤에선 반드시 그칠 것을 믿는다. 다만 그때 내 기다림의 자세를 생각하는 것뿐"이라며 '사랑과 사소함의 소중한 역학 관계'를 주목한 바 있다. 사랑이 끝날 때까지 "기다림의 자세"를 유지하겠다는 의지를 내보인 것이다. 등단 58년이 흐른 뒤 출간한 16번째 시집 『연옥의 봄』에서 시인은 '두근거림'을 주목한다. 〈시인의 말〉에서 "호기심처럼 삶을 두근거리게 하는 것은 없다. 살아 있다는 표지다. 앞으로도 마른 데 진데 가리지 않고 두근거리겠다."라고 적고 있다. 시인에게는 호기심이야말로 두근거리는 삶의 동력인 것이다. '살아 있음의 표지'로서의 호기심을 지니고 시인은 두근두근 남은 생을 이어가겠다는 것이다. 이번 시집은 '진 자리 마른 자리' 가리지 않고 생의 호기심을 유지하려는 '노년의 다짐'을 보여준다.

2. 지인의 부음 – 외로움으로 물리치는 그리움

　2016년 12월 초겨울에 만난 황동규의 시집 『연옥의 봄』은 '타인의 죽음'에 가까이 다가가 '죽음'을 사유한다. 시인의 일상에서 지인들의 부음 문자가 시도때도 없이 '스마트폰'으로 전해져오기 때문이다. 하지만 팔순을 코앞에 둔 노(老) 시인에게 죽음은, 사람들이 일상적으로 받아들이듯 회피나 거부, 두려움의 대상이 아니다. 무수히 많은 존재의 끝을 실제로 혹은 사유로 이미 체험한 시인은 자신의 죽음조차도 예견하고 있기 때문이다. 청년시절 사랑이 끝날 때의 '기다림의 자세'를 유념했던 시인은 이제 삶이 끝날 때의 '마지막 자세'를 고민한다. 그 고민은 이번 시집의 절창인 「봄비-김치수에게」에서 자연스레 드러난다.

「봄비-김치수에게」는 지인의 부음 이후의 시인의 일상을 대표하는 시다. 오랜 벗인 김치수의 죽음 이후 어느 날 내리는 봄비 속에 산책을 하며 친구의 기척을 감지하면서 시인은 친구에 대한 애도를 일상화한다.

> 파이프오르간 소리 중간에 끊겼나, 멍하니 빈자리! / 너와는 경기도 끝자락에 가서 헤어졌지만 / 아끼던 사람들이 하나둘 찾아가는 나라, / 거기서도 스마트폰 눌러 피자 배달 받을 수 있는가? / 스위치 하나로 외로움을 껐다 켰다 할 수도? / 밤중에 깨어 방 안을 서성이며 혼자 중얼대는 일 / 앱 삭제하듯 지워버릴 수도? // 네가 손 털고 떠난 이곳, / 내장까지 화끈하게 달궈줄 꽃들 다투듯 피어 / 마음을 한데 머물지 못하게 하기엔 아직 이르지만 / 우리 몸에 익은 리듬으로 봄비가 내리고 있다. / 우산 쓰고 오랜만에 흙이 녹고 있는 변두리 길을 걷는다. / 우리 같이 흙냄새 맡으며 걸은 길 / 섬세한 빗소리 속에 생각이 조금씩 밝아진다. / 옆에서 누군가 우산 쓰고 신발에 흙 묻히며 / 같이 걷고 있는 기척, / 감각에 도는 소름, 치수구나! / 어디부터 다시 함께 걸었지? / 가만, 간 지 얼마 안 되는 저세상 소식 같은 거 / 꺼내지 않아도 된다. / 너 가고 얼마 동안 나는 생각이 아팠다. / 그저 말없이 같이 빗속을 걷자. / 봄 길에 막 들어서는 이 세상의 정다운 웅성웅성 속에 / 둘이 함께 들어 있는 것만으로 그저 흡족타.
>
> ─「봄비-김치수에게」전문

인용시에서 시인은 "아끼던 사람들이 하나둘 찾아가는" 먼 나라로 인해 "멍하니 빈 자리!"를 체감한다. 특히 김치수 평론가가 그 나라로 "손 털고 떠난" 뒤, 이승인 이곳에서 시인은 밤중에 깨어나 혼자 중얼대면서 외로움에 젖어들기도 한다. 그러던 어느 날 "우리 몸에 익은 리듬으로 봄비가 내리"는 날에 시인은 변두리 길을 걷다가 누군가와 함께 흙냄새를 맡으며 걸었던 길의 기억을 떠올리며 기시감에 젖어든다. 그러자 "생각이 조금씩 밝아"지고, "옆에서 누군가 우산 쓰고 신발에 흙 묻히며 / 같이 걷고 있는 기적"을 느끼게 된다. 홀로 산책길을 걷고 있지만, '김치수의 기적'이 봄비와 함께 자신을 따라 걷고 있음을 확인하자, 시인은 그 감각에 소름이 돋는다. 떠난 자와 남은 자가 이 시간을 함께하고 있기 때문이다. 언제 어디서부터 함께 걸었는지 모르지만, 시인은 친구가 저 세상으로 떠난 뒤 얼마간 "생각이 아팠"음을 고백한다. 생각이 아픈 이유는 오랜 시간과 공간과 기적을 함께했던 친구와의 인연이 시인의 내면에 깊이 새겨져 있었기 때문일 터이다. 그러므로 "그저 말없이 같이 빗속을 걷자."고 스스로에게 당부한다. 그저 오늘 이 순간 "이 세상의 정다운 웅성웅성 속에"서 시인은 "둘이 함께 들어 있는 것만으로"도 "흡족"할 수 있기 때문이다. 떠나간 친구의 부재를 봄비 속에서 추억으로 확인하면서 완전히 떠나지는 않은 친구의 흔적을 시인의 내면에서 호출하고 있는 것이다.

시인은 이번 시집에서 많은 이의 부음 소식을 다양한 공간에서 확인한다. 여행 도중에 "아끼던 제자의 부음" 소식을 접하며 "기다렸다는 듯 하늘에서 별이 하나 떨어"(「그믐밤」)지는 모습을 지켜보기도 하고, 암자에 오르다가 "동창이 세상 떴다"(「파계사 대비암(大悲庵)」)는 문자를 받기도 하며, 산책에서 돌아오는 길에 "최근까지 전화 주고받던 동창"이 "조금 전 세상 밖으로 나갔다는 휴대폰을 받고"는 "너무 서두르는군!"(「아픔의 부케」)이라고 마음을 다잡으면서도 가슴이 답답해진다. 그것은 이승과 저승의 경계가 너무나도 분명하여, 세계를 이분화하면서 산 자와 떠난 자의 차이를 극명하게 드러내기 때문이다.

　지인의 부음 소식은 시인의 생의 마무리에 대한 사유로 이어진다. 그리하여 시인 자신의 죽음에 대한 자의식적 질문을 던지게 된다. 그리고 그 질문들은 '마지막의 의미'를 다양하게 사유하게 한다. 폐기종을 오래 앓다가 숨진 친구의 문상을 다녀온 뒤 "마지막 무렵 가쁘고 갑갑했던 숨결 몇 가닥"(「명품 테킬라 한 잔」)이 자신의 "허파 꽈리 어디엔가 묻어 있"을 것이라고 짐작한다거나, 갈색 나방 한 마리의 미세한 분비물을 바라보며 "살아서 마지막으로 내쉰 호흡 같다"고 느끼면서, "마지막 숨 내뱉으며 그의 망막은 이 세상의 무엇을 담았을"(「안 보이던 바닥」)지를 궁금해 한다거나, 달팽이 하나가 "눈물보다 더 진득한 분비물을 온몸에 두르고 / 오체투지 하고 있"는 모습을 바라보면서 "살아 있는 것들 하나같이 열심히 피고 열고 기고 있는 곳에서"(「오체투지(五體投地)」)의 생의 가치를 확인한다. 시인은 친구의 마지막 숨결, 나방의 마지막 숨, 달팽이의 오체투지 등을 통해 살아 있음의 참 의미를 되새긴다. 시인은 생의 마지막까지 간절하고 절실하게 지속되는 생명체의 몸짓이 지닌 경건함을 주목하는 것이다.

　생명체의 안간힘과 마지막을 응시하는 시인은 결국 자기 자신에 대한 궁극적 질문 속에 자신과 타인, 자신과 세계와의 관계를 사유하게 된다. 그리하여 「삶의 본때」에서 시인은 돌아가신 어머니를 떠올리고, 세상을 뜬 친구 김치수를 떠올리다가, 아내가 동창들과 제주도 여행을 떠난 뒤 혼자 지내면서 외로움에 대해 생각한다. 그러다가 "구별 안 될 땐 외로움으로 그리움을 물리친다!"라는 말로 타인의 부재에 대한 그리움을 스스로의 외로움으로 물리치려는 다짐을 보여준다. '타인의 부재'로 인해 형성된 '타인에 대한 그리움'을 '고독한 외로움'으로 이겨내 보고자 하는 것이다. 시인은 타인과의 관계론적 그리움을 주체의 존재론적 외로움으로 대체하며 견뎌내고 있는 것이다.

3. 삶과 죽음 사이의 흔들림

연이어서 들려오는 지인들의 부음 소식은 그때마다 시인 자신의 삶과 죽음을 새롭게 응시하게 한다. 그리하여 시인은 삶과 죽음 사이에서 흔들리며 생의 소중함을 환기한다. 단 한 번뿐인 삶임을 알기에 시인은 자신의 호흡을 가다듬고 인생을 담담하게 조망하고자 하는 것이다. 그때 보이는 것은 주변 세계의 풍경들이다.

「시계청소」에서 시인은 "밟히고 뭉개져도 끝까지 삶의 끈 놓지 않고 아픔을 초(超)모던발레 동작으로 일궈낸" '달맞이꽃들'을 보면서 "가만, 혹시 내가 없는 세상이 더 편안치는 않을까?"라고 자문한다. 시인은 "내가 없는 세상"을 '내가 있는 세상'과 비교하여 자신의 부재가 '더 편안한 세상'의 전제조건 혹은 선결조건은 아닌지 회의(懷疑)한다. 그 회의가 시인에게 자신의 일상을 향한 "조심스러운 발끝 걸음"을 걷게 한다. '삶의 끈'을 이어가는 꽃들의 자세를 돌아보며 시인은 자신의 생 앞에서 겸손해지려는 것이다.

'달맞이꽃'만이 아니라 '천남성 열매'도 생의 의미를 겸허하게 사유하게 한다.

아파트 경내 채 벗어나지 못한 낙엽들 가슴들이 찢겨져 / 쓰레기 적치장 앞에 쌓이고 / 서로 엉겨 덩어리 된 생각들은 마음 천장에 거꾸로 매달려 / 석류처럼 가슴이 찢겨지는 계절, / 얼음 칼로 얇게 맨살 저

미듯 / 아프고 아름다운 모차르트 피아노 협주곡을 / 두텁게 무겁게 연주하는 러시아 피아니스트 레프 오보린에 / 귀 기울이다 / 발코니에 나가 아직 남은 가을 햇볕에 생각들을 살살 달랬다. / 어디엔가 매달려 있다는 것만도 다행이지, / 그렇고말고. / 두텁고 무거운 연주가 속이 허한 자들에겐 축복이 아닐까, / 암 그렇고말고. / 나도 잘 모를 말을 중얼거렸다. // 중얼거림을 멈췄다. 눈앞에서 / 껍질 벗어 던진 나체의 석류 같은 천남성 열매 / 붉은 알 하나하나가 쳐면 걸듯 빛나고 있었다. / 생각들아 가을이 깊으면 / 겉도 속이 된다.

　-「천남성 열매」전문

　시인은 「천남성 열매」에서 아파트 경내에서 "가슴들이 찢겨져" 내리는 낙엽들을 보면서, "가슴이 찢겨지는 계절"로서의 가을을 마주한다. 그러한 계절의 고통을 추스르기 위해 "아프고 아름다운" 모차르트의 음악을 들으며 시인은 가을 햇볕 아래에 널린 생각들을 "살살 달래"본다. 그때 자신이 "어디엔가 매달려 있다는 것만도 다행"이라는 생각이 든다. "두텁고 무거운 연주"를 들으며 "속이 허한 자들"을 위한 '축복'처럼 자신 역시 이 세상 어딘가에 매달려 있는 존재임을 실감하기 때문이다. 그러다 "껍질 벗어 던진 나체의 석류 같은 천남성 열매"를 보며 "가을이 깊"어지면 "겉도 속이 되"는 자연의 진실 속에서 "속이 허한 자"에게 내려진 '가을의 축복'을 사유하게 된다. 시인은 가을이 아프게 전하는 낙엽과 열매에 대한 사유 속에 "아프고 아름다운" 음악을 귀기울여 들으며 가을의 겉과 속이 동일화되는 현상의 의미를 독해한다. 시인은 천남성 열매처럼 가을날의 겉과 속이 일치되는 '빛나는 존재'가 되고 싶은 것이다.

　시인은 일상에서 마주하는 풍경들 속에서 자신의 삶의 무게를 체감하며, 존재자의 운명에 대한 관심과 애착을 놓지 않는다. 시인은 "불현듯 환해진 이 저녁"이면, "저 구름 조각처럼 / 다 내려놓고 가자"던 기존의 다짐을 저버린 채, "이 저녁엔 굳이 이곳에 남아 있"(「이 환한 저녁」)고 싶다는 입장을 전한다. 그것은 이 환한 저녁이 생생한 아름다움의 풍경을 제공하기 때문이다. 시인은 가벼운 산책길에 나서면서도 "살 것 같다."(「살 것 같다」)를 반복하며 살아 있음의 두근거림을 향유한다. 시인은 자신의 마무리를 의식하고 있으면서도 마무리가 현실화되기 전까지는 생의 감각을 만끽하고 싶어하는 것이다.

시인은 다양한 일상의 풍경을 경험하면서 노년에 이른 생의 아픔과 쓸쓸함을 담담하게 토로한다. 그것이 '생의 두근거림'이자 '마무리로서의 죽음'을 예비하는 시인의 원숙한 경지를 보여준다. 그리하여 '삶의 구석구석'에 자리한 "아픔의 지문(指紋)"(「몸이 말한다」)이 새겨진 몸의 기억, "화요일 저녁이면 무심히 걷는 서교동 거리"에서 "하늘과 땅이 하나"(「서교동에서」)될 때 마주하는 죽음의 아름다운 전조(前兆), '문학의 죽음' 넘어 나폴리 민요를 들으며 떠올리는 '저릿저릿한 몸'의 기억(「나폴리 민요」), "지금 서성대는 여기"(「귀가(歸家)」)에서 "오늘이 혹시 내가 세상 뜬 다음날"(「일 없는 날」)은 아닌지를 묻는 태도, "상처 많은 삶이라도 / 애써 별일 아닌 듯"(「무릎」)지내온 인생 등을 돌아본다. 생의 곳곳에서 몸과 마음과 기억과 풍경을 통해 시인이 마주한 사유의 흔적들이 드러나는 것이다.

시인은 다양한 공간을 활보하면서도 자신의 생의 의미를 질문하고 대답한다. 그리하여 「양평에 가서」에서는 양평의 밤하늘에서 별을 보다가, 자신이 "별빛만 남기고 이미 사라진 별은 아닐"지 되묻고, 「북촌」에서는 "때늦은 순례길에 오르면", "오가는 생각들을 하나씩 둘씩 뭉개고 싶은 곳"이자 "끄트머리 딱히 없을 기다림의 마지막 무렵 같은 곳"인 북촌에 가고 싶어 하며, 「초원이 초원을 떠나네」

에서는 "삶과 죽음이 맨몸으로 만나는 곳"인 초원에서 "살고 죽는 곳"의 "맨삶을 노래하자"고 권유하기도 하고, 「지금 이 가을, 고맙다」에서는 "자작나무들의 하얀 피부"보다는 "인간의 발길에 뭉개진 험상스런 뿌리들"에 눈길이 더 가는 자신을 고백하기도 한다. 이렇듯 시인은 생의 곳곳에서 삶과 죽음의 자리를 투명하게 응시함으로써 노년의 생을 사유하고 있는 것이다.

시인은 양평, 북촌, 초원 등의 장소에서 별이나 기다림, 삶과 죽음, 나무의 뿌리 등을 응시하며, 자신의 생을 사유한다. 그때 사유의 중심에는 삶과 죽음의 길항이 놓인다. 죽음을 앞둔 삶 속에서 시인은 음악과 문학, 계절과 장소 들을 경유하며 일상의 의미를 길어낸다. 그 시간과 공간에서 길어진 의미와 사유와 감각들이 다양하고 입체적인 형식으로 생을 반성하는 매개물로 작동하면서 죽음을 앞둔 노년의 삶을 응시하게 한다.

4. 감각의 소환, 마음의 사유

시인은 다양한 감각을 소환하면서 존재 이유를 증명한다. 시인의 몸은 낡아가지만 생의 감각은 나이 들면서 오히려 예민해진다. 그리고 그 감각의 소환이 마음의 사유를 얻는다. 시인은 '젊은 시인'에게 "생각의 진실"과 "느낌의 진실"의 차이를 말한다. 그리하여 "생각의 진실, 오래 남아 소중하"지만, "느낌의 진실, 즉시 사라져 절실하다는 한물간 소리"(「젊은 시인에게」)를 일종의 '꼰대'처럼 털어놓는다. '소중한 사유의 진실'을 체득하기 위해서는 '절실한 감각의 진실'을 직관적으로 파악하는 능력이 필요하다는 것이다. 노(老) 시인에게는 '두 개의 진실' 모두 중요하지만, 감각적 진실의 파악이 사유의 진실을 들여다보는 선결 조건이 되는 것이다.

이처럼 감각의 진실을 중요시하는 시인은 「앤절라 휴잇의 파르티타」에서 청각을 활용하여 음악과 교감한다. "바흐의 파르티타"를 들으며 "발가락 끝이 벌써 자릿자릿"해지는 가운데 "죽고 사는 일보다 감각 잃는 게 더 못 견디겠는 저녁"을 체감하는 것이다. 감각의 상실이 '죽살이'보다 더 감내하기 힘들다는 고백은 시인이 감각을 소환하는 이유를 잘 보여준다. 시인에게는 몸의 감각이 생의 감각을 견인하는 감각의 원형에 해당하는 것이다. 저릿한 발가락 끝의 감각은 후각과 시각, 촉각 등의 감각의 소환으로 이어진다. 그리하여 「열대야 백리향」에서는 은은히 풍겨오는 백리향을 맡으며 "이 향기 이 밤으로 족하"기 때문에 시인은 시가 행여 "완성되고 싶지 않더라도 슬며시 나와 / 이 밤을 즐기"게 되기를 바란다. 「외등(外燈) 불빛 속 석류나무」에서도 시인은 시각과 촉각을 함께 호출하여 "땅거죽에 가까워지면서 간지럼 타는 눈송이들의 살갗"이 어둠 속에서 전하는 "공기의 미진동(微振動)"을 느끼며, 「춤추는 은하」에서도 시인은 눈송이 날리는 모습을 보며 "살랑대는 저 춤사위"가 "지구의 것 같지 않"게 "은하의 춤"으로 느껴지는 감각의 진실을 포착한다. 이렇듯 청각과 후각, 시각과 촉각 등의 오감각은 시인이 세계를 (재)발견하려는 촉수의 달인임을 보여준다.

감각의 소환과 교감을 가장 잘 보여주는 시편으로는 「발-2014년 5월 13일, 목동 이대병원 김치수의 병상에서」를 들 수 있다. 이 시는 죽음을 목전에 둔 오랜 친구의 병문안에서 느낀 심정을 담은 시편이다. 시인이 병상에 가만히 누워 있는 친구의 "튼실한 발"을 쓰다듬자 친구는 "부끄럽다는 듯" 발을 움츠린다. 그러자 "의식의 꼭지는 아직 붙어 있군!"이라며 안타까움이 묻어나는 연민을 보내게 된다. 하지만 잠시 뒤에 친구가 가느다랗게 눈을 뜨고 "보살의 웃음"이 아닌

"장난기 어린 / 인간의 눈웃음을" 보이자 '인간적인 병문안'을 마무리하게 된다. 시인은 친우인 김치수의 병상에서 "의식 있는 듯 없는 듯" 누워 있는 친구의 발을 쓰다듬으면서 부처의 죽음에 얽힌 제자들과의 에피소드를 떠올린 뒤 눈을 가느다랗게 뜬 친구의 모습 속에서 인간미가 묻어 나는 진솔한 '눈웃음'과 교감하는 것이다. 시각과 촉각, 기억과 교감이 "의식의 꼭지"와 어우러지면서 감각과 의식의 관계를 선명하게 보여주는 것이다.

시인은 「마음보다 눈을」에서 마음의 감각보다 눈의 실체적인 감각을 신뢰할 것을 다짐한다. 눈의 감각이 마음의 실감을 유도하는 전조이기 때문이다.

> 내 마음은 저 붉고 둥근 해 넘어가기 직전, / 아직 빛이 남아 있는 하늘 한 조각을 / 돌돌 말아 몸속에 간직하고 싶다. / 이 빛마저 사라지면 / 지난해보다 전깃불 두 배로 켜야 하는 / 덜 어둠으로 더 어둠을 밝히는 밤이 오리라. / 허나 조금 전 신문에서 글자 하나 잘못 읽고 / 이름 제대로 달고 다녀! 내뱉은 / 내 속의 어둠이 더 컴컴하다. / 방금 발 헛디뎌 휘청거린 저 보도블록 파인 자리도 / 내 속보다는 덜 파였다. // 47년 만이라는 추위 속에서 / 카페인 파내버린 커피 사러 슈퍼에 가면서 / 누군가 촌스럽게 한참 투덜댔다. / 그가 파인 보도블록을 슬쩍 피하자 / 다른 누군가가 다독였다. / '마음보다는 그래도 눈을 믿게.'
>
> ㅡ 「마음보다 눈을」 전문

시인은 생의 마무리가 다가오고 있음을 짐작하고 있다. 그러므로 "아직 빛이 남아 있는 하늘 한 조각을 / 돌돌 말아" 자신의 "몸속에 간직하고 싶"어한다. 그 몸속에 간직한 '빛', 즉 "덜 어둠"으로 "더 어둠을 밝히는 밤"이 올 것임을 알기 때문이다. 하지만 시인은 자신 속의 어둠이 자신 바깥의 어둠보다 더 컴컴하다는 사실에 직면한다. 그러다 파인 보도블록을 피해 걸으면서는 결국 누군가로부터 "마음보다는 그래도 눈을 믿"는 것이 좋다는 전언을 듣게 된다. 이때 '믿는 감각으로서의 눈'이란 '어두워진 심안(心眼)'을 견인하는 데에 활용된다. 즉 휘청이는 삶 속에서 넘어지지 않는 힘을 제공해주는 '안목으로서의 혜안(慧眼)'이 '눈'의 감각인 것이다. 눈을 먼저 믿어야 사후적으로 마음의 사유를 얻을 수 있는 것이다.

시각의 확보 이후에 진행되는 마음의 사유는 시인에게 회고조로 세상과 인생을 관조하게 한다. 「잔물결들」에서 시인은 제주도에서 '올레길'이 아닌 길을 걸으며, "혼자 걷는 발걸음 절로 느려지고 / 생각의 속도 줄어드니 / 풍경들도 가다 서다 하는 곳"을 걷게 된다. 그러다 "오래전에 인사 나누고 잊은 명사(名詞) 같은 사내 하나"와 "가거니 서거니 자리 바꾸"는 모습을 상상하면서 인생이란 그렇게 "건드리면 간지럽게 잦아들 잔물결들"의 연속임을 알게 된다.

'명사 같은 사내'를 소환하며 자신의 내면을 고백한 시인은 「나의 동사(動詞)들」에서 '동사들'을 소환하여 '헐벗은 무감각'을 견뎌내는 생을 의미화한다. 시인은 자신과 "함께 살아온 동사들" 중에서 "떨구다 드러내다 털다의 관절들"이 아직 쓸 만하다고 생각하지만, 현관 앞 나무들이 "잔뼈들까지 모두 드러낸 채" "추위보다 더한 무감각을 견디고 있"는 모습을 보다가 앞으로 자신은 "무엇을 더 떨구거나 드러내야 / 점차 더 무감각해지는 삶의 표정을 견뎌낼 수 있을"지를 반문한다.

이제 "저체온 슬픔"(「마음 어두운 밤을 위하여」)에 익숙한 시인은 휴대폰을 소유한 채 이 세상을 떠날 것을 다짐한다. "마음 데리고 다니"면서 "세상 곳곳에 널어뒀던 추억들"(「연옥의 봄 4」)을 가져가고 싶기 때문이다. 이처럼 시인의 마음의 사유는 추억을 소환한다. 그리고 무뎌진 감각을 벼리며 무감각해지려는 감각의 느슨함을 경계한다. 그래야 생의 감각이 깨어나면서 마음의 사유가 이어지기 때문이다. "풍경으로 끝나지 않은 풍경"(「풍경의 풍경」)을 응시하며 '마음의 자리'를 소환함으로써 오래된 원체험의 기억을 되새김질하기 위해 시인은 감각을 소환하고 마음의 사유를 이어가고 있는 것이다.

5. 떠날 준비, 남는 마음

시인은 떠날 준비가 되어 있지만, 마음이 자꾸 남는다. 이러한 생의 역설이 시인의 시적 동력이자 생의 에네르기가 된다. 시인은 언제고 닥쳐올 인생의 마무리를 준비하고 있다. 하지만 꿈과 현실 사이를 유동하면서 지금 여기에 대한 머뭇거림이 시로 형상화된다. 이때 꿈은 현실의 거울로 기능하며 생을 서성거리는 시인의 마음을 보여준다.

「연옥의 봄 1」에서 시인은 라일락 향기가 그윽한 공간에서 "적어도 이 봄밤은 이 세상 안에서 서성"이길 바란다.

같이 가던 사람을 꿈결에 놓쳤다. / 언덕에선 억새들 저희끼리 / 흰 머리칼 바람에 날리기 바쁘고 / 샛강에선 물새들이 알은체 않고 / 얼음을 지치고 있었다. / 쓸쓸할 때 마음 매만져주던 동네의 사라진 옛 집들도 / 아직 남아 있었구나! 눈인사해도 받아주지 않았다. // 기억엔 없어도 약속은 살아 있는지 / 아무리 가도 닿지 않는 찻집으로 가고 있다. / 왕십린가 청량린가? 마을버스 종점인가? / 반쯤 깨어보니 언제 스며들었는지 / 방 안에 라일락 향이 그윽하다. / 그대, 혹시 못 만나게 되더라도 / 적어도 이 봄밤은 이 세상 안에서 서성이게.
　－「연옥의 봄1」 전문

　　시인은 이번 시집에서 '꿈'을 통해 현실을 '압축, 전위, 이차가공,
묘사'(프로이트)한다. 「연옥의 봄1」에서도 꿈은 현실을 환유하는 매
개체로 기능한다. 시인은 꿈결에 동행인을 놓쳤다고 고백한다. 그러
고는 겨울날의 쓸쓸한 샛강 풍경을 기록한다. 그러나 시인의 마음을
매만지던 동네의 옛집들을 향해 눈인사를 보내지만 그 인사는 받아
들여지지 않는다. 그리고 "아무리 가도 닿지 않는 찻집"을 향해 가면
서 기억나지 않는 약속을 환기한다. 그 모든 것이 꿈속의 장면에 해
당한다는 진실이 작품 말미에 드러난다. 봄밤에 라일락 향기 가득한
방에서 자다깨다하는 반수면 상태 속에서 시인은 꿈인 듯 생시인
듯 추억을 묘사하고 있었던 것이다. 결론적으로 시인은 "같이 가던
사람"으로서의 '그대'를 "혹시 못 만나게 되더라도" 시인이 살아 있는
이 순간, "적어도 이 봄밤"에는 '그대' 역시 "이 세상 안에서 서성"이
며 봄밤의 향기를 공유할 수 있기를 바란다. 꿈 안팎을 진동하는 봄
밤의 그윽한 향기가 과거와 현재를 이으면서 생의 감각을 복원시켜
주고 있기 때문이다.
　　시인은 이렇듯 '최후의 마지막' 이전에 '이 세상 안에서의 서성거
림'을 소망한다. 그리하여 「마지막 날1」에서 시인은 "하늘 한편이 기
울 만큼 / 갈까마귀 줄지어 날아가는 꿈을 꾸다 깨"어 초여름날에
빗속의 산책을 나간다. 그때 "층계 창을 통해 / 확 달려드는 빗소리
와 싱그러운 물비린내"를 접하면서 "어떻게 하면 이것들을 챙기지
않고 가지?"라며 반문한다. '죽음의 전조' 같은 꿈과는 달리 '싱그러
운 현실' 앞에서 시인은 생생한 감각의 현실을 챙기고 싶은 미련을
드러내는 것이다. 「마지막 날2」에서도 시인은 "사방에 녹음 넘칠 때",

"초여름 농사철 막 끝난 후 / 조금 한가해진 신작로를 걷다 가고 싶"
다고 고백한다. 하지만 "평생 한 길 취하고 다른 한 길 버리는 일 하
고 살았으니 / 마지막 한 번쯤 한꺼번에 둘 다 취해볼 수 있지 않을
까?"라는 자문은 둘 다 취하기 어려운 욕심임을 보여준다. 운명으로
서의 생은 시인의 욕심을 그대로 수용할 만큼 그렇게 녹록하지 않은
것이다.

　떠날 준비와 남는 마음의 역설을 가장 잘 보여주는 모티프는 '꿈'
이다. 「꿈-조신(調信)의 노래」에서 시인은 '꿈'이 "삶의 무엇을 위한
준비"인지를 자문한다. "한번 지나가면 이룬 일, 못 이룬 일" 상관없
이 "모두 뒷모습만 보이며 가는 삶" 속에서, '사랑과 사랑의 허물어
짐 사이'에서 배회하는 것이 인생일지도 모르겠기 때문이다. 그저 시
인은 "꿈에서 깬 삶이 적어도 꿈의 삶만큼 허허롭기를 빌 뿐"이다.
'꿈을 깨고 난 뒤 현실에서 체감하는 허허로움'이 '꿈의 삶의 허허로
움'을 닮아 있기를 바라는 것은 꿈과 현실이 뒤섞이는 노년의 삶을
보여준다. 현실인 듯 꿈인 듯 그렇게 허허로운 감각이 깊어져 가는
것이 노년의 인생인 것이다.

　시인은 꿈속에서 자주 만나는 함백산을 떠올리며, "생김새 뛰어
나거나 높이에 비해 장엄하지도 않은 / 그저 수수한 산"(「함백산」)
인 함백산이 시인에게 "그렇게 살자고 충동이"고 있음을 고백한다.
때로 시인은 "잘린 나무들만 여기저기 쌓여 있는 꿈을 꾸다 깨는
잠"(「늦가을에」) 속에서 "이은 데"가 "자꾸 벌어지는 다리 같은 잠"
이 되어, "그 자리 점점 더 벌어져 / 도저히 건너뛸 수 없는 '건너편'
이 되진 않을"지를 고민하기도 한다. 그러나 시인은 아직 견딜 만하
다. "마지막으로 본 10여 년 전 얼굴"의 친구를 꿈에서 만나 친구가
자신에게 "어디 견딜 만해?"(「견딜 만해?-미국 의사가 되어 2년 전
삶을 마감한 강화도 친구 김창영에게」)라고 묻는 꿈을 꾸지만, 꿈에

서 나온 시인이 "가을꽃 같은 마른 체취"를 느끼며 "너 있는 거긴 그래 견딜 만하냐?"라고 물어보지 못한 사실을 현실에서는 후회할 수 있기 때문이다. 꿈은 현실에서 살아 있는 자가 꾸는 것이기에 시인은 생을 견뎌내며 꿈을 계속 꾸는 것이다.

시인은 꿈을 통해 꿈 속의 현실과 꿈 바깥의 현실이 지닌 상사성과 차이를 느끼며 두근거리는 생의 감각을 유지한다. 그리고 사유한다. 나의 삶은 일장춘몽인가 아닌가? 나의 삶은 감각 가능한 것인가 아닌가? 사유는 감각을 통해 단련되는가 그렇지 않은가? 나의 시는 나의 두근거리는 감각을 형상화할 수 있는가 그렇지 않은가? 실존적 죽음을 곁에 둔 노년의 시인은 지속적으로 호기심 어린 질문들을 던진다. "아주 쓸쓸치는 않은, 쓸쓸한 미소"(「팔공산 황태」)를 지으면서 말이다.

6. 봄밤에 서성이다

황동규 시인은 서성거리고 있다. 시인이 서성거리며 빚어낸 '연옥의 봄'은 지인의 부음으로 시작하여 삶과 죽음 사이를 왕복하면서, 감각을 소환하고 마음의 자리를 들여다봄으로써 꿈과 현실의 사이를 유동한다. 이때 중요한 것은 두근거리는 생의 감각이다. 죽은 자는 말이 없지만, 산 자인 시인은 호기심 어린 '어린이의 눈'으로 자신과 타인과 세계를 응시한다. 그것이 연옥 같은 이 세상을 견뎌내는 방식이기 때문이다.

지금은 2017년 1월의 겨울이다. 광화문 광장에서는 2016년 10월 말 이래로 4개월째 '촛불'의 시민혁명이 진행 중이다. 지난 100여 년간 쌓여온 한국 사회의 적폐와 모순을 해소하기 위해 다양한 시민의 요구들이 모여 '촛불의 목소리'로 응집하고 있다. 권력을 장악한 기득권 세력이 부당한 정치권력의 행사 속에 부패한 자본 세력과 결탁하여 두 세기를 지배해 왔음이 한꺼번에 적나라하게 노출되면서 새로운 국가 개조의 필요성이 대두되고 있다.

2016년 4월 16일 발생한 세월호 참사 이래로 대한민국은 '지옥의 축도'로서 '헬조선 사회'임을 보여준다. 그런 '헬조선 사회'를 '자유롭고 정의로운 건강한 대한민국'으로 재구성하기 위해서는 '연옥의 봄'에 대한 상상이 필요하다. '연옥'이 지옥과 천국을 매개하면서 천국을 지향하듯 우리 시대는 '연옥의 봄'을 통해 더 나은 자신과 세상을 욕망한다. '지옥 같은 헬조선'을 '연옥'으로 끌어올리는 동력은 역설적이게도 광화문 광장을 서성이는 촛불의 두근거림들이다. 그 두근거림들이 모여 광장을 감각하고 사유하고 실천하고 행동함으로써 '연옥의 봄'은 다가온다.

우리는 2017년 '대한민국'이라는 '연옥'에서 어떤 '봄'을 상상할 수 있는가. '새로운 대한민국'에 대한 상상이 우리를 연옥으로부터 구원할 것이다. 단테가 『신곡』에서 베르길리우스와 베아트리체와 동행하면서 '연옥'과 '천국'을 순례했듯, 우리는 촛불의 민심을 통해 '연옥의 봄'을 상상할 수 있다. 촛불의 바다에서 "어둠은 빛을 이길 수 없다. 거짓은 참을 이길 수 없다. 진실은 침몰하지 않는다. 우리는 포기하지 않는다."라는 상식과 합리가 공정하고 평등한 대한민국의 민주주의를 실현할 원칙이 될 것이다. 2017년 어느 봄밤이면 그윽한 꽃향기와 함께 어둠을 이기는 촛불을 들고 광장에서 봄밤을 서성이리라.

(『현대시학』, 2017년 봄호)

자의식의 풍경과 가난의 추억을 곱씹다

― 신영연의 『안녕이 저만치 걸어가네』, 성백술의 『복숭아나무를 심다』론

1. 풍경의 두 가지 발화 방식

시인은 풍경을 의미화하여 발화하는 존재다. 발화적 존재로서의 시인들은 풍경의 안과 밖을 투시하며 새로운 언어로 창조의 공간을 주조한다. 신영연 시인과 성백술 시인은 시가 풍경을 의미화하는 두 가지 서로 다른 표정을 보여준다. 신영연 시인은 풍경 너머의 세계에 숨겨진 의미들을 찾아내기 위해 언어와 소리에 주목하여 가시적 현상 이면을 응시한다. 성백술 시인은 과거와 현재의 대화를 통해 농촌과 도시, 가난과 기억을 추체험하는 발화법을 보여준다. 서로 다른 표정 속에서 두 시인은 자의식의 풍경과 추억의 풍경을 보여주며 풍경의 이질성을 독자에게 선사하는 것이다.

신영연 시인은 〈시인의 말〉에서 시가 "숨겨진 것을 찾는 시간의 걸음들"의 궤적을 보여준다고 피력한다. 가시적 현상 너머에 비밀스레 숨겨진 진실을 추적하는 것이 시인의 책무이기 때문이다. 결국 '숨겨진 것의 발견'이 곧 '시의 보물찾기'에 해당하는 것이다. 시인은 그렇게 "시의 배경 속에서"(박수연), 배경과 배경 너머를 탐색하며

시를 탄생시키고, 그 배경 너머의 진경을 파악하기 위해 묵직한 행보를 보여준다. 그리고 그것은 언어와 소리로 빚어진 풍경을 채집하여 의미화함으로써 사유의 관념화 노력을 보여준다.

성백술 시인은 '시인의 말'에서 자신의 시가 "알코올중독, 니코틴중독, 애정 결핍 그리고 지독한 가난과의 싸움" 등의 중독이 남긴 '배설물'에 해당한다고 고백한다. 이때의 중독은 치명적인 것이지만 시인에게는 카타르시스적 승화를 위한 촉매제 역할을 담당한다. 그러나 역설적이게도 그의 시적 지향은 아침이슬을 닮아 있다. "지독한 외로움"과 "지독한 그리움의 생채기"에서 흘러내리는 "투명한 수액"으로서의 '아침이슬'을 노래하고자 하기 때문이다. 시인은 외로움과 그리움의 수액이 "가슴속의 새"로 부화되어 "자유와 평등의 세상"을 향해 날아가며 "사랑과 평화"의 노래가 울려퍼지길 고대하며 첫 시집을 상재한다. "시를 사는 자의 노래"(방현석)가 그의 지향점이기 때문이다.

두 시인은 숨겨진 진실을 발견하고 중독의 후유증을 치유하기 위해 시를 쓴다. 그리고 그것은 두 시인에게 각각의 구심점 역할을 수행하면서 시적 태도를 발산과 수렴의 인식으로 일관하게 한다. 이 시인들의 '발견과 중독'에 대한 태도는 시의 위의(威儀)가 '진실과 치유'에 닿아 있음을 보여준다. 그리고 그것이 시인 개인의 구체적 경험과 추상화의 집적 노력 속에서 빚어낸 시의 외연과 내포임을 확인하게 된다. 이제 그 진경을 만나 두 가지 서로 다른 풍경의 구체적 의미를 공유해볼 시간이다.

2. 언어와 소리와 바람을 만나다 – 『안녕이 저만치 걸어가네』

신영연 시인은 언어에 민감하고 소리에 주목하며 바람의 무늬를 읽어내기 위해, 『안녕이 저만치 걸어가네』를 상재한다. 특히 시인은 「바퀴의 궤적」에서 바퀴가 굴러가며 만들어낸 '궁구른 궤적'에서 바람의 탄생을 읽어낸다. 시인은 바퀴의 흔들림 소리가 전하는 진동이 바람을 탄생시킨 기원이라고 파악하는 것이다. 세상이라는 바퀴의 굴러감과 궁굴림은 시인에게 "둥근 멀미"가 되어 원점으로 돌아가는 길을 보여준다. 그리하여 바퀴는 "투명한 바람의 자식을 낳으며", "한 시대의 무게와 상생의 중력"을 통해 흘러가는 존재태가 된다. 바람의 소리를 전하며 굴러가는 '관념의 바퀴'는 추상화된 생의 궤적을 다양하게 그려내는 것이다.

바퀴의 궤적을 기록해온 시인은 우선 첫째로 언어에 민감하다. 시인에 의하면 "책들의 반란"이 "칸칸이 빼곡한 책장에서 시작되었"으며, "책에도 암·수가 있어 / 말씀의 새끼들을 출산"(「암·수의 글자들이」)할 수 있는 것으로 파악된다. 그리하여 책이 '말씀의 자식'들을 생산하는 원형이라는 인식을 보여준다. 또한 시인에게 '삶'은 "언어를 마중 나가는 일의 연속"이며, "마침표는 시작의 다른 이름"(「말을 하자면 말이야」)일 정도로 언어는 유의미한 도구로 파악된다. 그러므로 언어는 "사유에 코드를 꽂고 / 인간을 빌려 살아가는" 존재태로 인식된다. 뿐만 아니라 시인에게 "말줄임표는 누군가 꿈꾸다 채 걷지 못한 발자국"(「부메랑효과」)에 해당하며, 시인은 "돌고래의 등뼈로 책장을 만들"면서, "언어로 이은 문장"(「물결의 책장」)을 입에 물고 있는 새를 바라보는 존재가 된다. 이렇듯 시인은 책장과 책들 속에서 길러지고 부려진 언어를 통해 자신의 사유를 개진한다.

그러나 시인은 역설적이게도 난독증에 걸려 있다. 왜냐하면 "가

파른 책 속의 글자가 너무 울퉁불퉁하"고, 시인이 "읽으려는 글자는 풀려 나오지 못하고 입말로만 중얼거"리기 때문이다. 그러므로 "물에 빠진 자유를 속독으로 읽어내려"가면서 시인은 책을 "한 페이지도 넘기지 못했지만, 비로소 물의 자유를 정독"(「얼음책」)함으로써 난독증을 해소하기 위한 노력을 진행한다. 결국 시인은 책장 사이에서 배회하며 난독증과 정독행 사이에서 언어의 진경을 마주하려 노력하는 언어사유주의자인 것이다.

시인은 두 번째로 소리에 민감하다. 시인은 "서른여덟 번째 계단에서 피리를 부"(「가자!」)는 존재로서 "밥줄에 연연하지 말고 / 한 번쯤은 내 뜻대로 / 펀치를 날려보"고 싶어한다. 피리부는 시인은 특히 "물비늘 위에 음표를 적"고 그 "음표를 들여다보며 고독의 깊이"(「물결의 책장」)를 생각하는 존재일 정도로 음표와 소리를 사랑한다. 뿐만 아니라 시인은 "섬"이 되어서도, "흑과 백이 넘나드는 건반의 거리"가 "한 몸으로 떨리는 울림"(「섬」)이 되어 "파고의 운율이 생이어도 좋"겠다는 마음을 갖는다. 파도의 운율 같은 건반의 울림 속에서 시인은 섬의 고립감을 넘어설 수 있기 때문이다.

이토록 소리에 민감한 시인이기에 "고요한 허공의 입구에서 / 동심원 그리며 소리들이 유전자처럼 낙하"하는 모습을 읽어낼 수 있는 것이다. 그리고 "말을 얻지 못한 씨앗들이 손에서 뛰쳐나와 / 온몸으로 피워낸 둥근 소리꽃"을 보면서 "소리의 방언이 빚어낸 몸짓"이 "춤"(「소리꽃1」)임을 알아채기도 하는 것이다. 이렇듯 시인에게 소리는 언어로 피워내는 소리의 몸짓으로 변이된다. 그것은 소리가 공감각적 심상의 원형에 해당하는 청각적 시각 영상임을 보여준다.

소리와 음표를 중시하는 시인에게 생이란 빛과 어둠의 이중주 속에 "조정과 조율이 끊임없이 필요"한 상태이다. 그래서 "현의 떨림으로 관을 울리는 소리의 혼"(「조율의 필요학」)이 현악기와 관악기의

200 풍경의 그림자들

"이중주 합주곡"으로서 따뜻하게 완성되기를 고대한다. 그 합주가 바다와 하늘의 교차점처럼 겹쳐지면서 "순정의 음률"을 선보일 것이기 때문이다. 결국 시인은 소리와 음표로 세계의 풍경을 해독하고 있는 것이다.

시인은 세 번째로 자신을 응시한다. 시인은 "족보 없이 한 배를 탄" '물의 사생아'(「물의 사생아」)로 자신을 규정한다. 사생아적 인식을 가진 시인은 안녕하지 못하다. 그래서 "안녕이 저만치 걸어가"(「그만하신가」)는 모습을 지켜볼 뿐이다. 하지만 시인만이 사생아인 것은 아니다. 시인이 "왼발과 오른팔이 짝이 되는 최면에 걸린 종족과 나란히 걷고 있는 중"(「그만하신가」)이기 때문이다. 결국 안녕과 불화한 사생아들이 인간이며, 인간이라면 누구나 인간 종의 선천적 한계를 자인하며 불안한 행보를 보여주는 것이다. 그렇게 안녕이 멀리 떠나는 모습을 지켜보는 시인은 "허름한 저녁이 위로하는 횡단보도 앞에"서 "순탄한 보폭이 익숙하기도 전에 빨간 신호등에 발이 엉켜", "스텝을 잃고 두리번거리는 일이 잦아"(「신호등」)진다. 그만큼 시인은 자신을 비틀거리는 존재로 인식하고 있는 것이다.

그렇다면 시인은 왜 흔들리는가? 그것은 시인이 디지털 시대와 불화한 채, '그리움의 각도'를 내장한 아날로그적 존재이기 때문이다.

　　하늘을 쳐다보거나 / 첫눈을 기다리는 목선의 각도는 그리움의 각도이다 / 아날로그의 흔적이다 / 어떤 바람에도 흔들리지 않아 / 닿아도 새 나오는 / 그리움은 폴폴 나려, 앉을 것만 같다 / 희디흰 눈밭에 부리를 묻을 것만 같다
　　- 「목선의 각도」 전문

시인은 「목선의 각도」에서 하늘을 올려다보거나 첫눈을 기다리면

서 "목선의 각도"를 상상한다. 그리고 그때 그 "목선의 각도"는 하늘과 첫눈에 대한 "그리움의 각도"로 인식된다. 그리하여 그 '하늘과 첫눈'을 기다리는 '기다림의 각도'는 시인의 아날로그적 흔적을 보여준다. 결국 시인은 "그리움의 각도"가 빚어내는 "아날로그의 흔적"(「목선의 각도」)을 그리워하는 존재인 것이다. 이때 '그리움'은 시인의 감수성을 넘쳐흘러, 감추려해도 '새어나오는' 감정의 과잉을 보여준다. 그러므로 시인은 그리움을 닮은 새처럼 "논밭에 부리를 묻"고 겨울의 감수성을 펼쳐보이고 싶은 것이다.

시인에게 "내리막길은 그리움의 길"(「빗방울」)을 보여준다. 그리고 "그리움의 각도"를 내장한 시인은 "잔양잔양 바람의 말"을 들으며 "탄력적인 허공에"서 날고 있는 "외눈박이 연"(「연애의 법칙」)과 같은 자유로운 연애를 꿈꾼다. 그리움과 자유 연애를 상상하는 시인에게 "물은 제 몸의 전부를 열어놓고 / 스스로의 진동으로 얼룩을 지우"(「얼룩」)는 존재로 여겨진다. 시인은 이처럼 물의 이미지에서 자신의 속내를 드러낸다. "헤아릴 길 없는 물결의 지도를 그리"며 얼룩의 현실을 지워내고 싶어하는 것이다.

이렇듯 시인은 언어와 소리와 바람의 궤적을 응시하며 시인의 속내를 숨겨진 듯 들춰본다. 그 모호한 그리움의 양상은 바람을 닮아 있기에 미정형의 형태로 독자에게 제시된다. 그러나 우리 생의 흔적이 정형화된 감각으로만 제시되지 않는다는 점에서 시인의 숨겨진 것의 진실 발견하기 프로젝트는 지속적으로 진행되어야 마땅하다.

3. 가족과 가난과 그리움을 추억하다 – 『복숭아나무를 심다』

성백술 시인은 가족과 자연, 가난과 자본, 그리움과 풍경을 추억한다. 우선 시인은 가족의 사연이 서린 풍경을 주목한다. 시인이 전형적으로 농촌공동체의 정서를 내면화한 농군의 자식이기 때문이다. 성백술 시인에게 '길'은 "밤새도록 내린 눈"이 쌓여 "새벽을 밟고 떠나는 먼 길"의 이미지를 내포한다. 그 길은 그냥 떠나는 것이 아니라 "더운 밥 훌훌 말아 / 허전한 시장기 때우고" 가는 것이며, "어여 가거라 / 몸 성하거라"라는 말을 전해주면서, "예전엔 아비가 그렇게 떠나던 길"을 "이제는 아들이 떠나는 / 새벽 먼 길"(「새벽길」)의 이미지를 내장한다. 시인에게 「새벽길」에서의 '길'은 일터로 떠나는 부자의 인연이 중첩되면서 길의 애틋한 사연과 따뜻한 의미를 증폭시키는 공간이 되는 것이다.

시인은 '산막리'에서 "날마다 지게를 져야 했"던 "농투사니의 운명"을 수용한 농군이다. 하지만 처음부터 그런 것은 아니다. "모든 것에서 밀려난 소외"와 "풀빛처럼 투명한 외로움의 세월" 속에서 "아버지 어머니의 / 호미처럼 닮은 손"과 "흑인처럼 검게 탄 한평생"(「산막리에서」)을 응시하면서 비로소 시인은 자신의 운명을 수긍할 수 있게 된다.

하마 누가 올라나 / 푸른 산자락 온 산천이 / 눈 속에 뒤덮여 / 골짜기 어둠은 시나브로 나부끼고 / 한 생애 문풍지를 가늘게 울리면서 / 저놈의 저수지가 늑대처럼 우는구나 / 공사 날망 찻길이 또 끊기겠지 / 소리 없이 쌓이는 불면의 눈송이들 / 늦도록 이불을 기우다 / 부엌의 마른 군불을 지피는 어머니 / 아른거리는 아궁이 장작불 속에서 / 어린 날의 새들은 날아다니며 / 도깨비춤을 추고 / 멀리 공동묘지엔 처

녀 귀신도 나와 울 때에 / 깜깜한 하늘 천마산 어디쯤 / 우르르 우르르
겨울 산이 무너진다 / 잔가지마다 몰아치는 눈바람소리에 / 덜거덕거
리며 사립문도 우는데 / 하마 누가 올라나 / 가슴은 자꾸 두근거리는데
    - 「눈 오는 밤」 전문

　　이번 시집의 절창에 해당하는 「눈 오는 밤」에서처럼 시인의 대표
적인 서정시는 정중동의 진경산수화를 보여준다. 짙은 어둠 속에서
온 산천이 눈에 뒤덮여 있는데, 문풍지 소리와 함께 저수지의 소리
만이 깊은 밤을 울리며 늑대 울음소리처럼 다가온다. 그리고 그 소
리는 찻길의 끊어짐을 상상하게 한다. 뿐만 아니라 "불면의 눈송이
들"이 소리없이 쌓이면서, 어머니는 군불을 지피고 이불을 기우면서
밤은 깊어간다. 이윽고 눈바람 속에서 온 "겨울산이 무너지"면서 시
인은 "하마 누가 올라나"하는 기대감으로 겨울밤의 두려움과 두근
거림을 아늑하게 노래한다. 이렇듯 성백술의 시는 향토성과 이야기
성을 살려낸 토속적인 1930년대 백석의 시를 닮아 있다.
　　시인은 '부모바라기'이다. 왜냐하면 "뻐꾸기 우는 유월"에 "마치
풀과 전쟁이라도 하듯" 끝없이 밭 속으로 들어가는 어머니를 응시하
며 시인은 뻐꾸기로 변신하여 "이제 풀 따위는 매지 말아요"라며 "뻐
꾹- 뻐꾹-"(「뻐꾸기 우는 유월」) 울어예는 사모곡을 부르기 때문이
다. 뿐만 아니라 "술에 취한 아버지"를 모시고 들어오면서는 "아버지
에게서 사라져간 잔인한 희망과 / 아픈 가슴이 쓰리도록 푸르게 되
살아오는 / 캄캄한 세월의 기억들"(「아버지의 외출」)을 떠올린다. 농
투사니 부모님의 가난과 노동은 시인에게 물질적 정신적 성장통을
제공해준 원형에 해당한다. 그러므로 시인의 시적 기원에 부모의 유
전 형질이 새겨져 있는 것이다.
　　시인의 농촌 생활은 아버지가 "비닐에 구멍을 뚫고 / 어머니가

얽은 손으로 고추 모를 세우면", 자신이 "물을 길어다 흠뻑흠뻑 붓는"(「고추 모종」) 풍경 속에 고추 모종을 진행하면서 가족 공동체적 정서의 복원으로 되살아난다. 하지만 시인은 "낫을 갈면서 / 육십 평생 농사에 땅 한 평 없는 / 아버지 어머니를 생각"(「낫을 갈면서」)하고, "몸져누워 쉴 날 없었던 아버지 어머니"의 "무지한 농투사니"로서의 삶 속에서 과연 이 "땅의 주인은 누구인가"를 자성하게 된다. 시인은 소작농으로 생활하며 자식을 키워낸 부모의 평생을 통해 한국 사회의 문제적 지형을 읽어내게 되는 것이다.

두 번째로 시인이 주목하는 것은 자연친화적 풍경들이다. 시인이 지닌 농촌공동체에서의 가족애의 경험은 따뜻한 자연친화적 공간을 상상하게 한다. 그리하여 시인은 자연 속에서 세상을 배운다. 바람이 불면 대추알 떨어지는 소리를 들으며 공장으로 떠난 '계집애'를 회상하며, "때로 힘겨운 세상 진저리치며 살더라도 / 바람 속에 의연히 깃발 흔드는 / 대추나무처럼만 살"라며 "대추알 같은 사랑"의 기억을 떠올린다. 그렇게 "후드득 떨어지는 대추를 씹으면"서 시인은 "문득 그리운 계집애"(「대추를 씹으며」)를 추체험하고, 사랑의 정서를 아련하게 복원하는 것이다.

시인은 무량산처럼 "쉬 속내를 드러내지 않는"(「무량산」) 산을 걸으며 그 깊은 속을 헤아리면서, 자신의 생이 "절벽을 움켜쥔 채 기어오르는' 소나무와 참나무의 뿌리'를 닮아 있음을 체감한다. 가난과 노동에 힘겨웠던 자신의 생이 비탈진 절벽에서 간신히 가까스로 생을 움켜쥔 나무의 뿌리를 연상케 하는 것이다. 시인은 오늘 "산비탈 묵정밭을 일궈 / 복숭아나무를 심"으며, 그 오늘이 "내일을 위해 / 한 그루의 희망을 심어야 하는 / 바람 시린 봄날"(「복숭아나무를 심다」)임을 자각한다. 이렇듯 시인에게 봄은 사랑과 생명과 평화와 자유가 살아숨쉬는 터전이다. 그리하여 "모든 것은 너로부터 시작"된다면서 "봄바람"이 불어오라고 "봄날의 축제"(「불어라 봄바람」)를 호출한다.

하지만 시인의 희망은 낭만적 색채만을 띠는 것이 아니다. 앞산과 뒷산에서 쫓겨다니는 '노루'의 "눈 속에 찍혀 있는 반역의 빛살들"을 보면서, 일생 동안 "반역의 몸짓으로 살아있는" "종족의 위대한 영광"(「노루」)을 상상하기 때문이다. 시인은 "떡잎 같은 희망 하나 간직"하며, "그리움의 생채기에서 흘러내리는 / 불빛 하나 따스하게 피어있"음을 알지만, 그것이 "눈물겨운 / 어머니 품을 닮은 겨울 골짜기"(「겨울 골짜기」)를 내포하고 있음을 알고 있다. 희망은 절망 속에서 피어나는 '반역의 영광'임을 체감하고 있는 것이다. 그러므로 시인은 자신의 땀과 고통과 가난과 절망과 "이루지 못한 사랑 / 다하지 못한 청춘을 뒤섞어", "푹 썩은" "한 무더기의 거름"이 되어, "한 줌 햇살과 바람 속에 흐드러져 / 새롭게 피어나는 봄의 소식"(「거름의 향기」)을 전하고 싶어한다. 시인의 생을 발효시킨 거름이 봄소식이라는 희망의 밑거름에 기여하기를 고대하는 것이다.

시인은 세 번째로 자본주의 도시에서 소외된 노동을 수행하며 가난과 절망을 토로한다. 시인은 대도시 서울에서 만난 '광장의 호흡'을 외면하지 않는다. 그리하여 광화문 광장을 지나 골목길을 누비며 청계천 광장으로 향하면서, "별빛도 얼어붙은 영하의 밤길"에 "밤하늘의 별빛 같은 촛불의 바다"(「너를 만나러 가는 길」)를 만나러 움직인다. 시인이 촛불의 광장을 찾아가는 이유는 시인 자신이 "실업자 산업예비군"이자 "거지 백수건달", "쓸모없는 잉여인간"이 되어 "저임금 이윤 착취의 볼모"로 기생한다는 노동자의 자의식을 가지고 있기 때문이다. 시인은 "무산계급의 고등실업자"(「취업시장」)이자, "게으른 실업자"(「공중목욕탕에서」)로서, 노가다 인생이 되어 "막다른 인생의 벼랑에 배수진을 치고 / 이른 아침 영등포 역전 인력시장

에 나와 / 오늘도 몸을 팔"며 "젊은 인생을 파"(「인력시장」)는 존재
인 것이다. 시인은 "고시원의 한 평 독방"(「지상의 방 한 칸」)이거나
'다세대주택 반지하 셋방'(「마음의 감옥」)을 전전하면서 일용직 노
동자가 되어 "그리운 것들은 모두 멀리에 있"을 뿐인 '모텔'(「그리운
모텔」)을 전전해야 하는 존재이다. 그러므로 때로 로또복권으로 "일
확천금의 요행"(「로또복권」)을 바라기도 하지만, "인생역전 대박의
꿈"은 "허망한 꿈"에 불과한 "일주일간의 행복한 기다림"임을 알고
있다.

그러므로 시인은 "자본주의 천국"에 대해 비판적 자의식을 가지
고 있다. 그 나라는 "아흔아홉 가마의 쌀을 가진 부자가 / 한 가마
의 쌀을 가진 자를 수탈하는 나라"(「자본의 굴레 1」)이며, 시인은
"부자유한 몸뚱이 하나"로 "잠이 오지 않는 도시의 한 귀퉁이 / 이
불 속 쓰라림 속에"서 "독한 바람"(「자본의 굴레 2」)을 맞아야 하
는 존재이기 때문이다. 때로 시인은 "공공근로 비정규직 산불감시
원"(「산불감시원」)이 되어, "모든 것이 검게 타버린 세월" 속에서 "시
커멓게 죽어버린 나무들의 상처"가 깊게 드러나지만 "봄이면 까만
땅속에 꼼지락꼼지락"거리며 다시 나무가 뿌리를 내리고, 풀꽃이 새
싹을 내밀면서 "다시 시작되는 생"이 얼마나 황홀한지를 목도한다.

시인은 홀로 라면을 끓여 먹으며 20년 전에 할머니와 어머니께서
끓여주시던 수제비국을 떠올린다. 수제비와 라면은 "그제나 이제나
달라진 거라곤 별반 없는 세상"에서 "식민과 자본의 아픈 역사"를 증
거하는 간식이자 주식이다. 그리하여 시인은 "살기 위해서 먹는가 /
먹기 위해서 사는가"를 자문하며 "살점을 저미는 분노"(「라면과 수제
비」)를 느낀다.

이렇듯 시인은 부모의 가난한 농촌 생활 속에서 자연과 인생을
배운다. 그곳에서는 봄이 희망의 전령사임을 확인할 수 있기 때문이

다. 하지만 농촌을 떠나 흘러든 대도시 생활은 시인에게 고등실업자로서 가난과 절망을 가르칠 뿐이다. 그러나 그럼에도 불구하고 농촌 공동체의 정서를 체화한 시인은 혹독한 겨울 같은 자본의 공습 앞에서 노동의 봄날을 고대한다. 자본에 대한 비판적 현실 인식 속에서 버거운 생존을 노래하면서도 이 겨울이 지나면 따스한 봄소식이 도래할 것을 믿기 때문이다.

4. 언어와 가난이 이루는 풍경

신영연의 언어는 성백술의 가난이다. 신영연의 소리는 성백술의 가족이다. 신영연의 언어와 소리는 바람의 궤적을 타고 우리에게 소식을 전해온다. 성백술의 가난과 가족은 희망과 추억이라는 이름으로 우리에게 그 표정을 보여준다. 신영연의 세계가 언어와 소리가 추상해낸 풍경의 자의식을 보여준다면, 성백술의 세계는 가난한 풍경의 표정을 밑면에 깔면서도 가족 공동체의 따뜻한 재구성을 열망하는 기대를 간직하고 있다.

신영연의 세계는 낯설면서도 낯익다. 미래파가 선취해서 익숙한 이질적 표상들의 조합이 새로운 이미지의 낯선 건축으로 드러나고 있기 때문이다. 낯설면서도 낯익은 풍경 속에서 신영연의 자의식은 언어와 소리의 표정을 채집하는 데에 닿아 있다. 그렇다면 그 언어와 소리에는 신영연만이 보유한 '목선의 각도'와 '그리움의 표정'이 묻어나야 한다. 그래야 그 낯설면서도 낯익은 표정에 시인의 개성이 새로움으로 덧입혀질 수 있기 때문이다.

성백술의 세계는 익숙하다. 가난의 굴레와 자본의 공습 속에 인간에 대한 연민과 타자성을 놓치지 않고 있기 때문이다. 자아의 중얼거림이 주체성의 과잉으로 돌출적으로 출몰하고 있는 풍토에 시인은 1970~80년대적 농촌공동체의 풍경과 자본주의의 폐해적 공습을 익숙한 표정으로 드러낸다. 이렇듯 성백술의 세계는 2010년대를 살고 있는 1980년대적 풍경이라는 점에서 새로운 시대적 개성의 맹아를 내포하고 있는지도 모른다.

신영연과 성백술은 2010년대 서정의 서로 다른 두 가지 풍경을 보여준다. 한편으로 자의식과 씨름하며 언어와 소리로 새로운 세계를 가공하는 모더니스트를 만날 수 있으며, 다른 한편으로 신자유주의의 난맥상 속에서도 향토적 서정의 세계를 추구하는 리얼리스트의 가능성을 모색하고 있기 때문이다. 정해진 길을 걸어가는 것이 아니라, 구체적인 경험 속에서 추상의 길을 새로이 열어젖히며 개성적 창조의 길을 열어가는 것, 그것이 2016년을 살아가는 우리 시대의 서정이 아닐까 싶다.

(『시에』, 2016년 봄호)

3부

───────

무허가적 상상력

▪무의지적 기억의 환기, 비 오는 날이면 손칼국수 집으로
— 김종해 작품론

▪'텅 빈 마을'의 흔적을 추억하는 허허로운 마음 풍경
— 박운식 작품론

▪초록과 일상의 역설적 사유 – 유종인 작품론

▪'무허가적 상상력'으로 꿈꾸는 혁명 – 송경동 작품론

▪고요와 추억에 물들다 – 임동확 작품론

무의지적 기억의 환기,
비 오는 날이면 손칼국수 집으로

– 김종해 작품론

1. 시력(詩歷) 60년을 넘는 서정의 온기

　김종해 시인은 등단 60년이 넘은 부산 출신의 대표적 서정시인이다. 1941년 부산에서 태어난 시인은 부산 남중학교를 졸업한 이후 점원과 철공소 노동을 하다 500톤급 여객선의 선원 생활을 경험하기도 한다. 1960년 부산 해동고를 졸업하면서 『흐름』이라는 육필시집을 내기도 하지만, 1963년 『자유문학』에 필명 '남궁해'로 시 「저녁」이 당선되어 정식으로 등단한다. 잡지가 폐간된 이후 다시 1965년 『경향신문』 신춘문예에 시 「내란」으로 재당선되어 심사위원 박목월과 조지훈의 재평가를 받게 된다. 이후 1966년 첫 시집 『인간의 악기』를 간행하고 〈현대시〉 동인에 가입한 이래로 2023년 출간한 13번째 시집 『서로 사랑하기에는 시간이 너무 짧다』에 이르기까지 60년의 시력을 보유한 그야말로 왕성하게 현역 활동을 지속하고 있는 원로 시인이다.

　뿐만 아니라 1979년 도서출판 문학세계사를 창립하여 현재까지 발행인 역할을 수행하고 있고, 2002년 계간 시전문지 『시인세계』를 창간하여 12년 동안 운영을 했으며, 2004~2006년에는 제34대 한국시인협회 회장을 역임한 바 있다. 현재는 한국시인협회 평의원으로 현역 활동을 지속하고 있으며, 현대문학상, 한국문학작가상, 한국시협상, 구상문학상본상 등을 수상한 바 있다. 20대 초반인 1963년에 등단했으니 김종해 시인은 시력만으로도 환갑을 넘은 셈이다. 세는 나이로 팔순이 넘었을 뿐만 아니라 등단 이후의 시 창작 활동만으로도 60년이 넘었으니, 시인으로 천직의 길을 걷고 있는 흔치 않은 장인(匠人+長人)인 셈이다. 그렇게 시인이 걸어온 60여 성상(星霜)의 시적 편력(遍歷)은 대한민국 서정시의 흐름과 궤를 같이 한다고 파악된다.

2. 무의지적 기억의 맛을 찾아서

시인의 신작시 「손칼국수 그집」은 60년의 시력을 내장한 김종해의 시 세계를 압축적으로 보여준다. 비 오는 날 점심을 먹기 위해 들른 칼국수 집에서 '어머니의 손맛'을 끄집어내면서 마르셀 프루스트의 『잃어버린 시간을 찾아서』에 나오는 '마들렌과 홍차'처럼 무의지적 기억의 흔적을 찰나적으로 마주하게 되는 진경이 드러나기 때문이다.

비오는 날은 칼국수 / 점심을 먹으려고 우산을 편다 / 우산 위에서 튀는 빗방울 / 광흥창역 네거리 / 칼국수집으로 가는 동안 / 밀가루 반죽을 방망이로 치대는, / 펄펄 물이 끓어오르는 / 광흥창역 네거리 칼국수 그집 / 바지락조개 다싯물을 마실 때마다 / 칼로 썬 굵은 국수가락이 / 어머니의 손맛을 흔든다 / 비오는 날 손칼국수 그집엔 / 특별

한 것이 있다 / 징소리마저 귀에 덩덩 울린다
  -「손칼국수 그집」전문

시인은 "비 오는 날"이면 칼국수로 점심을 때우기 위해 우산을 펴
든다. 우산 위로 떨어지는 빗방울 소리를 들으며 시인이 가는 광흥
창역 네거리의 칼국수집은 고전적인 방식으로 "밀가루 반죽을 방망
이로 치대는" 맛집이다. "펄펄 물이 끓어오르는" 그 집에서 "바지락
조개 다싯물을 마실 때"면 시인은 "칼로 썬 굵은 국수가락"에서 "어
머니의 손맛"을 환기해낸다. 그리고 그 손칼국수 집에서는 "특별한
것"이 있어 "징소리마저 귀에 덩덩 울리"는 현상을 체험하게 된다.
단순한 이명 현상이 아니라 내면의 귀에 울려오는 징소리는 그 집
이 시인의 무의식에 담겨 있는 '어떤 기억의 맛'을 호출하기 때문에
들려오는 것이다. 시인은 고향의 맛이자 가정의 맛이자 유년의 맛을
제공하는 "어머니의 손맛"을 담아낸 손칼국수 집에서 비 오는 날의
특별한 정서를 만끽하며 따뜻한 점심을 온몸의 감각으로 흡입하고
있는 것이다.

3. 도심을 항해하는 시인

시인의 자선시 중 2편인 「항해일지·1」과 「항해일지·18」은 1984
년에 간행한 5번째 연작시집 『항해일지』에 수록된 작품이다. 시인은
연작시를 통해 삭막한 도심을 활보하는 '성찰적 항해사'로서의 내면
을 보여준다. 「항해일지·1-무인도를 위하여」에서 시인은 "을지로에
서 노를 젓"는 항해 이야기를 쓴다. 그곳에서 "사라져 가는 것, 떨어
져 가는 것, 시들어 가는 것들의 흘러내림"이 '부음(訃音)'으로 들리

는 가운데 시인은 지속적으로 "노질을 하"는 것으로 그려진다. 사라져 가는 존재들의 부음에 대한 정상적 애도의 시간도 갖지 못한 채 시인은 자신의 생계와 생존을 위한 일상적 노질 속에서 "날것을 익혀 먹는 일"의 부질없음을 체감한다. 그리고 을지로에서 노를 젓다가 잠시 청계천 쪽에 정박하기도 하는 등 시인은 서울 중심부 한복판을 오가면서 무인도 같은 느낌에 "헛되고 헛되도다"를 연발한다. 적자생존의 도시 수도 서울은 따뜻한 온기 없이 각종 쇠락하는 것들 속에서 '부질없음'과 '헛됨'을 연발하게 하는 무인도 같은 삭막한 공간으로 인식되는 것이다. 그럼에도 불구하고 누구에게도 보이지 않는 시인의 '상상 속 배'는 "눈을 감고서도 선명히 떠오르는 저 별빛을 향하여" 가고 있고, 시인은 생존으로서의 노질을 계속 수행한다. 이것은 게오르그 루카치의 『소설의 이론』 서두에 나오는 구절인 "별이 빛나는 창공을 보고, 갈 수가 있고 또 가야만 하는 길의 지도를 읽을 수 있던 시대는 얼마나 행복했던가?"를 떠올리게 하는 시인의 시적 태도를 보여준다. 즉 평범한 일상인으로서의 생활을 위해 시인은 창공에 빛나는 별을 향해 지도로 인식하면서 도시에서의 노질을 지속할 수 있는 것이다.

「항해일지·18-아구탕 집에서」에서 시인은 "바다의 날강도"인 '아구라는 놈'에 대해 이야기하면서 삭막한 서울 도시의 현실을 풍자한다.

　아구란놈에대해이야기하고자한다. 아구란놈이해저海底에서입을벌리고물길을가고있을때는오징어·전광어·갈치·고등어·가오리·게따위가통째로들어와뱃속에쌓인다힘없고왜소한것들이눈을뜬채삶의본전까지아구의뱃속에상납해버린다. 철벽위장을가진바다의날강도아구란놈이빠르게물길을가고있을때, 불쌍한것들아무력한것들아가급적밑바닥

에더욱머릴처박고소리내지말라. / 나는확신한다. 바다의날강도아구란
놈이반드시이도시의어느곳에몇백마리, 몇천마리가눈빛날카롭게빛내
며서식하고있는것을, 이도시의가장기름진물목에서음흉하게덫을놓아
두고있는 것을. // 허전한 저녁나절, / 종로에서 입을 벌리고 앞으로 앞
으로 물길을 나아가면 / 아아, 내 뱃속에 와 쌓이는 것들. / 몇 잔의 소
주와 몇 잔의 비애 / 그리고 또 몇 잔의 적개심. / 종삼鐘三 아구탕집
의 아구찜을 어금니로 물어뜯고 뜯으며 / 씹고 또 씹을 뿐이다.
　－「항해일지·18-아구탕 집에서」 전문

　떠어쓰기를 무시한 1연에 따르면 아구가 해저에서 입을 벌리면
'오징어, 전광어, 갈치, 고등어, 가오리, 게' 등이 통째로 들어와 뱃속
에 쌓이는데, 대체로 "힘없고 왜소한 것들"이 "삶의 본전까지" 상납
해 버리는 것으로 여겨진다. 시인에게 아구는 "철벽 위장을 가진 바
다의 날강도"로 인식되기에, "불쌍한 것들"과 "무력한 것들"이 날강
도 같은 아구 앞에서 소리를 내지 말 것을 주문한다. 그래야 가까스
로 생존을 이어갈 수 있다고 판단되기 때문이다. 이러한 인식은 시인
에게 "바다의 날강도 아구"가 해저에만 있는 것이 아니라 도시 곳곳
에서도 "가장 기름진 물목"에 음흉한 덫을 놓고 있다는 확신으로 이
어진다. 바다뿐만 아니라 육지에서도 '날강도 아구'가 도시의 현실을
약육강식과 적자생존의 삭막한 정글로 바꾸고 있기에 유의를 요한
다는 것이다.
　하지만 2연에서 정작 시인은 "허전한 저녁나절"에 종로에서 물길
을 헤치고 나아가는 자신이 또 다른 아구일지도 모른다고 상상한다.
자신 역시 날강도 같은 생을 종로 바닥에서 이어가고 있는 것은 아
닌지 의문이 들기 때문이다. 물론 '아구일지도 모를 시인'의 뱃속에
는 "힘없고 왜소한" 다른 물고기들이 상납되는 것이 아니라 종로 인

근에서 손쉽게 마주하는 '소주와 비애와 적개심' 등이 쌓이는 것으로 그려진다. 결국 시인은 종로 3가의 아구탕집에서 아구찜을 물어뜯고 씹으면서 도시 생활에 대한 '비애와 적개심'을 소주 몇 잔에 함께 털어내면서 일상의 항해를 지속하고 있는 것이다.

4. 자연으로부터 배우다

2001년 8번째 시집『풀』에서 시인은 속악한 인간이 아니라 자연을 잉태하는 존재가 되고 싶어한다. 그리하여「풀〈1〉」에서 시인은 "사람들이 하는 일을 / 하지 않"기 위해 "풀이 되어 엎드렸다"고 진술한다. 그렇게 풀이 된 시인은 '하늘과 바람과 햇살' 등이 시인의 "몸속으로 들어와 / 풀이 되"는 진기한 경험을 한다. 뿐만 아니라 어젯밤에는 스스로 "또 풀을 낳"는 일종의 '식물성 포유류'가 되기도 한다. 풀이 되어 풀을 낳는 '초식 인간'이란 '사람의 일'로부터 해방되어 자연의 일부가 되고 싶은 시인의 욕망을 보여준다. 그리고「천지만물 중에서」에서 시인은 "야생의 숲이며 나무등걸들"이 "겨울 동안 죽은 듯 엎드려 있다가 / 봄이면 부스스 몸을 일으켜" 가지와 줄기에 잎과 꽃을 장식하는 것을 보면서 "참 우습지"라고 도치법으로 이야기한다. 우습지 않은 자연의 생기로운 변화를 우습다고 비아냥대는 것은 역설적이게도 사계절의 자연스런 변화를 온전히 담아내지 못하는 인간의 한계를 비판하고 있는 것이다. 그리고 봄이 되면 야생이 되풀이하는 "그 짓거리"의 의미를 이 봄에 알아보고 싶어한다. 시인 역시 자연의 조화처럼 겨울을 지난 야생에서 봄을 소생케 하는 신비로움을 경험하고 싶은 것이다.

시인의 자연관은 '잡초 뽑는 행위'를 통해 잡초 같은 자신의 인생을 반성하는 깨달음으로 이어진다. 「잡초 뽑기」에서 절반의 제초 작업 이후 자신 역시 잡초의 일부일지도 모른다는 새로운 인식을 통해 시인은 인생의 의미를 재발견하고 있는 것이다.

> 호미로 흙을 파면서 / 잡초를 뽑는다 / 잡초들은 내 손으로 어김없이 뽑히고 / 뽑힌 잡초들은 장외場外로 사라진다 / 옥석玉石 구분하는 나의 손도 떨린다 / 하늘은 이 잡초를 길러내셨으나 / 오늘은 내가 뽑아내고 있다 / 밭을 절반쯤 매면서 / 문득 나는 깨달았다 / 이 밭에서 잡초로 뽑혀 나갈 명단 속에 / 아, 어느새 내 이름도 들어가 있구나!
> – 「잡초 뽑기」 전문

「잡초 뽑기」에서 시인은 "호미로 흙을 파"고 "잡초를 뽑"아 장외로 사라지게 한다. 잡초를 뽑을 때 옥석을 구분하는 시인의 손이 떨려오는데, 노동의 힘겨움도 있지만 '하늘이 길러낸 잡초'를 '별 볼일 없는 인간'이 뽑아내고 있다는 사실을 오늘에서야 절반쯤 밭을 매면서 깨달았기 때문이다. 결국 시인은 풀의 옥석을 구분하면서 잡초를 제거할 만한 자격이 자신에게 있는지를 자문하면서 '잡초 뽑기'에 대한 자성을 수행하고 있는 셈이다. 시인의 깨달음은 밭에서 잡초를 뽑아내는 자신 역시 "잡초로 뽑혀 나갈 명단"에 포함되어 있다는 궁극의 인식으로 이어져 '잡초 같은 인생'에 대한 반성을 낳게 된다.

이렇게 시인은 자연 현상 앞에서 인간이 겸손해야 함을 피력한다. 「새는 자기 길을 안다」에서도 시인은 "하늘에 길이 있다"는 사실을 "새들이 먼저" 알고 있으며, 그 길을 내며 날던 새가 '하늘의 길' 또한 지운다는 사실을 확인한다. 그리고 새들이 겸손하게 "하늘 높이 길을 내지 않는" 까닭이 새들이 가는 길 위로 "별들이 가는 길이 있기 때문"임을 짐작한다. 시인은 새와 별과 하늘과 인간의 길이 서로 다르다는 사실을 새의 행로로부터 깨닫고 있는 것이다.

5. 깨달음의 힘

시인은 시를 통해 자신의 일상과 자연으로부터 얻은 깨달음을 지속적으로 노래하고 있다. 「사람으로 살아보니까」에서 시인은 인생에서 깨닫게 된 사실이 "대자연 속의 또 다른 생명을 / 날마다 뜯어먹고 삼켜야 / 사람의 하루를 살아갈 수 있다"는 육식 동물의 본능이라고 진술한다. 우리가 날마다 먹는 "야채나 우유와 밥과 고기" 등이 "누구의 삶을 허물어뜨려야 / 비로소 사람의 식탁에 오르"기 때문이다. "먹고 삼키며 살생한 죄"는 "죄가 아니라"는 이야기를 들었기 때문에 채소와 생선을 먹으면서도 "마음 아파한 적이 없"지만, 시인은 다른 생명의 목숨으로 유지되는 "사람의 식탁"을 보며 죽비로 스스로의 마음을 내리치면서 육욕에의 인간적 욕망을 경계하고자 하는 것이다.

2016년 11번째 시집 『모두 허공이야』의 표제작인 「모두 허공이야」에서 시인은 봄날의 어느 하루 벚꽃이 "하르르 하르르 떨어지는" 모습을 보면서 "허공 속의 문자"가 비로소 보인다. 시인의 "가슴에서 떠나"는 "귀가 먹먹하도록 / 눈송이처럼 떨어져 내리는 벚꽃을 보면"서 시인 역시 "꽃잎 따라 낙하하고 싶"다는 생각에 젖어드는 것이다. 시인에게 벚꽃잎들의 흩날리는 모습은 마치 "무슨 절규"이자 "무슨 묵언"처럼 보이면서 "소리치는 마지막 안부"로 시인의 귀에 들려온다. 결국 시인은 벚꽃잎이 낙화하는 어느 봄날에 그들이 전하는 절규와 묵언 사이에서 찰나적 생의 진실을 마주하는 '허공의 문자'를 독해하고 있는 셈이다.

'인간의 식탁'과 '벚꽃의 낙화'에서의 깨달음은 늦은 저녁에 시인의 '몸속 악기'를 마주하는 인식으로도 이어진다. 그리하여 2019년 12번째 시집 『늦저녁의 버스킹』의 표제작인 「늦저녁의 버스킹」에서는 자신의 "몸속의 악기"를 꺼내어 '비애와 아픔과 절망의 시절'을 연주하면서 노래를 부르고 싶은 '싱어 송 라이터'의 욕망에 젖어들기도 한다.

나뭇잎 떨어지는 저녁이 와서 / 내 몸속에 악기樂器가 있음을 비로소 깨닫는다 / 그간 소리내지 않았던 몇 개의 악기 / 현악기의 줄을 고르는 동안 / 길은 더 저물고 등불은 깊어진다 / 나 오랫동안 먼 길 걸어왔음으로 / 길은 등 뒤에서 고단한 몸을 눕힌다 / 삶의 길이 서로 저마다 달라서 / 네거리는 저 혼자 신호등 불빛을 바꾼다 / 오늘밤 이곳이면 적당하다 / 이 거리에 자리를 펴리라 / 나뭇잎 떨어지고 해지는 저녁 / 내 몸속의 악기를 모두 꺼내어 연주하리라 / 어둠 속의 비애여 / 아픔과 절망의 한 시절이여 / 나를 위해 내가 부르고 싶은 나의 노래 / 바람처럼 멀리 띄워 보내리라 / 사랑과 안식과 희망의 한때 / 나그네의 한철 시름도 담아보리라 / 저녁이 와서 길은 빨리 저물어 가는데 / 그동안 이생에서 뛰놀았던 생의 환희 / 내 마음속에 내린 낙엽 한 장도 / 오늘밤 악기 위에 얹어서 노래하리라

  – 「늦저녁의 버스킹」 전문

「늦저녁의 버스킹」에서 시인은 "나뭇잎 떨어지는 저녁"에 "몸속에 악기가 있음"을 깨닫는다. 그때 "현악기의 줄을 고르는 동안 / 길은 더 저물고 등불은 깊어"지는 것으로 여겨지고, 먼 길 걸어온 시인은 길이 "등 뒤에서 고단한 몸을 눕히"는 모습을 바라본다. 시인은 해 지는 저녁이 오면 이 거리에 자리를 펴고 "몸속의 악기를 모두 꺼

내어 연주"하고 싶어진다. "어둠 속의 비애"와 "아픔과 절망의 한 시절"을 끄집어 내어 "나의 노래"를 부르며 "바람처럼 멀리 띄워 보내"고 싶기 때문이다. 뿐만 아니라 그 노래 속에는 "사랑과 안식과 희망의 한때"와 더불어 "나그네의 한철 시름도 담아"보고 싶어진다. 결국 '희로애락 애오욕'을 지닌 인간이 마주하는 생의 다면체적 장면들을 노래하는 가수를 욕망하는 것이다. 하지만 기대와는 다르게 "길은 빨리 저물"어갈 뿐이다. 저무는 시간에도 불구하고 시인은 "이생에서 뛰놀았던 생의 환희"와 "마음속에 내린 낙엽 한 장"까지 함께 "악기 위에 얹어서 노래"하고 싶어한다.

「가족」에서 시인은 자신의 출생지 근처 부산 서구에 자리한 '천마산'을 가족으로 호명한다. 천마산의 눈썹 아래에 '초장동 산비탈'이 있고 우리집이 있으며 '충무동 푸른 바다'가 있기 때문이다. 거기에서는 우리집만이 아니라 이모집과 외삼촌집도 있을 뿐만 아니라, "해장술에 취한 천마산"이 "어머니에게 술국을 더 달라"고 애원하기까지 하는 존재로 그려지기도 한다. 물론 실제 가족인 아버지와 형은 절구에 떡을 치고, 누나와 시인은 맷돌을 돌리며, 아우는 콩나물시루에 물을 주고 있었던 화목한 장면으로 기억된다. 그렇게 진짜 가족 모두가 "손을 놓을 때쯤 / 누더기 같은 우리의 희망이 / 빨랫줄에 펄럭일 때쯤"이 되면 "천마산은 바람과 안개를 거느리고 / 넌지시 산을 오른다". 그렇게 실제 가족의 하루를 온종일 함께하면서 천마산은 매일같이 유사 가족이 되어 또 다른 가족으로서의 배경을 제공하는 것이다.

6. 독자와의 거리 좁히기

　시인은 산문 「시는 혼자 쓰지만, 읽는 이는 여럿이다」에서 날마다 시를 읽고 생각하면서 독자와의 거리를 좁히려는 노력이 시인에게 필요하다고 강조한다. "좋은 시는 독자들이 먼저 가려낸다"면서 "따뜻한 온기와 감동, 위안과 치유"를 독자의 기대 수준에 부응하게 제공할 필요가 있다는 것이다. 독자들로부터 소외받는 "난해한 시, 가벼운 시, 하찮은 시"는 문제가 있다는 진단이 전제가 된다. 시인은 '우이독경(牛耳讀經)'이라는 한자성어를 활용하면서 독자의 '열린 귀'를 향해 "좋은 시를 써야 한다는 이 시대의 소명 의식을 잊지 말아야 한다"고 강조한다.

　시인은 세계 각지의 자유로운 여행을 통해 확인한 이방인의 경험 속에서 세계의 넓이와 깊이를 자각하면서 시적 상상의 여백을 확장할 수 있었음을 피력한다. 대표적으로 영국, 프랑스, 인도, 베트남 등지를 여행하면서 대한민국의 저력과 민족 자긍심을 경험할 수 있었고, 북한과 이란을 여행하면서는 자유가 속박되는 불편한 체험이 있었음을 고백한다. 그러면서도 "그 고장에 들어가면 그 고장 풍속을 따라야 한다는 공자의 말씀, 입향종향(入鄉從鄉)이 옳다는 생각"을 강조한다. 이방인적 타자로서 타지를 자유롭게 이동하는 여행이 시인의 상상력을 개방시키는 조건이 될 수 있기 때문이다.

　시인은 서정의 온기와 자연의 힘에 대한 믿음을 가지고 있다. 그리고 일상과 자연으로부터 깨달은 시적 진실이 독자와의 교감 속에 더욱 큰 울림을 지녀야 한다는 신념을 가지고 있다. 쉬운 시가 좋은 시가 아니라 독자와의 공감과 연대를 통해 더 큰 사유를 제공하는 것이 좋은 시의 조건으로 필요하다는 진단이다. 갈수록 독자와 시인의 거리가 멀어지고 있다는 우려의 목소리를 불식시키기 위해 동료 시인들이 더 많은 노력을 기울일 것을 주문하고 있는 것이다.

(『시현실』, 2023년 가을호)

'텅 빈 마을'의 흔적을 추억하는 허허로운 마음 풍경

- 박운식 작품론

1. '몽동발이'의 풍경

1946년생 박운식 시인은 1974년 『현대시학』으로 등단했으니, 시력(詩歷) 50년에 육박하는 원로 시인이다. 하지만 시인으로서의 문단 활동보다는 충북 영동에서 농사를 지으면서 생업에 주력해온 까닭에 과작(寡作)의 시인으로 널리 알려져 있다. 그럼에도 불구하고 지금까지 『연가』, 『모두 모두 즐거워서 술도 먹고 떡도 먹고』, 『아버지의 논』 등 세 권의 시집을 상재하면서 농촌 시인의 정서를 시편에 담아냄으로써 자신의 시적 좌표를 굳건히 지켜내고 있는, 한국 시단의 보기 드문 소중하고 귀중한 시인이다.

시인은 이미 "삶의 아름다움 속에 농사일의 서럽고 고됨이 아로새겨진 시들"(신경림)을 쓰면서 "삶의 고단함과 아픔과 무거움이 뚝살처럼 박힌 농민시"의 진정성(도종환)을 미덕으로 내장하고, "어머니와 아버지의 혼이 깃들어 있어 더욱 아프게 보이"는 시편(양문규)들을 생산하는 시인으로 평가받고 있다. 이렇듯 시인은 농민들의 삶에서 마주하는 평이한 시어를 활용하면서 농투성이의 삶을 진솔한 감각으로 토로하고 있는 대표적인 농민 시인이다. 시인의 이번 5편의 시편들을 관통하는 핵심 정서는 '허허로움'이다. 이때의 '허허로움'이란 주관적 정서의 과잉이라기보다는 부모의 의미와 마을의 풍경을 집적하는 자리에서 탄생한다는 점에서 상호주관적 감수성의 표출에 해당한다.

시인이 의미화하는 부모의 자리는 자식에게 '텅 빈 기표'이다. '지금 여기'에 부재하지만 '과거의 어느 때' 실재했던 '존재의 추억'은 시인에게 '애도의 대상'이 되어 자신의 존재감과 정체성을 확인하게 한다. 이때의 애도란 '데리다의 애도'에 가깝다. 데리다는 '애도하는 존재로서의 정체성'이 인간의 존재론적 특징임을 강조한다. 즉 "살아남음"이 "애도의 다른 이름"이므로 "함께–살아감"의 근원적 방식으로서의 '연민'을 내장하고 실천하는 존재가 '애도하는 인간'임을 강조한다.

시인의 이번 시편들은 '몽동발이 시편'이라고 불릴 만하다. '몽동발이'란 사전적으로 "딸려 붙었던 것이 다 떨어지고 몸뚱이만 남은 물건"을 의미한다는 점에서 시인은 자신을 둘러싼 세계 안에서 '몽동발이적 풍경'을 채집한다. 우선 자식으로서의 시인에게 부모란 영원한 '몽동발이적 존재'가 된다. 대부분의 부모들이 자식의 생존과 생활을 위해 자신들이 소유했던 영육과 심신의 대부분을 소진하며 낡아가기 때문이다. 이어서 시인은 부모와 함께 생활했던 농촌 마을의 '몽동발이 풍경'을 함께 조망하면서 '텅 빈 기표'로서의 '농촌마을의 생과 풍경'을 집적한다. 그리하여 '애도하는 주체'로서의 시인은 연민의 대상으로서의 '부모와 마을의 의미'를 지속적으로 탐구하는 운명을 감당하고 있는 셈이다.

2. '텅 빈 기표'의 자리

　먼저 「몽동발이 삽」은 시인의 부친이 사용하던 "몽동발이 삽의 내력"을 회감하는 시편이다. 어느 날 낮에 헛간 흙벽에 기대 서 있는 "낡은 몽동발이 삽 한 자루"를 지켜보던 시인은 삽이 "밤마다 꾸불꾸불 먼 길 떠나"는 모습을 상상한다. 그 삽에는 '물꼬를 트고 햇살을 던지던 기억'이 자리할 뿐만 아니라 "일을 해야 밥을 먹지"라고 외치던 '아버지의 목소리'가 내재되어 있기 때문이다.

> 헛간에 덩그러니 흙벽에 기대 섰는 / 낡은 몽동발이 삽 한 자루 / 밤마다 꾸불꾸불 먼 길 떠난다 / 때로는 물꼬를 트고 물길을 돌리던 / 때로는 햇살을 퍼서 던지던 / 몽동발이 삽 / 야 이놈아 일을 해야 밥을 먹지 / 아버지 목소리 묻어 있는 / 밭둑 넘어 떠가던 구름 한 조각도 / 삽자루에 묻어 있는 / 누구도 저 몽동발이 삽의 내력을 모르리
> 　－「몽동발이 삽」 전문

　그러나 아버지가 부재한 현실 속에서 삽자루에 묻혀 있는 세부적인 내력은 아무도 모를 것으로 짐작된다. 시인만이 그 기억을 추체험하면서 가계를 책임졌던 부친의 노동 도구로서 삽의 섬세한 내력을 짚어낼 뿐이다. 그것이 가능한 이유는 시인이 현재 아버지의 자리를 대신하며 '몽동발이 삽'을 환기하는 유일무이한 존재이기 때문이다.

　「몽동발이 삽」이 '삽'을 매개로 아버지의 자리와 내력을 화두로 낡아가는 시골 농촌마을의 정서를 시각적 심상으로 포착하고 있다면, 「빈 외양간」은 외양간에서 들려오는 '소의 울음소리' 등 청각적 심상의 환기를 통해 각종 소리의 의미를 추적하면서 비어가는 마을 풍경을 채집한다. 즉 「빈 외양간」은 '텅 빈 외양간의 고요' 속에서

"소의 울음"과 "송아지의 울음소리"를 읽어낸 시편에 해당한다. 시인은 '고요한 외양간'에서 "일 잘하던 암소"의 "커다란 눈"을 떠올려본다. 그 암소의 눈 속에는 지난시절 암소가 바라보았을 골짜기 논도 담겨 있고, 바람결에 '뻐꾸기의 울음소리'도 걸려 있는 것으로 환기된다.

일 잘하던 암소 있었다 / 거미줄에 걸려 대롱거리는 커다란 눈 / 골짜기 논 다랑지도 / 뻐꾸기 울음소리도 걸려 있다 / 냇가의 푸른 풀밭도 바람에 눕고 / 아버지의 쟁기질하던 소리도 흔들린다 / 뚜벅뚜벅 산길 지나 큰길 지나 / 다 어디로 갔는가 / 어떤 놈은 깜깜한 누구의 뱃속을 지나고 / 어떤 놈은 허공에 빙빙 떠돌아다니고 / 바람 없는 잔잔한 외양간의 고요 / 소의 울음이 나뭇잎처럼 떠 있다 / 깨어진 낡은 거울 속에 / 박혀 있는 풍경 / 누군가 대못을 쾅쾅 박고 있다 / 쾅쾅 소리마디에 / 뾰쪽한 송아지 울음소리 음매

–「빈 외양간」 전문

뿐만 아니라 얕은 바람에도 냇가의 풀밭이 흔들리며, '아버지의 쟁기질 소리'도 흔들리듯 들려오는 것으로 상상된다. 하지만 그 소리들은 이미 모두 다 사라지고 없는 과거의 유산일 뿐이다. 소들이 누군가의 뱃속으로 사라지거나 그 소리와 풍경들이 허공을 떠돌아 사라지고, 지금은 부재의 흔적만이 자리하기 때문이다.

그때 "바람 없는 잔잔한 외양간의 고요" 속에 환청처럼 소 울음소리가 "나뭇잎처럼 떠"서 들려온다. 더불어 누군가 빈 외양간의 풍경에 '마지막 못질'처럼 "대못을 쾅쾅 박고 있"는 듯한 소리가 들리며 '송아지의 울음소리'가 뾰쪽하게 울려온다. 암소에서 시작된 외양간의 사색은 '송아지의 울음소리'로 마무리되면서 시인의 허공 같은

마음의 자리에 새겨지고 있는 '빈 외양간의 풍경'이 허허롭게 그려지고 있는 것이다.

3. 노동하는 부모에 대한 그리움

「빈 외양간」이 외양간의 고요와 소리를 집적하면서 풍경의 흔적을 추억하고 있다면 「어머니」와 「아버지」는 농촌마을에서 노동하는 생을 이어온 부모의 자리를 그리워하는 시인의 마음을 보여준다. 먼저 「어머니」는 '어머니의 말씀'을 화두로 시작하여 어머니의 노동하는 "거친 손"을 떠올리며 마무리되는 사모곡이다. 이 땅의 모든 어머니들처럼 시인의 어머니 역시 당신의 세월을 책으로 엮어내면 "한 짐도 더 될" 것이라고 말씀하신다.

> 살아온 세월 책으로 쓰면 / 한 짐도 더 될거다 / 어머니 말씀이 생각난다 / 고생도 한도 많았던 어머니 / 봄이면 아지랑이 피어오르듯 / 새들 노래하듯 시냇물이 흘러가듯 / 꽃들이 피어나고 벌 나비 날 듯 / 이 땅 이 하늘에 술술 풀어내어 주셨으면 / 한평생 햇살과 바람과 흙과 땀방울을 / 짖이겨 쌀을 만들고 보리를 만들고 고구마를 만들던 / 어머니의 거친 손 / 보리밭 콩밭을 매시고 / 때로는 구름밭도 매시며 / 수많은 얘기들의 씨앗 뿌렸으리라 / 언젠가는 이 들판 저 산 / 푸르게 푸르게 덮으리라
> 　- 「어머니」 전문

"고생도 한도 많았던 어머니"의 삶을 회상하면서 시인은 봄-여름-가을-겨울 순환하는 사계절의 자연스러운 변화에 순응하며, '새

와 물과 꽃과 벌과 나비'를 벗삼아 지내온 신토불이 같은 어머니의 생이 실처럼 순순히 풀려나오길 기원한다. 어머니께서 당신의 "거친 손"으로 "한평생 햇살과 바람과 흙과 땀방울을" 빚어 '쌀과 보리와 고구마'를 생산해낸 존재이기 때문이다. 뿐만 아니라 지상의 '보리밭과 콩밭'과 함께 천상의 '구름밭'을 동시에 매면서 '일상 이야기의 서사'를 '대지의 씨앗'처럼 '푸르른 들판과 산'이 그득한 이 세상에 뿌려낸 존재가 어머니이기에 그 간난신고의 세월을 상상적으로 추체험하는 것이다.

노동하는 존재로서 대지를 일궈온 '어머니'에 대한 단상에 이어 「아버지」는 '아버지의 꺼끌한 손'을 떠올리며 부친을 그리워하는 사부곡에 해당하는 시편이다. 시 속에서 '지질의 껍질'이나 "갈라진 갈고리"처럼 부르트고 구부러진 '아버지의 손'은 평생의 노동을 통해 '자식들의 밥과 구름'을 만들어낸다.

지질 껍질 같은 아버지의 손 / 쩍쩍 갈라진 갈고리같이 구부러진 손 / 그 손이 평생 만든 것은 / 우리들의 밥이었다 구름이었다 / 그 거친 손으로 쟁기질하고 / 곡식도 심고 햇살도 심고 바람도 심었다 / 때로는 종다리 노래도 심었다 / 고단했던 아버지의 한 많은 세상도 심었겠지 / 우리 아버지의 손 / 그 손에서 피어나는 구름을 / 하얀 쌀밥을 깜깜한 밤에 빛나는 / 총총한 별들을 / 어렸을 적 / 내 등을 시원히 긁어 주시던 / 지질 껍질 같은 꺼끌한 손이 / 가끔 그리워진다
– 「아버지」 전문

시인의 부친이 '쟁기질의 노동'을 통해 '곡식과 햇살과 바람'을 심으며 '종다리의 싱그러운 노래'까지 낭만적으로 함께 심어냈기에 시인은 아버지의 고단한 삶이 "한 많은 세상"을 함께 심었을 것으로 짐

작한다. 그리고 그때 '아버지의 손'에서는 '하얀 구름과 쌀밥'이 피어났을 것이며 '밤하늘의 별들'이 튀밥처럼 총총하고 환하게 피어났을 것으로 상상한다. 그러므로 그렇게 노동과 낭만을 함께 생산하는 양가적 의미의 손이 유년시절 '시인의 등'을 시원하게 긁어주었던 따뜻한 애정의 손길로 변주되어 지금은 그리움의 대상으로 환기될 수 있는 것이다.

4. 마을의 빈집 응시

시인의 사유는 '몽동발이 삽의 내력'과 '빈 외양간의 고요한 소리 풍경'을 거쳐 노동하는 농민 부모에 대한 그리움을 풀어낸 뒤 '마을의 빈집'이 빚어내는 자리를 응시한다. 「빈집」은 이웃집 할머니의 이사 이후 생겨난 빈집의 자리를 회억하며 '비어가는 마을 풍경'과 그 자리를 메우는 '자연의 풍경'을 채집하여 생의 쓸쓸함을 들여다본 시편에 해당한다.

혼자 사시던 할머니 / 산 너머 마을로 이사 가셨다 / 빈집이 하나 늘었다 / 골목으로 싸늘한 바람 휙 지난다 / 할머니와 한평생 같이 살았던 / 바람도 햇살도 / 장독대 옆에 피어 있던 패랭이꽃도 / 노랑나비 흰나비도 따라갔겠지 / 세월이 가면 흙담도 무너지고 / 낮은 슬레이트 지붕도 조금씩 부서지고 / 마당에는 잡초만 무성하겠지 / 가끔 할머니의 넋두리가 왔다 가고 / 기침 소리가 왔다 가고 / 젊었을 꿈이 구름으로 왔다 가고 / 밤이면 조각달이 머물다 가고 / 별들이 내려와 기웃거리다 가고

　　－「빈집」전문

시인은 혼자 살던 할머니가 산 너머로 이사한 뒤 빈집이 하나 더 늘어난 마을에서 살아가게 된다. 빈집의 골목길 틈 사이로 "싸늘한 바람"이 휙 '차가운 소리'를 내고 지나가면서 '마을의 빈자리'는 더욱 크게 느껴진다. 더구나 할머니와 평생을 함께했던 '바람과 햇살과 패랭이꽃과 나비들'도 마을을 떠나 할머니를 따라 이사를 가버렸을 것으로 짐작된다. 사람과 자연이 함께 떠나간 자리에서 그렇게 세월이 흐르고 나면 '흙담과 슬레이트 지붕'이 조금씩 낡아지고 부서져 내리게 될 것이다. 그리하여 마당 이곳저곳에는 잡초만 무성해질 것으로 연상된다. 그리고 빈집에 잔존해 있던 흔적으로서의 '할머니의 넋두리와 기침 소리'만이 가끔씩 들렸다 갈 것으로 짐작된다. '노년의 소리'뿐만이 아니라 '젊었던 시절의 꿈'도 구름처럼 다녀갈 것이고, 밤이 오면 '조각달과 별들'이 시간을 다투며 서로 앞서거니 뒤서거니 함께 따로 또 같이 머물거나 기웃거리다 빈집의 소식을 들여다보고 떠날 것으로 추정된다. 누군가가 새로운 온기로 그 빈집을 채우지 않는다면, 그렇게 빈집은 서서히 인적이 끊긴 채 마을의 '텅 빈 폐허'가 될 가능성이 높다.

초고령 사회에 접어든 농촌마을에서 '빈집'이 늘어나는 소식은 이제 전혀 새로운 뉴스가 되지 못한다. 그러나 사람들이 너도나도 몰려드는 대도시와 달리 하루가 다르게 '빈집'이 늘어나는 농촌의 규모가 커질수록 한반도에서는 점차 고향마을의 온정과 온기를 잃어갈 가능성이 점점 커질 것이다. 우리는 '삭막한 이기심'을 도시에서 채우며 농촌의 '따뜻한 온기'를 밀어냄으로써 정겨운 공동체의 마음을 잃어가고 있는지도 모른다.

5. 농촌마을의 존재감

박운식 시인은 '쓸쓸한 몽동발이 삽과 텅 빈 외양간'을 지나 '어머니와 아버지의 흔적'을 추억하며 '이웃집 할머니가 떠난 빈집'을 거치면서 '농촌공동체'라는 '텅 빈 기표'의 자리를 채워간다. 그 채움의 흔적은 실체적 의미보다는 심리적 실재로서 자리한다. 그곳에는 시인이 있고, 시인의 가족이 있고, 가족의 세월이 있고, 가족의 세월이 함께한 노동이 있으며, 노동의 대상이자 더불어 사는 존재태로서의 자연이 있고, 인간의 시선을 되받는 자연의 응시가 함께하는 세월의 흔적이 자리한다. 그리고 무엇보다 그 자리를 박운식의 시가 허허롭게 채우고 있다.

박운식의 시는 '농촌마을의 현재'를 생생하게 목도한다. 그리하여 잃어버린 감수성으로서의 '농촌공동체의 정서'를 시의 전면에 아로새긴다. 우리가 잃어버린 정서의 원형이 시인에 의해 포착되면서 농촌 풍경의 과거와 현재가 아련하게 그려지고 안타까운 미래를 상상하게 된다. 그러므로 우리는 박운식의 시를 경유하여 우리네 아버지와 어머니의 원형질을 만나볼 수 있으며, 아버지와 어머니가 걸어온 삶의 궤적을 추체험할 수 있고, 그들이 걸어온 마을의 텅 빈 풍경을 통해 그 풍경보다 더 텅 비어버린 도시인들의 내면을 자성하게 된다.

우리는 무엇으로 생의 풍경을 채워갈 것인가. 근대 문명의 세계를 인간 중심적 이기심으로 채워가는 도시인들의 각박한 삶을 넘어 생의 원형질을 탐색하기 위해 우리는 자연과 농촌으로 들어가야 한다. 그때 새로운 삶의 가능성을 조금이나마 회복할 수 있을지도 모르기 때문이다. 그러나 현실 속에서 농촌의 빈집은 더욱 늘어날 공산이 크다. 도시 문명의 편리성과 속도감이 우리의 심신을 장악하고 있기 때문이다. 우리는 모두 한때 농민의 자식이었다. 하지만 이제 도시민의 자식으로 살아가고 있다. 그러므로 농촌은 과거의 자리로 밀려나고 도시는 현재의 일상으로 자리할 수밖에 없는 운명이다. 결과적으로 농민과 도시민은 양립불가능한 존재태일지도 모른다. 그렇다면 과연 우리는 어떤 생을 어디에서 어떻게 마주할 수 있을 것인가. 이러한 질문 앞에 '오래된 미래'로서의 박운식의 농민시가 자리한다.

(『시에』, 2022년 겨울호)

초록과 일상의 역설적 사유

– 유종인 작품론

1. 환멸(幻滅)에서 역설(逆說)로

유종인의 시는 1996년 등단 이후 '고통과 슬픔의 환멸적 기록'에
서 '초록과 일상의 역설적 사유'로 이동 중이다. 첫 시집 『아껴 먹는
슬픔』(2001)에서 시인은 "구토와 광기의 언어"(홍용희)로 삶과 죽음
사이에 끼어 있는 '슬픔의 그로테스크' 양상을 추적한 바 있다. 두
번째 시집 『교우록』(2005)에서는 여전한 환멸과 불안의 강조 속에
서도 사물과 자연과 인간이 빚어내는 "이상한 산수화"(이장욱)를 포
착하고 그려낸다. 세 번째 시집 『수수밭 전별기』(2007)에서도 "수수
밭목에 한 모금씩 젖"은 채로 "침묵의 그루터기"(「수수밭 전별기」)를
응시하며, 일상의 풍경들 속에서 "관계의 의미"를 탐색하고, "사물의
그늘"(김춘식)을 짚어낸 바 있다.

2010년대에 이른 네 번째 시집 『사랑이라는 재촉들』(2011)에서
는 '화강암 보살상'을 보며 "사연이 옹근 퇴기 할멈"을 연상하고 "성
모마리아의 맘씨"와 "보살의 마음"을 겹쳐보면서 "(고급) 요정을 버
리고 절간으로 돌아든 마음"(「입상(立像)」)을 상상한다. 이렇듯 '느

굿한 활기'로 만물에 스며든 내력을 상상하면서 시인은 '서양적 원근법의 동양적 해체'(이선경)를 시도한다. 다섯 번째 시집 『양철지붕을 사야겠다』(2015)에서는 '까마귀 소리, 파도 소리, 천둥소리, 밧줄소리, 새소리, 소낙비 소리' 등 '모든 소리의 성감대'(「양철지붕을 사야겠다」)를 감지하고 집적하려는 '고요한 사유의 욕망' 속에 다양한 감각의 파동을 집적하여 "음양오행의 교향을 청음하는 무심결의 시학"(장은석)을 선보인다. 이제 5편의 근작시를 통해 초록과 일상을 역설적으로 사유하는 풍경을 들여다보자.

2. 5월의 초록을 노래하다 — 「말발굽을 노래함」

시인은 「말발굽을 노래함」에서 5월의 햇살 아래 드러난 낙화와 함께 초록의 자연을 사유한다. 사유 속에서 시인은 말〔馬〕이 되어 꽃들이 물러간 초록의 대지를 질주하고 싶어한다. 초록이 눈부신 5월의 상징이기 때문이다. 그리하여 시인은 말없는 고요를 펼쳐보이는 5월을 노래한다.

나에게 말이 없음을 펼쳐 보이는 오월, / 꽃들이 왔다가 몰려갈 때는 / 내게 말발굽이 돋았으면 한다 / (중략) / 욕망은 바람에 꺾인 눈썹이 / 눈을 찔러 내는 눈물줄기, / 나를 다 털어먹은 작정이어야 / 그대의 초원에 닿은 내 말발굽에 풀물이 드니 / 든든하느냐 또각또각 뚜벅뚜벅 / 지구의 생각에 광두정(廣頭釘)을 박듯 / 나아갈 때 당긴 무릎을 허공에 들렸을 때 / 오월의 말발굽에서 돋는 / 돌의 향내와 꽃들의 추깃물 소리, / 생인손으로 말굽에 박는 생각의 쓰라린 편자(鞭子) / 드디어 사랑의 채찍은 / 굼뜬 엉덩이를 쳐서 말머리로 열어가는 우주, /

수수억년에 매인 햇살이 풀려나간다

　－「말발굽을 노래함」 부분

　5월은 시인에게 '말없음'을 펼쳐보인다. 말없이 조용하게 꽃들이 왔다가 가는 그 계절이면 시인은 말발굽이 자신에게 돋아나기를 기대한다. 말이 되어 "초록의 갈기"를 휘날리며 100리를 달려가거나 1,000리의 전망을 키우거나 10,000리까지 이르며 생사를 넘나들고 싶기 때문이다. 시인은 말 잔등에 올라앉아 생사의 고삐를 움켜쥐며, 일상의 '바다와 사막'을 횡단하고자 한다. 5월의 낙화 이후 초록의 물결이 장악한 자연이 시인의 시야를 더 멀리 확장하면서 존재의 생장소멸을 넘어서도록 인도하는 것이다.

　시인은 5월의 버찌를 으깨면서 출사표를 던진다. 그때 "욕계(欲界)의 돼지"를 즐겨온 시인의 50년 세월을 실은 '상상의 말발굽' 아래에서는 5월의 모란 향내가 비리게 풍겨온다. 질주에의 욕망은 시인의 내면을 찔러대고, "그대의 초원에 닿은" 시인의 말발굽에는 비린 꽃 향기와 함께 풀물이 든다. 대지를 달리는 시인의 사유는 "지구의 생각"을 향해 나아가고, 시인은 5월의 말발굽에서 "돌의 향내와 꽃들의 추깃물 소리"를 감지한다. 5월은 시인에게 무기물의 향기와 식물의 추깃물(=송장이 썩어서 나온 물) 소리 속에 '생각의 편자'를 박게 하는 것이다. 그때 "사랑의 채찍"이 시인의 "굼뜬 엉덩이"를 치며 "수수억년에 매인 햇살"이 풀려나와 새로이 말머리로 우주를 열어간다.

　이렇게 시인은 꽃들의 낙화와 신록의 흐드러짐이 함께하는 5월에 말발굽이 돋은 말이 되어 초록의 대지를 질주하고 싶은 욕망을 토로한다. 그때 유기물과 무기물은 자신들의 향기와 소리를 시인에게 뿜어내며 새로운 우주의 존재감을 제공한다. 그러므로 시인이 수억년의 우주를 담은 햇살과 초록을 5월의 사랑으로 추체험할 수 있는 것이다.

3. '지렁이와 싸인펜'으로 가을의 사유를 부풀리다
─「지렁이와 사인펜」

시인은 「지렁이와 사인펜」에서 우연히 조우한 말지렁이와 함께 '싸인펜'에 대한 단상을 오가면서 가을의 사유를 부풀린다. 어느 날 시인은 자전거를 몰고 대형마트로 향하는 중에 말지렁이를 만나 브레이크를 잡는다. 누드쇼를 진행 중인 지렁이를 보던 시인은 손으로 지렁이를 집어 화단 쪽으로 던진다. 이후 시인은 지렁이의 비린내가 묻은 손을 자전거 바람에 식힌다. 지렁이와의 조우 이후 그 비린내 묻은 손으로 시인은 화상 경마장 앞에서 사인펜 1~2자루를 "주울 것"이라고 예측한다. 그때 지렁이는 '싸인펜'을 환유하며 유기물과 무기물이 상상력으로 매개되는 양상을 보여준다.

자전거 몰아 대형마트에 가는 중인데 / 한순간 브레이크를 잡아, 지구도 멈칫 앞으로 머리가 쏠릴 때 / 보도블록 인도 위에 말지렁이가 한창 누드쇼 중이다 / 쑈! 만 하다 죽을 수는 없지! 나는 화단 쪽으로 / 말지렁이를 집어 던지고 손에 묻은 / 지렁이 비린내는 자전거 바람으로 식힌다 / 방금 지렁이를 집었던 손으로 / 금요일 저녁 화상 경마장이 든 빌딩 가까이 / 사인펜을 한두 자루 주울 것이다 / (중략) / 그렇듯 내가 화단 흙으로 집어던진 지렁이는 / 지구의 두피에서 아이디어처럼 꼼지락거릴 것이다 / 암수 한 몸에서 섹스의 밤을 낳느라 / 몸이 더 퉁퉁하고 붉어질 것이다 / 나는 가끔 쓸 생각도 없이 사인펜의 뚜껑을 / 열었다 닫을 것이다 작은 신명(神命)이 찾아오면 / 붓방아만 찧던 사인펜이 / 꿈틀, 천둥벼락을 칠 것이다 / 일찌감치 지렁이는 일필휘지 /

천리(千里)의 가을을 내달리며 피를 말릴 것이다

　－「지렁이와 사인펜」 부분

　'지렁이 비린내'가 묻은 손으로 시인이 "주울 것"으로 기대되는 경마장의 사인펜은 버려진 사인펜이다. 버려진 카드 마킹의 펜을 시인은 '신필(神筆)'로 활용하고자 한다. 낙마로 버려진 '졸필(拙筆)'을 활용하여 시인 자신이 구긴 종이 뒷면에서는 지렁이 같은 생각이 부풀어 신필이 될 수도 있다고 상상하는 것이다. 졸필과 신필에 대한 시인의 '생각의 부풀림'은 다시 버려진 지렁이에 대한 단상으로 이어진다. 그리하여 "지구의 두피"에서 꼼지락거리고 있을 '던져진 지렁이'가 암수 한 몸으로 "섹스의 밤을 낳"기 위해 스스로의 몸을 더 통통하게 붉히고 있을 모습을 상상한다.

　'혼자만의 쎅스'로 꿈틀거릴 지렁이에 대한 상상은 다시 사인펜으로 이어진다. 그리하여 지렁이의 암수 한 몸 되기처럼 "사인펜의 뚜껑을 열었다 닫"으면서 시인은 "작은 신명(神命)"이 찾아오길 기대한다. 그렇게 되면 '싸인펜'이 지렁이처럼 '꿈틀'대며 '생성의 천둥벼락'을 칠지도 모르기 때문이다. 그때 지렁이는 "천리의 가을을 내달리며 피를 말리"는 존재로 변이된다. 이렇게 시인은 지렁이와 사인펜에 대한 단상을 오가면서 유기적 상상력의 무기물화, 무기적 상상력의 유기체화를 통해 이종적 결합의 상상력을 보여준다. 그것이 이 세계를 독창적으로 재해석하는 시인만의 독특한 혼성적 상상력이기 때문이다.

4. 번뇌를 곰삭혀 환해지다 – 「무극(無極)」

시인은 「무극」에서는 이종교배적 상상력으로 대조적인 상황을 마주하며 생의 역설을 사유한다. '간밤과 새벽, 밝고 어두움, 벗기고 입힘, 모름과 앎, 트임과 막힘, 울고 웃음' 등의 이분법적 상황을 마주 세우고 그 역설적 장면에서 풍겨나는 이미지를 추적한다. 인생은 역설적 상황이 펼쳐지는 한바탕의 시공간임을 경계나 끝이 없는 '무극'이라는 상황으로 설명하고 있는 것이다.

> 간밤에 벗어놓은 양말 곁에 / 새벽에 유고시집을 던져두니 / 밝고 어두운 게 한 마당이다 / (중략) / 몰라도 광야처럼 트이고 / 알아도 절벽처럼 막히니 / 어찌 알았는가 / 잘만 키우면 번뇌에도 꽃이 버는 마음을 / 고민을 잘 곰삭히는 / 마음의 항아리 한 번쯤 바깥에 내다놓고 / 가오리연 띄운 천공을 바라는 일이여 / (중략) / 꽃이 오는 보폭을 재는 / 햇빛의 눈금자, 그 환한 눈시울의 / 맨발로 활보하는 마실 같은 광기여 / 그대가 문득 다가와 / 멋모르고 안게 되는 내 가슴의 / 그대 그림자여
>
> – 「무극(無極)」 부분

시인은 새벽이 되어 "간밤에 벗어놓은 양말 곁에" 누군가의 유고시집을 던져놓는다. 그렇게 간밤과 새벽 사이의 시간이 연결되면서 "밝고 어두운" "한 마당"이 드러난다. 뿐만 아니라 일상에서 먹고 마시거나 입을 닫고 눈을 감는 일 등이 "한 물결"이며, 어느 존재나 생을 마감할 때면 타인의 손에 의해 마지막 옷이 벗겨지거나 입혀지면서 "한 물때"처럼 숨탄 삶을 마무리하는 것임이 표명된다. 죽음을 향해 하루하루를 살아가는 인생은 광야나 절벽처럼 모른 채로 트이

거나 알면서도 막힌 상태로 늘 '기대와는 다른 삶'으로 이어진다. 그 때 시인은 '번뇌' 속에서도 "꽃이 버는 마음"을 알게 된다. 이후 자신의 "고민을 잘 곰삭히는 / 마음의 항아리"를 볕 바른 바깥에 내다놓고 싶어한다. 그리하여 "가오리연 띄운 천공을 바라는" 것이 '마음의 번뇌'를 씻는 일임을 상상한다.

'불립문자'로 비행하는 기러기 떼를 보면서도 시인은 입을 벌린 채 "울고 웃어보는 한때"를 경험한다. 그것이 '무극'의 경지임을 체득한 것이다. 시인은 "햇빛의 눈금자"로 "꽃이 오는 보폭을 재" 본다. 햇빛이 제공하는 "환한 눈시울" 속에서 시인은 "맨발로 활보하는 마실 같은 광기"를 마주한다. 이때 시인이 호흡하는 '마실의 광기'는 『아껴 먹는 슬픔』(2001)에서 구토를 내포한 광기와는 전혀 다르다. '햇살의 눈시울'이 환하게 다가와 시인의 가슴을 마실처럼 따뜻하게 만들어주는 '광기'이기 때문이다. 그리고 그때 문득 그대가 다가와 시인의 가슴 속에는 그대의 그림자가 아로새겨진다. 햇살을 담은 그대 그림자를 마음에 안으면서 시인은 경계나 극한을 마주하며 넘어서려는 '초월적 무극 의지'를 드러내는 것이다.

5. 역설적 감각의 세계 인식 – 「방석집」과 「신문」

시인은 패러독스적인 텍스트를 읽어내며 역설의 시선과 감각을 내면화한다. 기 발표작인 「방석집」과 「신문」에서도 그 점은 여실히 드러난다. 먼저 「방석집」에서 시인은 절의 대웅전에 와서 과거 방석집의 기억을 되살리게 된다. '아득한 그때의 방석집'에서는 '장단과 과부와 한복과 허리 살'이 함께하며 "하룻밤 신파"로 노닐었던 기억이 자리한다. 그때 시인은 "붉은 자수 방석들"을 밟고 놀며, 시인의

'신파(新派)'가 "우주 변두리"로 향했다고 생각한다. 하지만 오늘은 어느 절간 대웅전에서 그 '신파의 성화(聖化)'를 경험하게 된다.

아득하지만 그때 방석집은 / 젓가락 장단과 가짜 과부와 싸구려 한복과 슬쩍 드러낸 허리 살과 / 하룻밤 신파가 노닐었네 / 하룻밤 둥지 같던 붉은 자수(刺繡) 방석들 / 그 깨방정의 징검돌을 밟고 / 내 신파(新派)는 저 우주 변두리로 더 나아간 줄 알았네 / (중략) / 니나노 가락과 염불 소리가 갈마드는 / 그때 그 음담패설과 담배연기 자욱한 술집은 / 풍경 소리 맑게 번지는 이 대웅전으로 / 뭔가 훌쩍 건너뛴 게 많은 방석집이네 / 허리가 끊어지도록 이마에 땀방울이 송골거리도록 / 절해고도의 손짓 같은 절을 하는 사람들 / 저마다 불립문자가 되어가는 / 좌복이 쌓여 있는 절간을 말이네 / 나는 다시 풍경 소리 은은한 방석집이라 부르네
　– 「방석집」 부분(『시인수첩』 2016년 봄호)

시인은 기억 속 '그때의 방석집'을 전혀 색다른 종교적 공간인 '가을의 대웅전'에서 마주한다. 파주 계곡의 절간에 자리한 대웅전을 한낮에 방문했더니 "그때 그 방석들"이 "품을 키"운 채로 곱절 이상 늘어나 대웅전 한 켠에 쌓여 있는 것이다. 뿐만 아니라 방석의 이름이 '좌복'으로 개명되고, "그때 그 마담과 과부들"은 "좌정한 부처와 보살들"로 "개과천선한 듯" 수미단에 앉아서 "육덕 좋던 미소를 던지"고 있다. 더구나 "슬픔이 몸에 박힌 여인"이 방석 위에서 부처와 보살을 향해 절을 올리고 있는 풍경이 드러난다.

방석집 같은 대웅전의 풍경을 본 시인은 "니나노 가락과 염불 소리가 갈마드는" 모습을 연상한다. "음담패설과 담배연기 자욱한 술집"이 "풍경소리 맑게 번지는" 대웅전의 방석집으로 변신한 것처럼

여겨지기 때문이다. 그렇게 "절해고도의 손짓 같은 절을 하는 사람들"의 고요한 간구 속에 "불립문자가 되어가는 좌복이 쌓여 있는 절간"을 시인은 "풍경 소리 은은한 방석집"으로 호명한다. 대웅전의 풍경 속에서 방석집의 기억을 호출하는 시인은 성(聖)과 속(俗)의 경계를 무화시키고 그 둘을 포갬으로써 '속스러움의 성화'를 통해 위계화된 세계를 풍자하고 있는 것이다.

시인은 「신문」에서는 신문을 보자기로 활용하고자 한다. 시인이 보기에 언론의 가치나 의미를 잃어버린 신문에서 "활자들만 모른체" 한다면 충분히 보자기로 재활용할 수 있기 때문이다. 시인은 신문을 언론의 매체로 인식하는 것이 아니라 "쓸쓸한 마른 보자기"로 사용할 때의 흡족함을 표명한다.

> 활자들만 모른 체하면 / 신문은 이리저리 접히는 보자기, / 나는 신문이 언론일 때보다 / 쓸쓸한 마른 보자기일 때가 좋다 / (중략) / 이젠 신문 위에 당신 손 좀 올려보게 / 손목부터 다섯 손가락 가만히 초록 사인펜으로 본떠 놓고 / 혼자일 때 / 내 손을 가만히 대보는 오후의 적막이 좋다
> － 「신문」 부분(『현대시학』 2015년 7월호)

시인은 "쓸쓸한 마른 보자기"로 활용하는 신문지를 펼쳐놓고 "누에 발톱을 툭툭 깎아 내놓을 때"를 좋아하고, 춘란 몇 촉을 신문 위에 펼쳐놓고 "썩은 뿌리를 가다듬을 때의 초록"을 좋아하며, 자신의 낙관으로 흉흉한 사회면 기사에 붉은 장미꽃 인주를 눌러 상상의 꽃을 피울 때를 좋아한다. 뿐만 아니라 소고기 두어 근이 담겨 "핏물이 밴 활자들"이 신문지째로 건네질 때의 시장기를 좋아하며, 특히 신문에 혼자 자신의 다섯손가락을 초록 사인펜으로 본떠 놓고

자신의 "손을 가만히 대보는 오후의 적막"을 좋아한다.

결국 시인은 언론의 매체로 신문을 사용하기보다 다양하게 다른 용도로 활용하면서 신문의 효용성을 만끽하고 있었던 셈이다. 이렇듯 시인은 등단 초기부터 현재에 이르기까지 사물이나 존재의 이면을 함께 들여다보는 탁월한 통찰력의 소유자로서, 자신의 인식론을 다양한 이종적 관계론으로 펼쳐 보이고 있는 것이다.

6. 장르의 확산, 다면적 진실의 포착

유종인 시인은 시조로 등단하여 시조집을 출간하기도 하였으며, 미술평론으로 등단하여 현역 평론 활동을 아우르는 전방위 작업을 수행하고 있다. 시조집 『얼굴을 더듬다』(2012)에서는 "가벼움과 자유의 시학"을 표방하며 "생의 적바림과 아버지의 붓"(장철환)을 통해 문인화(文人畵)의 세계를 구축한 바 있다. 뿐만 아니라 최근에는 '조선그림' 에세이집 『조선의 그림과 마음의 앙상블(시인 유종인과 함께하는)』(2017)을 출간한다. 이 텍스트에서는 "다양하고 다감하며 그윽하며 치열"(머리말)한 조선의 그림을 응시하면서, 그림이 생각을 자아내고 마음을 불러내는 장르임을 고풍스러운 문체로 자연스럽게 풀어내고 있다. 이러한 시인의 외도는 외도가 아니다. 하나의 장르를 고집하기보다 장르적 외연을 확장함으로써 자신의 세계 인식을 다양한 방편으로 독자들과 호흡하려는 의도를 내포하고 있기 때문이다.

유종인의 시는 슬픔과 환멸을 넘어 사물과 자연과 일상의 질곡이 지닌 다면적 진실을 포착한다. 최근 시에서는 5월의 낙화 이후 초록의 지대를 말을 타고 질주하려는 욕망, 지렁이의 꿈틀거림과 경마장 마크펜이 내포한 욕망의 중첩, 번뇌와 고민이 담긴 "마음의 항아리"를 햇살에 드러내어 해소하려는 욕망 등이 그 표정들이다. 그리고 그 표정들 속에서 우리는 초록과 일상이 역설적 사유를 통해 드러난 풍경을 확인하게 된다. 그리고 그 풍경들이 우리가 맺어온 일상과 자연과 사물과의 관계와 별반 다르지 않음을 알게 된다. 그것이 시인이 포착한 다면적 진실의 힘이다.

(『시인동네』, 2017년 가을호)

'무허가적 상상력'으로 꿈꾸는 혁명

– 송경동 작품론

1. 혁명을 꿈꾸는 노동자 시인

송경동은 '거리의 시인'이다. 그의 시가 거리에서 쓰여지고 읽히며 전파되기 때문이다. 시인은 우리 시대의 거울이 되어 신자유주의 시대의 자본과 권력으로부터 소외된 비정규직 노동자들을 비롯한 소수자들의 현실을 생생한 언어로 채집한다. 그리고 그 모순된 현실을 집요하게 파고들어 시로 육화한다. 그리하여 그의 시는 안온한 일상에 젖어 있는 독자를 부끄럽게 만든다. 그리고 그 부끄러움의 생성이 시인의 시적 미덕에 해당한다.

시인은 첫 시집인 『꿀잠』(2006)에서부터 '노동의 추상성'이라는 '추상의 마스크'를 벗고 노동자의 "근육과 힘줄과 표정"(김해자)을 밀도 높게 포착하여, "진정한 삶의 체험과 노동자로서의 정체성"을 진솔하게 구체화한다. 시인은 〈시인의 말〉을 통해 자본주의 시대에 "큰 것들을 버리고 작은 것들"을 사랑하는 일의 소중함을 지켜가겠다고 다짐한 바 있다. 그의 시는 "억압받는 이들 편에 서는 것"(백무산)을 지향하는 것이다.

두 번째 시집인 『사소한 물음들에 답함』(2009)에서도 시인은 2000년대 노동운동의 현실을 가로지르며 비정규직 노동자들의 투쟁의 현장에서 구체적이고 생생한 목소리를 형상화한다. 시인은 용산참사 현장 등의 야만적인 공권력의 횡포와 탄압이 자리하는 가두에서 '저항의 희망'을 수놓는다. 서정의 계급성과 함께 혁명을 꿈꾸는 시인은 〈시인의 말〉에서 "이 갸륵한 세상을 아프게 하고 독점하고 사유화하려는 못된 체제와 무리들에 대한 분개" 속에서도 "이 세상은 참 아름다운" "생명의 화폐"들이 존재하는 공간임을 믿는다고 고백한다. 그리고 "사유의 깊이와 깨달음" 속에서 "한국 노동시의 새로운 지평"(염무웅)을 예시했다는 평가를 받는다.

세 번째 시집인 『나는 한국인이 아니다』(2016)에서도 자본과 권력으로부터 탄압받는 2010년대 노동 현실이 오롯이 새겨져 있다. 평택 대추리, 기륭전자, 콜트-콜텍, 쌍용자동차, 용산, 강정, 밀양, 진도 팽목항 등에 이르기까지 자본과 권력에 힘겹게 맞서 싸우는 투쟁의 현장에 시인은 자리한다. 그리하여 "송경동 같은 시인이 하나도 없는 세상은 너무 적막하다"(정희성)라는 소중한 평가를 받게 된다. 시인은 〈시인의 말〉에서 "악독하고 비참한 일들도 많은 세상"이지만 "그보다 더 존엄하고 아름다운 일들로 가득찬" "이 생명의 별"에서 '희망의 불씨'를 지펴야 함을 강조한다.

이번 「우리 안의 폴리스라인」을 포함한 5편의 시(신작 3편, 기발표작 2편)는 '광화문 광장'에 시인이 자리하고 있는 2017년의 현재와, '현재의 전사(前史)'로서의 '2000년대라는 가까운 과거'를 보여준다. 2016년 10월 29일 이래로 6개월째 이어지고 있는 촛불집회의 '시민혁명'은 2017년 3월 '탄핵의 끝'과 '적폐 청산의 시작'을 코앞에 두고 있다. 광장 한 켠에서는 청산되지 못한 사대주의 부역 세력들, 자본과 결탁한 기득권 부패세력의 최후의 발악이 친박 집단의 반동

물결로 이어지고 있다. 하지만 역사의 수레바퀴를 거꾸로 되돌린 자들에 맞서 '시민혁명'을 '시민혁명'답게 완수하는 길에 광장의 예술가들이 있다. 그리고 그곳에서 '나의 진짜 혁명'을 꿈꾸는 송경동 시인이 농성 중이다.

2. 자기로부터의 "진짜 혁명" 꿈꾸기 –
「우리 안의 폴리스라인–〈궁핍현대미술광장〉 개관식에 부쳐」

시인은 우리 안의 금기를 넘어서고자 한다. 「우리 안의 폴리스라인」에서는 '자기로부터의 혁명'이 "진짜 혁명"의 토대가 된다는 시인의 세계관이 드러난다. 송경동 시인은 "우리 모두가 주인"인 세상을 위해 "거대한 무대"를 치워 달라고 요청한다. '거대한 무대'는 주인을 관객으로 전락시키기 마련이어서, 시인은 "작은 사람들의 작은 테이블"로 구성된 '광장'을 기대하는 것이다. 그리고 이어 "연단의 마이크"를 끄고 연단 아래 시민들이 "자신의 말"들을 꺼낼 수 있도록 "천만 개의 작은 마이크들"을 켜 달라고 요구한다. 시인이 보기에 규모가 큰 "거대한 무대"와 광장을 장악하는 "연단의 마이크"는 '작은 사람들의 목소리들'을 묻게 하고, '작은 마이크들'을 방해하기 때문이다. 첫 시집 이래로 '작고 사소한 존재들'에 대한 시인의 관심이 여실히 드러나는 대목이다.

경찰들은 시인에게 "집으로 돌아가라는 친절한 안내"를 들려주지만, 시인은 그 안내를 거부하고 '자신이 주인된 시간'으로 "광장의 시간을 상상"하고자 한다.

전체를 위해 노동자들 목소리는 죽여라고 / 소수자들 목소리는 불편하다고 말하지 말아주세요 / 집을 가진 이들은 집을 갖지 못한 이들의 마음을 몰라요 // 어떤 민주주의의 경로도 먼저 결정해두지 말고 / 어 떤 역사적 사회적 정치적 한계도 먼저 설정해두지 말고 / 최선의 꿈을 꿔 볼 수 있게 // 광장을 관리하려지 말고 / 광장보다 작은 꿈으로 광장을 대리하려지 말고 / 대표자가 없다는 말로 권한이 없다는 말 로 / 오늘 열린 광장이 / 어제의 법과 의회 앞에 무릎 꿇지 않게 해주 세요 // 위만 나쁘다고 / 위만 바뀌면 된다고도 말하지 말아주세요 / 나도 바꿔야 할 게 많아요 / 그렇게 내가 비로소 말할 수 있을 때 / 내 가 나로부터 변할 때 / 그때가 진짜 혁명이니까요

　　― 「우리 안의 폴리스라인-〈궁핍현대미술광장〉 개관식에 부쳐」 부분

　시인은 약자들의 편에 서고자 한다. '전체'를 위한다는 명분으로 '노동자의 목소리'를 배제하고, '소수자의 목소리'를 불편해하는 전체 주의적 시각이 자본 권력과 정치 권력의 억압을 상징적으로 보여주 기 때문이다. '전체'라는 명분이 '소수'를 배제하는 방식은 주택소유 자들이 무주택자들의 마음을 모르는 것과 다르지 않다. 기득권 세 력은 '국민'이나 '전체'를 위한다는 이름으로 노동자와 소수자와 무 주택자들의 목소리를 외면하는 데에 힘을 기울여온 것이다.

　시인은 민주주의자이지만, "민주주의의 경로"를 미리 결정하거나 "역사적 사회적 정치적 한계"를 미리 설정하는 것에 반대한다. "최선 의 꿈"을 상상함으로써 더 나은 '민주주의의 경로'를 구현할 수도 있 기 때문이다. 시인은 '열린 광장'의 몽상가다. 그러므로 '광장'을 관 리하거나 "광장보다 작은 꿈으로 광장을 대리"하려는 세력을 반대한 다. 오늘의 "열린 광장"이 과거의 "법과 의회 앞에 무릎 꿇지 않"도 록 만드는 것이 광장의 오랜 숙원을 현재화하는 것이기 때문이다.

　'광장의 혁명'은 고위층에 대한 세력 교체만으로 끝나지 않는다. 상층부의 개조는 '나의 변화'와 함께 실현될 때 진정한 변화의 동력

을 마련하게 된다. 그리고 시인이 볼 때 '위의 변화'와 함께 '나의 변화'가 병행되어야 비로소 "우리 안의 폴리스라인"이라는 금기를 넘어 새로운 '시민 혁명'의 공간이 만들어지는 것이다. 그게 "진짜 혁명"인 것이다.

3. '가부장적 남근성'의 반성
-「나는 다만 기회가 적었을 뿐이다」

시인은 자신의 남근주의적 인식을 반성한다. 자신의 남성성에 대한 반성이 세계의 부조리에 대한 비판적 인식의 출발점이자 해결방안을 모색하는 전환점에 해당하기 때문이다. 그리하여 시인은 솔직하게 자신이 "타락할 기회"가 적었던 인간 남성임을 기록한다. '노동자의 존엄'을 지녔기에 다행히도 '제국과 자본에 의한 타락'을 덜 경험할 수 있었다고 고백하는 것이다.

시인은 스스로를 집을 나선 "정체불명의 남성"으로 규정한다. 집을 나서기만 하면 한때 '남성의 야수성'을 드러낸 채 "치솟은 남근"이었으며, "음흉한 시선"을 가진 '바바리맨'이었을 뿐만 아니라 "위험한 욕망"에 젖은 "이웃집 남자"이자 "늙은 짐승"이 되어 주변의 여성들을 음험하게 대상화하려는 "끝없는 정복자"였음을 반성한다.

나는 집만 나서면 / 겉으로는 정의와 역사와 혁명 어쩌고를 떠드는 / 활동가인 양, 투사인 양 했지만 / 윤리적 인간인 양, 불의를 보면 참지 못하는 / 어떤 양심인 양 했지만 / 사실은 '남자'라는 폭행에 길들여진 / 어떤 짐승의 연대기이기도 했으니 // 제국주의 폭력과 / 자본의 폭력과 / 내 안의 가부장적 폭력이 다르지 않음을 알았지만 / 결코 가부장 남성의 지위를 포기하지 않던 / 나는 다만 기회가 많지 않았을 뿐이다

/ 존엄할 기회가 아닌 / 타락할 기회가

　－「나는 다만 기회가 적었을 뿐이다」 부분

　반성의 계기는 자기 성찰로부터 비롯된다. 시인은 자신이 양면적 존재였음을 고백한다. 겉보기에는 "정의와 역사와 혁명"의 대의를 말하며 '활동가이자 투사'로 '윤리적 인간이자 양심의 소유자'처럼 보였겠지만, 시인 역시 한국 사회의 전형적인 남성의 한 사람으로서 "'남자'라는 폭행에 길들여진 어떤 짐승의 연대기"를 쓰는 존재였기 때문이다. 시인 역시 "제국주의 폭력과 / 자본의 폭력"을 휘두를 "타락할 기회"가 적었을 뿐, "가부장적 폭력"을 지닌 "가부장 남성의 지위"를 유지하고 있었던 것이다.

　시인에게도 '존엄의 기회'가 아니라 '타락의 기회'가 많았다면 폭력의 주체로서 더 많은 폭력을 행사할 가능성이 농후했다는 자의식은 내면의 윤리적 주홍글씨가 되어 더 나은 남성 혹은 더 나은 인간이 되기 위한 윤리주의자의 맹아로 작동하는 것이다.

4. '야만의 세계'를 월경하는 '소녀상'
　－「평화는 기념이 아니어서－〈평화의 소녀상〉을 보며」

　2017년 현재 한반도의 평화는 기념의 대상이 아니라 성취해야 될 실천의 항목이 되어 있다. 2015년 12월 박근혜 정권의 한일위안부협상 타결 이후 '마음의 평화'가 깨어진 뒤로, 일본을 향해서뿐만 아니라 한반도 내부의 적들 너머 찾아올 '진정한 평화'가 우리가 쟁취해야 할 대상이 되었기 때문이다. 특히 '종군위안부'의 강제 동원을 인정하지 않는 일본 정부의 돈으로 피해 할머니들의 동의 없이 '화해치유재단'이라는 엉터리 재단을 설립한 것은 친일 기득권 세력이 정치권력을 장악하고 있는 대한민국의 부조리한 현실을 극명하게 보여준다.

시인은 〈평화의 소녀상〉을 보면서 '소녀상'이 '역사의 기념비'가 아니며, "섣부른 민족주의"적 발상의 소산이 아님을 말한다. 그것은 현재의 "뼈아픈 성찰"을 위해 "지금-여기"에 세우는 것이며, "전근대의 광기와 폭력에 맞서" 평화의 전선을 확보하고 그 결의를 실천하기 위해 세우는 것임을 직시한다.

> 남북의 핵무장 / 또 다른 제국으로 치닫는 중국 / 평화헌법 9조를 깨려는 일본 / 북미 평화협정에 관심 없는 미국 / 사드 배치로 연일 긴장이 고조되는 동북아 / 그 최전선에 평화와 인권의 / 다급함과 긴급함을 쌓는다 // 무엇보다 우리 가슴에 / 평화의 상을 세운다 / 우리들의 모든 일상에 / 평화의 새로운 상을 세운다 // 묻지마 여혐 살인의 현장 / 강남역 10번 출구 앞에 / 그 모든 남성 가부장제의 폭력 앞에 / 삼성전자 본사 앞 백혈병 소녀상 옆 / 그 모든 자본의 폭력 앞에 / 아직도 이 땅에 존재하는 / 미군기지 앞 기지촌에 / 베트남 참전을 반성하며 / 이라크 파병을 반성하며 / 일상의 모든 폭력을 반성하며 // 이 땅에 다시 / 새로운 자주와 독립의 상을 세운다 / 모든 억압과 폭력과 차별의 폐지 / 세계 평화의 굳건한 상을 세운다 / 다른 세계로 향한 / 아름다운 상상의 상을 세운다 // 이 소녀의 손을 잡고 일으켜 세워 / 다시 저 현해탄을 건너야 한다 / 서해를, 태평양을 건너야 한다 / 평화를 실고 호혜와 사랑을 싣고 / 전쟁과 군대와 무기가 없는 세상을 향해 / 우리 모두가 함께 / 다시 이 야만의 세계를 건너야 한다
> - 「평화는 기념이 아니어서-〈평화의 소녀상〉을 보며」 부분

그러나 북한의 핵무장과 함께 중국과 일본, 미국 등 강대국의 국

익이 경쟁하고 충돌하는 동북아의 한반도에서는 일촉즉발의 위기감이 고조되고 있다. 이때 전쟁 분위기를 조성하는 긴장 관계를 넘어 한반도에 "평화와 인권의 / 다급함과 긴급함"을 전파하기 위해 소녀상이 건립된 것이다. 평화의 상은 물리적으로는 일본대사관 앞에 세워지지만, 거기에만 존재하는 것이 아니다. 오히려 "우리 가슴에", "우리들의 모든 일상에" 세워져야 한다. 왜냐하면 한반도에서의 전쟁을 반대하고 평화를 갈구하는 세력이 더욱 많아져야 한반도에서의 평화가 안착될 수 있기 때문이다.

뿐만 아니라 '평화의 소녀상'은 "강남역 10번 출구 앞"으로 대변되는 "남성 가부장제의 폭력 앞"과 "삼성전자 본사 앞 백혈병 소녀상 옆"의 "모든 자본의 폭력" 앞에서 "일상의 모든 폭력을 반성"하라는 상으로 변주된다. 제국주의적 전쟁 폭력을 방지하는 방어기제가되어 남성 폭력, 자본의 폭력 등을 비롯한 모든 일상적 폭력으로부터 평화를 수호하기 위해 '소녀의 평화상'이 널리 퍼져야 하는 것이다.

'평화의 소녀상'은 "모든 억압과 폭력과 차별의 폐지"를 위해 "새로운 자주와 독립의 상"이자 "세계 평화의 굳건한 상"이자 "아름다운 상상의 상"으로 세워지는 것이다. 그러므로 시인은 "우리 모두 함께" '현해탄과 서해와 태평양'을 건너, '평화'와 "호혜와 사랑을 싣고" "소녀의 손을 잡고 일으켜 세워" "야만의 세계"를 넘어서야 함을 강조한다. 단순히 일제 강점기의 피해자를 상징하는 과거에만 매달리는 것이 아니라 현재와 미래의 평화를 구축하기 위해 평화로운 공동체를 견인하는 소녀상이 우리 시대에 평화상으로 존재하는 것이다.

5. 공권력의 수사를 거부하는 시인의 상상 – 「혜화경찰서에서」

기발표작인 「혜화경찰서에서」는 두 번째 시집인 『사소한 물음들에 답함』(2009)을 여는 첫 시로서 공권력의 과잉 수사를 풍자하고 비판하는 시인의 상상력을 보여준다. 시인은 영장이 기각되고 난 뒤 혜화경찰서에 재조사를 받으러 간다. 그때 야간 도로교통법 위반으로 붙잡혔지만 2008~2009년 동안의 '1년치 핸드폰 통화 내역'과 함께, '통화 시간과 장소'가 친절하게 기록된 내용을 보게 된다. 공권력이, 부당한 정권에 저항하는 시민의 일거수일투족을 과잉 감시 혹은 과잉 수사하고 있음이 드러나는 대목이다. 더구나 수사관은 다음번에는 "문자메시지 내용을 가져 온다"라고 전하면서, 모든 것을 다 알고 있다는 듯 "웃는 낯으로 알아서 불"라고 말한다. 그러자 시인은 어떤 내용을 불어야 할지 고민한다.

> 풍선이나 불었으면 좋겠다 / 풀피리나 불었으면 좋겠다 / 하품이나 늘어지게 불었으면 좋겠다 / 트럼펫이나 아코디언도 좋겠지 / 1년치 통화 기록 정도로 / 내 머리를 재단해 보겠다고. / 몇 년치 이메일 기록 정도로 / 나를 평가해 보겠다고. / 너무하다고 했다 // 내 과거를 캐려면 / 최소한 저 사막 모래무지에 새겨져 있는 호모사피엔스의 / 유전자 정보 정도는 검색해 와야지 / 저 바닷가 퇴적층 몇 천 미터는 채증해 놓고 얘기해야지 / 저 새들의 울음 / 저 서늘한 바람결 정도는 압수해 놓고 얘기해야지 / 이게 뭐냐고. / 그렇게 나를 알고 싶으면 사랑한다고 말해 줘야지
> – 「혜화경찰서에서」 부분(시집 『사소한 물음들에 답함』(2009) 중에서)

고민 끝에 시인은 '풍선'을 부는 것을 필두로 '풀피리, 하품, 트럼

펫, 아코디언' 등을 부는 것이 좋겠다고 상상한다. 공권력의 과잉 수사와 폭력에 대해 예술가적 저항을 상상해 보는 것이다. 시인은 1년치 통화 기록이나 몇 년치 이메일 정도로 자신의 과거를 완벽히 조사하거나 평가할 수는 없을 것이라고 생각한다. 적어도 '생각하는 인간'들이라면 "호모사피엔스의 유전자 정보 정도"를 검색해야 자신의 기원을 파헤칠 수가 있을 것이기 때문이다.

뿐만 아니라 "바닷가 퇴적층 몇 천 미터" 정도의 채증 자료를 확보한 뒤에야 비로소 자신을 수사할 수 있을 것이라고 상상한다. 그렇게 해서 획득한 정보와 채증 자료가 있고, 그때 수집한 "새들의 울음"과 "서늘한 바람결 정도"를 압수한 뒤에야 비로소 제대로 된 조사를 받을 수 있을 것이라고 상상한다.

반전은 마지막 행에 담겨 있다. "그렇게 나를 알고 싶으면 사랑한다고 말해 줘야" 한다는 것이다. 사랑이란 "어떤 사람이나 대상을 몹시 아끼고 귀중히 여기는 마음"으로 정의된다. 피의자로 수사를 받는 존재를 수사관이 사랑한다는 것은 범법자를 사랑하라는 말에 진배없다. 시인을 사랑한다고 말하기 위해서는 시인이 왜 그런 일을 벌였는지 먼저 이해하고 관심을 표명해야 한다. 그래야 비로소 그를 귀중히 여기는 마음으로 사랑의 감정을 품을 수 있기 때문이다. 하지만 취조하는 경찰관은 수사받는 피의자를 사랑하지 않는다. 그저 감시와 조사의 대상에 불과할 뿐이다. 이 기묘한 사랑의 엇갈림이 '희망 노동자'와 '과잉 수사관'의 사랑 불가능한 현실을 그로테스크하게 보여준다.

6. 허가 받지 않은 시인의 인생 – 「무허가」

역시 『사소한 물음들에 답함』에 실린 「무허가」는 무허가적 상상력을 소유한 시인의 성정을 미학적으로 잘 보여준다. 시인은 노동자들의 생존 투쟁 지원을 위해 무단 점거를 감행하는 경우가 많다. 그리하여 공권력으로부터 허가 받지 않은 인생을 살게 된다. '허가'는 사전적으로 "법령에 의하여 일반적으로 금지되어 있는 행위를 특정의 경우 특정인에 대하여 해제하는 행정처분"을 말한다. 하지만 시인은 허가받지 않은 인생을 살아간다. 용산 참사 현장에서도 빈집에 들어가 시를 쓰면서 시인은 자신의 과거 '무단 생활'을 회상한다. 즉 가리봉동 기륭전자 앞 노상 컨테이너, 구로역 CC카메라탑 점거, 광장에서의 불법텐트 생활, 국회의사당 점거, 대추리 빈집 생활 등을 떠올린다. 과거와 현재를 회상하면서 시인은 자신이 제도권으로부터 "허가받을 수 없는 인생"임을 깨닫는다.

> 용산4가 철거민 참사 현장 / 점거해 들어온 빈집 구석에서 시를 쓴다 / 생각해보니 작년엔 가리봉동 기륭전자 앞 / 노상 컨테이너에서 무단으로 살았다 / 구로역 CC카메라탑을 점거하고 / 광장에서 불법 텐트 생활을 하기도 했다 / 국회의사당을 두 번이나 점거해 / 퇴거 불응으로 끌려 나오기도 했다 / 전엔 대추리 빈집을 털어 살기도 했지 // 허가받을 수 없는 인생 // 그런 내 삶처럼 / 내 시도 영영 무허가였으면 좋겠다 / 누구나 들어와 살 수 있는 / 이 세상 전체가 / 무허가였으면 좋겠다
> – 「무허가」 전문(시집 『사소한 물음에 답함』 중에서)

시인은 사회적 약자와 소수자들의 목소리를 대변하기 위해 '무단

으로 불법하게' 점거 생활을 감행한다. 그리하여 법적으로나 제도적
으로 승인되기 어려운 "허가 받을 수 없는 인생"을 살아간다. 하지만
누구나 허가 없는 생을 살아가는 것은 아니다. 시인은 스스로 법적
인 허가를 거부한 채 허가로부터 자유로운 대한민국의 노동 현실을
마련하기 위해 무허가를 자처한다. 허가를 강요하는 제도적 억압을
폭로하고 극복하기 위해 시인은 '무허가'를 앞세우는 것이다.

    그리하여 삶이 무허가이듯 시도 무허가로 짓겠다고 다짐한다. 법
이나 제도, 규범으로부터 허가 받지 않은 시를 상상하겠다는 것이
다. 그리고 나아가 세상 전체가 무허가적 공간이 되기를 기대한다.
이러한 태도는 허가의 주체와 대상을 가르는 기준의 정당성에 대한
본질적인 질문을 던진다. 법적 금지, 제도적 금기를 넘어서서 다른
세계를 상상하는 시인은 앞으로도 여전히 '무허가적 상상력'으로 억
압적 금기의 공간 너머 상상의 건축을 지속할 것이다. 그것이 불법과
무단을 강요하는 억압적 자본과 권력의 결탁을 드러내는 방식이기
때문이다.

7. 아름다운 시민 혁명을 위하여

    2017년 3월 광화문 광장은 박근혜 탄핵을 위한 노란 촛불과 빨
간 한지의 레드 카드가 공존한다. 이미 국민들로부터 탄핵받은 박근
혜의 실질적인 탄핵 심판 추인을 앞둔 2017년 3월의 봄은 전인미답
의 봄이다. 그 봄의 최전선에 블랙리스트에 오른 문화예술인들이 자
리한다. 광장에서 텐트촌 생활을 하며, 표현의 자유를 옥죄는 박근
혜 정부의 탄압에 전면적으로 저항하기 위해서 그들은 2016~2017
년 겨울 한복판을 지나고 있다.

2014년 4월 16일 세월호 참사 이후 광장은 세월호 유가족들의 노란 물결이 자리하고 있었다. 친박 극우세력의 준동 속에 유가족에 대한 혐오가 판을 치고 애도가 허락되지 않던 암흑의 시기를 넘어 2016년 10월에 시작된 촛불의 물결이 정치적 무기력증을 떨쳐내고 있다. 극악무도한 박근혜 정권의 역주행은 최순실 게이트로 비화되면서 그 적나라한 권력 남용과 사유화, 부정부패와 사익 추구, 타락한 권력욕의 뻔뻔함 등 거짓말 공화국의 참상이 조금씩 드러나고 있다. 하지만 여전히 아직도 기득권 세력의 철옹성은 요지부동이다. '피의자 박근혜'와 '피의자 최순실'이 공범이라는 사실이 검찰 수사와 특검 수사를 통해 드러났음에도 불구하고 악의 세력들은 잘못을 반성하기는커녕 친박 집단을 내세워 반동의 꼼수를 꾀하고 있다.

세월호 참사, 한일 위안부 협정, 메르스 사태, 역사교과서 국정화, 사드 배치 등등 박근혜 정부 5년은 국민을 무시하고 배제한 헛발질의 연속이다. 이토록 후안무치한 정치세력을 단죄해야 비로소 대한민국은 앞으로 움직일 수 있다. 인간의 탈을 쓴 악마들과 타협하지 않아야 또다른 악마들이 생겨나지 않을 수 있다. 최소한의 연민조차 아까운 위정자들을 처벌하고, 새로운 대한민국과 한반도의 미래를 견인해야 한다. 그 앞자리에 무허가적 상상력을 가진 송경동 시인의 아름다운 혁명이 자리한다. '진짜 혁명'의 시작이 목전에 와 있다.

(『시를 사랑하는 사람들』, 2017년 여름호)

고요와 추억에 물들다

— 임동확 작품론

1. 광주적 사랑과 존재의 길

임동확은 지금 고요와 추억에 물들어 있다. 이미 등단 시력 30년에 달한 시인은 1986년 〈광주일보〉 신춘문예로 당선한 뒤 광주의 상처를 품고 시대적 비극성과 존재의 아픔을 줄곧 노래해오고 있다. 첫 시집인 『매장시편』(1987)에서는 "재앙의 신화와 소생의 언어"(홍용희)를 지향하면서 광주항쟁의 비극성을 신화적 상상력으로 빚어낸 바 있다. 2시집인 『살아있는 날들의 비망록』(1990) 역시 1980년 오월 광주에 대한 원죄의식을 집요하게 추적하면서 비극의 원형에 대한 성찰을 진행한 바 있다. 3시집인 『운주사 가는 길』(1992)에서도 시인은 광주의 참담한 기억을 내면화하면서, 희생자들의 처절한 아름다움을 기억과 상처의 변주로 형상화한다. 4시집인 『벽을 문으로』(1994)에서는 참담한 시대를 지나온 마음의 여정을 기록하면서 어두운 기억의 현실을 바탕으로 조화로운 삶을 꿈꾸는 염원을 형상화한다.

광주적 상상력에서 존재에 대한 탐구로 변모되기 시작한 5시집인 『처음 사랑을 느꼈다』(1998)에서는 1990년대 이래로 포스트모더니즘의 광풍 속에서 잊혀지고 묻히면서 사라져가는 것들에 대한 안타까움을 그리고 있다. 6시집인 『나는 오래 전에도 여기 있었다』 (2005)에서 시인은 '청춘의 속박'으로부터 벗어나 "존재의 해방을 지향"(구모룡)하면서 '신생의 세계'로의 전환을 꾀한 바 있다. 7시집인 『태초에 사랑이 있었다』(2013)에서는 "시적 수행의 의미"(임우기)를 탐색하면서 존재자들의 생장소멸이 개별적 사건이 아니라 대타자와의 연결 속에서 발생되는 존재론적 사태임을 주목한 바 있다. 8시집인 『길은 한사코 길을 그리워한다』(2015)는 "생성과 순간의 시학"(이성희)을 지향하며, '길의 그리움'을 통해 관계론적 지평을 확장한 바 있다.

이제 새로이 5편의 시를 통해 시인은 '고요의 풍경'과 '사람의 추억'에 젖어든다. 그것은 새로운 이질성의 세계가 아니라 익숙한 것을 낯설게 바라보려는 인식론적 태도에서부터 비롯된다. 광주에서 시작된 그의 시적 여정은 광주의 상처와 고통을 안팎으로 어루만지며 존재와 생성의 진면목을 성찰하는 데에까지 이르고 있다. 이제 시인은 고요한 풍경을 응시하며, 지난시절을 함께 견뎌온 사람과의 추억을 추적한다. 그리고 그 세계는 우리에게 낯설면서도 친숙한 '고요와 사람'의 서정적 풍경을 보여준다.

2. 기억의 시간들 －「대명매(大明梅)」

「대명매」에서 시인은 400여 년을 묵묵히 견뎌온 전남대 매화나무의 고요와 침묵을 응시한다. 오래된 존재로서의 '대명매'가 한 자리에 머물면서, 시인의 청춘시절부터 현재에 이르기까지를 포함하여 생장소멸하는 인간사의 장구한 내력을 지켜봐온 영성의 존재이기 때문이다. 그리고 그 인간사적 내력의 의미는 시인이 '대명매'를 관찰해온 누적된 시간에 비례하여 깊어진다. 시인은 전남대의 '대명매'를 보면서 세 부류의 옛 기억을 떠올린다. 처음에는 '1. 개화한 매화를 만났던 기억'을 통해 아름다웠던 시절을 떠올리지만, 나중에는 '2. 낙화 이후 꽃의 흔적이 없던 기억, 3. 아직 꽃이 피기 전 만났던 기억' 등을 떠올리면서 허탈하게 대명매 앞에서 발길을 돌려야 했던 과거를 회상한다. 결국 매화나무는 전남대를 오고갈 때마다 시인이 꽃이 피기 전이거나 피었을 때나 진 이후에도 항상 무심결에 눈여겨 보던 상징적 존재인 것이다.

　　어느 해엔 벌써 꽃이 피어 있었습니다 / 또 어느 해엔 이미 저버리고 없거나 / 또 그 다음 해엔 채 피어나지 않아 / 그만 터벅터벅 발길을 돌려야 했습니다 // 그러던 어느 해 이른 봄날이었던 가요 // 자꾸 아래로만 휘어져 가는 가지들을 떠받치며 / 매화꽃 몇 송이 환하게 피어나고 있었습니다 / 틈만 뜨면 내 새끼들, 내 새끼들 혼잣말하던 / 고향 집의 어머니처럼 늙고 허리 굽은 둥치가 / 제 한 몸 끌고 가기에도 힘에 부치던 젊은 날 / 일찍이 고독해진 자의 적막 같은 꽃망울을 / 하나둘씩 터트리고 있었습니다 // 아무렴, 문득 반세기가 지나버린 그날이었습니다 / 아무리 보아도 볼 수 없었던 기억의 불꽃들이 / 방금 지나간 고양이처럼 나타났다가 사라졌습니다 / 그새 들어도 들리지 않던 침묵의 함성들이 / 때마침 내리는 봄눈처럼 이내 희미해져 갔습니다 // 그러나 누군가에겐 틀림없이 아주 특별했을 하루가 / 어느새 무궁(無窮)의 천지간으로 마냥 흘러가고 있었습니다
　　*대명매(大明梅): 전남대 대강당 앞에 심어진 수령 사백여년의 매화나무 이름.
　　－「대명매(大明梅)」 전문

그러던 어느 불특정한 이른 봄날, 시인은 "매화꽃 몇 송이"가 "자꾸 아래로만 휘어져 가는 가지들을 떠받치며" "환하게 피어"난 모습을 바라본다. 그 모습은 '고향집 어머니'들이 "늙고 허리 굽은 둥치"로 자신의 "내 새끼들"을 감당해온 모습을 연상하게 한다. 그리하여 그 '고향집 어머니' 같은 '늙은 둥치' 아래 '여린 꽃송이'들은 마치 어머니처럼 "일찍이 고독해진 자의 적막 같은 꽃망울"을 닮아 있는 것으로 여겨진다. 그 "어느 해 이른 봄날"은 그렇게 "문득 반세기가 지나버린 그날"로 기억된다. '대명매' 앞에서 '문득' 이 땅의 모든 어머니들은 50년의 시간을 누적한 꽃망울로 존재하는 것이다.

　　그렇게 '대명매' 앞에서 "아무리 보아도 볼 수 없었던 기억의 불꽃들"이 반세기를 사이에 두고, "방금 지나간 고양이처럼" 훌쩍 "나타났다가 사라"진다. 50년의 시간이 찰나에 불과하다는 인식은 초로에 접어든 시인의 감각을 보여준다. 그러므로 그때 시인이 "침묵의 함성들이" "봄눈처럼 이내 희미해져"버리는 현상을 감지하는 것은 전혀 이상한 일이 아니다. 그러한 찰나적 깨달음은 시인에게만 내성화되어 있기 때문이다. 하지만 시인 이외의 다른 누군가에게는 '희미한 기억'이 아니라 "아주 특별했을 하루"일 수도 있을 것이다. 카이로스의 시간은 크로노스의 균질화된 시간과 달리, 시간에 대한 감각을 저마다 다르게 해석하고 수용하는 진경을 선사하기 때문이다. 어쨌든 '대명매' 앞에서 시간은 그렇게 "무궁(無窮)의 천지간으로" 다함없이 흘러감으로써 오래된 시간의 여러 갈피들을 회억하고 현재화하는 것이다.

3. 고요의 풍경들 – 「고요는 힘이 세다」

「고요는 힘이 세다」에서 시인은 계곡에 밤이 오자 소리에 주목하게 된다. 우선, 시인은 꽃을 피우기 이전의 참싸리나무가 "홍자색 꿈을 꾸며 두런거리는" 소리를 듣는다. 실상 시인의 내면에서 울려나왔을 그 싸리나무의 소리에서 시각적인 홍자색 꿈의 이미지까지 함께 읽어내고 있는 것이다.

> 아직 꽃피기에 이른 참싸리나무가 홍자색 꿈을 꾸며 두런거리는 밤. 정적과 평화의 순간은 잠깐뿐, 벌써 숙소 바로 앞 폭포에서 떨어지는 물소리가 유리창을 두드린다. 천불전 담장 곁 청매실들이 둔탁한 소리를 내며 길바닥으로 떨어져 내리고 있다. 저 멀리 썩은 굴피나무 둥지에 돋아난 노란 개암버섯들이 한낮 천년수 가는 길에 보았던 독사처럼 꼿꼿이 자루를 세우고 갓을 편 채 독을 뿜어내고 있다. 일사분란하게 군락을 이룬 채 흔들리던 동백나무, 비자나무 숲도 돌연 자유 시민이 되어 오직 각자의 명령과 보폭에 따라 흩어지고 모여 들기를 반복하고, 북가시나무 위에선 미처 예측하거나 대처할 수 없는 새로운 소요와 고요의 기준점을 알려주며 되지빠귀새가 홀로 울고 있다. // 그러나 끝내 미지로 남은 낱낱의 소리들이 밤의 계곡으로 멧돼지처럼 씩씩대며 속속 집결하고 있다.
>
> – 「고요는 힘이 세다」 전문

싸리나무의 두런거림이 지나면 일시적인 "정적과 평화의 순간"이 오지만 잠시일 뿐이다. 곧이어 두 번째로 숙소 앞 "폭포에서 떨어지는 물소리"가 창문을 넘어 들려오기 때문이다. 그리고는 세 번째로 길바닥에 떨어지는 청매실들의 "둔탁한 소리"가 들려온다. 그리하여 이 싸리나무 소리와 폭포물 소리와 청매실 소리 들을 배경으로 "저 멀리 썩은 굴피나무 둥지에 돋아난 노란 개암버섯들"이 "독을 뿜어"낸다. 마치 소리들을 빚어 독성을 분출하듯 개암버섯이 중독성 강한 숲의 향기를 뿜어내고 있는 것이다. 이후 동백나무와 비자나무들도 "자유 시민이 되어" "각자의 명령과 보폭에 따라 흩어지고 모여 들기를 반복"한다. 그것들은 그것들대로 소리와 향기를 뿜어내면서 계곡의 풍경에 동참하는 것이다.

그때 "북가시나무 위에서"는 "되지빠귀새가 홀로 울"면서 "새로운 소요와 고요의 기준점을 알려"준다. 모든 소리와 침묵의 경계를 가르며 울려퍼지는 '되지빠귀새의 홀로 울음'이 숲의 수다와 적요를 가르며 변곡점으로 기능하는 것이다. 이후 이러한 진풍경 앞에서 "끝내 미지로 남은 낱낱의 소리들"이 다시 모이고 모여 "밤의 계곡"은 "멧돼지처럼 씩씩대"는 다양한 소리들이 "속속 집결"하는 공간으로 변신한다. 시인은 밤 계곡 풍경이 빚어내는 자연의 소리와 풍경을 마음의 눈으로 상상하면서 고요와 소리가 함께 깊어져가는 자연의 성정을 내면화하고 있는 것이다.

4. 노래로서의 기도와 수행
―「일지암 가는 길 ― 후배가수 박양희에게」

「일지암 가는 길」에서 시인은 "굳이 묻지 않아도 짐작"되는 삶의 내력을 가진 후배가수 박양희에게 차마 질문을 던지지 못한다. 그야말로 내력이 짐작되는 존재이기 때문에 그녀에 대한 배려의 차원에서 질문을 던지지 않는 것이다.

굳이 묻지 않아도 짐작되었다고나 할까요. 전 그녀에게 그간 어떻게

살아왔느냐고 차마 묻지 못했습니다. 다만 어느 봄날 들려준 그녀의
자작곡들엔 모두가 버리고 떠난 시간의 손목시계가 째깍거리고 있었습
니다. 끊어질 듯 이어지는 그녀의 악보들마다 누군가를 질책하기 앞서
먼저 자책하는 자의 눈물방울들이 글썽했습니다. 누군가 그녀를 부를
라치면 뙤약볕 아래 웃자란 풀을 뽑거나 콩타작 하다가도 달려간다는
그녀의 노래는 기도이고, 기도가 곧 노래였습니다. 때 놓친 머윗대를 뜯
거나 잠시 마루 벽에 쪼그려 앉아 쉬다가도, 풍랑 치는 바다든 여름 소
낙비 쏟아지는 벌판이든 가리지 않고 뛰어간다는 그녀의 노래는 스스
로를 향한 수행이고, 수행이 곧 노래였습니다. // 한 마리 새가 깃드는
데 나뭇가지 하나면 충분하다고 수줍게 일러주며 가만 숨어있는 해남
두륜산 일지암(一枝庵) 아래채의 방 한 칸. 아주 먼 길을 돌아왔을 그
녀가 지금 마치 한 마리 굴뚝새처럼 그곳에 머물며 그새 앞뜰의 어린
찻잎처럼 돋아난 노래의 음절들을 가다듬고 있었습니다
　　－「일지암 가는 길-후배가수 박양희에게」 전문

　시인은 그녀의 자작곡들을 들었던 어느 봄날을 떠올린다. 그때
"모두가 버리고 떠난 시간의 손목시계"를 째깍거리게 했던 그녀의
독특한 매력을 발견한다. 버려진 존재를 움직이게 만드는 생명력의
소유자가 바로 후배 가수 박양희였던 것이다. 그리고 그가 들었던
그녀의 노래들에는 상대에 대한 질책에 앞서 "먼저 자책하는 자의
눈물방울들이 글썽"거린다. 그만큼 타인에 대한 배척이 아니라 스스
로에 대한 자책감 속에 음악으로 일종의 구도를 수행하고 있는 것이
다.
　특히 그녀는 "풀을 뽑거나 콩타작"을 하다가도 어디든 달려가서
노래를 부를 정도로 '노래'가 곧 타인을 위한 '기도'인 사람이다. 뿐
만 아니라 바다든 벌판이든 "가리지 않고 뛰어가"서 노래를 부를 정

도로 "그녀의 노래는 스스로를 향한 수행"이 되기도 한다. 그러므로 시인에게 후배 가수 박양희의 노래는 타인을 위한 기도이자 스스로의 구도를 실현하는 수행인 셈이다. 시인은 지금 "해남 두륜산 일지암 아래채의 방 한 칸"에서 "앞뜰의 어린 찻잎처럼 돋아난 노래의 음절들을 가다듬"고 있는 그녀를 "한 마리 굴뚝새"로 받아들인다. 그곳은 "한 마리 새가 깃드는 데 나뭇가지 하나면 충분하다고 수줍게 일러주"는 일지암이기 때문이다. 시인은 '한 마리 굴뚝새' 같은 후배 가수의 노래를 통해 자신과 타인들을 위한 '기도'와 '수행'을 병행하는 구도자의 진심과 전력을 만나고 있는 것이다.

5. 부재의 추억 – 「영동시편–최하림 시인에게」

「영동시편」에서 시인은 영동에서 만났던 최하림 시인을 추억한다. 그때 어느 해인가 후배 문인들과 댁을 방문했을 때, 최하림 시인이 "한사코 하룻밤 자고가기를 권했"던 기억을 떠올린다. 그날 잠자리에 들면서 시인은 전남 신안 안좌도 출신인 최하림 시인이 "가장 멀리 떠남으로써 가장 가까이 고향에 가고자 한다는" 사실을 눈치챈다. '충북 영동'이 "가장 가까운 곳"이자 "가장 먼 곳인 고향을 필사적으로 불러들이는 거점" 역할을 한다고 판단한 것이다.

지금껏 난 당신이 마치 화분에 담긴 섬나리꽃처럼 태생지 안좌도에서 목포로, 목포에서 서울로, 서울에서 광주로 이동해 살다가 왜 생면부지의 영동으로 이동해 갔는지 그 전후사정을 잘 모릅니다. 그러던 어느 해 후배 문학인들과 당신을 방문했을 때일 겁니다. 해 저물어 당신 집을 나서려는 내게 한사코 하룻밤 자고가기를 권했지요. 그리고 일행과 떨어져 당신과 일찍 잠자리에 들었던 그 밤, 나는 당신이 가장 멀리 떠남으로서 가장 가까이 고향에 가고자 한다는 것을 눈치챘습니다. 그러니까 당신에게 영동은 필시 가장 가까운 곳이자 또한 가장 먼 곳인 고향을 필사적으로 불러들이는 거점 같은 곳이었겠지요. // 그래서일까, 당신이 떠나간 지 오래인 함석지붕의 빈집 부엌에선 여전히 그릇들이 달가닥거립니다. 때마침 우기를 맞은 호탄리 계곡에서도 갑작스레 불어난 물이 호호탕탕 흘러가고 있구요. 아참, 그때 동네 아낙의 등에 업혀있던 아이는 부쩍 큰 가슴에 부끄럼 많은 소녀가 되어 있답니다. 행여 당신도 그 풍경들을 유리창 밖으로 지켜보고 있는 건 아닌지요? // 그러나 당신이 필사적으로 불러들이던 생전의 마을과 강변과 덕유산은 실상 그 어느 곳에도 실재하지 않았던 곳인지도 모릅니다. 그때 보리밭을 까맣게 뒤덮던 까마귀들도, 논바닥의 지푸라기들을 물고 겨울 하늘로 솟구쳐 오르던 회오리바람조차도 이미 부재하는 것들이었을 테니까요. // 그날도 당신은 두고 온 고향의 섬처럼 혼자였지요. 그런 당신과 광주 매곡동 공간아파트에서 처음 만나던 날, 난 당돌하게도 역사가 무엇이냐고 물었습니다. 그러나 그때 당신이 들려준 말씀이 더 이상 생각나지 않습니다. 오로지 당신의 잔잔한 미소와 부드러운 음색만 어제처럼 떠오릅니다. 영하 사십 도의 결빙으로 빛나는 당신의 문장들만 눈앞에 맴돌고 있습니다. 화강암처럼 모든 침입을 거부하는 단단한 고독의 입자들이 마침내 보이지 않은 파동이 되어 생전의 나무들을 흔들고, 당신이 잠긴 깊은 물속으로 흘러들어가 당신의 죽음을 마구 흔들어 깨우고 있습니다.

    - 「영동 시편-최하림 시인에게」 전문

   최하림 시인이 세상을 떠난 뒤 몇 년이 되었지만, 그가 머물던 "함석지붕의 빈집 부엌에선 여전히 그릇들이 달가닥거"린다. 그리고

"우기를 맞은 호탄리 계곡"의 불어난 물도 호탕하게 흘러간다. 과거 시인의 딸일 것으로 짐작되는 "동네 아낙의 등에 업혀있던 아이"는 "부쩍 큰 가슴에 부끄럼 많은 소녀"가 되어 있다. 시인은 고인이 된 최하림 시인이 그 영동의 풍경들을 지켜보고 있는 것은 아닌가 하는 상상을 해본다. 그가 그립기 때문이다. 하지만 최하림 시인이 "필사적으로 불러들이던 생전의 마을과 강변과 덕유산"은 "그 어느 곳에도 실재하지 않았던 곳"일지도 모르는 것으로 추정된다. 시인이 살아 있을 때 존재했던 까마귀들이나 회오리바람들이 시인이 이승을 떠난 뒤에는 "이미 부재하는 것들"로 여겨지기 때문이다.

최하림 시인을 처음 본 날에도 임동확 시인에게 시인은 "두고 온 고향의 섬처럼 혼자였"다. 그때 광주 매곡동 공간아파트에서 최하림 시인을 처음 만난 시인은 "역사가 무엇이냐"고 당돌하게 물었던 기억을 떠올린다. 대답은 명확히 떠오르지 않지만, 최하림 시인이 보여준 "잔잔한 미소와 부드러운 음색"은 어제 일처럼 분명하게 떠오른다. 지금 임동확 시인은 영하 40도의 "결빙으로 빛나는" 최하림 시인의 "문장들"이 눈앞에 맴도는 상상을 한다. "화강암처럼 모든 침입을 거부하는 단단한 고독의 입자들이 마침내 보이지 않은 파동이 되어 생전의 나무들을 흔"드는 가운데, 시인은 최하림 시인이 "잠긴 깊은 물속으로 흘러들어가" 시인의 "죽음을 마구 흔들어 깨우고" 싶은 마음을 토로한다. 광주와 영동에서의 기억이 '부재하는 실재'로 선명하게 시인의 내면에 깊이 각인되어 있기 때문이다.

6. 고요와 사람 사이

시인은 「너를 찾는다」에서도 '부재하는 실재'를 찾아 떠돈다. '너'

는 누구인지 모를 미정형의 존재이다. 하지만 시인은 "맹인처럼 너의 손을 잡으"려 하고 "널 부른다". "키스를 나누는 찰나"에도 상대가 누구인지를 묻는 시인은, "서로를 껴안은 순간에" 자신의 정체성마저 확신하지 못하는 상황에 이른다. "너의 알몸을 더듬고 있"으면서도 여전히 상대와 자신의 정체를 파악하지 못하고 있는 것이다.

마치 맹인처럼 너의 손을 잡으며 널 부른다. 그러나 어느새 붉어진 네 입술이 달싹이고, 키스를 나누는 찰나에도 난 네가 누구인지 묻고 있다. 누가 먼저랄 것이 서로를 껴안은 순간에도 초정밀 열영상 현미경 으로도 접근 불가능한 너의 눈동자와 마주친 내가 누구인지 확신하지 못한다. 여전히 대기권 밖의 밤 우주를 떠도는 허블망원경처럼 어찌할 바를 모른 채 너의 알몸을 더듬고 있다. // 행여 누군가 지금 너의 전부 를 미국 국가안보(NSA)처럼 수집하고, 관리하고, 협박하고 있을지 모른다. 하지만 한 송이 제비꽃 같이 굳이 감출 것 없는 대낮의 태양 아래서도 네 신비는 사라지지 않는다. 설령 그 시작과 끝이 드러나고 폭로된다고 해도, 너의 등 뒤엔 그럴수록 더 많은 호기심과 의문을 불 러들이며 연신 나를 떠밀고 가는 밤의 블랙홀이 숨어있다. 그러나 애 써 묻지 않으면 결코 다가오지 않는 너의 거대한 비밀 성단이 기다리고 있다.
　　- 「너를 찾는다」 전문

시인은 누군지 모르는 "너의 전부"를 알기 위해 노력하지만, 알 수 없는 "너의 신비는 사라지지 않"으며, "너의 등 뒤"에는 "나를 떠 밀고 가는 밤의 블랙홀이 숨어 있"을 뿐이다. 그리고 "애써 묻지 않 으면 결코 다가오지 않는 너의 거대한 비밀 성단이 기다리고 있"는 것으로 파악된다. '너'라는 부재하는 실재는 시인이 가 닿고자 욕망하는 '비밀스런 존재'에 해당하는 것이다.

이를테면, 광주이거나 매화꽃송이거나 밤의 소리이거나 가수 박양희이거나 시인 최하림이 모두 '너'에 해당된다. 그들을 보고 만지며 상상하고 접촉해서 모두 다 알고 싶지만, 그들의 실체는 결코 드러나지 않는다. 그들의 실체는 모두 '비밀 성단' 같은 '블랙홀' 속에 숨어 있기 때문이다. '반세기'가 누적된 찰나적 순간에만 그 실체가 드러날 뿐이다. 그리고 그 실체는 영원히 드러나지 않을지도 모른다. 나는 너를 잘 알 수 없기 때문이다. 이렇듯 미지의 불가지적 존재를 찾는 여정이 시인의 시적 탐구에 해당한다. 그것은 광주에서 시작되어, 신생과 존재에 대한 탐문을 거쳐, 풍경과 사람의 향기에 대한 추적으로 이어지고 있다. 그 궤적이 바로 '너'를 찾아 떠나온 '나의 여정'인 것이다.

(『시에』, 2016년 가을호)

4부

'홀로 사피엔스'들

▪ '홀로 사피엔스'들의 편린들(2023년 봄·여름호)
▪ '소수(素數) 11인'의 시선들(2023년 가을호)
▪ 자아와 세계의 의미를 포집(捕執)하는 시인의 힘(2023년 겨울호)

'홀로 사피엔스'들의 편린들

– 2023년 겨울과 봄의 풍경

1. 겨울에 기대하는 봄

겨울의 매서운 추위는 봄의 훈풍을 기대하게 한다. 겨울이 봄을 부르는 것이다. 이렇듯 계절은 우리에게 역설의 진가를 보여주며 혹독한 날들을 견뎌낼 힘을 제공한다. 그러므로 사람들은 계절로부터 삶의 지혜를 배운다. 겨울에 따뜻한 봄을, 무더운 여름에 시원한 가을을 기대하면서 계절의 역설이 제공하는 무서운 생의 진리를 가슴에 내면화하게 된다. 그렇게 내면화된 계절의 힘은 인간에게 일상을 살아낼 지혜로 연결된다. 따라서 좋은 시인은 "겨울은 강철로 된 무지개"(이육사의 「절정」) 같은 계절의 재정의를 수행하면서 보다 강렬한 시적 공감각을 독자에게 제공할 수 있는 것이다.

봄을 기대하는 겨울에 주목한 시편들은 직계 가족, 안온한 일상, 입체적 풍경, 코로나 시대의 일화 등을 품고 있다. 이문재, 신미균, 이문희, 이상국, 주창윤, 조온윤, 조용미, 김참, 장석남, 김이듬, 손진옥, 나희덕, 김신용 등이 빚어낸 시편들은 자식의 기원으로서 부모를 들여다보는 시선들, 일상의 소소한 풍경을 집적하면서 발견한 진실들,

세계의 풍경을 내면화하면서 채록하는 독백 같은 대화의 소리들, 코로나 시대를 살아가는 비대면 화상 강의실 풍경과 '홀로 사피엔스'의 복고풍 사색 들로 우리 앞에 펼쳐진다. 물론 이외에도 다양한 시공간에서 무수히 많은 시편들이 자신과 타인과 세계를 호흡하면서 코로나 시대의 한 컷에서 '외로운 서정의 편린'들을 탐색하며 코로나 시대를 넘어 다시 새로이 꿈틀대는 초연결 시대의 미래적 가능성을 현재화하고 있다. 이제 우리가 그 대표적 무늬들을 구체적으로 살펴볼 때다.

2. 자아의 기원으로서의 부모 그리기

이문재, 신미균, 이문희 등의 시편에서는 가족이 화두로 등장한다. 혈연으로서의 가족 중에서도 특히 부모는 자아의 생물학적 기원이자 거울로서 애증의 원형을 제공한다. 물론 대체로 모친의 경우 육신의 젖줄로서 무조건적인 경외의 대상이 되는 경우가 많다. 이번에 살펴볼 시들은 돌아가신 엄마의 전화기를 들여다보는 사후적 애도에 대한 고민(이문재), 구순 넘은 노모의 언행 불일치적인 애정 본능의 표출(신미균), 부친의 가출 이후 남겨진 가족의 생(이문희) 등의 표정을 통해 자아의 기원으로서 부모라는 존재 자체가 시적 사유의 운명적 대상으로 호명되고 있음을 보여준다.

먼저 이문재의 「엄마 전화기」(『창작과비평』, 2022년 겨울호)는 모친이 생전에 사용하던 휴대전화기를 핵심 소재로 활용하면서 사후적 애도의 방법을 탐색하는 시편이다. '돌아가신 어머니'께서 장례 1년이 지난 후에도 모친의 존재감을 환기하는 전화기를 통해 지속적이고 반복적으로 소환되는 내용을 그려냄으로써 절절한 사모곡을 펼쳐보인다.

　　엄마 전화기가 / 여전히 살아 있다 / 세상 떠난 지 일년이 넘었는데
/ 어떻게 해야 할지 모르겠다 / 전원을 켜면 문자메시지가 와 있고 /
부재중전화도 제법 있다 어쩌다 / 진동이 울리면 받을까 말까 망설여
진다 / 전화기가 죽으면 엄마가 또 죽을까 싶어 / 충전을 계속하는데
언제까지 이래야 하나 / 죽은 엄마 전화기를 어찌하지 못하는 것은 /
살아 있는 나 때문임이 분명하다 며칠 전에도 / 너무 힘들어 엄마한테
문자를 보냈다 / 나도 거기로 가고 싶은데 엄마 나 가도 되나 / 답 문
자 기다리는 대신 엄마 전화기 속으로 / 이니셜과 별명이 많은 엄마의
사생활 속으로 / 들어가곤 한다 수백번 넘게 열어본 우리 엄마 / 그래
서 그렇게 비상금이 필요했고 그래서 / 아빠와 매번 심하게 다퉜고 그
래서 그래서 / 요양원에 있는 엄마의 엄마한테 달려갔고 / 그래서 그날
새벽 차를 몰고 동쪽 바다로 향했고 / 그래서 엄마가 그래서 엄마는 그
래서 나도 / 그날 이후 눈을 들지 못하고 살아왔는데 / 엄마 전화기를
버리지 못하고 겨우 견뎌왔는데 / 이제는 안 되겠다 이렇게 한살 더 먹
기 전에 / 죽은 엄마 두번째 생일이 오기 전에 / 전화기를 엄마한테 돌
려줘야겠다 / 매번 다짐하곤 하는데 다짐하긴 하는데
　　－「엄마 전화기」 전문

　　이문재의 시는 '돌아가신 어머니'와 '살아 있는 엄마 전화기'가 대
비되면서 시적 긴장을 유지한다. 돌아가신 지 1년이 넘었지만 "여전
히 살아 있"는 어머니의 전화기는 시인이 모친과의 관계를 '여전히'
유지하고 있음을 보여준다. '살아 있는 전화기'이기에 전원을 켜보
면 '문자메시지와 부재중전화와 진동' 등이 표시되면서 전화기의 살
아 있음이 확인된다. 시인이 충전을 계속하는 표면적인 이유는 "전

화기가 죽으면 엄마가 또 죽을까 싶어"서로 드러난다. 두 번 돌아가시게 할 수는 없다는 자의식 속에 "죽은 엄마 전화기"인 줄 알면서도 어쩌지 못한 채 지속적으로 충전을 반복하는 것이다. 하지만 그 내면에는 "살아 있는 나"를 위한 용도가 자리하고 있다. "너무 힘들어" "나도 거기로 가고 싶은" 마음이 들 때면 돌아가신 어머니를 향해 문자를 보내면서, 시인은 자신의 죽음에 대한 두려움과 삶에 대한 기피감이 '어머니 전화기 충전'의 실제 용도임을 고백한다.

시인은 답문자가 없는 '엄마 전화기'를 들여다보면서 생전 어머니의 일상을 확인한다. 그때 '이니셜과 별명'이 넘쳐나는 모친의 사생활을 짚어보며, 비상금이 필요했던 일들과 부친과의 다툼, 요양원에 입원해 계셨던 외할머니에게로 달려갔던 일 들이 복기된다. 마지막으로 새벽에 동해로 차를 몰고 갔던 일 이후 시인은 눈을 들지 못한 채 살아온다. 이유를 명확히 알 수는 없지만 시인은 모친을 향한 죄스러움에 스스로를 자책하고 있을 것이다. 시인은 자신이 한 살 더 먹기 전에 그리고 돌아가신 어머니의 두 번째 생일이 돌아오기 전에, '살아 있는 전화기'를 돌아가신 어머니께 돌려드려야겠다고 다짐을 반복하면서도 실천은 하지 못한 채 머뭇거리며 주저하고 있을 뿐이다. 아마도 그러한 머뭇거림과 주춤거림 속에서 시인의 모친의 삶에 대한 애도는 앞으로도 오래 지속될 것으로 보인다. 이 시는 '돌아가신 어머니'와 '살아 있는 엄마의 전화기'를 대비적으로 활용하여 모친에 대한 절절한 애도를 표명하고 있는 절창에 해당한다.

이문재의 시가 돌아가신 모친에 대한 애도를 '살아 있는 엄마 전화기'를 통해 활용하면서 진행하고 있다면 신미균의 「말랑말랑한 멜랑콜리」(『시사사』 2022년 겨울호)는 살아 있는 노모의 봄날 풍경을 조망한다. 아흔이 넘은 노모와의 마지막일지도 모를 봄날 풍경을 함께하면서 시인은 모녀지간의 본능적 애정을 실감한다.

벚나무 아래 / 아흔하나 어머니 / 앉아 계시네 // 바람 불면 / 벚꽃 잎이 / 튀밥처럼 쏟아지네 // 이제는 가야 된다고 / 인사드리면 / 밥 먹고 가라고 / 벚꽃을 잔뜩 / 주머니에 넣어주시네 // 늦기 전에 / 어서 가라고 / 가라는 시늉을 하면서도 / 한 손으로는 내 옷을 꽉 잡고 / 놓지 않으시네

   - 「말랑말랑한 멜랑콜리」 전문

   인생을 사계절에 비유한다면 노년의 삶은 겨울에 빗대어지기 쉽고 노년은 봄날 같은 청춘의 시절을 추억처럼 환기하는 캐릭터로 그려지기 십상이다. 신미균 시인은 91세의 어머니가 벚나무 아래에 앉아 환하게 꽃과 조화를 이룬 모습을 포착한다. 더구나 바람이 불면 꽃바람 속에 벚꽃 잎이 튀밥처럼 쏟아지면서 노모의 청춘 같은 봄날을 어렴풋이 상상하게 된다. 만남의 시간이 끝나가면서 어느덧 헤어질 시간이 다 되었을 때 모친은 마치 튀밥 같은 벚꽃을 자신이 준비한 봄날의 음식으로 생각하는 듯 '잔뜩' 꽃잎을 챙겨보내시려 한다. 그리고 겉으로는 "늦기 전에 어서 가라"는 시늉 같은 행동을 하지만, 시인의 옷을 붙잡고 놓지 않으시려는 속내를 무의식 중에 드러내면서 이별의 서운함과 아쉬움을 행동으로 표출하게 된다.

   이렇듯 모친은 살아계시거나 돌아가신 뒤에도 자식에게 삶의 기원으로서 지속적인 형상화의 대상이 된다. 이미 돌아가신 뒤에도 '살아 있는 전화기'로 '여전히' 존재감을 드러낼 수도 있으며, 여전히 살아계시면서 봄날과 어우러지는 풍경 속에 이별을 아쉬워하는 애틋한 존재로 스케치되기도 하는 것이다.

   반면에 이문희의 「노송동 1976년 여름」(『시와 시학』, 2022년 겨울호)에서는 아버지의 가출 이후 남겨진 가족의 삶이 조망된다. 5백년 느티나무가 쓰러지던 날 가출한 아버지 탓에 가족들은 아비 부재의

자리를 메우며 삶을 재배치할 수밖에 없게 된다. 할머니는 어머니에게 "저년, 복도 없는 년, 지 서방 잡아먹을 년"이라며 닦달 어린 험담을 해대지만, 젊었던 어머니는 정화수를 떠놓고 이불 홑청을 "뜯었다 시쳤다" 하면서 남편의 귀가를 빌었으며, 언니들은 부친을 찾다가 허탕을 치고 자정 무렵이 되어 종잇장 같은 얼굴로 돌아올 뿐이었다. 아버지의 존재는 "흙탕물에 처박힌" 백구두의 모습으로 회자되거나 도박으로 한밑천을 챙겨 고향을 떴다는 폭풍 같은 소문으로 모친의 가슴을 할퀴고 지나갈 뿐이다. 그럼에도 불구하고 "중절모를 쓴 아버지는 사진 속에서만" "막무가내로 환하게 웃기만" 하는 모습으로 환기되고, 어렸던 시인은 "여름방학이 끝나도록 / 아버지가 사준 소공녀를 끌어안"은 채 "잠든 척 크게 울"면서 슬픔을 삼킨 채 성장통을 경험한다. 장마 속에서 "세상에 넘쳐나는 먹구름" 속에서 "철길 옆 해바라기처럼 / 비갠 뒤 죽순처럼" "제멋대로 우죽우죽 자"란 시인은 47년 전 여름을 기억하는 '어른이 시인'이 되어 과거를 슬픈 추억으로 추체험하고 있는 것이다.

이문재, 신미균, 이문희의 시는 자아의 기원으로서 어머니와 아버지를 주목한다. 각각의 표상은 돌아가신 어머니, 살아계신 노모, 가출한 아버지의 부재 등등으로 다르게 포착되지만, 시인의 생을 반추하는 존재의 기원이라는 점에서 유의미한 등가적 의의를 내포한다. 살아서도 혹은 돌아가시고 나서도 육신의 한계를 자명하게 확인시켜주는 영원한 선험적 존재가 바로 '부모'이기 때문이다.

3. 소소한 일상의 진실

이상국, 주창윤, 조온윤 등의 시는 일상에서 진실을 길어올린다.

일상의 파노라마는 예기치 않은 삶의 국면을 만들어 우연처럼 필연처럼 고요한 일상의 반복을 어지럽히기도 한다. 하지만 그 파문에 휘청이면서도 우리네 일상은 다양한 형태로 지속된다. 일상의 버거움을 힘겨운 고통으로 체감할 것인지 삶이 제공해준 선물로 받아들일 것인지에 따라 생은 찬란한 햇살처럼 빛나는 풍경이 되기도 하고 고해(苦海) 같은 고통스런 현실이 되기도 한다. 어떻게 일상을 받아들이느냐에 따라 느낌은 사뭇 달라지기 마련이다.

먼저 이상국의 「과분(過分)」(『애지』, 2022년 겨울호)은 예기치 않은 일상의 즐거움을 수용하는 시인의 마음을 추적한다. 일상의 소소함으로부터 기대 이상의 과분함을 체감하는 시인의 심정을 따라가다 보면 우리가 놓치고 있을지도 모르는 '소확행'의 행복감을 '과분하게' 확인할 수 있는 지혜를 얻게 된다.

> 알지도 못하는데 / 커피콩을 외상으로 주는 동네 가게 // 어떻게 시 한 편 있는 줄 알고 용케 도착한 청탁서 // 괜히 마음이 언짢은 날 내리는 비 // 연립주택 화단의 애 머리통만 한 수국 // 점심은 먹고 왔는지 / 남해에서 하루 만에 달려온 택배 // 어디선가 사람을 낳는 사람들이 있고 / 마음 깊이 감춰둔 사람이 있다는 것 // 아무리 두꺼운 어둠을 만나더라도 / 어떡해서든지 오고야 마는 아침아 // 부모가 있다는 것 / 나무들이 있다는 것 // 통장에 찍힌 손톱만 한 원고료 // 해지면 기다리는 식구들
>
> ―「과분」 전문

시인은 자신의 분에 넘치는 행복감을 추적한다. 우선 면식도 없는 사이임에도 외상으로 커피콩을 제공하는 '동네 가게'에 과분함을 느낀다. 사실 외상은 선불로 당겨쓰는 것이어서 나중에 지불해야 되

는 일종의 약속어음에 해당하는데도 마치 '공짜'처럼 받아들이는 것이다. 동네 가게의 외상을 과분함으로 받아들이며 시작된 시는 시인의 일상을 둘러싼 '대부분의 현실'을 과분한 보상으로 수용하는 시인의 마음가짐으로 이어진다. 시가 1편 있는데 때마침 도착한 원고 청탁서를 비롯하여, 심란한 날 마음을 달래주듯 내려주는 비, 화단에 피어난 커다란 수국, 남해에서 배달되어 온 택배, 새로운 생명을 출산하는 사람들이나 마음속에 사람을 몰래 감춰둔 사람, 어둠을 이기고 기어이 오는 아침 등은 살아 있는 존재에게 기적 같은 일상을 제공해 주는 것이다. 게다가 '부모의 존재, 나무의 존재' 등은 언제나 과분한 대상이며, 통장에 들어온 작지만 소중한 원고료가 있고, 해가 질 때면 귀가할 식구들을 기다리는 마음이 있다는 사실은 시인에게 '과분한 현실' 그 자체에 해당한다. 시인을 둘러싼 과분한 일상은 사실 지극히 사소하기에 과분하다기보다는 일상의 수레바퀴에서 만나는 지나치게 익숙한 표정들을 보여준다. 하지만 시인처럼 평범한 일상을 긍정의 감각으로 인식할 수 있는 촉수가 존재할 때 비로소 우리 역시 '과분함의 본질과 실체'를 내면화할 수 있을 것이다.

　반면에 일상의 소소한 현실을 풍자적으로 독해하는 주창윤의 「양념 반 프라이드 반」(『시작』, 2022년 겨울호)도 있다. 이 시는 일종의 '반반(半半) 문화'에 익숙해진 대한민국의 일상 현실을 포착하여 재치 있게 삶의 표정을 들여다본 시편이다. '반반 문화'가 지닌 '두 가지라는 잉여'와 '반쪽이라는 결핍'에 대한 인식의 경계가 실은 우리 삶의 애증을 드러내는 일종의 환유일 수 있음을 주목한 셈이다.

　우리는 반(半)을 그리워하는가 증오하는가. / BBQ에 치킨을 주문할 때조차 아내와도 합의가 안 된다. / 아내는 양념 나는 프라이드 / 양념 반 프라이드 반을 주문한다. / 프라이드치킨 반 마리를 먹은 후 / 거품 가득한 코카콜라를 단숨에 들이켠다. / 문제는 반반에서 발생한다. / 짬짜면을 시켜 먹었을 때 / 적당히 먹었다는 생각이 드는 것이 아니라 / 둘 다 부족하다는 생각; 우리는 70년째 정전 협정 중이어서 / 여전히 휴전 상태다. / 왜 젠더는 둘뿐이냐. / 셋이면 어떻고 다섯이면 어떤가. / 나는 둘로 나누는 것을 싫어하는 반(反)반반주의자 / 차이가 차별을 낳아 링 밖에서도 종합 격투기가 벌어진다. / 한 선수가 상대의 경동맥을 압박하는 / 트라이앵글 초크를 걸고 있는데 / 밑에 깔린 선수는 변비의 표정으로 버티고 있다. / 도대체 어쩌란 말인가? / 반반이 되면서 혐오주의자가 늘어난다. / 우리 동네 교촌치킨은 양념 반 프라이드 반 메뉴가 없다. / 허니콤보를 주문한다.

  ─「양념 반 프라이드 반」 전문

　주창윤 시인은 시의 서두에 '절반(折半)'에 대한 '그리움과 증오심'을 질문으로 배치하면서 반반문화가 지닌 부정적 요소를 나열한다. 일단 BBQ 치킨을 주문하면서도 아내와 합의가 되지 않아 '아내 몫의 양념 반과 시인 몫의 프라이드 반'을 요청할 수밖에 없는 현실이 드러난다. 사실 '절반'을 '자신 몫의 하나'처럼 인식하면 되지만 '온전한 한 마리의 프라이드'를 욕망하는 순간 내 기댓값이 절반이 되는 결핍이 자리하게 된다. 그리하여 시인은 자신 몫의 절반을 다 먹어버린 뒤 코카콜라를 들이키면서, 가정 불화를 낳는 문제가 '반반 문화'에서 비롯되었다고 자가진단한다. 이러한 문제 제기는 '짬짜면'에 대한 단상으로 이어져 "둘 다 부족하다는 생각"으로 이어지기도 하고, "70년째 정전 협정 중"인 한반도의 '휴전 상태' 문제까지 이어질 뿐만 아니라, 나아가서는 젠더가 둘밖에 없다는 탄식으로도 이어진다. 결국 시인은 "반(反)반반주의자"가 되어 "둘로 나누는 것을 싫어하"게 되었음을 고백한다. "차이가 차별을 낳"는 종합 격투기장 같은 현실이 시인은 못마땅한 것이다. 결과적으로 상대를 가해함으로써 쾌감을 느끼는 "혐오주의자가 늘어난" 배경이 바로 반반문화에 있음을 직시하게 된다. 비판적 세계 인식의 확장 속에 '반반주의 문화'를 반대하는 시인은 결국 치킨집을 갈아탄다. 그리하여 "양념 반 프라이드 반 메뉴가 없"는 교촌치킨 체인점에 '허니콤보'를 주문하여 반반문화의 문제를 일거에 해소하게 된다. 재치 있게 '우리식 반반문화'를 풍자적으로 주목하면서 이분법적 세계 인식이 지닌 위험성을 묘파하여 전복적 시각으로 담아낸 수작인 셈이다.

　이상국과 주창윤의 시편이 일상의 소소한 풍경들의 진실을 추적하고 있다면, 조온윤의 「분실물 보관소의 밤」(『문학사상』, 2022년 12월호)은 '분실물 보관소'의 하룻밤 풍경을 상상하면서 일상에서 유실된 물건들이 내장하고 있을 내면의 소리를 추적한다. 시인은 경비원이 귀가한 뒤 분실물 보관소에 불이 꺼지면 시작되는 "주인 없는 사물들의 수런거림"을 포착한다. 그때가 되면 '안경, 처방전, 빵과 우유, 구두, 우산, 라디오' 등의 분실물을 비롯하여 "누군가 흘리고 간 모든 사연"이 "자유라는 손수건"이 되어 불 꺼진 보관소 안팎을 배회할 수 있게 된다. 분실물들은 더 이상 "버림받은 점유물"이나 "버림받은 유기물"이 아니라 소중한 유실물을 찾는 "그들이 지금도 찾아 헤매는 유일했던 무엇"이라는 존재감을 가지고 있는 것이다. 이러한 분실물들의 목소리는 "쓸쓸함을 잊기 위한 혼잣말"처럼 느껴지지만, "침묵으로 인내하는 기다림" 속에서 언젠가는 자신들을 찾아갈 주인과의 재회를 기대하고 있는 '소중한 존재들의 애절한 몸짓'으로 읽혀진다. 조온윤의 시는 분실물들의 감각이 깨어나는 밤에 그 소리와 사연을 상상해보는 흥미로운 시편에 해당한다.

　이상국, 주창윤, 조온윤의 시는 우리네 일상이 영화나 드라마처럼 특이하게 비범하거나 극적인 현실로만 채워져 있지 않음을 보여준다. 소소한 풍경들이 우리 주변 세계에서 다채롭게 펼쳐지고 있으며 그 안에서 다양한 목소리들이 자신의 존재 의미를 피력하고 있음이 드러난다. 그러므로 시인들은 자신의 주변을 깊이 관찰하면서 발견적 진실을 퍼올리기만 하면 되는 것이다.

4. 외화된 풍경의 내면화

조용미, 김참, 장석남, 김이듬, 손진옥 등의 시는 시인이 만난 낯선 세계의 풍경을 가슴에 담아 서정의 언어로 옮겨 놓은 시편들이다. 그 풍경들에는 '진도 팽목항, 달밤의 귀가행, 고향집 밤하늘, 얼어붙은 호수, 집 짓는 고드름' 등이 자리하고, 시인들은 자신을 둘러싼 다면적 풍경들 속에서 이질적 생이 보여주는 진솔한 감각을 포착하게 된다. 그 의미들은 각기 서로 다르지만 그럼에도 불구하고 '입체적 진실'을 내포하고 있기에 의미심장한 풍경이 된다.

먼저 조용미의 「서망(西望)」(『현대문학』, 2022년 11월호)은 세월호 참사의 흔적이 오롯이 새겨져 있는 진도에서 "천 개의 종소리"를 듣게 되는 시인의 방문기에 해당한다. 진도는 참사를 애도하는 순례객들에게 수천 수만 가지의 풍경으로 천변만화하며 비가시적 존재들의 의미를 체감하게 한다.

저녁나절 해무가 끼었다 밤 깊어가며 안개는 마녘에서 노녘으로, 밀려가듯 바삐 또 서서히 움직였다 // 차갑고 아릿하고 괴이한 냄새가 났다 습습한 바람은 아니었다 // 마파람이 지날 때면 은은한 종소리가 난다는 종성바위는 어디 있을까 동석산 가파른 바위 아래 천종사에서 천 개의 종소리가 들리는 듯 환청이 일었다 // 섬의 모든 소리는 안개를 따라 흐르고 파묻혔다 // 안개를 헤치고 다시 왔다 여러 개의 둥근 종 같은 암릉에 매혹되어 절벽 능선을 따라가다 보면 종소리를 들을 수 있을까 산 아래 들판과 저수지도 귀 기울이는데 // 여기서라면 종소리 같은 울음을 토해내어도 괜찮을까 // 천종사는 소리를 감추었고 석적막산에는 적막이 돌처럼 쌓여 있다 이 섬에서는 모든 지명을 하나하나 음미해보게 된다 곡섬, 솔섬, 서망, 팽목구미, 슬도, 맹골도…… // 서쪽에서 서쪽을 하염없이 바라보게 되는 곳 // 커다란 날개를 가진 학이 노을 속으로 멀리멀리 찰나를 날고 있는 가학리에서 나도 그 아름다운 붉은빛에 눈이 멀어 훌쩍 뛰어들었는데 // 서쪽은 닿을 수 없는 곳 // 학도 사람도 돌아올 수 없는 곳 안개조차 소식을 전해주지 못하는 곳 먼 서쪽에서 들려오는 천 개의 종소리를 나는 듣는다

　　－「서망(西望)」 전문

　시인은 해무가 낀 진도에서 저녁 무렵 이후 밤이 되면서 안개가 남쪽에서 북쪽으로 서서히 움직이는 모습을 목도한다. 안개 속에서는 "차갑고 아릿하고 괴이한 냄새"가 풍겨나지만 "습습한 바람은 아니"라고 느껴진다. 이후 종성바위나 천종사에서 들려오는 듯 "천 개의 종소리"가 환청처럼 일어나지만, "섬의 모든 소리는 안개를 따라 흐르고 파묻"히는 것처럼 느껴진다. 그 소리들은 "종소리 같은 울음"처럼 토해지듯 터져나와도 무방하지만, "천종사는 소리를 감추"고 있으며 "석적막산에는 적막이 돌처럼 쌓여 있"을 뿐이다. 시인은 모든 소리가 안개에 묻혀 적막처럼 사라진 듯한 섬에서 그 지명들인 "곡섬, 솔섬, 서망, 팽목구미, 슬도, 맹골도……" 등을 하나씩 짚어보며 하나하나가 슬픈 사연을 내장한 이름인 것처럼 음미하게 된다. 한반도의 "서쪽에서 서쪽을 하염없이 바라보게 되는" 진도에서 시인은 커다란 날개를 지닌 학이 찰나처럼 노을 속을 날고 있는 "가학리

에서 아름다운 붉은빛에 눈이 멀어 훌쩍 뛰어들"고 싶지만, "서쪽은 닿을 수 없는 곳"이기에 그저 "먼 서쪽에서 들려오는 천 개의 종소리"를 들을 수 있을 뿐이다. 시인은 진도의 안개 속에서 "천 개의 종소리"가 울음처럼 토해지는 환청을 내면화하면서 애도의 마음을 상상의 소리로 집적하고 있는 것이다.

조용미 시인이 진도 방문기를 통해 세월호 참사 이후 애도의 지속을 보여주고 있다면, 김참의 「달」(『현대시』, 2022년 10월호)은 달밤의 귀갓길 풍경을 추적한다. 밤 기차로 귀가하는 길에 만난 귀로객들의 "모두 혼자"인 표정을 달빛에 비춰 읽어내면서, 달빛이 내려와 탱자나무 열매에 드리운 달밤의 진경을 노래한다.

경산발 구포행 밤차 타고 집으로 가는 길. 친구가 끊어준 좌석에 앉으니 커다란 달이 짙은 광선을 뿌리고 있다. 놀라워라. 이토록 낮게 뜬 달. 내 눈보다 낮은 곳에서 황홀한 빛 뿌리며 살그머니 나를 따라오는 달. 잠든 사람들을 슬그머니 훑어보는 사이 기차는 터널 속으로 들어간다. 달도 사라진다. 청도나 밀양 혹은 삼랑진에서 내릴지도 모를, 고단한 사람들. 자세히 보니 아무도 일행이 없다. 모두 혼자다. // 눈을 떠보니 열차엔 아무도 없다. 종착역을 지나 열차 기지까지 흘러온 걸까. 달빛에 반짝이는 철로를 따라 홀로 걸어간다. 철길 옆으로 집들이 늘어서 있지만, 불빛 하나 보이지 않는다. 대체 나는 어디까지 흘러온 걸까. 한참을 걷다 보니 철길 옆에 탱자나무들이 줄지어 서 있다. 탱자 열매들이 달빛 받으며 노랗게 빛나고 있다. 공중에 뜬 달이 탱자나무에 내려와 수백 개의 작은 달이 되어 반짝이고 있다.

  －「달」 전문

시인은 친구가 끊어준 좌석에 앉아서 밤 기차를 타고 귀가하는 중에 "낮게 뜬 달"의 커다랗고 환한 빛을 마주하게 된다. 시인의 눈보다 낮은 자리에서 "황홀한 빛"을 뿌리는 달에 놀라운 감탄을 하면서 시인은 잠든 탑승객들을 돌아본다. "고단한 사람들"을 자세히 훑어보니 "아무도 일행이 없"는 "모두 혼자"임을 알게 된다. 밤 기차의 탑승객은 모두 고독한 귀가행 손님들인 것이다. 잠시 잠들었다가 깨어난 시인은 종착역을 지나 열차 기지까지 흘러든다. 이후 귀가를 위해 철길을 따라 홀로 걸으면서 달빛의 인도를 따르다가 시인은 철길 옆 탱자나무들을 발견하고, 탱자 열매들이 달빛을 받아 노랗게 빛나는 모습에 취하게 된다. 그리하여 "공중에 뜬 달이 탱자나무에 내려와 수백 개의 작은 달"로 반짝이며 천상과 지상이 달빛으로 서로를 비추는 아름다운 밤 풍경에 도취된다.

조용미의 '소리와 적막'과 김참의 '달빛'을 지나 만나는 장석남의 「바람 자듯」(『문학동네』, 2022년 겨울호)은 고향의 기억을 되살리는 밤 울음의 의미를 탐색한다. 어디에선가 데리고 온 강아지가 밤에 울음을 울자 시인은 그 울음소리가 환기하는 '울음 자리'의 의미를 연상하면서 고향의 정경을 회상한다. 다양한 존재들의 울음을 먹고 검게 삭혀진 기둥이 더욱 검어질수록 "밤하늘이 찬란"해지는 자리가 바로 고향이기에, 시인은 "방울소리가 들리"고 "바람 우는 자리에 / 고향을 차"려 "울던 바람 자듯 / 젖어오는 / 나의 옛집"을 떠올릴 수 있게 된다.

장석남의 '고향 소리'를 지나면 김이듬의 「월동」(『시와 세계』, 2022년 겨울호)에서는 호수를 의인화하여 응시한 월동의 풍경이 드러난다. 시인은 사계절 내내 수많은 인적이 다녀갔을 호수의 마음을 추정하며 호수가 품었을지도 모르는 '폐쇄의 충동'을 읽어낸다. 호수에게 소란스러움을 벗어나 고요한 내성의 시간이 필요했다고 짐작하는 것이다. "일 년 중 며칠이라도 // 문을 / 닫아걸고 싶었을" '호수의 마음'을 읽어낸 시인은 호수가 비와 바람을 받아냈을 뿐만 아니라, 자신을 향해 '빵 부스러기나 쓰레기, 첨벙첨벙 들어오는 사람들, 새와 구름과 측백나무' 등에 이르기까지 "사방에서 투신하는 그것들을 사랑했"음을 알고 있다. 하지만 사랑의 투신객들을 받아내면서 '호수의 내부가 번잡했을 것'이라고 짐작하며, 이제야 '얼어붙은 호수'가 월동 속에서 비로소 "투명하게 내면을 응시하는 듯", "무문관이 되어 / 자기 안에 서식하는 침묵을 보았"을 것이라고 진단한다. 누구에게나 소란으로부터 자유로운 고요한 침잠의 시간이 필요한 셈이다. 호수에게 월동 준비는 폭설과 한파로 얼어붙은 수면이 며칠이라도 주어졌기에 가능했던 것이다.

김이듬의 '월동 호수 풍경'을 지나면, 겨울은 손진옥의 「고드름」(『시에』, 2022년 겨울호)에서 고드름의 존재감을 압축적으로 환유하면서 빛을 발한다. "저것은 / 무소유의 / 집 한 채 / 염주알에 / 글자를 새기듯 / 한 알씩 / 완성시켜 / 적막을 깨트리는 / 놀이"라는 짧은 단형의 시를 통해 시인은 고드름이 빚어낸 '무소유의 놀이'를 주목한다. 고드름이 햇살과 바람 속에서 자신을 물로 녹이거나 얼음으로 얼리면서 무소유를 실천하듯 자신의 집을 완성해가는 모습을 "적막을 깨트리는 놀이"로 바라보고 있는 것이다. 시인은 적막을 깨트리면서도 고요를 선사하는 '집 짓기(=우주(宇宙))'의 진상을 '겨울의 꽃'인 고드름을 통해 노래하고 있는 셈이다.

조용미의 '진도의 소리', 김참의 '탱자 열매에 비친 달빛', 장석남의 '바람의 울음', 김이듬의 '월동하는 호수', 손진옥의 '집 짓는 고드름' 등은 시인들이 응시한 세계의 저편에서 그 의미를 빛내고 있는 원석들에 해당한다. 그 원석들은 시인들의 촉수에 의해 갈고 닦여 보석으로 빛날 때 비로소 진가를 발휘한다. 세계의 풍경에 머무를 것인가 아니면 우리의 내면에 잔잔하게 파문을 일으키는 비유의 대상이 될 것인가는 시인이 예리한 감각으로 벼리고 끄집어내는 풍경의 밀도에 있을 것이다.

5. 코로나 시대의 일화

나희덕, 김신용은 코로나 시대의 일상을 포착한다. 대학 강단에서 비대면수업을 진행하면서 체험했을 씁쓸한 강의의 풍경을 탁월하게 포착해낸 나희덕의 「허공의 방」과 휴대폰 없이 코로나 바이러스의 침습에도 아랑곳하지 않은 채 복고풍의 일상을 살아내는 김신용의 「홀로 사피엔스」는 2020년대 우리 사회가 겪어내고 있는 코로나 현실의 음화(陰畫)를 보여준다.

먼저 나희덕의 「허공의 방」(『문학수첩』, 2022년 하반기)은 2020년부터 시작되어 4년째 지속되고 있는 코로나 시대 '비대면수업'의 대표적인 실시간 화상 강의 형태인 'ZOOM 수업 풍경'을 풍자적으로 묘파한다.

있다 그들과 함께 // 바둑판 같은 ZOOM 화면 속에 / 바둑알처럼 자리를 지키고 앉아 있다 // 부르면 언제든 대답할 수 있는 곳에 / 클릭하면 언제든 나갈 수 있는 곳에 / 비디오를 끄면 언제든 사라질 수 있는 곳에 / 음소거를 하면 언제든 침묵할 수 있는 곳에 // 그러나 손과 손이 끝내 닿을 수 없는 곳에 / 우리는 있다 // 이 안전하고 위태로운 수업을 위해 / 오늘도 허공의 강의실 문을 열고 / 정돈된 책장을 배경으로 / 단정한 상의를 입고 / ppt 자료를 공유 / 하지 / 만 // 누군가에겐 / 이 방이 사라진 줄도 모르고 / 누군가 튕겨 나갔다 들어온 줄도 모르고 // 부른다 그의 이름을 / 믿는다 그들과 함께 있다고 // 예

약된 시간만큼은 / 줌인과 줌아웃의 자유가 허락된 이 방에서 / 녹음
과 녹화가 가능한 이 방에서 // 배경화면을 바꾸고 이름을 바꾸고 설
정을 바꾸고 캄캄한 바둑알이 되어
　- 「허공의 방」 전문

　시인은 수강생들과 함께 화면 속에 자리하고 있지만, 사실상 기대
만큼 그렇게 함께 존재하지 않는 현실에 대해 "있다 그들과 함께"라
는 도치법의 진술을 통해 강조한다. 줌 화면 속에 바둑판의 바둑알
처럼 자신의 자리를 지키고 앉아 있는 수강생들의 모습은 코로나 시
대 '비대면수업'의 대표적인 풍경이다. 수업을 할 때면 언제든 '음소
거'를 끄거나 켜면서 대답을 하거나 묵음으로 화면을 응시할 수 있
으며, 또 언제나 '비디오'를 끄거나 켜면서 사라지거나 나타날 수 있
는 '그 곳'에 "손과 손이 끝내 닿을 수 없는 곳"에 '우리'는 함께 동시
에 존재한다. 하지만 시인은 코로나 바이러스를 예방하기 위해 실시
하는 이런 수업이 얼마나 "안전하고 위태로운 수업"인지 이미 알고
있다. 바이러스로부터는 안전하지만 대면수업이 제공하는 현장성과
친밀감을 최소화한다는 점에서는 위태로운 수업 방식이기 때문이다.
더구나 "허공의 강의실" 속에서 "정돈된 책장을 배경으로 / 단정한
상의를 입"은 채 피피티 자료를 공유하지만, 실상은 누가 사라지거나
튕겨져 나갔다 들어오는 사실을 모른 채 "그들과 함께 있다고" 믿으
면서 "예약된 시간만큼" 함께 자리할 뿐이기 때문이다. 하지만 "줌인
과 줌아웃의 자유가 허락된 이 방"과 "녹음과 녹화가 가능한 이 방"
이 사실은 "캄캄한 바둑알" 같은 존재감으로 '배경화면과 이름과 설
정'을 바꾼 채 부실하게 존재하는 공간임을 누구나 알고 있다. 강의
자와 학습자 대부분이 '수업을 위한 수업, 시간을 때우기 위한 시간'
으로 그 '실시간 비대면수업의 방식'을 활용하고 있음을 알고 있는

것이다. 결국 시인은 바이러스 전파의 예방과 사회적 거리두기의 실천을 위해 선택한 비대면수업의 허와 실을 명쾌하고 적실하게 포착해내고 있는 셈이다.

나희덕의 시가 줌으로 진행되는 '실시간 화상 수업'의 허상을 탁월하게 포착했다면, 김신용의 「홀로 사피엔스」(『현대시학』 2022년 11~12월호)는 코로나 시대를 고지식하게 건너가고 있는 '코로나 유목민 시인'의 일상과 내면을 포착한다.

> 코로나 바이러스의 가을이다. // 이 가을이 마치 復古主義者처럼 쓸쓸하다. 잎들도 마스크를 쓴 채 가을의 가지를 떠나고 있다. 침묵이라는 비말은 마주치는 눈빛에서도 은밀히 퍼져 흐른다. 서로 방호복을 입은 채 만나고, 얼굴 없는 전파로 대화를 한다. 이렇게 모든 것이 변하고 있는데도 아무것도 변하지 않은 것 같은 나는 휴대폰이 없다. 코비드19 시대의 이전에도 없었으므로 이 가을은 복고주의자처럼 쓸쓸하다. 내가 손을 내밀면 나뭇잎들도 마스크를 한 채 저만큼 떨어져 내린다. 나는 이미 수족 같은 스마트폰이 없으므로 환상통을 앓지도 못한다. 신체가 된 디지털 플랫폼은 더구나 없으므로 팔다리가 떨어져 나간 아픔도 모른다. 나는 그렇게 길 위에 떨어져 뒹구는 침묵의 나뭇잎을 밟으며 걸을 뿐이다. 낙엽 밟는 발자국 소리는 이미 자가격리된 복고풍의 후회 같지만, 이 포옹이 복고주의자들의 전유물이기도 해서 잎은 살 한 점 없는 물고기의 뼈처럼 잎맥만 남긴 채 길 위에 말라 바스러져 있다. 그 위로 또 침묵의 나뭇잎이 떨어져 내린다. 이렇게 홀로 스스로를 위로하며 걷는 코로나 유목민의 가을, 마스크를 한 채 가을의 가지를 떠나는 나뭇잎에게 // 나는 또 복고풍의 빈손을 내민다.
>
> ─「홀로 사피엔스」 전문

시인은 '코로나 시대의 가을'을 맞아 "복고풍의 빈손"을 내밀며 일상을 견뎌내는 "코로나 유목민"의 내면 풍경을 보여준다. '코로나의 가을'은 시인에게 '복고주의자의 가을'처럼 쓸쓸하게 체감된다. 나뭇잎들도 복면 같은 마스크를 쓴 채로 "가을의 가지를 떠나고 있"는 것처럼 여겨지기 때문이다. "침묵이라는 비말"로 서로의 눈빛을 마주하고 '내면의 방호복'으로 무장한 채 만나거나 "얼굴 없는 전파"로 대화를 진행하는 코로나의 시절에 시인은 모든 것이 쉽게 변화하는 가변적 현실 속에서 '세계와 불화하는 불변의 자신'과의 괴리감을 심각하게 느끼게 된다. 시인은 코로나 이전이나 이후에도 여전히 휴대폰이 없으므로 더 쓸쓸한 '복고주의자'가 된다. 시인은 "수족 같은 스마트폰"이 없기 때문에 시인의 전매특허인 "환상통을 앓지도 못한" 채 지내고 있으며, "신체가 된 디지털 플랫폼"도 없이 지내기 때문에 무통증 환자처럼 아픔도 모른 채 통증 없이 가을을 지나가게 된다. 길 위에 나뒹구는 "침묵의 나뭇잎을 밟으며" 시인은 "이미 자가격리된 복고풍의 후회"를 체감한다. 그리고는 "낙엽 밟는 발자국 소리"를 '복고적인 포옹'처럼 여기고, 침묵으로 떨어져내린 나뭇잎을 밟으면서 시인은 "홀로 스스로를 위로하며 걷는 코로나 유목민"이 된다. 시인은 "복고풍의 빈손을 내"밀며 깊어가는 가을을 마주하면서 '홀로 사피엔스'의 모습을 보여주는 '유목적 사유의 시인'인 셈이다. 시인은 코로나 시대의 일상을 견뎌내는 '디지털 유목민'이 아니라 낙엽을 밟으며 홀로 침묵의 가을을 견뎌내는 '복고풍의 유목민'이 된다. 디지털 매체나 스마트폰의 매개 없이 나 홀로 생각하는 시인으로서 시인은 '홀로 사피엔스'라는 학명을 창조한 선구적 발명가인 것이다.

나희덕의 비대면수업 풍경과 김신용의 복고풍 유목민의 모습은 코로나 시대를 살아가는 비정상적인 일상의 풍경을 보여준다. 2020

년 이래로 4년째 일상이 되어버린 마스크와 비대면 상황의 정상성은 우리가 알고 있는 정상성의 기준이 얼마나 나약한 토대 위에 구축되어 있는지를 실감하게 해주고 있다. 사실 코로나 바이러스의 역설은 인간만을 위한 인간의 정상성에 대한 기준이 얼마나 자의적 설정에 불과했던 것인지를 보여주면서 '호모 사피엔스'의 자성을 촉구하고 있는 셈이다.

6. '홀로 사피엔스'들의 소통과 교감, 연대를 위하여

사람의 마음을 움직이는 계절의 변화에 민감한 시인들도 있지만, 계절의 변화와 무관하게 일상의 감각을 벼리는 시인들도 있다. 일상과 계절이 아니라 가족과 타인의 삶으로부터 인간적 진실을 읽어내는 시인들도 있으며, 순간적으로 파악되는 세계의 풍경에서 입체적 비의(秘意)를 발견하기도 한다. 시인이 자아와 세계 사이에서 길어내는 다양한 목소리와 무늬들이 결과적으로 다른 독자들에게 새로운 감각의 자극으로 연결되어 이 세계를 더 따뜻하게 온축(蘊蓄+溫蓄)할 힘을 제공한다는 사실을 13편의 시를 통해 확인할 수 있었다. 가족에서 시작된 이 계절의 시편들은 소소한 일상과 짙은 무늬의 풍경을 거쳐 코로나 시대의 현실로 마무리된 셈이다.

2023년 계묘년이 되어 지난 4년 동안 이어져온 코로나 시대로부터의 해방의 가능성이 점차 현실화되고 있다. 해방과 억압은 양면적이지만 동시적인 개념이기도 하다. 코로나 시대로부터의 해방이 또다른 바이러스의 역습을 통해 '새로운 억압'으로 이어지지 말라는 법도 없으며, 그러한 역습을 예방하기 위해 호모 사피엔스들 역시 치열한 노력을 게을리 하지 않아야 할 필요성도 대두되고 있기 때문이다. 인간은 위기와 기회 앞에서 조금씩 아주 조금씩 더 나은 세계를 건설해 왔는지도 모른다. 그리고 그 제일 앞에 '잠수함 토끼'처럼 촉수가 예민한 우리 시대의 시인들이 자리한다. '홀로 사피엔스들'이여 연대하라.

(『시와시학』, 2023년 봄 · 여름 합본호)

'소수(素數) 11인'의 시선들

– 2023년 가을 이야기

1. 폭염에 미리 온 가을

폭우 속 장마가 지나고 무더운 폭염의 날들에 하루의 일과를 더듬어본다. 열대야의 밤에 잠 못 이루는 날이 여러 날 이어지면서 아침이면 무기력하게 깨어난다. 아침 7~8시인데도 30도에 육박하는 무더위에 심신이 지쳐 있는 지도 벌써 1주일이 넘게 이어지고 있다. 여름은 더워야 맛이라지만, 1994년 여름과 2018년 여름을 방불케 하는 혹서(酷暑)에 '야외활동 자제'라는 말이 자연스레 수긍이 간다. 이제 우산을 양산처럼 쓰고 숨이 막힐 듯한 폭염을 견디는 것이 일반화되고 있다. 이 더위가 지나 선선한 가을이 오길 기다릴 수밖에 없다.

무더위와 장대비 사이에서 길을 잃다가 얼마 전 8월 6~7일 강원도 인제의 만해마을에서 학술대회 발표를 진행하면서 가을의 징후를 마주할 수 있었다. 백두대간 중 태백산맥의 지류인 대관령을 중심으로 영동과 영서의 날씨가 다르듯 외설악과 내설악의 기운이 다르다는 사실을 새삼 실감한 셈이다. 35도가 넘는 폭염 속에서도 만해마을의 온도는 해가 진 후에는 체감상 열대야의 경계인 25도 내외 정도에 머물렀다. 물론 이틀 연속으로 구름이 해를 가리고 산발적인 비가 내렸기 때문이기도 할 것이다. 한산한 마을에서 행사 관계자 중심으로 '다시 출발하는 세계, 만해와 벽초 홍명희'라는 주제로 2023년도 만해축전의 시작을 알리는 테이프를 끊고 왔다. 내게는 올해 가을이 만해마을의 여름에서부터 온 셈이다.

이번 계절에는 11명의 시인들의 시를 주목했다. 박소란, 이소연, 김주대의 시에서는 '가족이라는 통증'에 대해 주목했고, 손택수와 박완호의 시에서는 시적 자의식을 보여주는 '바다 풍경'을 살펴보았다. 이학성과 김기택과 서효인의 시에서는 '낯설게 보기'의 힘을 포착하였으며, 마종기와 황동규와 이해원의 시에서는 '노년의 마음'을 추적하였다. 이들이 길어낸 자아와 세계의 풍경은 여름에 미리 온 가을이다.

2. 가족이라는 통증

박소란의 「병중에」(『창작과비평』, 2023년 여름호)는 대장암 수술 뒤 여전히 진통제를 먹으며 앓고 있는 아버지와 '낡은 변기'의 교체를 매개로 시인이 '미래와 오늘'에 대해 나눈 대화를 기록한 시편이다. 변기를 교체하자고 제안하는 시인에게 아버지가 '미래를 어떻게 글로 쓸 수 있느냐'고 되물으면서 둘 사이에는 팽팽한 긴장감이 흐른다.

변기를 바꿔야겠어요 언제 이렇게 낡은 건지, / 아버지는 말이 없다 / 잠에서 깨어 진통제를 한알 털어넣고서 미지근한 물을 머금고서 / 나를 본다 선산 구덩이보다 퀭한 눈으로 // 내 너머 구부정한 창이 부려놓은 캄캄한 골목을 // 아버지는 망설인다 / 변기, 변기라니 // 매시간 화장실을 드나들면서도 / 사는 게 암병원 같다고 끝없이 이어진 흰 복도 같다고 / 꺼지지 않는 빛 // 그런 게 얼마나 잔인한지 // 아버지는 화를 낸다 대장을 한뼘 넘게 잘라낸 뒤 // 미래, 미래라니 / 너는 어떻게 그런 걸 쓸 수 있는 거냐? // 쓰는 거예요 그냥 // 꼭 사기 같다 그런 건 너무 어렵고 너무 비싸고 / 나는 감히 살 수가 없어 / 살 수가 없다 // 앓다 기진한 아버지 곁에 / 아무것도 기약하지 않는 기약하지 않기 위해 애쓰는 // 시간은 질금질금 흐르겠죠 / 악취를 풍기며 역류하겠죠 때때로 뒤틀리는 배를 움켜쥐고서 / 간신히 아주 간신히 // 괜찮은 사람이 될 수도 있을 거예요 이웃을 돕고 길고양이의 밥을 챙기고 / 곧잘 눈을 피하면서도 / 사랑을, 백지에 가까운 믿음을 이야기하며 조금도 아프지 않은 척 / 아픔에 대해 뭘 좀 아는 척 / 쓸 수 있을지도 몰라요 남들처럼 // 큰 병에 걸린 게 아닐까 가끔은 전전긍긍하면서 // 문을 박차고 나갈 수 있을지도 몰라요 오물이 넘실대는 바깥으로 / 전진! 전진! // 목구멍 깊숙이 들이쉴 한번의 숨을 위해, / 꿈이나 영원이 아니라 비유로 꽉 찬 처방전이 아니라 / 무사히 똥을 싸고 오줌을 누는 / 그런 / 시 // 한알의 작고 둥근, // 아버지는 그만 화를 낸다 꽉 막힌 삶에 시위라도 하듯 / 맹렬히 잠든다 / TV에서는 전쟁으로 폐허가 된 먼 나라 먼 도시 먼 사람들이 / 여전히 살고 / 찢어진 텐트 속에서 // 채널을 돌리면 낯모를 웃음이 쉴 새 없이 터져 나오는데 // 변기를 바꿔요 아침이 오면 / 형제종합설비에 전화를 걸어요 묵은쌀을 불려 죽을 끓이고 / 조금 울다가 / 멀고 가까운 웃음에 덩달아 피식 웃다가 / 조금 살아요 // 미래, 미래라니 / 혀를 끌끌 차면서 // 오늘, 그리고 어쩌면 / 오늘, 오늘의 고지서를 챙기고 오늘의 달력을 넘기고 집 앞 농협에서 얻어 온 / 오늘의 시를 떠올리며 // 조금 더 살아요

　－「병중에」 전문

시인은 아버지와의 대화에 익숙한 듯 익숙하지 않은 듯 독백 같은 대화를 시도한다. 병환 중인 부친에게 "변기를 바꿔야겠어요"라고 말하면서 낡은 변기 교체 이야기를 꺼내지만 처음에 아버지는 묵묵부답으로 응대한다. 잠에서 깨어난 아버지는 진통제 한 알을 입 안에 털어 넣으면서 시인과 함께 창 너머 "캄캄한 골목"을 "퀭한 눈으로" 바라볼 뿐이다. 아버지는 매시간 화장실에 드나들면서 "사는 게 암병원 같"고 "끝없이 이어진 흰 복도 같다"면서 "꺼지지 않는 빛"의 '잔인함'에 대해 불편해한다. 더구나 "대장을 한 뼘 넘게 잘라낸" 아버지는 시인에게 '미래'라는 표현을 어떻게 쓸 수 있느냐면서 화를 낸다. 하지만 시인은 '그냥' "쓰는 거예요"라고 넋두리처럼 말한다. 그러자 아버지는 그게 '사기' 같다면서, 자신에게는 미래가 "너무 어렵고 너무 비싸"기 때문에 미래를 매매하거나 생존을 기대할 수도 없다는 중의적 의미로 "감히 살 수가 없어"라고 거듭 말한다. 지금 현재를 앓고 있는 아버지와 아직 오지 않은 미래를 '그냥' 쓰는 시인의 사이는 골이 깊을지도 모르는 것이다.

통증으로 기진맥진해진 아버지 곁에서 "아무것도 기약하지 않는" "시간은 질금질금 흐르"는 것처럼 여겨진다. 그리고 "악취를 풍기며 역류"하는 시간 속에서 "때때로 뒤틀리는 배를 움켜쥐"면서도 어쩌면 아버지가 "아주 간신히" 견딜 수도 있을 것이라고 짐작한다. 하지만 병증에 시달리는 아버지와 다르게 시인은 미래에 자신이 간신히 "괜찮은 사람이 될 수도 있을 거"라고 생각한다. 시인은 이웃을 돕고 길고양이의 밥을 챙기는 등 '사랑과 믿음'을 이야기하면서 남들처럼 "조금도 아프지 않은 척"하면서 "아픔에 대해 뭘 좀 아는 척 / 쓸 수 있을지도 모"르기 때문이다. 더구나 "큰 병에 걸린 게 아닐까 가끔은 전전긍긍하면서"도 문을 박차고, "오물이 넘실대는 바깥으로 / 전진"하기 위해 나갈 수 있을지도 모른다고 생각하는 것이다. 그럴 때면 '꿈이나 병원이나 처방전'이 아니라 "무사히 똥을 싸고 오줌을 누는" 자연스런 배변활동 속에서 "한알의 작고 둥근" 시를 낳게 될지도 모른다. '작고 소중한 시'에 대한 기대를 품는 시인과는 다르게, 미래에 대한 기약도 없이 아버지는 "꽉 막힌 삶에 시위라도 하듯" 화를 내다가 "맹렬히 잠든다".

시인은 아침이 오면 종합설비회사에 전화를 걸어 다시 변기를 바꾸자고 할 생각이다. 그리고 조금은 울다가 또는 피식 웃으면서라도 '미래'를 "조금 살아" 내기 위해 노력하자고 아버지에게 제안할 생각이다. 더불어 '미래'에 대해 "혀를 끌끌 차"는 아버지에게 이제 '오늘의 고지서'와 '오늘의 달력'과 '오늘의 시'를 떠올리며 오늘을 "조금 더 살"자고 제안할 생각이다. '사기 같은 미래'가 못 미더우면 눈 앞에 보이는 '오늘의 현재'를 조금 더 살아내는 것이 '병중에 계신 아버지'에게 자식이 건넬 수 있는 위안의 언어이기 때문이다.

박소란의 시가 아버지의 대장암 수술 이후 '불투명한 미래'와 '오늘의 삶'을 상상하는 시편이라면, 이소연의 「버렸다, 불 질러버렸다」(『문학수첩』, 2023년 상반기)는 돌아가신 할머니의 유품을 태우는 아버지의 모습을 곁에서 바라보며 할머니의 장례식 이후 시인과 아버지가 치러내는 두 번째 애도 제의를 형상화한 시편이다.

아버지는 죽은 할머니의 옷가지를 버렸다, 불 질러버렸다. 그것도 마당 귀퉁이에서. 장롱에서 꺼내 온 스웨터. 할머니의 새 옷. 가장 아끼던 피부. 오그라든다. 솟구친다. 연기가 넘친다. 독하다. 저 냄새. 마스크도 없이 아버지는 할머니를 한 번 더 태운다. 나는 그 옆에서 한 번씩 지붕 위로 솟구치는 불씨를 바라본다. 포항은 바람이 많은 도시. 철이 많은 도시. 굴뚝이 많은 도시. 비가 없는 도시. 죽음 앞에서 불 앞에서 나는 심부름을 잘하는 아이. 한나절 동안 아무 말 않고 아버지는 할머니

를 버렸다, 불 질러버렸다. 죽음이 이렇게 가벼운 것이잖아. 해 지는 쪽
에서 한 번 더 불탄다. 생긴 대로 살라는 말, 생긴 대로 먹으라는 말, 그
것이 할머니의 마지막 말. 나는 운동화를 꺾어 신고 풀뱀처럼 울었다.
나에게서 아버지와 똑같은 냄새가 났다. 그을림 같기도 하고 할머니 방
안에 날리던 용각산 가루 같기도 했다. 할머니는 아버지와 나를 버렸
다. 불 질러버렸다. 죽지 못해 살았던 작은 방에서.

   – 「버렸다, 불 질러버렸다」 전문

   시인은 아버지께서 "죽은 할머니의 옷가지"를 버리고 불을 지르
는 모습을 지켜본다. 아마도 돌아가신 할머니의 장례를 화장(火葬)
으로 치른 이후 집으로 돌아왔을 아버지가 할머니의 유품을 불에
태우는 제의를 진행함으로써 두 번째로 물리적인 애도 행위를 마무
리하고자 하는 것이다. 집의 마당 귀퉁이에서 '스웨터와 새 옷' 등 할
머니께서 "가장 아끼던 피부" 같은 옷들을 태우자 옷감이 오그라들
면서 불이 솟구치고 연기가 넘치며 옷감을 태우는 냄새가 마당을
가득 채운다. 시인은 그렇게 마스크도 쓰지 않은 채로 할머니의 옷
감 태우는 냄새를 견디던 아버지가 "할머니를 한 번 더 태운"다고 생
각한다.
   할머니의 두 번째 죽음 제의를 치르는 화염 앞에서 아버지의 심
부름을 잘하는 시인은 처음에는 아버지가 할머니를 '버리는 것'이자
할머니의 유품을 '불 질러버리는 것'으로 생각한다. 하지만 '죽음의
가벼움(혹은 무거움)'에 대한 단상 속에 "생긴 대로 살라", "생긴 대
로 먹으라"는 할머니의 마지막 유지(遺旨)를 되새기며, 시인은 깊은
슬픔에 젖어든다. 그리고 결국 자신에게 들러붙어 있던 '아버지와 같
은 그을림 냄새'와 '용각산 가루 같은 향기'를 맡으면서 할머니께서
돌아가신 사실을 새삼 다시 실감하게 된다. 이승을 떠난 할머니가

사실은 '살아남은 아버지와 시인'을 위해 그들을 남겨둔 채 저승으로 떠난 현실을 받아들여야 한다는 사실을 할머니의 방에서 다시금 깨닫는 것이다. 할머니께서 "죽지 못해 살았던 작은 방"에서 시인은 할머니와의 마지막 결별을 수행하는 것이다.

이소연의 시가 할머니의 유품 태우기를 통해 망자에 대한 애도를 표명하고 있다면 김주대의 「꽃상여」(『시와시학』, 2023년 봄·여름호)는 '어미 큰돌고래와 죽은 새끼 고래'의 모습을 보며 시인과 어머니의 관계를 회상하는 일종의 사모곡에 해당한다.

죽은 새끼를 코에 이고 / 어미 큰돌고래 / 몇 날 며칠 파도를 넘어간다 / 어미 없는 저승에서 할 호흡 / 불어넣어 주기 위해 곡비(哭婢)처럼 / 탕 탕 눈물을 치며 나아가는 장례식 / 돌아오지 못할 걸 알기 때문에 / 돌아오라고 / 사랑 출렁이던 해저에서 / 눈물뿐인 수평선까지 / 솟구치는 배웅 / 어떤 세상을 살았는지 몰라도 / 마지막에는 행복했던 바다를 알아서 / 새끼의 부패하는 뼈가 바다가 될 때까지 / 수평선을 따라 이별의 춤을 춘다 // 봄바다에 새끼 실은 꽃상여 간다 // 늙은 어미가 날마다 전화를 한다 / 오래전 꿈을 잃고 / 살아서 죽음이 된 자식을 / 이승의 끝까지 운구하기 위해 / 당신의 호흡을 전화기에 불어넣는다 / 밥은 먹었나 돈은 있나 / 곡비처럼 언제나 같은 곡조의 슬픔 / 홀로 된 늙은 자식이 무사히 / 살아 있는 걸 확인하고 나면 / 수화기를 든 채 대놓고 탕 탕 운다 / 어쩌자고 당신 한숨의 바닥을 치며 / 인연의 끝까지 운다 // 인간 봄바다에 자식 실은 꽃상여 간다

　－「꽃상여」 전문

시인은 어미 큰돌고래가 "죽은 새끼를 코에 이고" 며칠 동안 파도를 넘어가는 모습을 바라본다. 그 모습에서 마치 새끼 고래가 "어미

없는 저승"에서 호흡할 힘을 불어넣어 주기 위해 어미 고래가 "곡비처럼 / 탕 탕" 눈물을 흘리며 나아가는 장례식 풍경을 읽어낸다. 시인은 새끼 고래가 불귀의 존재가 되어 "돌아오지 못할 걸 알기 때문에" 어미 고래가 새끼 고래의 "사랑 출렁이던 해저"에서부터 "눈물뿐인 수평선까지" 배웅하려는 모습에서 '어미 고래의 마음'을 읽어내는 것이다. 어미 큰돌고래가 새끼 고래의 생애 전부를 알 수는 없겠지만, "마지막에는 행복했던 바다"라는 사실을 알고 있기에 새끼 고래의 뼈가 '부패'되어 바다에 용해될 때까지 그렇게 수평선을 따라 어미 고래가 '이별의 무도'를 추는 것으로 연상된다. 그렇게 봄바다에서 "새끼 실은 꽃상여"가 가는 모습을 보며 시인은 자신의 모자지간을 회상한다.

시인의 "늙은 어미"는 "오래전 꿈을 잃고 / 살아서 죽음이 된 자식"을 "이승의 끝"까지 챙기기 위해 매일같이 "당신의 호흡을 전화기에 불어넣"으며 전화로 소식을 묻는다. 일상적이고 상투적인 질문이지만 '식사 여부'와 '돈의 여유'를 묻는 질문은 "곡비처럼 언제나 같은 곡조의 슬픔"을 유지하는 것으로 느껴진다. 그리고 매일 같은 질문과 대답 끝에 "홀로 된 늙은 자식"의 생존이 확인되면 늙은 어미는 큰돌고래처럼 "탕 탕" 울음을 울어댄다. 모자지간의 인연으로 인해 "당신 한숨의 바닥을 치"면서 '인연의 시작에서부터 끝까지' 함께 우는 것이다. 그렇게 어미 큰돌고래와 새끼 고래의 사이처럼 '인간의 바다'에 '살아 있는 자식'을 위한 '어머니의 꽃상여'가 매일 떠나가는 것이다.

이렇게 박소란과 이소연과 김주대의 시에서 드러나는 '가족이라는 통증'은 인간사에서 벌어지는 다양한 '희로애락 애오욕'의 표정을 보여준다. 때로는 살아서 병으로 아프고 때로는 죽은 뒤 유품을 태우는 애도로 혹은 '죽은 듯' 살아 있는 표정으로, 가족은 우리의 곁에 함께하는 것이다. 생로병사의 인생 여정에서 가족은 '따뜻하고 슬픈 연민'의 기원으로 자리하며 우리를 아늑하게 때로는 곤혹스럽게 만드는 감정의 수원지(水源池)인 셈이다.

3. 시적 자의식을 보여주는 바다 풍경

여기 바다에 대한 두 가지 표상이 있다. 먼저 손택수의 「바다의 입술」(『창작과비평』, 2023년 여름호)은 섬과 바다를 번역하려는 시인의 욕망을 보여준다.

섬에서는 시가 되질 않는다 / 바다가 이미 시가 되어 있기 때문이다 / 여기에 무엇을 더한다는 것이 / 부질없는 짓, 그렇긴 하다만 / 섬을 어떻게 번역해볼까를 놓고 / 나는 끙끙거리는 중이다 / 되질 않는다 바다빛도 수평선에 내리는 노을도 / 후박나무 잎을 스치는 바람도 / 그 무엇도 도무지 되질 않는 것들의 목록만 / 몽돌 사이로 빠져나가는 파도처럼 물거품을 일으킨다 / 아름다움이 고통이라는 걸 알면서도 섬에서는 / 떨어지지 않는 입술로 바다 앞에 선다 / 바다의 입술을 술처럼 마신다 / 적어도 여기선 케케묵은 내가 / 중심을 잃고 파도 따라 출렁이기라도 하지 / 모래성을 쌓고 환하게 무너져 내리기라도 하지 / 성을 지키는 일로만 늙어가고 있는 나여 / 섬에 가는 건 잃어버린 불가능 앞에 / 불가능의 벼랑 앞에 나를 세워두는 일 / 수평선에 걸린 해가 목젖처럼 떤다 떨며 / 떠오른다 아아아 모음으로 크게 벌어진 / 해식동굴을 빠져나가는 바람소리, / 나는 새삼 바닷가 바위의 말을 떠듬거려본다

　– 「바다의 입술」 전문

시인은 섬에서 시를 고민하지만 "바다가 이미 시"임을 깨달으며 시를 만들지 못하는 섬에서의 자신을 반성한다. "이미 시"인 바다에 무언가를 더 보탠다는 것이 다 부질없이 여겨지기도 하지만, 그럼에도 시인은 섬의 번역을 위해 노심초사 끙끙거린다. 그러나 결과적으로 아무것도 만들어내지 못한다는 자괴감에 젖어든다. 그렇게 '바다 빛과 노을'을 바라보고 '바람' 등을 체감하면서도 "그 무엇도 도무지 되질 않는 것들의 목록"만 물거품을 일으키며 파도처럼 "몽돌 사이"를 빠져나갈 뿐이다. 그렇게 "아름다움이 고통"이라는 섬의 진실을 알면서 시인은 바다 앞에서 "바다의 입술"만을 술을 마시듯 음미할 뿐이다. 시인은 섬에서 케케묵은 존재감으로 중심을 잃고 파도를 따라 출렁거릴 뿐이다.

파도를 따라 출렁이면서 시인의 시심 역시 모래성처럼 쌓였다가 무너지기를 반복한다. 그렇게 모래성의 구축과 해체를 지켜보는 하루의 일과 속에서 시인은 "이미 시"인 바다를 보며 자신이 늙어가고 있음을 실감한다. 결국 시인은 섬에 가는 일이 "잃어버린 불가능"이나 혹은 "불가능의 벼랑" 앞에 스스로를 세워두는 일임을 깨닫게 된다. 수평선 위로 해가 "목젖처럼" 떨면서 떠오를 때 들리는 해식동굴의 모음 같은 바람 소리에서 시인은 언어를 배우는 초심자처럼 "바닷가 바위의 말"을 더듬거리며 바다의 시를 음미하는 것이다. 바다가 "이미 시"로서 시의 보물창고임을 알기에 '바다 시'의 세계를 관조하면서 시인의 역할을 묵묵히 감당하고 있는 셈이다.

손택수의 시가 '바다'에서 "이미 시"를 마주하는 시인의 내면 풍경을 보여준다면, 박완호의 「겨울 경포」(『시사사』, 2023년 봄호)는 하얀 눈발이 세차게 날리는 겨울 바다의 파도를 조망하는 '젖은 사내'의 이야기를 포착한다.

백색의 군대가 들이닥쳤다. 잇단음표를 달고 고꾸라지는 파도의 단말마. 어둠과 빛의 경계를 한순간에 허물어가며 흩날리는 눈발 속 비릿하게 주저앉는 철조망들. 느닷없는 공습에 치명상을 입은 수식어들이 방어선 너머로 쫓겨나고 있었다. 공중은 갈 데 없는 발길들이 머물 만한 곳이 못 되었다. 흐트러진 오열을 손보기 전에 서둘러 빈자리를 메워가는 점령군들. 금방 뒤집히고 말 이념에 매달린 혁명가들이 극단에 서서 손바닥으로 귀를 틀어막았다. 어디가 뭍인지 바다인지 모를 곳에서 모래알 같은 사상들이 거품을 물고 지워지고 있었다. 홀로 반짝이는 것들은 경계를 넘나들며 스스로 꽃을 피워내고, 어느 쪽이든 끝자락에 버티고 선 것들만이 발화(發花)되지 않는 가지를 고집스럽게 흔들어댔다. 비틀거리는 공기 속, 떠나간 사람의 그림자가 앉아 있는 모래언덕을 쳐다보며 서 있는 사내가 젖은 정어리 등처럼 잠깐 반짝거린 것도 같았다.

   –「겨울 경포」 전문

시인은 겨울 경포에서 바다의 파도를 보면서 "백색의 군대가 들이닥"치는 모습으로 읽어낸다. '잇단음표'처럼 "고꾸라지는 파도의 단말마"를 지켜보던 시인은 흩날리는 눈발이 "어둠과 빛의 경계를 한순간에 허물"어뜨리며 철조망들을 주저앉히는 풍경을 마주한다. 폭설 같은 눈발의 "느닷없는 공습"은 적당한 단어로서의 '수식어'를 찾지 못할 정도의 진풍경을 만들어내고, 내리는 눈발은 점령군들처럼 바닷가의 빈틈을 서둘러 메워간다. 그리고 눈발 날리는 겨울 경포의 바다는 마치 고독한 혁명가들이 마주한 '극단의 장소'처럼 여겨진다. 육지와 바다의 경계에서 파도가 경계를 지워내듯 '혁명가의 사상의 경계'도 물거품처럼 지워지는 것으로 상상되기 때문이다.

   시인에게 겨울 바다에서 "홀로 반짝이는 것들"은 '바다와 파도, 육

지와 바다, 어둠과 빛' 사이의 "경계를 넘나들며 스스로" '존재의 꽃'
을 피워내기 마련이다. 때로 양극단의 존재들이 '꽃'으로 "발화(發花)
되지 않는 가지"를 흔들면서 고집을 피우는 것으로 인식되기도 하
지만, 시인은 "젖은 정어리 등"처럼 잠깐 반짝거리며 서 있는 '외로
운 사내'를 자신의 도플갱어처럼 바라보면서 "떠나간 사랑의 그림자
가 앉아 있는 모래언덕"을 함께 응시한다. 눈 내리는 겨울 바다는 '파
도와 모래와 사내'를 함께 응시하면서 모든 자연의 경계에서 피어난
'존재의 개화(開花)'를 음미하는 공간인 셈이다.

　　손택수와 박완호의 바다는 보통명사로서의 바다와 고유명사로서
의 경포 바다라는 차이가 있지만, 풍경을 바라보며 시인의 내면을
읽어냄으로써 내성(內省)의 매개 공간으로 바다를 읽어내고 있다는
점에서는 공통적이다. 고유명사이든 익명의 공간이든 그렇게 시인의
바다는 저마다의 고유한 바다로 채색되어 개성적인 시적 자의식을
불러내는 신비한 '시적 장소'로 외화되는 것이다.

4. 낯설게 보기의 힘

　　이학성의 「낙원에서」(『현대시학』, 2023년 3~4월호)는 '누군가의
토사물'을 응시하면서 혐오와 구역질의 대상으로 인식하는 것이 아
니라 다른 존재들과의 관계를 유추하면서 유토피아적 질서를 상상
하는 시인의 연결적 상상력을 보여준다. 시간적으로 따지자면 먼저
어젯밤에 취객이 있었고, 그가 남긴 토사물이 자리한다. 그리고 이
튿날 '끽연 시인'의 흡연이 그 주변에서 행해진다. 이틀 사이에 '취객
의 토사물'이 '지구 생태계의 자산'으로 시인의 감각을 통해 변환되
는 셈이다.

그것은 급진적인 혁명처럼 구현되었다 / 바닥에 널브러져 온기를 잃었어도 / 과도한 간밤의 섭취와 음주를 지적하기에 적절했고 / 낙원의 자산으로 귀속되기에 충분했다 / 바지런한 개체일수록 훌륭한 먹이를 얻기 마련, / 때까치 한 쌍이 부리를 박았다가 자릴 뜨자 / 앞 다퉈 곤줄박이 가족이 내려앉았고 / 산책길의 검둥개가 컹컹거리다 목줄에 제지당했으나 / 꼬릴 치켜세운 길고양이가 어슬렁대며 다가왔다 / 단지 그것은 누군가의 토사물에 불과했다 / 쓸어 담기라도 한다면 산더미만큼은 아니더라도 / 저들이 취하기에 족할 정도로 푸짐했고 / 낮고 허름한 처소로 임하겠노라는 약속대로 / 은빛 날개를 매단 여섯 천사를 대동하지는 못했지만 / 은밀하게 시혜의 역할을 이행하는 듯했다 / 내가 입은 손실이라곤 끽연 장소를 양보한 것, / 거슬린 비위로 양미간이 일그러졌으나 / 몇 걸음 더 허비해 비켜선다고 해서 불만일 리 없고 / 오후 늦게부터는 짓궂게 비가 시작된다는 예보가 있었다 / 그때까지 쾌청한 건 얼마나 큰 축복인가, / 눈부신 듯 태양은 언덕을 가로질러와 / 차분한 낙원의 질서를 가지런히 비추었다.

– 「낙원에서」 전문

시인은 담배 한 대 피워물 시간 동안 "급진적인 혁명"이 구현될 것 같은 '지구의 한 풍경'을 마주한다. 흡연 장소에서 우연히 마주한 타인의 토사물을 보면서 "과도한 간밤의 섭취와 음주"를 짐작하는 시인은 "낙원의 자산"이 되기에 충분한 풍경을 발견하는 것이다. 먼저 "훌륭한 먹이"를 얻기 위해 "바지러한 개체"인 '때까치 한 쌍'이 그 자산에 부리를 박았다가 자리를 뜬다. 이후 또 다른 조류인 '곤줄박이 가족'이 때까치가 다녀간 '그 자산의 자리'에 내려앉아 자산을 공유한다. 이후 다시 "산책길의 검둥개"가 컹컹거리며 자산에 접근하다가 주인의 제지를 받지만, 길을 지나던 '길고양이'가 자산 근처로 다가온다. 그 자산은 다름 아닌 "누군가의 토사물"이다. 단지 토사물에 불과하지만 '때까치와 곤줄박이와 길고양이' 등의 허기가 충족될 정도의 양은 될 정도로 푸짐해 보인다. 시인은 역겨움의 대상인 오물이 그 누군가가 의도하지는 않았지만 '다른 존재들'에게 "은밀하게 시혜의 역할"을 담당한 것으로 짐작하는 것이다.

물론 흡연자인 시인 역시도 "끽연 장소를 양보"하는 '작은 손실'을 입고 비위가 거슬리는 등의 불쾌감을 느끼게 된다. 그러나 몇 걸음의 허비에 불과할 뿐 오후 늦게부터 비 예보가 있어 그 불유쾌한 자산이 말끔히 씻겨갈 것으로 짐작되기에 큰 불만으로 이어지지는 않는다. 그러므로 다행인지 불행인지 비가 오기 직전까지의 쾌청한 날씨는 자산을 공유하는 지구촌 가족들에게 '또 하나의 축복'일지도 모른다고 상상된다. 그렇게 시인은 생태계의 순환을 짐작하며 "차분한 낙원의 질서"가 구축되는 '이틀간의 여정'을 음미한다. 결국 타인이 게워놓은 역겨운 토사물이 시인의 새로운 인식을 통해 '단순한 오물덩어리'가 아니라 '낙원의 자산'이 되어 관계론적 상상력의 연결고리로 완성된 셈이다.

이학성의 시가 '토사물'에 대한 낯설게 보기를 실천했다면 김기택의 「걸음이 걸어간다」(『시와 반시』, 2023년 봄호)는 '걸음'을 의인화하면서 낯설게 보기를 실천한다. 시인은 사람이 걷는 것이 아니라, 혼자 걸어가는 '걸음'을 집요하게 응시하면서 그 걸음을 따라 걸음 위에 '얹혀 가는 사람'을 사후적으로 의미화함으로써 '도치(倒置)된 존재감'을 형상화하고 있는 것이다.

걸음이 저 혼자 걸어간다 / 어디로 가는지 모르는 사람 하나가 걸음 위에 얹혀 있다 / 그는 공원 벤치에 앉아 있는 것 같기도 하고 / 생각에 잠겨 다른 세상에 가 있는 것 같기도 하고 / 걸음 위에서 떨어지지 않도록 / 흔들흔들 중심을 잡고 있는 것 같기도 하고 / 나른한 햇살에 꾸벅꾸벅 졸고 있는 것 같기도 하다 / 그러거나 말거나 걸음은 / 제 등에 누가 타고 있는지도 모른 채 / 뒷다리로 앞다리를 앞지르고 / 앞다리로 뒷다리를 끌며 걷고 있다 / 오래전부터 힘겨운 등짐을 지고 있었다는 듯 / 그 무게가 등뼈가 되고 살이 되고 핏줄이 되었다가 / 다리로 내려와 걸음이 되었다는 듯 / 제 무게를 하나하나 땅에 심으며 걷고 있다 / 이 길을 지나갔던 모든 걸음의 무게를 받으며 걷고 있다 / 길은 이미 걸음에 새겨져 있고 / 핏줄 지도처럼 계속 갈라지며 가고 있고 / 걸음 위에 얹힌 사람은 걸음이 가는 대로 끌려가고 있다

    – 「걸음이 걸어간다」 전문

    시인은 걸음이 혼자 걸어가는 풍경을 바라본다. "저 혼자" 걷는 그 걸음 위에는 "어디로 가는지 모르는 사람" 하나가 방향도 모른 채 얹혀 있는 것으로 보인다. 그 사람의 모습이 '공원 벤치에 앉은 사람'이나 '다른 세상에 가 있는 사람' 같기도 하지만, "걸음 위에서 떨어지지 않"기 위해 "흔들흔들 중심을 잡"으면서 "나른한 햇살에 꾸벅꾸벅 졸고 있는 것"처럼 보이기도 한다. 그럼에도 불구하고 '걸음'은 자신의 등에 누가 올라탄지도 모른 채, 앞다리와 뒷다리를 번갈아가며 무거운 등짐을 오래 전부터 지고 있었던 듯 힘겹게 걸어간다.

    힘겨워 보이는 '걸음'은 등짐의 무게가 '등뼈와 살과 핏줄'이 되었다가 다시 "다리로 내려와 걸음이 되었다는 듯" 자신의 무게를 "하나하나 땅에 심으"면서 걷고 있는 것처럼 여겨진다. 그렇게 걸음의 무게는 걸음에 얹혀 가는 사람의 생 전체를 압축하였기 때문에 힘겨울 수밖에 없는 것이다. 더불어 '혼자의 걸음'은 '하나의 걸음'이지만 그 길을 지나간 "모든 걸음의 무게를 받으며 걷고 있"기에 '누적되고 집적된 걸음'이 된다. 그리하여 길과 걸음은 한몸이 되고, 걸음이 걷

는 동안 길은 "핏줄 지도처럼" 갈라졌다 모였다를 반복하며 계속 함께 가고 있다. 그리고 "걸음 위에 얹힌 사람"은 걸음이 걷는 길을 그대로 따라 "끌려"간다. 결국 '혼자의 걸음'으로 보이는 걸음은 사실상 '모든 걸음의 집합적 걸음'으로 누적되고, '혼자의 걸음 위에 얹힌 사람' 역시 개별 단독자에서 '모든 걸음 위에 얹힌 사람'이 되어 생의 무게를 오래 짊어진 보편적 존재가 된다. 시인은 호모 에렉투스로서 '직립 보행하는 인간의 걸음'을 통해 시지프스처럼 인생의 무게를 묵묵히 감내하고 있는 풍경을 환유적으로 포착한 셈이다.

김기택의 시가 행인과 걸음의 관계를 역전하면서 힘겨운 걸음을 걷는 인생의 무게를 추적하고 있다면, 서효인의 「카드와 뺨」(『창작과비평』, 2023년 봄호)은 집으로 카드를 배달하러 온 신용카드 배송원이 한쪽 다리를 절고 있는 모습을 의심 어린 눈으로 바라보다가 결과적으로 뺨따귀를 맞게 되는 시인의 상상 혹은 현실을 반전으로 그려낸다.

이 동네 신용카드 배송원은 한쪽 다리를 전다. 기우뚱한 그의 몸이 기묘한 신뢰감을 형성한다. 믿지 않으면 천벌을 받을 것만 같다. 흡사 그에게 받은 봉투가 부적이 아닌가 싶다. 다리를 저는 배송원은 사인을 받더니 뒤도 돌아보지 않고 절뚝절뚝 되돌아 엘리베이터 버튼을 반복해 눌렀다. 4층이지만 4층 아닌 F층의 형광등이 고장 나 깜박거렸다. 배송원의 급한 걸음처럼. 급한 것치고 빠르지 못하던 그의 자세처럼. 저건 언제 고치는 걸까. 오래된 건물의 관리인은 멀쩡하다. 싸우면 내가 질 것 같다. 하지만 이제 카드가 있으니 싸우지 않아도 된다. 싸우지 않을 수 있다. 우리에게는 신뢰와 신용이라는 게 있으니. 우리에게는 신앙과 무속이라는 것도 있으므로. 요컨대 현대 사회니까. 부적에는 카드와 혜택을 설명하는 종이가 동봉되었다. 종이를 버리고 카드를 챙긴다. 버린 종이를 다시 주워 꼼꼼히 읽는다. 거기에 변변찮은 인류의 운명이 적시되었다. 일별하고 다시 버린다. 글자를 믿지 않는다. 카드를 믿는다. 그것이 신용이다. 신용은 운명이다. 가볍고 반듯한 운명이 발급되었으므로, 소비를 단행하기로 한다. 카드를 쥐고 빌딩 앞 편의점에 들어서자 F층에서 잠시 만난 배송원이 우뚝 선 채로 사발면을 먹고 있었다. 그의 다리를 쳐다보았다. 멀쩡한가? 의심하는 찰나, 구부러진 카드 같은 그의 손아귀가,

 –「카드와 빵」 전문

시인의 동네에는 한쪽 다리를 절며 신용카드를 배송하는 택배원이 있다. 하지만 신체 불구 배송원의 '기우뚱한 몸'이 시인에게는 오히려 "기묘한 신뢰감"을 제공한다. 카드 배송원이기 때문에 신용 사회의 상징인 카드처럼 "믿지 않으면 천벌을 받을 것"으로 생각되어 믿음과 천벌의 상관성을 보여주기 때문이다. 그러므로 배송원이 내민 봉투는 '부적'처럼 여겨지기도 한다. 시인이 봉투를 받은 이후 배송원은 "급한 걸음"으로 엘리베이터로 되돌아간다. 하지만 "급한 것 치고 빠르지 못하"게 그가 돌아간 이후 시인은 고장 난 4층 엘리베이터 앞 형광등을 고치지 않는 '멀쩡한 관리인'을 떠올린다. 다리를 절면서도 신용을 전달하는 '불구의 배송원'과 달리 고장난 아파트 시설을 수리하지 않는 '멀쩡한 관리인'이 대비되는 것이다.

 시인은 '멀쩡한 관리인'과 싸우면 패배할 것 같은 상상에 젖어든다. 하지만 자신에게는 카드가 부여한 '신뢰와 신용'이 있고, '신앙과 무속'이 있기 때문에 굳이 싸움 자체를 진행하지 않을 수도 있다고 판단한다. 배송원으로부터 건네 받은 봉투를 뜯어 카드를 챙긴 시인은 "변변찮은 인류의 운명이 적시"되어 있는 사용설명서를 폐기한다. 카드만이 현대인의 '신용'이자 '운명'이기 때문이다. 결국 "가볍고

반듯한 운명"이 발굴되었다는 자부심으로 소비를 단행할 결심을 한다. 그리고 빌딩 앞 편의점에 들어선 시인은 "우뚝 선 채" 사발면을 먹고 있는 배송원을 마주하게 된다. 반듯하게 서 있는 모습에서 배송원의 다리가 멀쩡한 것이 아닌가 하고 "의심하는 찰나"에 배송원의 손아귀가 "구부러진 카드"처럼 눈앞에 다가오는 것으로 시는 마무리된다. 아마도 한쪽 다리를 저는 배송원은 시인이 자신을 응시하는 눈빛에서 불편감을 느꼈을 가능성이 크며, 결과적으로 시인의 지나친 관찰과 의심이 배송원의 뺨따귀 때리는 행동을 부른 셈이 된다. '비장애인 시인'이 '장애인 카드 배송원'의 신체를 거침없이 관찰하다 봉변을 당함으로써 관찰력의 역설(逆說)에 대해 풍자하고 있는 것이다.

이렇듯 이학성과 김기택과 서효인의 시는 '낯설게 보기'를 통한 관찰의 힘을 보여준다. 토사물에서 낙원의 자산을 상상하거나, 인간의 걸음에서 생의 무게를 짚어내거나, 장애인을 바라보는 비장애인의 '불구적 시선'을 풍자하면서 전도된 시각을 통해 새로운 시적 상상력을 채취하고 있는 셈이다. 시적 상상은 가시적 세계 이면의 진실을 포착하는 놀라운 내공을 내장하고 있는 것이다.

5. 노년의 마음

인생에서 노년을 마주하는 것은 개인에게 행복이다. 갈수록 각자도생(各自圖生)을 요구하는 사회에서 의도와는 다르게 노년에 이르지도 못한 채 유년이나 청장년으로 생을 마감하는 사람들이 부지기수로 넘쳐나기 때문이다. 따라서 어쩌면 '노년의 외로움과 쓸쓸함, 헛헛함' 등은 어떤 식으로든 힘겨운 과거를 버티고 견뎌온 생존자들에게 다가온 '행운의 부산물'인지도 모른다.

마종기의 「입동 즈음에」(『문학동네』, 2023년 봄호)는 쓸쓸하게 홀로 또는 아내와 함께 낡아가는 노년의 마음을 담담하게 읊조린 시편이다.

요즈음은 자주 쓸쓸한 느낌이 든다. / 부모님은 나를 멀리 둔 채 떠나시고 / 동생들도 하나씩 다 세상을 등져 / 밤이면 긴 말 나눌 사람이 없어 / 혼자서 빈 밤을 둥둥 떠다닌다. // 시끄러운 것이 귀찮고 멀미나서 / 사람들 별 없는 곳에서만 뒹구니 / 신경 안 쓰고 눈치 안 보아 좋을 것 같지? / 옆을 지나다니는 것은 바람과 비와 먼지 / 나무나 덩굴 열매는 혼자 열렸다 혼자 진다. // 오래 같이 사는 나이든 아내도 / 이제는 잘 웃지도 않고, 가끔 / 나를 이웃처럼 물끄러미 쳐다본다. / 나도 아내를 덤덤한 미소로 스친다. / 우리들 기념일이 입동 즈음인 것을 / 겨울이 한참 깊어서야 기억해낸다. / 다음에는 잊지 말자고 다짐하지만 / 이 미안한 마음은 또 얼마나 갈지. // 만나고 싶은 이들은 모두 너무 멀리서 / 오라는 손짓만으로 나를 흔드는데 / 그래도 봄이 와서 노란 산수유꽃 피면 / 나도 기지개 켜며 창창한 숲이 될까, / 열기도 힘든 그새 다 사그라졌겠지만 / 아내가 놀라게 입맞춤해줄 수 있을까, / 새 남자인 듯 따뜻하게 안아줄 수 있을까.

– 「입동 즈음에」 전문

시인은 요즘 자주 쓸쓸해진다. 부모님이 돌아가시고 동생들도 세상을 떠나면서 "밤이면 긴 말"을 나눌 혈연이 없어졌기 때문이다. 그렇게 혼자 외롭게 "빈 밤을 둥둥 떠다"니는 기분이 시인의 쓸쓸함을 자극하는 것이다. 때로는 '시끄러운 소음'이 "귀찮고 멀미 나서" 사람들이 별로 없는 곳에서 조용히 지내면 시끄럽지 않아서 좋고 "신경

안 쓰고 눈치 안 보"여서 좋을 것처럼 여겨진다. 하지만 시인을 비롯한 '혼자의 세계' 옆으로는 '바람, 비, 먼지' 등이 무심하게 지나갈 뿐이고, '나무와 덩굴 열매' 등도 '홀로 열렸다 지기'를 반복할 뿐이다.

오래 함께 살며 나이 든 아내 역시 이제는 잘 웃지도 않으면서 시인을 '낯선 이웃'처럼 데면데면하게 '물끄러미' 바라볼 뿐이다. 남편인 시인 역시 덩달아 덤덤한 미소로 아내를 스쳐갈 뿐이다. 더구나 시인은 입동 즈음의 부부 기념일마저 겨울이 한참이나 깊어진 뒤에야 뒤늦게 기억해낼 정도로 곤혹스러운 상황을 마주한 적도 있다. 다음을 기약하며 '잊지 말자는 다짐과 미안한 마음'을 가져보기도 하지만 그 마음과 다짐이 얼마나 오래 갈지는 알 수가 없다. 오래된 존재들은 망각의 늪에 쉽게 빠지기 때문이다. 시인이 "만나고 싶은 이들은" 모두가 이승 너머의 세계에서 시인을 손짓으로 부르는 존재들이다. 그런 손짓에도 불구하고 겨울이 지나고 봄이 오면 꽃이 피어나듯 시인은 기지개를 켜면서 자신이 "창창한 숲"이 될 수 있을지를 자문해본다. 나아가 '사그라진 열기' 속에서도 아내에게 '놀라운 입맞춤'을 할 수 있을지를 고민하고, '새로운 남자'처럼 따뜻한 포옹과 설렘을 제공할 수 있을지를 가늠해본다. 시인은 노년의 쓸쓸함에 대해 '홀로 혹은 따로 또 같이'의 느낌으로 자신의 허전한 마음을 담담하게 기록하고 있는 셈이다.

마종기의 시가 노년의 쓸쓸함을 아내와의 관계 속에서 조망하고 있다면, 황동규의 「몰운대 그 나무」(『문학동네』, 2023년 여름호)는 후배 시인이 보내준 몰운대 사진 몇 장으로부터 15년 전 기억을 반추하면서 현재와 미래를 가늠해보는 시편이다.

후배 시인이 벼르고 벼르다 다녀왔다고 보내준 / 몰운대 사진 몇 장. / 그중 마음 앗긴 건 그동안 더 거무튀튀해진 / 벼락 맞고 윗동 잘린 벼랑 끝 나무 사진. / 15년 전인가 슬쩍 반대편으로 돌아가 안아보려다 / 벼랑 아래로 곤두박질칠 뻔 / 삶의 끄트머릴 순간 보게 한 나무. / 세수하다 문득 손을 멈춘다. // 비누 묻은 두 손등에 / 얼키설키 드러나는 검푸른 정맥들. / 엄지손가락에 오른 놈도 있다. / 흐름 제대로 안 보이고 합류점 분명치 않아 / 건널 자리 찾기 힘들었던, / 그래도 건넜던, / 내 삶의 얽히고설킨 강물들. / 건너면 노래가 되곤 했지, 아픈 노래도 있었지만. / 정맥들이 바로 그 강들 닮았어. // 손에 묻은 비누를 물로 씻는다. / 정맥들이 더 도드라진다. / 갑에 놓인 비누를 끌어다 잡는다. / 미끄러져 세면대에 툭 떨어진다. // 언젠가 삶이 비누처럼 미끈 떨어져나갈 때 / 이 정맥들을 뽑아 고르게 펴서 / 몰운대 그 나무에 걸어줬으면. / 벼랑 위 경치가 하도 뛰어나 / 떠가던 구름도 흐름 멈추고 / 구름이길 그만둔다는 정선 몰운대. / 벼랑 아래 오가며 올려다보면 / 줄들이 건들건들 기이한 나무. / 보라고 세운 것치곤 너무 후지다? / 그래? 그 후진 강 방금 건넜지. / 건너긴 건넜는데 노래가 없다? / 이제부턴 속으로 노래하라! 몰운대 나무.

　－「몰운대 그 나무」전문

　　시인은 후배 시인이 벼르고 벌러 다녀왔다면서 보내준 '몰운대 사진 몇 장'을 보다가 자신의 마음을 빼앗는 사진을 발견한다. 15년 전 시인이 몰운대에 들렀을 때 "벼락 맞고 윗동 잘린 벼랑 끝 나무 사진"이 15년 만에 "더 거무튀튀해진" 풍경으로 다가왔기 때문이다. 그 나무는 15년 전 나무 뒤로 돌아가 반대편에서 안아보려다 벼랑 아래로 떨어질 뻔했던 아찔한 순간을 떠올리게 한다. "삶의 끄트머리"를 보게 만들었던 나무라는 생각에 시인은 세수를 멈추고 불현듯 손등을 바라본다.

　　비누가 묻은 시인의 두 손등에는 "검푸른 정맥들"이 얼키설키 도

드라져 보인다. 엄지손가락에도 정맥이 오르는 등 정맥들의 흐름은 얽히고설키면서 건너온 '삶의 강물'이 남긴 흔적처럼 여겨진다. 정맥들은 인생의 굴곡을 닮아 흐름도 제대로 보이지 않을 뿐만 아니라 합류점이 불분명하고 흐릿하게 보여 "건널 자리 찾기 힘들었던" 지점들을 가리키고 있는 것처럼 생각되기도 한다. 그 '삶의 강물'들이 때로는 '아픈 노래' 같기도 했지만 정맥들 자체는 삶의 강들과 여실하게 닮아 보인다. 비누를 씻어내자 정맥들은 더 도드라져 보인다. 이후 비누가 미끄러져 세면대에 떨어지자 문득 시인은 자신의 생이 마무리될 때면 자신의 "정맥들을 뽑아"다 몰운대 나무에 누군가가 걸어주면 어떨까 상상해본다. 몰운대라는 장소가 경치가 뛰어날 뿐만 아니라 구름도 흐름을 멈추는 아름다운 공간이기 때문이다. 자신이 이승을 떠난 뒤 남들에게 "보라고 세운 것치고 너무 후지다"라는 평가를 받을지도 모르겠지만, 그렇게 '후진 노래' 같은 줄들이 걸린 나무를 다른 사람들이 얕잡아 볼지라도, 그때 몰운대 나무가 "속으로"라도 자신을 위한 애도의 노래를 불러주길 희망한다. 시인은 '몰운대 사진'을 통해 15년 전 기억과 함께 현재의 생과 미래의 여운을 동시적으로 투시해 보고 있는 셈이다.

황동규의 시가 몰운대에서의 기억을 복기하면서 노년의 마음을 읽고 있다면, 이해원의 「골목의 생존법」(『시에』, 2023년 여름호)은 오래된 골목의 다채로운 풍경을 집적한다. 달동네로 향하는 골목길을 위로 걷다 보면 지붕이 발 아래로 펼쳐지면서 골목의 진면목을 보여주게 되는데, 시인은 골목의 다면적 표정에서 여러 생의 흔적을 읽어내고 있는 셈이다.

골목은 곳곳에 낮은 지붕의 씨를 뿌려놓는다 // 좁은 곳을 요리조리 빠져나가고 가파른 언덕배기도 기어오른다 긴 꼬리를 이용해 지붕과

지붕을 핏줄처럼 연결하며 재래시장까지 다리를 뻗는다 시장을 돌아
나온 검은 비닐봉지들 삶의 고개를 오르다 휘어진 다리가 층계참에 앉
아 근심을 고른다 // 골목은 바람의 길이다 바람에 주저앉은 지붕 위
에 올라간 커다란 고무통이 낡은 시간을 엎어놓았다 벽돌 몇 개가 위
태로운 바람을 누르고 햇볕이 쉬어 가는 곳에는 젖은 운동화가 내일의
등교를 말리고 있다 // 길가에 늘어선 스티로폼 상자는 한 뼘 텃밭이다
한가한 시간을 받아먹고 무성하게 자라는 고추와 대파를 따라가면 앞
을 탁 막아서는 막다른 집 숨이 막힌 골목이 직진을 포기하고 돌아 나
온다 // 햇빛을 잘라먹고 키가 자란 아파트에 쫓겨 변두리에 모이는 골
목들 이리저리 몸을 숨기고 비탈길을 오르며 끈질기게 버틴다 // 대야
를 들고나온 노인이 나비물을 뿌린다 노인은 골목에 기대고 골목은 계
단을 붙들고 힘겹게 살아간다 골목은 점점 씨가 말라간다 // 산동네에
묶인 노인들 / 양지쪽에 앉아 있어도 노후가 축축하다

  –「골목의 생존법」 전문

  시인은 달동네의 골목길을 오르며 "낮은 지붕의 씨"가 골목 아래
곳곳에 뿌려진 모습을 목격한다. 좁은 골목 사이를 "요리조리 빠져
나가"거나 "기어오르"면서 골목은 각각의 집들의 머리 같은 "지붕과
지붕을 핏줄처럼 연결"한다. 그리고 그렇게 연결된 '씨앗 같은 지붕'
들은 재래시장까지 이어지고, 일과를 마친 시민들은 검은 비닐봉지
에 먹을거리 등속을 사들고 "삶의 고개를 오르다 휘어진 다리"를 계
단에 앉히고 잠시 쉬면서 숨을 고르듯 근심을 고르기도 한다. 골목
의 계단은 생의 근심을 골라내는 쉼터로서의 기능을 수행하기도 하
는 셈이다.
  시인에게 골목은 무엇보다 "바람의 길"이다. 왜냐하면 지붕 위에
는 "낡은 시간"을 짐작케 하는 '엎어놓은 고무통'이 있고, "위태로운

바람을 누르"는 '벽돌 몇 개'도 있으며, 햇살 바른 곳에서는 "내일의 등교"를 위해 말려지고 있는 '젖은 운동화'도 있기 때문이다. 그리고 길가에 늘어서 있는 스티로폼 상자는 "한 뼘 텃밭"이 되어 "한가한 시간"을 머금은 '고추와 대파의 텃밭'으로 활용되기도 한다. "막다른 집"에 다다르면 돌아나올 수밖에 없는 골목은 아파트에서 쫓겨난 골목들과 함께 변두리에 모여 끈질기게 생을 버텨내고 있는 풍경을 보여준다.

그리고 골목은 무엇보다 '노년의 공간'이다. 힘겨운 생을 이어온 그곳에서 "나비물을 뿌리"고 골목에 기대거나 골목을 붙들면서 살아가는 오래된 존재들이 함께 기거하고 있기 때문이다. 시인은 그렇게 "점점 씨가 말라"가는 골목에서 축축한 노후를 보내며 "산동네에 묶인 노인들"을 애처롭게 바라본다. "양지쪽에 있어도 노후가 축축"해 보이는 산동네 골목길에서 시인은 오래된 인생의 비애를 확인하고 있는 셈이다. 시인은 말라가는 노년의 생을 마주하면서 골목의 오래된 생존법을 쓸쓸하게 때로는 담담하게 집적하고 있는 것이다.

이렇듯 마종기와 황동규와 이해원의 시는 노년의 마음이 깃든 자리를 보여준다. 이미 세상을 떠난 '부모와 동생'이나 함께 살고 있는 아내와의 일상을 통해 드러나는 쓸쓸한 감정을 주목하기도 하고, 사진 몇 장을 통해 15년 전 동일 장소에서 환기된 기억의 생생함 속에서 손등의 정맥이 보여주는 삶의 흔적들을 상상하기도 하며, 오래된 골목에서 마주하는 시간의 누적된 풍경들을 집적하기도 한다. 노년의 마음은 시인의 과거와 현재가 대화하면서 구체적으로 피력되고, 그 대화의 기록을 통해 미래의 표정을 가늠하거나 기대하면서 마무리되는 셈이다.

6. 다른 세계의 가능성

이번 계절에 마주한 11편의 시들은 저마다의 빛깔로 세계를 빚어 낸다. '가족이라는 통증'에서는 병든 아버지의 통증을 마주하기도 하고, 할머니의 유품을 태우며 두 번째의 애도를 수행하기도 하며, 새끼 고래에 대한 어미 고래의 장례 풍경을 보면서 모자지간의 혈연 지정을 재삼 확인하기도 한다. '가족'은 통증과 연민, 애도의 발원지 이자 서식지인 셈이다.

'바다 풍경'에서는 시인이 마주한 보통명사와 고유명사의 두 유형 을 통해 익명적 공간으로서의 바다에서 시적 자의식을 성찰하기도 하고, 특정한 장소로서의 겨울 경포해변의 밤바다에서 경계를 지우 는 눈발을 체감하기도 한다. 모두 바다가 "이미 시"적 형상으로 시인 의 내면에 바다의 진면목을 새겨준 경우에 해당한다.

'낯설게 보기의 힘'에서는 토사물이 낙원의 자산으로 변화되기도 하고, 걸음이 사람보다 앞서 걸어가는 무게감을 보여주기도 하며, 장 애인에 대한 왜곡된 응시가 비장애인의 폭력적 시선일 수 있다는 '풍 자적 상상'으로 되돌아오기도 한다. '노년의 마음'에서는 가족으로부 터 파생된 일상의 쓸쓸함을 토로하기도 하고, 몰운대 사진 속 장면 을 통해 과거의 기억을 환기하고 현재의 흔적과 미래에 대한 기대를 가늠하기도 하며, 골목의 오래된 풍경을 통해 생의 눅눅함을 마주하 기도 한다.

이 모든 풍경들은 지난 봄과 여름에 마주한 세계들이다. 그리고 그 세계는 다른 계절로 이어져 새로운 풍경을 끌어올 것이다. 그때 마주한 세계는 '단순한 미래'가 아니라 '시 같은 오늘'이 되어 전혀 다른 세계를 보여줄 것이다. 우리는 기꺼이 '하나의 세계'가 사라지 고 다른 '또 하나의 세계'가 나타나는 계절 변화의 진풍경을 따뜻하면서도 쓸쓸하게 마주하게 될 것이다.

(『시와시학』, 2023년 가을호)

자아와 세계의 의미를 포집(捕執)하는 시인의 힘

– 2023년 겨울 풍경

1. 내면이 풍요로운 시인들

시인은 힘이 세다. 물리적 힘이 센 것이 아니라 정신의 악력(握力)이 강한 것이다. 내면의 힘이 센 시인들은 자신이 마주하는 대상들과 깊은 관계를 맺고, 작고 미미한 존재들로부터 의미를 길어내며, 사물의 풍경으로부터 새로운 표정을 읽어내고, 다양한 감각의 대비 속에서 역설적 사유로 세상의 진가를 포착해낸다. 그리고 그 포착의 깊이는 온전히 독자에게 전해진다. 결국 시인은 창조적 몽상으로 세계의 목소리를 빚어내는 영감의 소유자들인 것이다.

이번 계절에는 김선우, 문성해, 손세실리아, 고명재, 함민복, 정영주, 박균수, 정호승 등 8인의 시를 주목한다. 이 시인들의 시는 관계의 표정에 주목하고, 소소한 것들의 마음을 읽어낼 줄 알며, 사물의 진상(眞相)을 독해하기도 하고, 역설의 감각으로 세계의 다면성을 드러낸다. 그리하여 시인은 자신과 주변 세계 사이에 부려져 있는 다중적 의미망들을 자연스레 연결하거나 이질적으로 조합함으로써 또 다른 세계의 진실을 구축한다. 인공지능이 서정시를 창작하는 시대에도 개성적 시인의 고유한 지성과 감성은 도구적 이성의 인공적 결합 너머를 독보적으로 꿈꾸며 서정시의 내포와 외연을 두텁게 만드는 것이다.

2. 관계의 힘

시인의 촉수는 시인 주변에 자리한 일상적 대상들을 예리하게 관찰하면서 풍경의 의미를 다양하게 포집(抱輯)한다. 그리하여 일상적인 표정들 속에서 비일상적인 의미를 발견하는 존재가 바로 시인이다. 김선우의 「환삼덩굴의 노래」(『시작』 2023년 가을호)는 '나와 너의 섞고 섞이는 일'의 육체성과 관계성의 아름다움을 노래한다. '섞고 섞임'이라는 관계를 갈구하는 진솔한 욕망이 내포한 아름다움을 '환삼덩굴'의 외양에서부터 길어내고 있는 것이다.

  섞고 싶어 섞이고 싶어 / 마음이야 먼저 동했으니 이미 섞였고 / 마음의 핵이라 할 거기를 영혼이라 한다면 / 일찌감치 영혼도 섞였으나 / 지금 내가 원하는 건 몸을 섞는 일 / 몸 섞어 낱낱이 너의 몸을 아는 일 / 보이지 않는데 아는 척하는 우주 말고 / 보이고 만져지는 우주를 속속들이 탐색하는 일 // 섞여야 알지 / 섞이려 해야 알지 / 어디가 아픈지 / 어떻게 서러운지 / 무엇이 차가운지 / 목숨 가진 존재가 되어 할 수 있는 가장 좋은 일 / 태어나면 죽는 생의 법칙을 고귀하게 만드는 유일한 일 / 섞고 섞이며 사랑하는 일 / 끝의 끝까지 애써 보는 일 // 너와 나의 아픔 너와 나의 외로움 너와 나의 낭떠러지 / 섞고 섞인 우리 속에서 아름다움을 발견하는 것이 나의 일 / 발견할 아름다움조차 야위어 간다면 / 발명해 내는 것이 나의 일
  ―「환삼덩굴의 노래」 전문

시인은 '환삼덩굴'을 보면서 덩굴처럼 서로가 엉키듯 '섞고 섞이는 관계'가 되고 싶어한다. 마음은 덩굴에게 이미 동해서 섞여 있기 때문에 "마음의 핵"을 영혼이라고 한다면 시인은 자신이 "일찌감치 영혼도 섞였"다고 판단한다. 하지만 지금 시인이 원하는 것은 '마음과 영혼의 섞임'이 아니라 "몸을 섞는 일"이다. 추상적이고 모호한 내면이 아니라 몸을 섞어 "낱낱이 너의 몸을 아는 일"을 기대하는 것이다. 보이지도 않는 것을 본다고 자부하면서 "아는 척하는 우주"가 아니라 "보이고 만져지는 우주를 속속들이 탐색하는 일"을 통해 시인은 시각과 촉각을 활용하여 감각적으로 물리적인 실체를 경험하고 싶은 것이다. 육체적인 몸이 섞여야 타자를 알 수 있고 몸을 섞으려고 노력해야, 비로소 "어디가 아픈지 / 어떻게 서러운지 / 무엇이 차가운지"를 실질적으로 체감할 수 있기 때문에 시인은 "목숨 가진 존재가 되어 할 수 있는 가장 좋은 일"이 둘 사이의 관계를 맺는 일이라고 생각하는 것이다.

더불어 생사의 법칙을 "고귀하게 만드는 유일한 일"이 시인에게는 "섞고 섞이며 사랑하는 일"로 여겨진다. 그리하여 "끝의 끝까지 애써 보는" 것이다. 시인은 "너와 나의 아픔 너와 나의 외로움 너와 나의 낭떠러지"를 확인하고 "섞고 섞인 우리" 관계의 내부를 입체적으로 들여다보면서 그 관계의 "아름다움을 발견하는 것"을 시인 본연의 임무라고 생각한다. 그러다 만약에 시인이 "발견할 아름다움조차 야위어" 제대로 아름다움을 발견하지 못할 정도가 된다면, 그때 시인은 발견이 아니라 "발명해 내는 것"을 통해서라도 자신의 임무를 완수하고자 한다. 결국 시인은 '마음과 영혼'뿐만 아니라 '육체의 섞고 섞임'을 통해 영육일체의 아름다움을 발명함으로써 '아픔과 외로움과 절망'을 견인하는 '아름다운 사랑의 관계'에 대한 시적 욕망을 표출하고 있는 셈이다.

김선우의 「환삼덩굴의 노래」가 '아름다운 관계의 미학'을 발명하려는 시인의 미학적 갈망을 노래한다면, 문성해의 「밤의 공원」(『문학사상』 2023년 9월호)은 밤의 공원을 차지하고 있는 다양한 생명체로서의 동식물과 더불어 사물류까지 의인화하면서 밤 공원의 풍성한 의미를 외현한다. 시인은 밤의 공원에서 벌이는 삼라만상의 조화로운 행보를 주목하면서 밤의 의미를 발견하고 있는 것이다.

　밤의 공원엔 검은 해초들처럼 흔들리는 식물류가 있고 / 노란 반딧불이 같은 야행성 눈알의 동물류가 있고 / 한낮에 저장해둔 온기로 밤을 견디는 바위류가 있습니다 // 서울 인구를 분산시키고자 대대적으로 구획된 이 도시에서 / 공원은 아침부터 밤까지 지친 영혼들을 위탁해 줍니다 // 산책로를 휘적휘적 리드미컬하게 걷는 저 여자와 / 그 여자를 앞서거니 뒤서거니 하는 나는 / 군이 분류하자면 회귀류에 가깝습니다 // 돌아갈 곳이 있다는 것은 / 여지가 있다는 것 / 너머가 있다는 것 // 여지가 없는 종족들이 / 별자리처럼 옮겨 다니는 밤의 공원엔 // 달빛을 받아먹고 자라는 이끼류가 있고 / 자기가 담은 게 슬픔인 줄 모르는 호수과가 있고 / 제 품보다도 넓은 곳을 비추는 가로등과가 있습니다 // 그중 으뜸은 누군가가 하염없이 앉았다 가는 벤치류들 / 달빛이 둥글게 후레쉬를 비춰주는 그곳에 / 가진 게 체온밖에 없는 둥근 묘족들이 들어와 웅크립니다
　　－「밤의 공원」 전문

　시인은 밤의 공원에서 먼저 "검은 해초들처럼 흔들리는 식물류"가 있음을 발견한다. 그리고 두 번째로 "노란 반딧불이 같은 야행성 눈알의 동물류"가 자리하고 있으며, 더불어 '한낮의 온기'로 "밤을 견디는 바위류"도 함께 있음을 주목한다. 시인은 이렇듯 식물과

동물뿐만 아니라 사물까지도 함께 공원을 구성하는 '존재태'로 파악하고 있는 것이다. 시인이 산책하는 공원은 서울 인구를 분산시키기 위해 구획된 수도권에 자리한다. 시인은 이 공원이 "아침부터 밤까지 지친 영혼들을 위탁해" 주는 '위안의 공간'임을 체감한다. '지친 영혼'들의 구체적 형상으로는 먼저 '산책로를 걷는 여자'가 있고, 그 여자와 "앞서거니 뒤서거니" 하는 시인이 있는데, 두 사람은 "회귀류에 가깝"게 느껴진다. 회귀류란 '연어'처럼 돌아갈 장소가 있는 '회귀본능의 존재'를 말하는 것이다. 이처럼 '돌아갈 곳'이 있는 존재들은 '생의 여지와 너머'라는 여유로운 잉여가 있는 것으로 여겨진다.

하지만 "여지가 없는 종족들"은 "별자리처럼" 밤의 공원을 이리저리 옮겨다닐 수밖에 없다. 그렇게 '여지 없는 종족'에는 "달빛을 받아먹고 자라는 이끼류"가 있을 뿐만 아니라 "자기가 담은 게 슬픔인 줄 모르는 호수과"와, "제 품보다도 넓은 곳을 비추는 가로등과"까지 포함되어 있다. 뭐니뭐니해도 공원에서의 으뜸은 "누군가가 하염없이 앉았다 가는 벤치류들"이다. 그들은 피곤한 종족과 부류들의 쉼터로서 '비어 있는 듯 채워져' 제 기능을 충실히 다하고 있기 때문이다. 그러므로 "달빛이 둥글게 후레쉬를 비춰주는 그곳에"는 "가진 게 체온밖에 없는 둥근 묘족들이 들어와 웅크"리면서 밤 공원의 아름다운 풍경을 매조지할 수 있는 것이다.

이렇듯 김선우와 문성해의 시는 이질적 타자를 조망하는 관계의 힘을 보여준다. 두 시인은 '환삼덩굴의 이미지'를 통해 아름다운 육체적 관계를 희망하거나 '밤의 공원'에서 생물과 무생물의 다성적 풍경을 채집함으로써 인간이 '홀로 사피엔스'가 아니라 '더불어 사는 에로스'임을 알려준다. 시인은 덩굴과 공원의 풍경을 들여다보며 관계의 미학을 발명하는 존재인 셈이다.

3. 작은 것들의 힘

작고 미미한 것들은 내면에 무한한 힘을 품고 있다. 그러므로 작고 소소하다고 얕볼 일이 아니다. 시인들은 소소한 것들 속에 감춰진 잠재력을 가시화하여 이 세계의 의미를 더 나은 방향으로 움직이는 영매적 존재들이다. 손세실리아의 「한톨의 혁명」(『창작과비평』 2023년 가을호)은 다른 시인의 육필 서명 시집에 함께 동봉되어 온 민들레씨를 보며 시인이 함께 포장했을 '지극하고 순정한 마음'을 떠올리는 시편이다. 시인이 다른 시인이 보내준 배려와 관심의 마음을 '한톨의 혁명'으로 읽어내고 있는 것이다.

산에서 반속반승처럼 지내는 시인이 / 책 받을 주소를 물어와 / 진 즉 읽었노라 대답하려다 말고 / 냉큼 알려드렸다 / 금방 보내줄 것 같더니 / 잊었는지 오래도록 감감하다가 / 민들레잎 돋을 때 약속했는데 / 그새 꽃 다 져버렸다는 / 문자메시지와 등기가 / 같은 날 거의 동시에 도착했다 // 눈을 의심케 한 / 육필 서명 옆 / 갓털 붙은 민들레씨 // 한때 조선소 노동자였다가 / 부패한 세상에 대항한 운동가였고 / 잘못된 제도에 맞선 투사이던 / 초로의 한 사내가 / 산자락에 쭈그려 앉아 받은 씨 / 행여 날아갈세라 숨 고르며 / 투명 테이프로 붙여 보낸 지극함이라니 / 이렇듯 순한 마음이라니 // 훗날 내 아이에게 물려주려고 / 손 타지 않게 잘 건사해둔 시집 / 아니 // 한톨의 혁명
  ─「한톨의 혁명」 전문

시인은 "산에서 반속반승처럼 지내는 시인"으로부터 주소를 알려달라는 연락을 받는다. 이미 그 시집을 진작에 읽었지만, 저자가 보내주는 시집의 가치와 소중함을 알기에 이미 읽었다고 대답할까 하

는 마음을 바꿔 얼른 주소를 알려준다. 하지만 금방 배송되어 도착할 것처럼 여겨지던 우편물이 시인의 망각 속에 잊혀진 게 아닌가 싶을 정도로 "오래도록 감감"한 채 집으로 당도하지 않는다. 그러다 "민들레잎 돋을 때 약속했"던 시집이 "그새 꽃 다 져버렸다"라는 소식의 문자메시지와 함께 드디어 등기로 도착한다.(이 시인은 아마도 '지리산 시인'으로 우리에게 익히 알려진 박남준 시인으로 짐작된다.) 등기 우편물의 내용을 확인한 시인은 시인의 육필 서명 옆으로 "갓털 붙은 민들레씨"를 보면서 눈을 의심하게 된다.

한때 '조선소 노동자에서 저항 운동가이자 투사'로 변신을 거듭하던 "초로의 한 사내"가 책에 붙여 보낸 "갓털 붙은 민들레씨"는 시인이 "산자락에 쭈그려 앉아 받은" '정성의 씨'로 짐작되기 때문이다. 아마도 갓털이 "행여 날아갈세라 숨 고르"면서 투명테이프를 붙였을 것이기에 차분하게 "붙여 보낸 지극함"이 더욱 고맙게 느껴지는 것이다. 이런 "순한 마음"으로 보내준 시인의 시집을 받은 시인은 자신의 아이에게 물려주기 위해 시집을 "손 타지 않게 잘 건사해"두고자 한다. 그 시집은 누군가 선물로 보내준 단순한 한 권의 시집이 아니라 이 날로부터 향후 민들레 꽃들의 만개를 예비하는 한 알의 씨앗이 되어 나중에 발화할 "한톨의 혁명"으로 시인에게 인식되기 때문이다. 지극정성으로 갓털을 함께 붙인 시인의 '씨앗의 마음'이 '마음을 뿌듯하게 채워주는 혁명의 종자'로 오롯이 느껴지는 것이다.

손세실리아의 「한톨의 혁명」이 다른 시인으로부터 받은 선물의 소중함과 진정성을 체감하면서 '작은 정성의 힘'을 발견하고 있다면, 고명재의 「내 작은 미덕은」(『자음과 모음』 2023년 가을호)은 시인의 신체적 특징이 내장하고 있는 '다양한 작은 미덕들 사이'에서 인생의 다층적 의미를 길어내는 시편이다. "내 작은 미덕은"이라는 시구가 두운처럼 리듬감을 형성하면서 타인에게 '작지만 큰 미덕'을 실천하는 시인의 행동력을 보여주는 것이다.

　　내 작은 미덕은 발소리가 부드러워서 / 책 읽는 사람을 놀라게 하지
않는 것 / 내 작은 미덕은 허벅지가 적설량 같아서 / 귤과 밤을 가득
올려둘 수가 있고 / 옆 사람이 철썩 치고 웃기도 좋다 // 내 작은 미덕
은 양파를 썰어도 울지 않는 것 / 장례식장에선 퉁퉁 부은 냉채가 되
었고 / 손을 떼고 자전거를 탈 수가 있다 / 양팔을 흔들며 힘껏 멀리
보내주었다 / 짙푸른 나무가 옆에서 거꾸러졌다 // 내 작은 미덕은 눈
가에 주름이 자글거려서 / 웃을 때마다 물고기가 척척 걸리고 / 어선
을 꽉 채워서 너에게 갈게 / 밀을 치댈게 어육을 뭉쳐 / 흰 묵을 빚을
게 / 질겅질겅 씹을 수 있는 이야기를 줄게 / 머리를 얹고 잠들 수 있
는 뱃살을 줄게 // 수박씨를 뱉지 않고 삼킬 줄 알고 / 기막히게 손바
닥으로 열을 잴 수 있고 / 안을 수 있다 춤출 수 있다 / 살아 있으니 /
우동 면발을 소리 없이 끊을 수 있다 / 슬픔은 여기까지라고 일기에 썼
다 // 살찔 수 있다 사랑할 수 있다 시 쓸 수 있다 / 작약과 약과와 약
속과 약손을 섞을 수 있다 / 당신과 겪은 슬픔을 또 / 겪을 수 있다 /
모든 기도는 반복으로 이루어져 있다 / 성경을 읽으면 입 속에서 민트
가 핀다 // 겨울에는 쓸데없는 미덕이 있다 / 속눈썹이 소처럼 길어 눈
송이가 쌓인다 / 그것은 기와나 처마의 오랜 옆모습 같다 / 우아하게 /
흰 것들을 떠받친 채로 / 사뿐하게 떠나는 이들을 오래 보았다 / 어깨
를 툭툭 털고 혼자 걸을 수 있다 / 전화를 받고 안녕 당차게 입김을 뱉
었다
　－「내 작은 미덕은」 전문

　시인은 자신의 장점을 '작은 미덕'으로 호명한다. 그리하여 첫 번
째로 "발소리가 부드러워서" 독서실 같은 조용한 장소에서 "책 읽는

사람을 놀라게 하지 않"을 수 있음을 자부한다. 두 번째로 "허벅지가 적설량"처럼 하얗고 안정감이 있어서 "귤과 밤을 가득 올려둘 수"도 있고 "옆 사람이 철썩 치"며 웃음을 짓기에도 좋게 느껴진다. 셋째로 "양파를 썰어도 울지 않"을 수 있어서 '장례식장의 냉채 되기'나 '손 뗀 자전거 타기, 양팔로 멀리 보내기' 등을 할 수도 있다. 넷째로 "눈가에 주름이 자글거려서 / 웃을 때마다 물고기가 척척 걸리"기 때문에 어선을 채워 잡은 물고기로 '밀 치대기, 어육 뭉치기, 묵 빚기' 등을 해낼 수도 있고, "씹을 수 있는 이야기"나 '베개 같은 뱃살'을 제공할 수도 있다.

다섯째로 "수박씨를 뱉지 않고 삼킬 줄"도 알고 있다. 이외에도 '손바닥으로 열 재기, 안기와 춤추기, 살아서 우동 면발 소리 없이 끊기' 등을 할 수 있다. 뿐만 아니라 시인은 "슬픔은 여기까지"라고 일기에 쓰면서, '살찌기, 사랑하기, 시 쓰기, "작약과 약과와 약속과 약손" 섞기' 등과 함께 "당신과 겪은 슬픔" 또 겪기 등을 해낼 수 있다. '반복되는 기도와 민트가 피는 성경 읽기'를 시도하는 것 이외에도 겨울이 되면 "쓸데없는 미덕"이 있는데, "속눈썹이 소처럼 길어"서 거기에 "기와나 처마의 오랜 옆모습"처럼 눈송이가 쌓일 수 있다는 사실이다. 하지만 "흰 것들을 떠받친 채로 / 사뿐하게 떠나는 이들"을 오래 지켜보면서 시인은 "어깨를 툭툭 털고 혼자 걸을 수"도 있는 미덕을 지닌 '외로운 존재'가 된다. 그렇게 외로움에 익숙한 시인은 타인의 전화를 받으면 '안녕'이라고 당차게 인사를 내뱉을 수도 있는 사람이 된다. 시인은 자신의 신체가 지닌 외적 기능의 구체적 양상을 '작은 미덕'으로 호명하면서 '새로운 의미의 가능성'을 발견하고 있는 것이다.

이렇듯 손세실리아와 고명재의 시는 소소한 것들이 지닌 유의미한 미덕에 주목한다. 시집 선물에 동봉해온 '갓털 붙은 민들레씨'의 지극한 마음을 '한 톨의 혁명'으로 치환하거나 자신의 신체적 기능을 활용한 미덕의 가치를 나열하면서 '신체의 마음'을 발견하고 있는 것이다. 두 시인처럼 다른 시인의 마음과 신체의 마음을 독해하며 확인한 '마음의 발견'은 작고 소소한 사물의 큰 의미를 채굴하여 발견할 때 발명될 수 있는 시인들의 '마음의 넓이와 크기'를 보여준다.

4. 발견의 힘

시인은 자신의 주변에 놓여 있는 사물을 관찰하며 그 의미의 진가를 발굴하는 선각자이다. 그러므로 아무리 사소한 사물일지라도 시인의 개성적 감각 앞에서는 새로운 표정을 내비치게 된다. 함민복의 「돋보기」(『애지』 2023년 가을호)는 '돋보기'를 사용해야 비로소 사전을 읽을 수 있게 된 시인이 대상과 상대를 크게 보게 하는 시야 확보의 중요성을 깨닫게 된 내용을 다룬다. '돋보기'를 '선생'으로 존칭하면서 시인은 자신에게 '돋보기의 존재'가 지닌 필요성을 제대로 확인하게 된다.

> 작년부터 사전을 찾아보려면 / 돋보기를 먼저 찾아야 한다 // 아리
> 송하거나 낯선 만남이니 / 도움을 청함 또한 마땅하다 // 돋보기 선생
> 은 겸손하여 / 늘 상대를 크게 보신다 // 한발 물러서면 한결 크게 보
> 인다는 / 투명한 말씀 둥글게 받들어 본다
>   - 「돋보기」 전문

시인은 언어의 채집자로서 단어의 정확한 의미 파악과 함께 시어의 내포와 외연을 확인하거나 확장하기 위해 사전을 찾아보기 마련

이다. 하지만 시인은 작년부터 사전을 보기 위해서는 사전에 먼저 시력의 보조 도구인 '돋보기'를 찾게 된 자신을 발견한다. 시인과 돋보기의 사이가 처음에는 익숙하지 않은 관계로서 "아리송하거나 낯선 만남"처럼 보이지만 시인 본인이 필요하기에 돋보기에게 "도움을 청"하는 것이 당연해 보인다.

그때 이후로 시인이 무언가를 기대할 때나 어떤 결핍에 대한 충족을 바랄 때 '돋보기'는 '선생'의 역할을 수행하는 도구로 파악된다. 그러므로 시인은 '돋보기'를 겸손한 선생처럼 여기면서 "늘 상대를 크게 보"는 어른스런 존재로 인식하게 된다. 더구나 "한발 물러서면" 사물이 "한결 크게 보인다"는 "투명한 말씀"을 설파하는 지혜로운 선생이기에 시인은 '돋보기 선생'을 "둥글게" 받들어 모시게 된다. 아마도 노안이 진즉에 왔을 시인은 이제 '돋보기 안경'의 도움으로나마 작은 세상을 더욱 크게 보면서 더 또렷하게 세계를 응시할 수 있는 힘을 얻게 된 듯하다.

함민복의 「돋보기」가 대상 세계를 분명하게 바라보게 해주는 일상의 도구인 돋보기를 통해 세상을 크게 보는 삶의 깨달음을 제공한다면, 정영주의 「돌의 수작」(『시에』 2023년 가을호)은 '모난 돌'과 '둥근 돌'의 대비를 통해 인간과 돌의 관계가 지닌 표리부동한 상황을 인식하게 해주는 시편이다. 돌로부터 일상의 진리를 배우며 '발밑의 철학'을 통해 삶의 속성을 자각하는 것이다.

돌의 모서리를 밟을 때 / 그 모서리가 내 발바닥을 꽉 움켜쥐지 / 둥근 돌보다 외려 야무지게 / 내 발을 놓지 않고 / 길을 편히 내 줄 때가 많아 / 평평할 것 같지만 / 둥글고 반질한 것들이 / 나를 밀어내고 미끄러지게 하지 / 산에 오르며 무수히 / 내 발밑을 어지럽히는 돌멩이들 / 자칫 한눈팔다가 돌의 수작에 걸려 넘어지지 / 부러 모난 돌에다 발을 슬쩍 올려놓지 / 세상에서 부드럽고 순한 것들에 / 마음 주다가 물릴 때가 많았으니까 / 되레 깡깡하고 모난 것들이 / 누설하고 폭로하는 일이 드물지 / 모남 자체가 상처니까 / 스스로 미리 조심들 하는 거지 // 산에서 배우는 일이 그런 거야 / 나름 발밑의 철학이지

    - 「돌의 수작」 전문

  시인이 어쩌다 "돌의 모서리를 밟을 때"면 돌의 "그 모서리"가 시인의 "발바닥을 꽉 움켜쥐"는 듯한 느낌을 받는다. "둥근 돌보다 외려 야무지게" 시인의 발을 붙잡기 때문에 시인은 '모난 돌'에게 "길을 편히 내줄 때가 많"다. 일상을 되짚어 보면 때로는 겉으로 "평평할 것 같"은 "둥글고 반질한 것들"이 실은 시인을 "밀어내고 미끄러지게" 만들 때가 많음을 알고 있기 때문이다. 특히 산에 오를 때면 시인의 "발밑을 어지럽히는 돌멩이들"로 인해 "자칫 한눈팔다가"는 "돌의 수작에 걸려 넘어지"기 십상이다. 따라서 시인은 일부러 "모난 돌에다 발을 슬쩍 올려놓"게 된다. 세상을 살다 보면 "부드럽고 순한 것들에"게 마음을 주다 오히려 기대와는 다른 상처를 받아 제대로 "물릴 때가 많"기 때문이다.

  반면에 오히려 "깡깡하고 모난 것들"이 시인의 비밀을 "누설하고 폭로하는 일"은 드물어 보인다. "모남 자체가 상처"이기 때문에 '모난 돌'들은 스스로 미리미리 조심들을 하는 것이다. 결국 시인은 산을 오르내리며 발밑에 자리한 돌들의 외양과 자신과의 관계를 추체험하며 나름대로의 "발밑의 철학"을 배우고 있는 것이다. 누적된 일상과 등산의 체험은 '모난 돌'과 '둥근 돌'의 경우처럼 겉과 속이 다른 현실의 이율배반을 시인에게 제공하며 철학적 깨우침을 안내하는 셈이다.

  이렇듯 함민복과 정영주의 시는 사소한 듯 사소하지 않은 사물로

부터 새로운 철학적 성찰을 이끌어내고 있다. '돋보기'와 '돌'이라는 일상에서 흔히 보는 사물들을 관찰하면서 시인들이 체득한 생의 깨달음을 의미화하고 있는 것이다. 사전적인 의미로만 따진다면 돋보기는 "작은 것을 크게 보는 데 사용하는 볼록렌즈"로서 확대경을 의미하며, 돌은 "흙 따위가 굳어서 된 광물적 단단한 덩어리"를 의미하지만, 시인들은 사전적 의미 너머에서 '선생 같은 돋보기'와 '모난 돌의 소중함'을 발견하고 있는 것이다. 모름지기 시인은 이렇듯 사전적 의미를 넘어 새로운 의미의 창조와 파생을 도모하는 존재인 것이다.

5. 역설(逆說)의 힘

때로 역설(逆說)은 시적 대상의 의미를 풍성하게 재해석하게 함으로써 시의 생명줄이 된다. '뫼비우스의 띠'가 제공하는 '겉과 속의 모호성'과 '클라인씨의 병'이 입체적으로 보여주는 '내부와 외부의 삼투성'은 이분법적 인식틀을 해체하며 다차원적 인식의 가능성을 열어주면서 새로운 상상력을 제공하는 토대가 되기 때문이다. 박균수의 「친구들은 모두 잠들고」(『시와시학』 2023년 가을호)는 불면의 밤에 홀로 깨어 있는 시인이 잠들어 있는 친구들을 상상하며 '홀로와 친구들' 사이를 배회하는 시편이다. 시인이 잠든 친구들을 떠올리며 '불면과 수면, 고요와 소리, 웃음과 고통, 재미와 기다림' 사이에서 방황하는 내용은 고요한 회상조의 역설적 포즈를 보여준다.

차가운 고요 한가운데 / 홀로 깨어 있는 밤 / 친구들은 모두 잠들고 // 숨소리도 없이 / 즐거운 세상을 살고 있는지 / 어둠에 묻힌 얼굴들 // 문을 열고 나와도 / 걸어도 고함쳐도 / 아무 소리 나지 않는 거리 //

하늘에 풀려난 먹구름 몰려가고 / 지상에 붙들린 것들 휘날리고 / 바람이 부는지 // 가슴속 되풀이되는 웃음소리 / 쓸쓸한 세포 하나 슬픈 입자 하나 / 저마다의 고통으로 떨리는 기억들 // 모두 모여 있을까 / 재밌는 놀이를 준비하고 / 잠든 친구를 기다리고 있을까 // 지난 빛 돌아오지 않는 밤 / 바람이 부는지 / 친구들은 모두 잠들고
  ―「친구들은 모두 잠들고」 전문

　시인은 '홀로' 차갑고 고요한 밤의 세계에 깨어 있다. 하지만 '홀로 깨어 있는 시인'과는 다르게 "친구들은 모두 잠들"어 있는 것으로 그려진다. 시인이 마주한 고요한 세계의 곁에 함께하고 있는 듯한 사람들은 '친구들'이지만 시인과는 다르게 모두 잠들어 있는 것이다. 숙면에 든 친구들과 달리 시인이 홀로 깨어 있다는 사실은 친구들과 시인 사이의 괴리감을 보여준다. 하지만 "숨소리도 없"는 채로 "즐거운 세상을 살고 있는" 것으로 파악되는 친구의 얼굴들은 시인이 보기에는 자신과 별반 다르지 않게 어둠 속에 묻혀 있는 것으로 인식된다. 이후 홀로 깨어 있는 시인은 문을 열고 나와 거리를 걸으며 고함을 쳐 보지만 "아무 소리"도 나거나 들리지 않는다. 감각이 부재한 공간에서 시인 홀로 환각에 젖어 있는지도 모른다. 그렇게 거리의 정적과는 다르게 시인의 내면에서는 '하늘의 먹구름'이 몰려오고 '지상의 바람'이 휘날리듯 불어온다.
　더구나 시인의 내면 속에서는 반복적으로 '웃음소리'가 되풀이되고, 그 웃음소리는 이면에서 "쓸쓸한 세포"와 "슬픈 입자"를 하나하나 깨우는데, 그것은 '고통의 기억'으로 떠오른다. 마치 가면 쓴 피에로의 내면을 보여주는 것처럼 웃음과 고통의 조합은 그로테스크한 표정을 보여준다. 시인은 그러한 고통스런 기억으로부터 벗어나고 싶다. 그리하여 이제 다시 "모두 모여" "재밌는 놀이를 준비"하면

서 "잠든 친구"를 누군가가 기다리고 있는 것은 아닌지 자문해 본다. 그러나 과거에 시인을 지나간 '빛의 시간'이 "돌아오지 않는 밤"이면 시인은 바람이 부는 가운데 친구들이 "모두 잠들"어 있어, 결국 바람만이 세계를 배회하는 고독감에 젖어들게 된다. 시인은 불면의 밤에 홀로 깨어 잠들어 있는 친구들 사이에서 자신과 친구들 사이를 대조적으로 조망하면서 현실 세계의 바깥에서 독자적 감각을 소유한 채 '차갑고 고요하게 슬픈 단독자적 홀로'가 되어 '친구들과의 기억'을 상상하며 현실과 추억 사이의 거리감을 확인하는 쓸쓸한 비애감에 젖어드는 것이다.

박균수의 「친구들은 모두 잠들고」가 시인과 친구들 사이를 배회하는 홀로된 감각의 역설을 보여준다면, 정호승의 「다음에 또 만나요」(『유심』 2023년 가을호)는 '마지막'과 "다음에 또 만나" 사이에서 '만남 자체의 인연'을 소중히 여기며 '만남의 끝과 시작'을 연결하는 역설의 감각을 보여준다. '마지막(=시간상이나 순서상의 맨 끝)'이라는 명사와 '다음(=어떤 차례의 바로 뒤)'이라는 명사의 이질적 조합 속에서 만남의 끝과 새로운 시작을 포갬으로써 '만날 수 없는 만남에 대한 기대'를 설파하는 시가 되는 것이다.

아무리 만날 수 없어도 / 이번이 마지막이라 하더라도 / 다음에 또 만나요 / 길을 가다가 우연히 반갑게 / 지하철에서 만나듯 / 기쁜 마음으로 만나 차 한잔해요 / 아니 인사동 골목 한정식집에서 / 간장게장하고 같이 밥을 먹어요 / 아무리 만나고 싶어도 / 결코 다시 만날 수 없다 할지라도 / 운명의 붉은 가슴이 / 이미 무너져내려 흙이 되었다 할지라도 / 언제 어디서나 다음에 또 만나 / 눈인사라도 나눠요 / 죽음이란 아무리 보고 싶어 해도 / 볼 수 없는 화엄의 꽃 / 그 꽃이 한겨울에 다시 활짝 피어나면 / 우리 또 만나 슬쩍 웃으면서 / 조금씩 미안

해하면서 / 굳이 용서를 위한 기도는 하지 말고 / 막걸리라도 한잔해요
　－「다음에 또 만나요」 전문

　시인은 누군가에게 "아무리 만날 수 없"고 또 "이번이 마지막이
라 하더라도 / 다음에 또 만나"자고 제안한다. 누구인지는 모르지
만 '마지막 만남'의 자리에서 '다음 만남'을 안부 인사로 전하는 것처
럼 보인다. 그리고 우연히 길을 가다 만나거나 지하철에서 스치듯 만
나더라도 "기쁜 마음으로 만나 차 한잔"을 하자고 다시 요청한다. 사
실 이렇게 되면 이번 만남은 '마지막 만남'이 아니다. 마지막이란 표
현은 끝을 의미하기에 다음이 있을 수가 없기 때문이다. 하지만 시인
은 인사동 골목에 자리한 고즈넉한 한정식집에서 만나 '간장게장'에
함께 밥을 먹자고 제안한다. '마지막'에 대한 아쉬움이 깊어진 시인
은 "아무리 만나고 싶어도" 만날 수 없고, "결코 다시 만날 수 없다"
고 할지라도 기어코 만나자고 전한다. "운명의 붉은 가슴"이 "이미 무
너져내려", 저 세상의 "흙이 되었다 할지라도" 시인은 "언제 어디서나
다음에 또 만나"자고 제안한다. "눈인사라도 나눠"야 마지막이 아니
라는 듯이 말이다.
　시인에게는 '죽음'이 "아무리 보고 싶어 해도 / 볼 수 없는 화엄의
꽃"으로 인식된다. '화엄'이란 사전적인 의미에서 '석가모니의 깨달음'
처럼 "만행(萬行)과 만덕(萬德)을 닦아 덕과(德果)를 장엄하게 함"을
말한다. 시인은 지금 살아 있는 우리가 '화엄의 꽃'을 볼 수는 없겠지
만 "그 꽃이 한겨울에 다시 활짝 피어나면" 다시 만나자고 제안한다.
그때 "슬쩍 웃으면서 / 조금씩 미안해하면서" 만나, "굳이 용서를 위
한 기도는 하지" 않더라도 "막걸리라도 한잔" 하자고 제안한다. 이렇
게 보면 '우리'는 아마도 악연일 가능성이 높다. '용서(=지은 죄나 잘
못한 일에 대하여 꾸짖거나 벌하지 아니하고 덮어 줌.)'라는 표현 속

에서 가해와 피해의 구도가 감지되기 때문이다. 그러나 시인은 '우리의 인연'을 더 소중히 여기고자 한다. 용서와는 무관하게 화룡점정으로서의 '막걸리 한 잔'을 제안하고 있기 때문이다.

이렇게 보면 박균수와 정호승의 시는 역설의 힘을 보여준다. 자신과 친구들 사이에서 불면과 수면 사이를 배회하며 '홀로와 같이'의 대비를 통해 현실과 내면의 불화적 장면을 보여주기도 하고, '만남의 마지막'과 '다음의 만남' 사이에서 '건널 수 없는 인연의 헤어짐'을 확인했음에도 불구하고, 불교의 인연설처럼 작은 인연의 소중함을 생사 너머의 자리에까지 이어가려고 하는 모순된 인식을 보여주고 있기 때문이다. 두 시인은 그렇게 역설의 감각을 활용하여 자신을 둘러싼 세계의 진면목을 파악하고 있는 것이다.

6. 사유 중력의 힘

이번 계절에 만난 시인들은 말한다. 중력이 작동하는 지구에서 모든 사물은 힘을 가지고 있다고. 생명체의 힘뿐만 아니라 비생명체의 상태로부터도 생기를 발견하는 존재가 시인들이다. 시인은 삼라만상의 표정들로부터 생사의 의미를 길어내는 경이로운 존재들인 것이다. '관계의 힘, 작은 것들의 힘, 발견의 힘, 역설의 힘' 등을 통해 8명의 시인들은 내면의 파워를 활용하여 세계를 인식하고 있음을 보여준다.

우리는 힘의 역학 관계 속에서 살아간다. 현재 우리가 파악하기로는 우주를 지배하는 4가지 기본 힘으로 '강력, 약력, 전자기력, 중력' 등이 작동한다. 이처럼 물체와 물체 사이에서 작용하는 힘의 원리는 시인과 세계 사이에서도 발생한다. 시인과 세계가 각각 생기를 가진 물체로 변이되어 서로에게 다양한 힘의 작동을 가능하게 하는 것이다. 우리가 생명을 가지고 세계를 인식하고자 노력하는 인간이라고 할 때 그 인간적 힘은 다중적으로 우리의 내부와 외부를 중개한다. 그리고 시인들은 그 중개된 힘의 작용과 반작용을 통해서 세계를 중층적이고 독창적으로 읽어낸다. 그러므로 힘의 쓸모를 알아야 자아와 세계의 관계 방정식을 풀 수가 있다. 바로 지금 여기에서 사유 중력의 힘을 발굴하고 발견하고 발명할 때다.

(『시와시학』, 2023년 겨울호)